天使文化 爱格 Aigirl

烟火执恋

江小绿 著

江苏凤凰文艺出版社
JIANGSU PHOENIX LITERATURE AND
ART PUBLISHING

图书在版编目（CIP）数据

烟火热恋 / 江小绿著 . -- 南京 : 江苏凤凰文艺出版社 , 2022.8
ISBN 978-7-5594-6670-9

Ⅰ . ①烟… Ⅱ . ①江… Ⅲ . ①长篇小说 – 中国 – 当代
Ⅳ . ① I247.5

中国版本图书馆 CIP 数据核字 (2022) 第 045047 号

烟火热恋 YANHUO RELIAN

江小绿 著

责任编辑	曹　波
责任印制	刘　巍
总 策 划	邓　理
策划编辑	翟羽茜
封面设计	杨　平
插画设计	陶　然 雪人视觉 若小贝
内文设计	罗晓芸
出版发行	江苏凤凰文艺出版社
	南京市中央路 165 号，邮编：210009
网　　址	http://www.jswenyi.com
印　　刷	北京盛通印刷股份有限公司
开　　本	880 毫米 X 1230 毫米　1/32
印　　张	11
字　　数	312 千字
版　　次	2022 年 8 月第 1 版
印　　次	2022 年 8 月第 1 次印刷
书　　号	978-7-5594-6670-9
定　　价	45.00 元

目录

CONTENTS

第一章 相遇

和悦第三遍拨打和启的电话号码时，那边还是无人接听，她蹙起眉头，转而去拨她父亲的助理赵书的号码。响了两声，电话接通了。

对方语气急促："小姐，先生他出了车祸，我现在正赶过去……"

匆忙几句，电话挂断。

和悦立刻放下手里的笔，起身找了件外套，带上钱包出门。

上出租车时，和悦才发现鞋子都没来得及换。

和悦又给和启打了几个电话，依旧无人接听，她按灭手机屏幕，神色担忧地望着车窗外快速掠过的风景。

天空黑得像是浓墨，两旁的霓虹灯照映着这座安静的城市。

出租车在医院大门口停下，矗立的高楼灯火通明。

和悦踩着棉拖鞋冲了进去，在大厅咨询处急促地询问："你好，请问半个小时前有没有车祸送来的急救患者，大概四十岁的中年男子，姓和……"

“我帮你查一下，稍等。”过了几秒，护士抬起头来，语气见惯不惊，“目前患者在手术室抢救，还没出来。”

“好的，谢谢。”和悦的脸色骤变，立即拔腿奔向电梯，护士把刚准备说的话又咽了下去。

深夜的医院，明亮的灯光把四周墙壁照得惨白。

电梯门打开，外面是一条长长的走廊，尽头那里，红灯骤然变成绿色。

医护人员推着一辆手术车出来，上头躺着个人，白布从头盖到了脚。

和悦心里“咯噔”一下，脑中一片空白，泪水正要夺眶而出，一直紧握在手里的手机振动了起来。

“悦悦？”是和启的声音。

和悦宛如瞬间得到了解救，发现自己没有一丝力气，她伸手扶住旁边的墙壁，连声音都是轻飘飘的：“爸，你在哪儿呢？”

和悦挂完电话才重新调整好情绪，收起手机，抬头，刚好看到了不远处的一幕。

走廊冷白的灯光下，单薄清秀的少年站在那里，惨白着一张脸，眼眶通红。他看着面前被白布盖住的人许久，然后缓缓地伸出手掀开了一角。只是一眼，大颗的泪水就滚落下来，顺着脸流到下颚，他死死咬住牙，整个肩膀都在颤抖，发出了一声绝望的呜咽。

和悦的胸口就像是被人重重地敲了一记，无比酸涩，感同身受到他此刻的痛苦。

因为在前一秒，她深刻地经历过这种感受。

和启是在离家两个路口远的地方出事的，开车经过人行横道时，前面突然冲出来一个人，哪怕立即打了方向盘躲避，依旧不可避免地撞上了她，车头还差一点就冲出了马路围栏。

和启的手臂骨折，人还在急诊室。

和悦在原地站了几秒，看着那个少年慢慢冷静下来，伸手用力抹去脸上的泪水，他没有看任何人，目光落在那具盖了白布的尸体上。

医生在旁边和他说着什么，他恍若未闻，眼眸一动不动的，仿佛被抽干了全部生命力，周身死寂。

眼前的整个画面就像是一部默片，上演着极致的悲伤，所有人都是旁观者，只有主角承受着巨大的痛苦，无人能伸出援手。

和启的伤势说大不大说小不小，打了石膏，额头还有几处擦伤。赵书已经过来了，在一旁守候着。

见到和悦走进来，和启抬起眼，语气温和："悦悦。"

"爸……"和悦轻轻地叫了一声，担忧地打量他，"您没事吧？"

"没事。"和启摆摆手，"医生说养一两个月就好了。"

"和总，被您撞到的那位……"赵书微微弯下腰来，在他耳边低语了几句，和启的脸色立刻变得沉重严肃。

"不过是对方闯红灯冲进人行横道，您不需要担负很大的责任。"

"不管怎么样，都是我撞了她。赵书，联系一下她的家人，赔偿尽量往高了给。"和启沉默了许久，最后缓缓说。

赵书点头，两人沟通完毕，和启才想起旁边的和悦。她静静地站在那里，像是在发呆。

"悦悦，这么晚了你先回去，让赵书送你，我没什么大事。"和启说。

和悦静默几秒，突然问："爸，你撞到的那个人是不是刚从手术室出来那个，她死了？"

"你怎么知道……"和启想起什么，看向她说，"你刚从上面下来的，是吗？"

和悦还没答，和启又叹了口气，难过又自责："都是我的错，如果我当时反应再快一点，或许就不会撞得这么严重。”

“和总……”赵书欲言又止，和启摆摆手，垂下眼，继而无言。

肆城二月，天气湿冷，连绵阴雨笼罩天地，混合着窗外枯树败叶，景色萧索至极。

和悦从梦中醒来，脑中仍然残留着那道身影，她又梦到了当时在医院的那一幕。

不知为何，明明不是和悦的错，她心里却始终压着一份沉甸甸的愧疚，扰得她这一个月来都不得安宁。

大概是那天的经历太过深刻，或者那个少年太过悲伤，和悦现在一闭上眼就能想起少年痛苦到极致而无声流泪的画面。

肆城一中的寒假有十多天，从一月底到二月中，如今已经过完大半。

放在枕边的手机“嗡嗡”振动，是周蜜打来的电话，和悦接起，那头传来人如其名的甜腻声音：“悦悦，今天出来逛街啊，你回来咱们都没约过呢，趁着还没开学赶紧抓住机会。”

和悦望着天花板，听到她的说话声，整个人从刚才的梦境中渐渐抽离出来，回到现实。

她清了清嗓子，答应：“好。”

周蜜是她的小学同学兼多年好友，自从和悦初中转学之后，两人的联系就少了，只剩下每年的寒暑假约着一起出来玩。

她们约在肆城最大的商场颐和天地见面，这个商场名字的和字与和悦的姓氏是同一个字，因为是她爸开的。

和一集团在肆城是知名的本土企业，业务范围很广，房地产是大头，其余的便是制造类实业，名下连锁商场更是肆城标志性消费场所。

和悦有张卡，任何品牌都可以打八八折，所以周蜜逛街必定叫上她。

两人在商场门口碰上面后开始逛街。

周蜜是购物狂，小小年纪便已经显露出了潜质。和悦陪着她从一层逛到顶楼，手里提了一大堆鞋子、包包和衣服。

和悦有些头疼：“你每天在学校都穿校服，买这么多干什么？”

“你懂什么？不是还有周末吗！”周蜜翘起小下巴轻哼了声。

和悦不说话了，任劳任怨地继续充当着提包小妹。

两人从下午一直逛到了日暮，周蜜满载而归，请和悦吃了牛排大餐。

饭后，和悦沿着街道慢慢散步回家。

她有一段时间没有回来肆城生活，很多地方都变得很陌生，不复记忆中的模样。

和悦双手插在兜里，漫无目的地打量着四周。她走出商场几百米远，旁边渐渐清静起来，建筑不算拥挤，旁边有零散的店面。和悦的目光不经意扫过街角一家便利店时，突然怔住。

透明玻璃，里头一目了然，男生站在收银台后面，穿着洗得泛白的T恤，低头给对面的客人找零钱，侧脸明净温和。和记忆中的那张脸一模一样，时隔这么久，和悦依旧清晰记得他的样子。

她停在了原地。

和悦回去后失眠了，眼前一直在回放那道身影，他站在手术室前面的，在便利店的，干净的一张脸，清淡的神情，挺拔的身姿。

和悦原本以为只是一次萍水相逢，随着时间流逝，她总有一天会忘记，却没想到会再次见到他。

清晨，和悦面色憔悴地下楼时发现和启难得在家，坐在餐桌前正在用餐。和悦的脚步顿了下，继续往下走。

和启听到响动，抬起头看到她，立即笑着招呼：“起来啦，今天叫方姨做了你最爱吃的生煎包，快，还有五谷豆浆。”

“谢谢爸。”和悦在他的面前坐下，看着面前散发着热气的食物有些感动。和启一直都是这样，哪怕她十岁时跟随着赵媛去了海市生活，却依旧记得她的习惯、饮食、喜好，事无巨细。

和悦夹了一个生煎包低头咬了口，又抬眸，欲言又止，归于平静。

算了，还是不要说了。

和悦吃完饭，出门了，刚穿过小花园，在雕花铁门处被司机老李看到，他问了一句：“小姐，需要送你吗？”

“不用了，我随便走走。”和悦朝他笑了笑，温顺至极，像是春日扑面而来的风，柔和舒适。

和悦又去了昨天那家便利店，只是这次很不凑巧，男生没在，她在外头徘徊了半天，便作罢。

这边街道小巷众多，和悦漫无目的地穿梭在其中，看着周围陌生的景色，想象着哪条路是他回家的方向。

她不知不觉越走越偏，热闹的店面和行人渐渐变得稀少，旁边旧旧的墙壁被风雨岁月侵蚀成灰黑色，夹缝里冒出青苔和野草，地面也是脏脏的，看不出原本的颜色。

她停住脚步，望见前头是狭小破旧的居民区，准备往回走。

忽然，安静的巷子里似乎传来了闷哼声，和悦握紧了手机，本能屏住呼吸，寻着方向轻手轻脚地走过去。

巷子深处，地上蜷缩着一个人，还保持着双手抱头防备的姿势，手撑着地面倚靠在墙壁慢慢地坐起来。

少年穿着黑红色的运动外套，黑发散乱，遮住额头，整个人仿佛被藏在了阴影中。

和悦看到他缓慢地抬起头，下一秒，暴露在她面前的是一张熟悉却又触目惊心的脸，那张脸已经全然不复之前的模样——嘴角破了口子，额头的伤口还在往外渗着血丝。

他蹙着眉头，捂住腹部，强忍着疼痛扶着墙缓缓地站起来，单薄的身子颤抖得如同风中飘舞的落叶。

和悦目光复杂地望着他，鼻头一酸，一股沉重的疼痛感和难过闯入心头，眼泪差点不受控制地涌出。

她偏过脸，抬眼望着天空，做个深呼吸，强迫自己冷静下来。

“你还好吗？”她快步走过去扶住他。

男生的动作一顿，缓缓地转过头来，黑色的眸子不带情绪地注视了她几秒，接着，从她的掌心抽回手臂。

他一言不发地扶着墙继续往前走，每一步都无比艰难，每走几米远，就要停下来稍作休息，平复着痛楚。

和悦默默地跟着他，看着他额头渐渐冒出一层薄薄的冷汗，他的嘴唇惨白，额头上的伤口渗出来的血。

她从包里拿出纸巾，递过去。

“你要不要擦一下？”和悦迟疑地问，似是看出了面前少年浑身生出的防备，又轻轻加了一句，“要弄脏衣服了。”

他身上应该是便利店的工作服吧。

和悦之前见到过，有几分眼熟。

果不其然，听到这句话后，他停下脚步，然后极其缓慢地看了她一眼，从她手里接过了纸巾。他直接把脸上的血迹用力抹掉，白皙的肌肤立即泛红，留下浅浅的红色痕迹。

和悦见状立即出声：“你要不要去医院看看？额头这个伤挺深的，不及时处理可能会更严重。”

“不用了。”

和悦接着开口：“那买点药擦一下吧，万一感染了更麻烦。”

似乎是嫌弃她吵，他抿紧唇不说话了，仍旧艰难缓慢地走着，目光笔直盯着前方，忽视了她。

和悦安静地跟在一旁，两人走出巷子，身边行人多了起来，男生夹在其中，微微佝偻的身子格外显眼，大概是疼痛得太难以支撑，只能靠这样来缓解着痛楚。

她渐渐落在了后头，不远不近地跟在他身后，看着他慢慢地走进了一家药店，过了会儿，提着一个白色袋子走出来。

和悦继续跟着他往前走，她看到他在一处偏僻的角落找了个干净台阶坐下，对面是咖啡厅漂亮精美的橱窗。

他坐下时可能扯到了伤口，皱眉“嘶”了一声，缓和几秒，接着慢慢打开手中的袋子。袋子里面有棉签和碘酒，他卷起袖子，先把手臂和腿上的伤处理好，接着对着前面的玻璃窗，草草地给脸上的伤口消毒。

周围很热闹，牵着小孩的父母，一家三口脸上都是幸福的笑；勾肩搭背的小情侣，甜蜜欢快；还有边走边聊天的朋友，形形色色，欢喜人间。

只有那一处照不到任何阳光，他在的那个地方就像是被生活隔离，在另一个世界里经历着孤独、痛楚，独自舔舐着伤口。

开学前几天，和悦总是无意识地从这里路过。经过这家便利店外面，在街边走过，偶尔能透过玻璃窗看到他的样子。

和悦也不知道自己想做什么，但她很确定自己一定要做些什么。

男生工作的时候很认真，也看不出那天的冷漠疏离，他偶尔还会遇到女孩子来和他搭讪要联系方式，这时他都会礼貌拒绝，嘴角抿紧，神色稍微冷了下来。

和悦看着他的伤口一天天转好，变成淡淡的痕迹，但是额上那个伤口好像留疤了，幸好不算明显。

她每次都是混在外面的人流中远远看他几眼，确定他如常出现在玻璃窗后面，似乎这样就能安心下来。

就像是书里面的小王子守护着那朵玫瑰一样，她在偷偷地看着自己的这朵玫瑰。

肆城一中开学前的最后一天，和悦再次来到了便利店外面，她踟蹰着，脚尖点着地面，低头徘徊。

开学之后，她可能就没有这么多时间过来了。

和悦不知道他的名字，他的年龄，他的任何信息，她的内心懦弱又忐忑，眼睁睁看着对面的人望而却步，不敢靠近，她又是如此的害怕他。

和悦一直从中午等到了晚上，便利店里人来人往，穿着制服的员工忙忙碌碌，她认真注视着里头，始终没有看见那道熟悉的身影。

天已经暗了下来，路灯一盏盏亮起，行人渐多。

和悦坐在街道边的长椅上，手里捧着的咖啡也转凉，她盯着面前的玻璃窗，直到夜色渐深，有员工推开门，提着袋子出来倒垃圾，准备下班。

和悦终于确定那个男生真的没有来。还没等到她鼓起勇气，他就已经消失在了她的世界。

和悦垂头丧气地回了家，路过客厅时看见了和启坐在沙发那里，看见她立即出声："悦悦，明天开学，去新学校会紧张吗？"

"不会。"和悦走过去，慢吞吞地说。

她高三了，已经过了转学会紧张的年纪，更何况还有周蜜在。

"那就好。"和启顿了下，面容很柔和地说，"最后这个学期太关键了，要不是你一个人在海市我不放心，我……"

"爸，你别担心，周蜜说一中的进度和我以前的学校差不多，况且课程都基本学完了，最后一学期只是复习巩固。"和悦耐心地安抚他。

和悦十岁时，赵媛就同和启离婚了，她带着和悦去了那座沿海城市生活，只有放寒暑假时和悦才会回来同和启待上一段时间。

上个月，赵媛和她的外籍男友再婚了，两人最后决定定居海外，原本是要把和悦一起带出国的，但她坚持要在国内参加完高考再做决定。

和启听到这个消息，不由分说帮她办理了转学手续，很迅速地把她带了回来。

和启是很爱她的。因为爱她，所以即使离婚时她被判在自己这边，也在赵媛走后她每日哭着要妈妈时妥协，让她同赵媛一起生活；也因为爱她，所以在一得知赵媛再婚的消息，知道女儿的意愿之后，立刻带她回到了这里的家。

和悦不曾怨恨过他们，离婚是因为他们之间的感情走到了尽头，所以不可能为了她而继续勉强下去，可她得到的爱也一点都不比别人少。

临睡前，和悦闭上眼，还是难以入眠。

她想，等明天放了学，一定要再过去看看，哪怕只是看到他在那里，就已经是很好了。

寒冬将过，还未迎来春暖花开，大片树木都是光秃秃的，天灰蒙蒙的。

指尖在冷空气中冻得发红，和悦把手塞进大衣口袋里，缩了缩下巴，将脸埋进高领毛衣中。

偌大的教学楼，和悦穿过走廊，眼前出现了高三（一）班的牌子，旁边带着她走的班主任刘安出声："前面就是我们班了，你待会儿简单做个自我介绍。"他顿了顿，又开口，"这里基本和你以前的学校一样，要是有什么不适应的地方，记得来找我。"

"好的。"和悦停了下，轻声道，"谢谢老师。"

清晨的教室，正式开学的第一天，似乎假期的余味未过，大老远就能听到里头吵吵闹闹的动静。

和悦偷偷瞥了眼刘安，果不其然，他温和的神色已经换成了隐隐愤怒。

"吵什么吵！最后一个学期了还不给我收收心！"刘安走进去，用力拍了拍讲桌，顿时，整个教室鸦雀无声，落针可闻。

刘安的神色缓了缓，再次开口，语气平和不少："这是我们新来的转学生，未来一学期就和大家一起学习奋战高考，和悦，做一下自我介绍。"

他朝和悦示意，底下所有人的目光一瞬间集中在她身上。

讲桌旁，穿着驼色羊角扣大衣的女生面容秀丽，眉眼漆黑，白肤红唇，整个人站在那里，就如她身上那件白色毛衣一样，干净清纯。

有暗自的吸气声，伴随着窃窃私语。

“最后一个学期了怎么还有转学生？”

“她好漂亮啊，气质好特别……”

“皮肤好白，腿也长……”

最后一句话是某位男同学说的，话音落地，立刻收到了周遭一堆鄙视的眼神，男同学悻悻然摸了摸鼻子。

“大家好，我是和悦，希望未来几个月能和大家好好相处。”

教室里安静几秒，这太过简单的自我介绍似乎让在场的所有人都没有反应过来。

刘安率先回神：“啊，说完了，大家鼓掌。”

热烈的掌声如梦初醒般响起，和悦抿唇礼貌性笑了一下，视线从底下掠过时，余光突然瞥见一道熟悉的身影。她瞳孔瞬间放大，脸上出现错愕的表情。脑子一下空白了，耳边嘈杂的响动归于寂静，仿佛忘记自己置身于喧闹的教室，和悦眼中只剩下那个坐在窗边的男生。

他穿着蓝色的冬季校服，侧着脸，漫不经心地望向窗外，冷冷淡淡的。

和悦强压住狂乱的心跳，在众人注目之中，故作镇定地找到了自己的座位。整个人还是无比恍惚的，口干舌燥，直到旁边的周蜜凑过来同她说话。

大半节早自习课，和悦都在发呆中度过，心中如同缠绕着一团乱麻。

和悦用力闭了闭眼，深呼吸。

铃声一响，教室瞬间如同解除了某种禁锢，推开椅子起身的声音，讲话声，笑闹声相继而起。

和悦本能望向那处，窗边的人站了起来，他前面有位剃着寸头的男生搭着他的肩膀往外走去，脸上还挂着熟稔的笑意。

和悦对他有点印象，在进教室之前，好像就是他闹得最凶。

两人从后门直接走了，身影渐渐消失，见和悦盯着那一处，周蜜察觉，探头过来，和悦收回视线，忽然看向她。

周蜜有些被吓到，和悦此刻的眼神太深沉，透着她看不懂的东西，黑漆漆的眸子一动不动，深不见底。

“他是谁？”和悦出声问了，话一出口，才发现自己嗓子干涩。

周蜜听完，又望了眼那个方向，略带疑惑：“你说谁？江浩杰啊？”

这是他的名字吗？

和悦本能感觉有点怪异，没有缘由的，就觉得这个名字和他不符。

“还是秋清安？”周蜜再次出声，还是疑惑。

和悦心中却冒出尘埃落定的感觉。

“是他，那个长得很好看的。”

周蜜瞬间懂了，神情笃定：“那就是秋清安了，江浩杰怎么配得上好看这两个字。”

“可是，你问他干什么？”周蜜脸上露出坏笑，睨着她。

“不是你想的那样。”在周蜜未开口之前，和悦平静地打断，眼神毫无波动。

“好吧。”周蜜失望地撇了撇嘴。

和悦在心里默数，一、二、三……

“不过你问起他也不奇怪，毕竟是校草嘛……”不出三秒，周蜜又按捺不住，神秘兮兮地凑了过来，“你看到前面那两个人没有？”她伸手指向教室最左边和最右边的两位女生，都很漂亮。

和悦点了点头。

“这两个人同班三年一直老死不相往来，说话的次数不超过一只手。”周蜜满脸八卦，朝她张开右手，完全是看热闹的语气，“因为开学当天两人打了一架，那叫一个轰轰烈烈震惊四方——就是为了抢秋清安旁边的位置，想要和他坐同桌。”

“然后呢？”和悦有些接受无能。

“然后……”周蜜坐直身子，咂咂嘴，“秋同学面无表情地说：‘对不起，我只和男生一起坐’。”

她模仿着秋清安当时的神态颇有几分搞笑，和悦忍住笑意，想了想又开口：“那你觉得他怎么样？”

“我和他不熟。”

“我看你和那个寸头小哥哥挺熟的，他们不是同桌吗？”

“江浩杰和我是有两分‘塑料’友情，虽然我私底下也和秋清安接触过几次，可真不熟啊。”周蜜想起什么，皱了皱眉头，“我还挺怕他的。”

“啊？”和悦讶异。

周蜜摆了摆手，避开不谈了。

中午，两人去食堂吃饭，和悦之前没有来过一中，对这里都不熟悉，被周蜜拉着，穿过操场和林荫小道，最后抵达了一栋只有两层的建筑前面。

饭点的食堂永远是最热闹的地方。

和悦端着盘子排了很长时间的队后终于打到饭菜，周蜜站在前头环顾着人头攒动的四周寻找空位。

忽然，不远处有人冲她们招手，洪亮的声音穿透了重重人群：“周小蜜！这里——”

和悦看见了上午那个梳着寸头的男生，同时也看见了他旁边的秋清安。和悦还未做出准备，周蜜已经带着她过去，把手里的盘子放到桌上，站在了江浩杰对面，一挑眉，尾音稍稍扬起：“江狗。”

寸头男生气笑了，转移注意力，目光落在后头的和悦身上，露出个灿烂至极的笑：“这位是我们今天的转学生吧，你好你好，我叫江浩杰——”

“外号江狗。”周蜜补充道，江浩杰立刻闭上嘴，神色悻悻。

虽然周蜜嘴上毫不留情，但明显两人关系不错。

周蜜坐在江浩杰对面，旁边就只剩下一个空位，和悦端着盘子的手不自觉收紧，动作缓慢地在秋清安对面坐下。

他未曾抬眼，吃饭的动作很规矩，离得近了，和悦很清楚地看到他额角有一块淡粉色的印记，刚好的伤口和其他地方有明显的区别。

江浩杰在一旁挑着菜嘟嘟囔囔地抱怨："食堂大妈越来越抠了，一份红烧肉就几块，塞牙缝都不够。"

"是你吃得多吧！"周蜜见缝插针地挤对他。

"放屁！"江浩杰气得瞪眼，胳膊一撞，朝旁边的秋清安示意，"别说是我，就连咱们安哥都吃不饱！"

和悦立即看向秋清安，他的盘子里只剩下几块土豆和青菜，装红烧肉那块区域空荡荡的，只有残留的褐色汤汁。

好像真的是吃不饱的样子……

她看了眼自己面前未曾动过的红烧肉，未经思考，夹到他盘子里，轻声说："给你。"

和悦收回筷子之后才发现周遭一片安静。

和悦抬起眼，看到了旁边周蜜和江浩杰震惊的脸。对面秋清安淡淡抬眸，凝视着她。

气氛诡异，几人面面相觑，最后，还是江浩杰先干笑两声，犹豫着解释："新同学，我们安哥不习惯吃别人的东西。"

和悦愕然，眼中有些许微不可察的懊恼。

秋清安没说话，垂下眼，继续吃着盘里的饭菜，只是她夹过去的那两块红烧肉一直放在原处，突兀地堆在盘子角落，一动未动。

回教室的路上，周蜜扯着和悦的手，受到刺激般朝她瞪眼："你是不是疯了？"

"有那么奇怪吗？"和悦疑惑。

"当然了！"周蜜大声叫道，"那是秋清安啊，一般人连话都不太敢和他说，你竟然还给他夹菜，况且你们两个都不认识，连话都没讲过吧！”

“讲过。”和悦闻言补充了一句，周蜜准备的一大堆教训的话都卡在喉咙里，她眨眨眼。

“为什么都不太敢和他说话？”和悦又问。

周蜜脑子没反应过来，被她转移注意力，未经思考便全盘托出：“听说他初中的时候打过人。”周蜜压低声音，“而且在班里大家也都怕他，就连那一堆和他玩得好的男生其实也有点……更别提女生了，没几个敢凑上去的。”

“啊？”和悦惊讶。

“我跟你说，你要离他远点。”周蜜最后严肃地警告她，“不然最后受伤的肯定是你。”

下午最后一堂课结束，和悦跟周蜜一起去宿舍，一中女生宿舍六人一间，上下铺，门边有个大柜子可以装私人物品，窗前是张桌子，摆满了女孩子用的杂物。

和悦临时转进来，只剩下一个上铺，即使老师提前通知过，床板上仍旧摆满了东西。周蜜领着她进去，直接指着那几个坐在床边的女生嚷嚷：“你们把自己的东西收一收，赶紧的，我们要铺床了。”

周蜜在班级里也算是个“风云人物”，家里条件好，和那群男生也玩得不错，平日里我行我素，压根不知道“低调”二字怎么写，但偏偏还真没人敢惹她。

周蜜一说完，那三个女生就立即站了起来，把空床板上属于自己的杂物拿走，还剩下两个小盒子和旧玩偶。

“这个是程菲的……”一个齐刘海女同学小声说。

周蜜轻扬了下眉头：“拿走，就说是我说的。”

“哦。”她很顺从地就做了，把东西通通拿下来放在了宿舍地板上。

和悦看了眼，找出抹布开始擦床上的灰尘。

“我来我来！”周蜜立即抢过抹布，对她说，“你赶紧把你的东西收拾一下，我们待会儿出去吃饭。”

说出去吃饭是真的出去吃饭，学校食堂味道一般，周蜜不知从哪儿弄来一张班主任签的请假条，带着和悦一起到了校外找了家生意红火，环境还不错的小馆子。

很巧的是，两人又碰上了秋清安他们，只是这次不仅仅只有他和江浩杰，还有好几个陌生的男同学。

一见到周蜜，江浩杰就跟打了鸡血似的，立即朝她们招手，然后找服务员拼桌。

周蜜翻了个白眼，但还是带着和悦过去了。

桌子是长桌，四人位的，拼成一张就变成了八人位。

秋清安和江浩杰坐在外面，两人相对，周蜜迅速在江浩杰旁边落座，顿时，就只剩下秋清安身边的空位。

和悦犹豫着，在他旁边坐下。

桌子靠窗，一阵风从外面吹进来，和悦似乎闻到了从他身上传来的淡淡皂香。

他们在聊天，和悦插不进去话，服务员上了茶水，和悦习惯性把茶水倒在碗里开始冲洗碗筷，江浩杰瞥见，惊异道：“我们转学生好讲究哦，饭前还要洗洗碗。”

和悦动作一顿，周蜜已经在他的寸头上赏了一个“爆栗”，瞪他：“你话怎么这么多？嗯？”

“我在海市待过几年，所以习惯了。”和悦笑了笑，温和解释。

海市那边有个习惯，到外面去吃饭，服务生第一件事情就是上壶茶水和一个小盆，碗筷用茶水冲洗过后再把茶水倒到盆里，在上菜之前，又由服务生收下去。

“啊，原来这样……”江浩杰挠挠头，有些不好意思，他可以肆无忌惮地怼张牙舞爪的周蜜，但面对这种温温柔柔的女孩子却是手足无措，一时不知该说什么好。

“那你怎么突然转学过来了，都最后一个学期了。”桌上另外一位男同学忍不住问，这大概是大部分人心里的疑惑。

“我回原户籍地高考。”和悦解释。

男同学疑惑两秒，还是出声：“现在不是可以不受限制了……”

周蜜眼神一变，正准备出声打断，和悦已经弯了下唇，神色未变，依旧是温和平静的模样：“我之前是和我妈妈一起生活，她前段时间再婚了，所以我现在回来和我爸一起住。”

一时间，气氛变得有些奇怪。

秋清安抬眼，看向旁边的女生，不知在想什么。

“那周小蜜和你是一见如故吗？两人同桌第一天就已经难舍难分形影不离了。”江浩杰试探地问。

周蜜再也忍不住，一脚踩向他泄愤：“你是傻子吗？我有这么容易一见如故难舍难分？我和悦悦是小学同学！还有，说了一千遍不准再叫我周小蜜！小蜜小蜜你骂谁呢？”

“那你还叫我江狗！我是狗吗？”

“你是。”

江浩杰一口气差点没提上来，深呼吸，第几千次在心里告诉自己，好男不跟女斗。

被他们两个这么一打岔，先前沉重的气氛顿时烟消云散，菜还没上来，大家干脆学着和悦用茶水把面前的碗筷都冲洗一遍。

只有秋清安没动，垂眼按着手机，不知在看些什么。

和悦把碗里的茶水倒进旁边的垃圾桶，看了他一眼，目光又落在他未曾动过的碗筷上面，想了想，礼貌地询问：“要帮你洗一下吗？”

秋清安的手指停住，再次抬头，目光落在她脸上，浅浅掠过，看不出任何情绪。

“随便。”他的声音一如那天和悦听到的一样，淡漠又疏离，有种不近人情。

和悦沉默了几秒，拿过他面前的碗筷，倒了茶水仔细冲洗，最后洗干净之后又轻轻放回他面前。

秋清安没看她，只随口说了一句：“谢谢。”

这家店之所以那么受学生欢迎是有原因的，菜味道很不错，价格还不贵，完全担得起“物美价廉”四个字。

动筷之后，大家就顾不上聊天了。

周蜜和江浩杰争夺着不远处那盘椒盐排骨，和悦默默夹着面前的菜，秋清安依旧是不紧不慢地吃着。

“对了，安哥，你便利店的工作辞了没有？”

“辞了。”秋清安淡淡地说。

“也是，最后一个学期得收收心了，反正你也不差钱——”话音是戛然而止的，江浩杰自知说错了话，立刻闭嘴，倒是当事人没太大反应。

“收收心这三个字比较适合你吧。”秋清安抬起眼看他。

江浩杰谄笑：“是是是，您可是年级第一，闭着眼考都比我强！”

“吃饭吧你。”秋清安夹起盘里最后一块椒盐排骨丢到他碗中。

吃完饭，一群人浩浩荡荡往学校走去，门卫大叔看到那几张脸已经见怪不怪，眼都不抬一下就放行了。

离晚自习还有十分钟，他们仍然走得不紧不慢。

和悦偷偷扯了下周蜜的胳膊：“我们要不要走快一点？要迟到了吧。”

“没事。”周蜜摆摆手，一脸不在意，“有我们在，你就放心吧。”

话音刚落，前头就传来了脚步声，来人渐渐走近，路灯下，赫然是班主任刘安的身影。

和悦猛地提起心，看向人群里打头的秋清安，他神情如常，连眉头都没动一下。

“刘老师好！”几位男生齐声叫道，气势如虹，嬉皮笑脸的。

刘安瞪着江浩杰：“你们这是从哪儿来的？”说完，他抬手看了眼腕表，愈加严肃，教训道，“这都快晚自习了，还在这里晃荡什么？”

“我们这不正走着呢！唉，刘老师你最近火气有点旺，是不是很久没喝菊花茶了？”

刘安举起手要来打江浩杰，他缩了缩脖子，佯装害怕。

秋清安在一旁解释：“刘老师，我们刚吃完饭要回教室。”

“嗯。”刘安的表情由阴转晴，打量了秋清安一眼，脸色柔和，拍拍秋清安的肩膀，“学习不要太累了，注意劳逸结合。最近好像瘦了，多吃点。”

“好的，谢谢刘老师。”

刘安满意地走了，也没有去看里头还有哪些人，待他的背影消失在路口，江浩杰立刻上前搭住秋清安的肩膀，哼哼唧唧：“老刘简直偏心到家了，一见到你就跟见到亲儿子似的。”

秋清安还没答，周蜜立即嘲讽道：“你要考个六百多分，也是老刘的亲儿子。”

江浩杰跳脚，再次被气得哑口无言。

高三的任务很重，晚自习结束已经是晚上十点。

和悦发现教室里很安静，就连江浩杰都十分乖，全程趴在桌子上睡觉。虽然班里偶尔会吵，但其实大家都很自觉，学习氛围很好。

回宿舍的路上，和悦有些感慨地同周蜜分享了这个发现，顺带夸了下班上的同学，周蜜听完，“扑哧”笑了：“你以为大家一开始都这么自觉的？”

“不是吗？”

“当然不是啦！”周蜜夸张地看着她，难以置信，“要不是秋清安发的那次火，你以为大家都这么自觉呢？”

挺吓人的，周蜜如今回想起来还是有些后怕。

那天班里一如既往地吵闹，老师没在，不管是前排还是后排都在开小差，包括她，也在和江浩杰斗嘴。

秋清安坐在那里做试卷，低着头，只能感觉到他情绪不太好，没人敢去惹他。

前头有人闹得过了火，直接在过道上推搡，不知怎么就撞到了秋清安的桌子，他手里的笔一歪，在纸面上画出了一道长线。

面前的桌子被秋清安用力推开，撞在椅子上，发出重重声响。

秋清安站在那里，面无表情，脸色阴沉：“不想学就给我滚出去，不要在这里干扰其他人。”

那两个打闹的同学愣住了，包括教室里的其他人都直直地看着他。

秋清安抬眼，加重语气咬字清晰地重复了一遍：“我说，如果有不想学的可以出去，不要在教室里干扰其他人。”

“凭什么啊……你说了算？”被这么多人看着，其中一位男同学觉得有些下不来台，梗着脖子和他对峙。

秋清安神情不耐烦，刚准备开口，一旁江浩杰已经起身，用力推了男同学一把。

“叫你闭嘴就闭嘴，哪这么多废话，上课时间打闹还有理了是吧？信不信我叫老刘来顺便通知一下你爸妈啊。”江浩杰霸气十足，剑眉一挑，配着那寸头更显霸道。

那人顿时溜回了自己的座位，一时间，整个教室鸦雀无声，有些人更是连大气都不敢出一下。

周蜜当时偷偷看了一眼秋清安，他依旧沉着脸，坐下继续写着试卷，只是周身似乎缠绕着挥之不去的阴沉。

和悦听完，没有其他反应，宿舍楼前的路灯很暗，照映着建筑物投下大片阴影。

两人一同进了宿舍楼，爬上三楼，走廊有刚下晚自习的学生走过。

她们的寝室在右手边第一间，刚走近，隔着门就能听到里头的嚷嚷声，语气怒不可遏："是谁没经过我的同意乱动了我的东西！有没有素质啊，不知道别人的东西不能乱碰吗？"

周蜜一听这个声音，一把推开了门，站在那里："是我，怎么了？"

"我说程菲，老师应该提前告诉过你有新同学要搬到宿舍吧，你自己的东西把人家床铺占了，还好意思说别人没素质——"周蜜顿了顿，挑起唇轻笑，讥讽，"我看最没素质的是你才对吧！"

程菲一张脸涨得通红，胸口剧烈起伏，狠狠地瞪了周蜜几眼，却还是紧闭上嘴，什么也没说。她端起地上的盒子和玩偶气冲冲走到门外，一把丢进了垃圾桶里，在与和悦擦肩而过时，不知是有意还是无意，重重地撞了下和悦的身体。

和悦站立不稳，周蜜拉了一把，她瞪着程菲欲出声。

"算了。"和悦扯了扯她袖子。太晚了，再闹下去都没时间休息了。

经历了这么一遭，整个寝室的氛围都有些一言难尽，安静得有些诡异。

和悦在卫生间洗漱完，换了睡衣出来，然后轻手轻脚地爬上床，展开被子，躺了下去，忍不住开始胡思乱想。

大家好像都不知道秋清安家里的事情，包括周蜜，他本人比和悦想象中的更加难以靠近。

和悦在床上翻了个身，手枕在脸侧，望着窗外。

今夜没有月亮，星光黯淡，但也不算太黑，有一丝光透了进来，隐约照亮了那一小寸天地。

她闭上眼，慢慢进入梦乡。

学校生活很平静，和以前差不多，做不完的试卷，听不完的课。

和悦总是不自觉在做完题的空隙去看秋清安，进教室习惯性第一眼去搜索他的身影，时时刻刻关注着他的一举一动。她有些苦恼自己现在的状态，不由自主想要靠近他，却也不敢靠得太近，但又觉得安定，只想对他好一点。

周三突然大降温，下起了小雨，天气湿冷，风里带着刺骨的寒意。

早操也取消了，从宿舍到教室，和悦一路上走来，指尖冰凉，整个人都缩进了衣服里，依靠着厚厚的羽绒服遮挡寒风。

和悦极其怕冷，在海市的这些年从未经历过如此寒冷的气候，那边总是温暖如春，就连冬天都是温柔的。

幸好方姨考虑周全，给她准备了暖手宝，充上电就可以发热取暖，在寒冬里真的可以让人的幸福指数达到顶点。

和悦坐在座位上，微微弓着身子，两只手紧紧贴着暖手宝，等待着上课铃声响起。

同学们都陆陆续续进来，大家都穿上了厚衣服，外头裹着校服，还有一些人连围巾都戴上了。

不甚明朗的清晨光线中，闯入一个熟悉的身影。

秋清安独自一人低着头，双手插在口袋里，不紧不慢地走进教室。

他穿得很少，露出修长清瘦的脖颈，肌肤是冷白的，像雪一样。

秋清安走到自己座位的时候，要经过和悦旁边的过道，衣摆偶尔会从她桌角擦过。

这次也不例外，和悦看着秋清安从兜里把手抽出来，指尖泛着淡淡的红，这是和悦很熟悉的，被冻过的模样。

秋清安的衣角突然被人拽住，他停住，垂眸，看到了一张熟悉的脸，眼睛睁得很大，漆黑透亮地望着他。

和悦仰着头，小声问：“你冷不冷？”未等他回答，和悦立刻从桌子底下拿出了一个热水袋放到他手里，语气温软，“你用这个暖一下就不冷了。”冰凉的指尖被温热占据，从那一处蔓延到全身，无比熨帖。

秋清安不带情绪地注视着她，目光深沉，忽地，他动了一下嘴角。

“你对谁都是这么好吗？”秋清安问。

和悦愣了一下，随后摇头：“没有。”她否认，轻声说，“没有对谁都很好。”

秋清安定定地站了几秒，接着把手里的热水袋放回她的桌上，声音淡淡传来：“我不需要，谢谢。”

玫瑰是带刺的，因为本身太过珍贵，所以必须要用尖刺来保护自己。

和悦只能一点点地试探。

周末放假，周蜜问和悦假期安排，和悦说想在家里看书，周蜜很不满。

“我想去逛街。”

“你不是上次才买了一堆东西。”和悦头痛。

“我爸不是生日要到了嘛，我去给他挑个礼物。”她摇着和悦的手臂撒娇，“悦悦，就一会儿，我保证速战速决，你就陪我去嘛……”

“好吧。”和悦几乎没有原则地妥协了。

下午放学时又淅淅沥沥下起雨来，雨好像一整天也都没有停过，只是这会儿雨势似乎有加大的迹象。

周蜜家里人开车过来接她，两人在校门口挥手告别，和悦撑着伞慢慢往公交站台走去。

原本和启也说要来接她的，被她拒绝了，她已经习惯上下学以公交车作为主要交通工具，况且在校门口，认识的人太多。她很不愿意被人知道自己的身份，尤其是秋清安。

朦胧雨幕中，一切事物都像是罩上了一层雾气，雨滴敲在地面溅起水花。和悦抬眼，视线掠过湿淋淋的马路，在不远处看见了秋清安。

他没有撑伞，校服外套的帽子戴在头上，低着头手插兜，单肩背着一个书包，步伐仍然是不紧不慢的。仿佛这连绵不绝的小雨并未落在他身上一般，可和悦明明看见了他被雨打湿的刘海。

怔愣间，雨越来越大，到了敲响伞面的地步，噼里啪啦，一下又一下。

和悦看了看在雨中的秋清安，又看了眼迟迟不来的公交车，神色一变，迈开了脚步。

两人离得不远，不过跨开几步，和悦就到了他身侧，手里的伞微微一偏，举到了他头顶。

秋清安怔住，转过头看她，脸庞雪白，额间乌黑的发贴在肌肤上，一如底下那双黑沉的眸子。

“下大雨了。”和悦解释了一句。

之前落在身上的冰凉雨点一瞬间被头顶的伞遮盖住，伴随着雨水敲打声，像是在杂乱的世界里给他圈出了一块安全的天地，突如其来冒出几分舒适的安稳感。

秋清安难得没有拒绝，沉默着，两人并肩往前走去。

“你家住哪里？”还是和悦先开口了。

顿了两秒，秋清安才回答：“前面那条巷子拐进去就到了。”他声音低沉，又带着特有的少年气，混合在一起，犹如雨水打乱了芭蕉，在和悦心头下了一场纷乱骤雨。

“嗯。”和悦应了声，又想起什么，“你没有伞吗？”

“不习惯带伞。”秋清安解释，语气似乎带了不耐烦。

和悦没有再说话，两人已经抵达了巷子口，没几分钟，眼前就出现了一片居民区。

秋清安带着她走到了一栋三层小楼前面，建筑老旧，墙体已经发黑，绿漆剥落不少。

他站在屋檐下，抖落身上的水珠，和悦收起伞。

“我上去了。”秋清安说，看了她一眼，又道，“谢谢你的伞，回去多注意安全。”

和悦点点头，秋清安转身，拿出钥匙打开一楼铁门。

和悦站在那里，想起什么，看着他的背影忍不住扬声道：“对了，上次那个巷子里，你为什么会……”“受伤”两个字卡在喉咙里，和悦想起那一幕，嘴唇上下轻碰，说不出口。

秋清安推开门，他转过头，目光淡淡投在和悦身上：“果然是你。”

和悦提起的心缓了下来，逐渐镇定：“是，我记得你。”

他依旧没有挪动视线，就这样静静地打量着她，楼里很安静，耳边只剩下雨声。

和悦抿了下唇，喉咙发干：“你为什么会受伤？”

时间被无声拉长，仿佛过了一个世纪。

秋清安的身影消失在了楼道，消失在她眼前。

雨势依旧，过了许久，和悦重新撑起伞，进入雨中。

周日下午，和悦收到了周蜜的连环信息“轰炸”，她放下笔，从书桌前直起身，慢吞吞地伸了个懒腰。

两人在商场逛着，看了各种品牌的皮带、钱包、衬衫、领带……大牌专柜都逛了一遍。三楼有一块是精品区，里头很多生活用品以及一些小物件，琳琅满目。

两人随意看着，脚下不停，往前面的电梯走去，忽然路过一家店的橱窗时，和悦的目光定格住。

那里面摆着很多伞，各式各样，设计的花色特别又漂亮，她忍不住停下，接着走了进去。

“悦悦，你要买伞吗？”周蜜好奇地问。

和悦扫过那一排排的雨伞，随口答：“我看一下。”

雨伞有大有小，折叠的、直骨的，还有自动开合的，数不清的颜色图案。中间有一把小巧纤细，青色的，没有图案的伞。和悦拿起来撑开，发现可以同时遮住她和周蜜。

和悦把这把伞仔细看了一遍，觉得很实用，就算不习惯带，随手放在书包里也是很方便的，她拿着伞去结了账。

两人准备回家，半路上，周蜜突然接到了一个电话，神情立刻变得严肃，语气焦灼："你们现在在哪儿？好，我过来。"

她匆匆忙忙地跟和悦告别，和悦隐约从电话里头听到了江浩杰的声音，一把拉住她："出什么事了？"

"还不是江浩杰！他那边出事了，现在叫我去医院给他们交钱呢！"周蜜招手打车。

和悦咬咬牙："我和你一起去。"

"你去干什么？"周蜜意外地回头看了她一眼，"不用了，放心吧，你赶紧回去继续学习，我可不能成为你成功路上的绊脚石。"

她还有心情开玩笑，看来事情也没那么严重，和悦略松一口气，还准备说什么，一辆出租车已经在她们面前停下，周蜜拉开车门。

"你小心点。"和悦只来得及说出这么一句话，车子便很快消失在她的视线中。

回到家，和悦还是有些心神不宁，她做了几道题，又不由自主看向了放在桌上的那把雨伞，目光停留两秒，她拿起了旁边的手机拨打周蜜的号码，传来一道冰冷的提示音，关机了。

和悦蹙眉盯着屏幕许久，最后一把推开椅子起身，拎起外套往外走去，没走两步，又停住，把桌上的雨伞袋子提到手上。

从家里到秋清安楼下，打车只花了十几分钟。

此时天已经差不多黑了，楼里亮起了一盏橘色小灯。

雨停了，四处还是湿漉漉的，空气中带着潮意。

楼下无人开门，和悦等了一会儿，抱臂靠在墙上。

装着雨伞的袋子挂在指间，一阵风吹来，左右晃荡。

他们一定是在一起的，如果从医院回来，肯定没这么快。

和悦低头按着手机，突然懊恼怎么不留下江浩杰那几人的联系方式，现在只能傻傻等在这里，一筹莫展。

夜色一点点加深，和悦站得小腿有些发酸，索性蹲下来，在脑海里默记着今天背的重点。

不知时间过了多久，周围静如死水，连风声都消失了。

和悦迷迷糊糊的，开始生出困意，她闭上眼准备睡一会儿，浑噩中，耳边就传来了脚步声，很浅很轻，带着不慢不快的频率，踩过地面，有细微的踏水声。

和悦睫毛颤动，强迫自己睁开眼，模糊的视线里，她看到了一个熟悉的身影走过来，是秋清安。

和悦立即惊醒，困意全无，从墙边站起。

秋清安明显看到了她，目光定在她身上，带着冷淡的，浅浅的疑惑。

“我……”和悦一出声，喉咙有些干哑，她清了清嗓子，问道，“你们还好吗？有没有受伤……”她说完，又解释，“我之前和周蜜在一起，听到她打电话了，有点担心。”

和悦没办法忘记那次在巷子里见到秋清安的场景，她甚至在来的路上还在想，要不要先去买点药。

她打量着秋清安，从他不带情绪的脸到全身，衣着完整，面容如常，还是那样的好看，即使此刻没有表情，眉目依旧细致。

和悦心头涌起微小的暖意，唇边也不由自主带了笑：“你没事就好。”

秋清安是第一次遇到这种，让人难以反感的讨好和善意，从第一次见到和悦起，她似乎就是这样。

不远不近，恰到好处的分寸，偶尔过界也是透着无法拒绝的柔软。他发现了这一点，眼前女孩嘴角浅浅的弧度也变得讨厌了起来。

他不喜欢失控，更讨厌被入侵。

秋清安神色越发冷漠。

“嗯，你还有事吗？”他不留情面地问，这已经是下了逐客令。

和悦脸上笑容慢慢消失，却还是那副好脾气的样子。

“这个给你。”她上前一步，把手里的东西递到他面前，轻声说，“下午和周蜜逛街的时候看到就顺便买了。”

见他没反应，垂眸盯着那个袋子，和悦抿了下唇，补充道：“没什么其他意思，刚好看到这把伞很小巧，方便携带就买了，最近肆城应该会经常下雨，不注意点很容易感冒。如果今晚不是恰巧有事过来，我大概明天也会带到学校给你。”

她神情很认真也很平静，仿佛在楼下等了大半天给他送伞是件很稀松平常的事情。

夜晚静谧，月亮隐没在云里，路灯黯淡昏黄，她的眸子亮得惊人，通透干净。

秋清安过了许久，才缓缓伸出手接过和悦递来的雨伞。

她刚准备弯唇，突然鼻头发痒，一声响亮的喷嚏响起。和悦吸了吸鼻子，用指腹揉了揉，瓮声瓮气道：“那我先走了。”她鼻音浓重，一阵冷风袭来，身体情不自禁地抖了抖，缩着肩膀，准备离开。

“你衣服怎么湿了？”秋清安的声音自后头传来，随意而冷淡。

和悦“啊”了一声：“刚下出租车的时候有点小雨。”她摸了摸自己的袖子，没有很湿，隔着毛衣感觉不出来。

“上来吹一下吧。”秋清安丢下这句话，垂首开门。

和悦眨了下眼，有些难以置信地愣在原地。

秋清安推开门，回头看她，眸中闪过一丝不耐烦：“走不走？”

“走！”和悦反应过来，立即应道，音量不由自主地提高，震得头顶的灯都闪了闪。她微窘，低下脸，跟在秋清安身后加快脚步上楼。

男生眼眸里浮现出一点笑意。

秋清安的家在顶层，和悦一直以为这是一栋三层的小楼，结果走上去才发现，最顶上还有个类似小阁楼的建筑，像是后面加盖的，变成了四楼。

这一层只有秋清安一个住户，和悦在走廊上打量着四周，等待着秋清安拿钥匙开门。

房子很旧，却很干净，里头是个小客厅，家具很少，显得空旷。桌椅柜子都是木质的，经历过时间的打磨，变得光滑老旧，颜色黯淡。

整个空间莫名透着一种孤独寂寥的感觉。

和悦的目光往前移，发现角落还有一个小楼梯，似乎上面还有地方。

秋清安带着她进来后径直进到厨房烧水，不一会儿，咕嘟声响起。他蹲在沙发前，从茶几下面拿出了一个吹风机："插头在那里。"

和悦站在门边的位置吹着衣服，吹风机工作时的噪音很大，风很热，房子遮风避雨，比外面温暖很多。

她认真地吹干衣服，然后看到秋清安从那个楼梯下来，走进厨房。

和悦把吹风机放回原处，秋清安端了杯热水给她。

"喝完再走。"他弯腰把玻璃杯放在桌上，垂眼，神情淡淡的。

"哦。"和悦捧起杯子，热气袅袅升起，温度透过杯壁传来，暖入心扉，全身的寒意都被驱散了。

秋清安在她不远处坐下，面前同样放着杯热水，但没有喝，似乎在等它冷掉，整个人靠倚在沙发上玩着手机。

和悦小小地抿了一口热水，忍不住说话："家里就你一个人吗？"

"嗯。"秋清安应道。

"那个，楼上是什么？"和悦指了指角落里那个小楼梯，旁边只有一间卧室，难道秋清安是一个人住吗？

"上面是个小阁楼，我晚上睡那里。"秋清安没抬头，简单回答。

"底下呢？"和悦好奇，又指了下斜对面关着门的房间。

秋清安看了眼，随后很快又低下头："那里没有人住。"

没有人住。

和悦在心里默念了一遍，揣测着这几个字的意思。她视线不自觉在四周游荡，不经意一扫，看到了不远处桌上摆放着的相框，里头是一个女人和小男孩并排站在一起，女人的手揽着他的肩膀。

照片里的秋清安还很稚嫩，大概八九岁的样子，旁边的女人很美。

和悦背脊僵住，整个人定在那里，双目凝滞。

秋清安没有发现，和悦无意识地举起手里的杯子喝水，却忘了里头的水还滚烫，一入口，舌尖被烫得刺痛。她立刻放下杯子，不停吸气。

“没事吧？”秋清安抬眼望了过来，眉头微蹙。

“没事没事。”和悦站起身，有些手忙脚乱。

秋清安看了她两秒，接着起身，到厨房给她倒了杯冷水。

和悦接过，低声说了句“谢谢”。

她慌乱地喝了两口，没有办法再在这里待下去。

“我先回去了。”和悦匆忙放下杯子，同他告别。

秋清安觉得有些奇怪，却还是把她送到了门口。

“可以了，我自己下去就行了。”她低声说。

秋清安已经拿了钥匙准备出去：“巷子黑，我送你到马路边。”

这栋楼很旧，楼梯也狭小，手臂一不小心就会碰到墙壁。

秋清安走在和悦后面，整栋楼只听见两人的脚步声，和悦方才慌乱的心慢慢地平复下来。大概是夜晚给了她勇气，独处的空间过于诱惑，狭窄的楼道里，仿佛整个世界都只剩下他们。

和悦轻声问：“你一个人住吗？”

“嗯。”秋清安又应道。

“那其他的……”

“我和我妈一起生活，前段时间她出车祸去世了。”秋清安言简意赅地说，情绪没什么起伏。

和悦感觉空气一瞬间都变得薄弱了，窒息感挤压着她的胸腔。

“对不起。”她未经思考，这三个字脱口而出，安静须臾，和悦又加重了语气，几乎一字一句重复“对不起”。

秋清安一直看着她上车，才挥挥手离开，临走前还郑重其事地拍下了车牌号码。

司机看了眼她，打趣道：“你朋友安全工作做得很到位啊。”

和悦礼貌性朝他笑了笑。

秋清安虽然看起来冷冷的，不好接触，但其实内心善良又柔软，从这个晚上就可以窥见一斑，这样的他令和悦更加愧疚。

回到家，她给手机里新存的那个号码发了条安全抵达的信息。

片刻，那头回了一个“嗯”。

和悦定定看了一会儿，扔掉手机，仰面躺在床上望着天花板。脑海中还是浮现了那张照片，他笑得很开心，暖暖的，像个小太阳，而旁边的人是他的全部喜爱和依赖。

和悦第二天到学校见到了周蜜。

“悦悦，你昨晚给我打电话啦？我手机那会儿没电关机了，后来回去太晚就忘记给你回了。”

“没什么事，我就想问一下你们情况怎么样。”和悦揉了下额头，把肩上书包放下。

“哦，没出什么大事啦，就江浩杰的朋友轻微骨折，没住院，当天就回来了。”

“他们经常受伤吗？”和悦问，周蜜眨眨眼。

“还行吧，就江浩杰他们隔三岔五就出状况。不过秋清安没和他们一块儿，也是和我一样经常给他们收拾烂摊子的。”周蜜貌似不经意地说。

和悦手里动作停住，笑了两声。

和悦干脆就着她的话题问下去：“那你知道秋清安的家庭情况吗？我看

他好像一个人住。”

“这我不太清楚。”周蜜迟疑了两秒，打量四周，然后语气变得有些小心翼翼，“不过我听说他好像没有爸爸。”

和悦的目光变得恍惚，发着愣，胸口传来一阵疼痛，呼吸不畅，从那一处蔓延到全身，手足冰凉僵硬，大脑一片空白。

他好像没有爸爸。

也就是说，只有他和母亲两人一起生活，而仅有的、相依为命的那位亲人也在这次车祸中去世，就只剩下他一个人了。

和悦又想起了那座空落落的房子，独自住在里面的那个少年，灯光下，隐没在阴影中沉默的脸，形单影只。

他的周身竖起了一堵厚厚的屏障，却又担心她一个人回家而送她到马路边，等着她上车。

周蜜担忧地看着和悦，和悦一直抿着唇不说话，直直地目视前方，那个样子好像快哭了。

和悦整整低落了一天，到晚上才有几分好转。

快上晚自习的时候，和悦突然想起来上周回家时和启让方姨给她带了一箱牛奶，不喝估计得放到期末了。

真是爱的负担，和悦暗自叹气。

“我去宿舍拿瓶奶。”和悦同周蜜说，“你要吗？给你也带一瓶。”

“什么奶？”周蜜问。

“就我从小喝到大的那种。”

“澳洲的那个牌子？香浓营养又可口的那个？我要我要我要！”

这个时候宿舍基本没人，天差不多黑了。

和悦摸到门边上的开关，按下，眼前顿时一片明亮。

她翻到牛奶箱子，从里头拿出两瓶。

天越发黯淡，四周开始亮起星星点点的灯光，教学楼里有一处很暗，头顶的灯好像坏了。

和悦埋头走着，在楼梯拐角那里，光明和黑暗的交界处，自上而下走来一个人，即使面容看不太真切，和悦依旧认出了是秋清安。

他的身影、样子，甚至是细微表情和动作，似乎都被无意识刻在了她的心里。

和悦本能地想起了今早听到的事情。

两人的距离越来越近，目光交错，他神情淡淡地看了过来，和悦张了张唇，话脱口而出："快上课了。"

"嗯？"秋清安看向她。

"你去哪里？"

周遭安静了几秒，秋清安开口："洗手间。"

"哦。"和悦应着，不自觉地避开视线，大脑有片刻的空白。

她本能捏紧手里的东西，憋出一句："你要喝牛奶吗？我从小喝到大的，香浓可口又营养——"话一出口，和悦恨不得拍自己一巴掌。

秋清安站在她面前没动，沉默了一会儿，出声拒绝："不了，待会儿不方便拿。"

僵持一瞬，和悦埋头从他身边冲了出去，刮起一阵风，擦过他的手臂。

秋清安看着那个快速奔跑消失在走廊拐角的人影片刻，然后眨了眨眼。

和悦回到教室，脸上的热度依旧未退，脑中回放的都是他说的那句"不方便拿"。

也是，人家去洗手间，她干吗要问他喝不喝牛奶！

和悦木着脸把手里紧紧捏着的那瓶奶放到周蜜面前，自己从旁边抽出一张试卷做题，绷紧了神色端直了背。

周蜜剥出吸管插进去，心满意足地喝了一口，注意到旁边的人，疑惑道："悦悦，你脸怎么这么红啊？"

"闭嘴。"和悦面无表情地说。

翌日，午休时间，秋清安吃完饭回来，旁边江浩杰在和蒋方打打闹闹。

他懒得说话，拉开椅子坐下，伸手去桌子抽屉里翻笔记，指腹突然触到了硬物，把东西拿出来，发现是一瓶牛奶，上面还贴着淡黄色的便利贴，画了个笑脸。

秋清安苦恼地皱了下眉头，抬眼看向前方，和悦正在和周蜜说话，侧脸白皙秀美，神色如常。

秋清安的手指轻轻地动，懒洋洋地拆开吸管，刚喝上一口，被江浩杰眼尖看到了。

“安哥，你哪儿来的牛奶？你竟然背着我们偷偷喝奶！”他大叫，顿时，整个教室的人都望了过去。

秋清安叼着吸管，用看智障的目光看了他一眼，然后，慢吞吞地松开吸管，把奶瓶放到了桌角。他一抬头，对上了前方和悦的视线。

女孩清澈的黑眸带了笑，盈盈地望着他。

各处开始传来窃窃私语声。

“秋清安竟然会喝牛奶，这和他人设不符啊……”

“而且那个奶瓶好萌哦，在哪儿买的，我们学校超市好像没有吧？”

“学霸就算喝奶也是和我们与众不同的！”

秋清安再次瞪了江浩杰一眼，后者心虚地摸了摸鼻子。

不远处，程菲捏紧了手里的笔。

那个牛奶，她在宿舍见到过，和悦有一整箱。

下午最后一节是体育课，难得没有被其他科目老师“鸠占鹊巢”。

和悦和周蜜悠闲地手挽手散着步，去学校超市买雪糕。

篮球场上，起哄叫好声一阵又一阵。

江浩杰和秋清安配合默契，一个传球一个投篮，动作潇洒帅气，引得旁边不少女生暗自握紧了拳头，面色涨红。

最后秋清安站在弧线外，以一个干净利落的三分球结束了这场比赛。

大冬天，少年们都脱掉了厚重的外套，浑身都是蓬勃的朝气。

离下课还有二十分钟，不少人开始收拾东西回教室。

秋清安把校服拎在手上，只穿着一件米色毛衣，洗完手擦了把汗。

迎面走来一个人。

“秋清安，给你。”女生脸上挂着甜甜的笑，对上他的视线，又略带羞涩地抿了下唇。

是程菲。

秋清安对班里人的印象都不算深，但由于她开学当天造成的轰动，外加时不时往他面前凑，所以秋清安对她还是有印象的。

他垂眼看着被递到面前来的牛奶，皱了皱眉：“我不喝，谢谢。”

“你不是喜欢喝牛奶吗？”程菲有些委屈地看着他说，“早上还看到你喝了。”

“我不习惯喝别人的东西。”秋清安说得更加直白一点。

面前的人越发委屈了：“那你还喝和悦的！”

秋清安有点头疼，面对这种自我意识过剩的人，他维持着最后的耐心。

“这是我的事情。”他强调，眸中带了点冷意。

程菲太熟悉了，秋清安总是这样厌烦地看着她，她眼眶顿时红了。

“凭什么啊！”程菲忍不住嘀咕，“我比她差在哪里，是我先认识你的，她不过才转来了几天而已，凭什么啊……”

秋清安不想费劲去和她解释，这一切本就和他没有关系。

和悦也是，她也是。

买完雪糕，和悦跟周蜜又在学校里逛了一圈，呼吸完了新鲜空气，吃干净雪糕才回到教室。

没一会儿，就看到大家都陆陆续续回来了。

江浩杰搂着秋清安的肩膀，几个人还在那里大声讨论着篮球。

有点吵，和悦放下笔，干脆拿着杯子去门口打热水。

刚接完，拧上杯盖，就见程菲从外面走进来，她神色不佳，看见和悦如同见到了仇人，恶狠狠地瞪了她一眼。

和悦假装没看到，转身回教室，谁知道，后面立刻传来脚步声，猝不及防，身体被人狠狠一撞。

和悦眼疾手快地扶住了旁边的一张桌子，才没有摔倒。

她脾气再好也不免带了点火。

“你有病？”和悦拧着眉头质问，那副冷冷的，不把人放在眼里的样子，和先前秋清安的模样如出一辙。

程菲气得咬牙，肩膀颤抖。

“你干什么呢！”两人的动静恰好被周蜜看到，她当即拍桌叫道，这样一闹，所有人都看过来了。

程菲时刻记得开学的那次教训，她再冲动也强迫自己忍了下来，又瞪了面前的和悦一眼，怒骂：“你才有病！”说完，翻了个白眼走了。

和悦站在原地揉了揉肩，低着脸，情绪不佳。她大概猜到了程菲为什么突然对自己发难，不出意外就是那瓶牛奶惹的祸。

因为在昨天下晚自习之后，她给宿舍每人都送了一瓶，肯定是被程菲认出来了。

“蓝颜”祸水。

和悦在心里嘟囔，一抬眼，恰好看到了秋清安。

秋清安似乎没察觉这边发生的事，漫不经心转着笔，盯着桌面，听旁边江浩杰他们大呼小叫，神情漠然。

和悦有几天没跟秋清安说话，原本他们就是两条平行线，是她硬生生改变了轨迹，去和他相交。

和悦最近都在专心复习，每天早出晚归，待在教室，除去打水吃饭上厕所，可以一整天都坐在位子上不动，两人就连碰面的机会都少有。

周蜜都在嘀咕，问她是不是快学傻了。

和悦一脸郑重："我本来就是这样的，在以前学校的时候就是从早学到晚——"她说着，盯向周蜜，"倒是你，都高三最后一个学期了，还不上心，是打算去上专科还是去国外野鸡学校？"

周蜜无语凝噎。

不知不觉，又是一周过去，和悦在家做了一天题，到了傍晚，暮色四合，才揉了揉眉心放下笔，从一旁拿起手机，靠在椅子上休息。

她翻了翻周蜜朋友圈，周蜜的生活五彩斑斓的，又是游乐园又是鬼屋的，最后还拍了张山顶夜景。

出镜最多的是江浩杰，偶尔还有其他人。

和悦翻到最后一张才在角落找到了一个熟悉的背影，她的指腹在手机屏幕上摩挲了一下，然后关掉了。

周蜜昨天热情万分地邀请了和悦，却被和悦婉拒，她还失望了好久。

最后她小心翼翼地试探："秋清安也会来哦。"

和悦当时在做题，闻言头也不抬，随意应道："哦，那你们玩得开心。"她是发自真心地希望他们开心。

生活就这样按部就班，随着刚开学的新鲜感过去，班里的气氛渐渐开始收紧。

和悦每日埋头在课桌前学习，从秋清安这个角度，一眼能看见她。

这段时间，总是出现在他生活中的人好像消失了，就连偶尔有周蜜的场合都看不见她。

秋清安淡淡移开眼，看向窗外。

树枝冒出了点点翠绿新芽，在蓝天下，迎着风轻轻颤抖。

宽阔的操场跑道，灰白建筑，偶尔从树林上飞过的白鸽。

他的心情莫名有些烦躁，像是在沙漠上掀起的一阵细风，卷起薄薄的一层砂砾，又很快归于平静。

第二章 月色

随着三月走向尾声，温度渐渐转暖，阴雨连绵的天气也被初春的阳光取代，只是偶尔又降下几缕阴霾。

和悦在三楼擦着窗户，透过玻璃可以看到底下来往的学生。

今天下了点小雨，路上撑开了各式各样的伞，还有些没有带伞的学生，拉长袖子遮住头，快步冲进教学楼。其中有一把很眼熟的青色伞面，不大不小，握着伞柄的那只手骨节修长白皙，步调一如既往，不紧不慢。

和悦的目光一直追随着秋清安，直到他走进楼里。

“你在看什么呢？”周蜜好奇地凑过来，顺着和悦的目光往下看。

和悦收回视线，专注地擦着面前的玻璃。

“没看什么。”她说完，又催促，“你快点，待会儿去吃饭了，秦非言还在等着我们。”

周蜜立即被转移注意力，无比卖力地干起活来。

两人抵达餐厅时，雨还在下，和悦收起伞，周蜜已经迫不及待地拉着她往里走，说：“我上次见秦家哥哥还是一年前，不知道他又帅了没有？”

“差不多吧。”和悦回忆了一下自己寒假刚回肆城时和秦非言的那次碰面，他一直都是那样，这么多年来都没有太大变化。

说着，两人已经走到了厅内，不远处有人朝她们招手，周蜜眼尖，立刻就看到了。

“非言哥！”她拉着和悦几乎是小跑了过去。

坐在窗边的人穿着白衬衫和大衣，面容斯文俊气，戴着一副无框眼镜。

秦非言是和悦旧时的玩伴兼好友。

两家父亲都是生意场上的人，关系不错，小孩子也经常聚在一起玩，和悦就这样跟他认识了。秦非言大她一岁，目前在江市读大学，这次刚好放假回来，约和悦见面吃顿饭。

两人落座，周蜜暗含激动地望着他，全然不复平时那肆无忌惮的样子，秦非言眸中带着笑意，温和出声：“这是周蜜吧，长这么大了，变漂亮了。”

“没有没有。”周蜜连忙摆手，一张脸似变成了红苹果。

和悦在一旁提着茶水冲洗碗筷，秦非言接过：“我来。”

“最近怎么样？新学校。”他一边倒水一边随意地问。

和悦端起杯子喝了口茶：“挺好的。”

“同学都好相处吗？”

“嗯。”和悦点点头，“大家都忙着学习，也没空相处。”

“非言哥你就放心吧，有我在绝对不会有任何人欺负悦悦！”周蜜扬声道，拍了拍胸脯，一脸英勇。

和悦无奈地看她：“你还以为这是小学啊。”

和悦的童年记忆并不算美好，那个时候赵媛正在跟和启闹离婚，而她也因为和家的名气在学校被同学孤立。

因为是有钱人家的小孩，每天车接车送成了炫耀，穿国外定制的漂亮小裙子也是炫耀，就连喝的牛奶、吃的饭菜，也因为与众不同受到议论。

开始只是大家都不跟她玩，到了后面，则变成了明面上的排挤。

秦非言大她一级，每天都会过来找她一起吃饭，一起上下学，兜里总是放着糖，是和悦最喜欢的口味。

他是她最好的朋友和哥哥。

后来周蜜转学过来，像是冲进恶魔堆里的骑士，把和悦解救出来。

周蜜总喜欢叫和悦小公主，因为那时的和悦温柔可欺，对这个世界抱有最单纯的善意。之后的两年和悦过得很开心，因为有他们陪伴着她。

周蜜第一次见到秦非言就很㞞，天不怕地不怕的小霸王瞬间变得吞吞吐吐，之后和悦问周蜜原因，周蜜偷偷和她说："你哥哥长得实在太好看了，我害羞。"

在海市生活的几年是和悦最轻松的几年，再也不用顾忌旁人的目光，不用顶着和家的身份，就像所有普通人一样和同学相处。其实后来一想，也是那个时候大家都年纪小，到了现在，大概也不会历史重演。可是和悦仍然不想让别人得知自己的家庭情况。在一中，只有周蜜知道她的所有事情。

吃完饭，和悦要回学校，秦非言把她们送到门口，挥手告别。

"我走了。"他摸了摸和悦的脑袋，看到一旁周蜜炯炯有神的大眼睛时，忍俊不禁，也拍拍她的头，"你们在学校好好学习，如果有事情就给我打电话。"

"好好好。"周蜜把头都快点出了重影。

秦非言再次挥了挥手，撑着伞消失在雨中。

周四放学，班里人都差不多走光了，都迫不及待地奔赴食堂。

和悦做完试卷最后一道题，正准备去食堂跟周蜜会合时，看到讲桌前一个男生在扫着地，嘴里抱怨："秋清安怎么回事啊，也不来做值日，我一个人要弄到什么时候……"

“孙明。”和悦叫出了他的名字，“你今天和秋清安一起值日吗？”

“对呀，他都不知道去哪儿了。”孙明愤愤地说，“我还有一堆试卷没做，待会儿去晚了食堂都没菜了。”

“那我帮他做吧。”和悦收起桌上的东西，拿起讲桌旁的抹布，“我来擦东西，你快点扫完就去吃饭。”

男生如蒙大赦，动作都快了许多，两人分工合作速度很快，最后只剩下把部分桌椅归位。

“你先走吧，我叫周蜜给我打饭了，剩下这一点我来做就好。”和悦的活比较轻松，比他先弄完。

“行吧。”男生也不推辞，脚底抹油，溜得飞快。

傍晚夕阳下，橙红的光影斜斜照进教室，落在整洁明亮的地面上，和悦有些艰难地搬着桌椅，摆放整齐。

秋清安进来时看到的就是这样一幕，他瞥向黑板，确认今天值日生写的是自己的名字后，出声打破此刻的安静：“今天不是我值日吗？”

“啊，没见到你人，我就顺便做了。”和悦仰起头回答。

“他呢？”秋清安问起另一位值日生。

和悦解释：“他弄完先走了，还有一点点收尾我负责。”

“哦。”秋清安点点头，没再说话，走进来和她一起把桌椅摆齐。

剩下最后一张桌子时，和悦刚搬动，秋清安就在另一头抬起，两人共同把这张桌子归位。

四目相对，秋清安望着她，抿了下唇：“谢谢。”

三月底，一中迎来了一模考试。

成绩出炉后，学校还是沿用着老办法，在公告栏张贴了一张大红榜，里头用黑字印上了每个人的名字，从第一名到最后一名。

这次试题有点难度，和悦跟周蜜下楼时还有些忐忑。

公告栏前已经挤了不少人，两人艰难地挤到了前头，睁大眼，在上面找自己的名字。和悦一眼就看到了自己的名字在最前面显眼的地方。

比她预料中的还要好，全年级第二。

她目光一移，看到了前面紧挨着的那个名字——秋清安。

和悦不自觉弯起唇，转头，恰好对上了另外一张脸，秋清安的黑眸深邃，无声地看着她。两人对视着，时间仿佛有一瞬间的静止。

和悦脸上的笑意未变，眨了下眼，秋清安眸光微闪，收回视线。

旁边的人比他们还要激动，兴奋欢呼。

“哇！我安哥厉害，又是第一！”

“老大就是老大，学习娱乐一把抓！”

“文武双全，德才兼备，这位公子，您莫不就是那天上的文曲星转世？下凡来啦！”

和悦憋笑，刚抽动嘴角，就见周蜜疯狂晃动着她的身体，嗓门大到在校门口都能听见。

“悦悦你竟然是年级第二！我的天哪！呜呜呜我怎么会有你这样的神仙朋友，真是修了八辈子的福气才能和你坐同桌，太激动了。”

周蜜说完，还在那里伸手做抹泪状，和悦仿佛能感受到旁边炙热的目光，她埋头，连忙拉着周蜜挤出人群。

周日是江浩杰的生日，周蜜再次向和悦发出盛情邀请，和悦想了想，还是拒绝了：“我和他也没有这么熟，算了吧，你们玩得开心。”

周蜜知道她不喜欢这种活动，毕竟自己也不是寿星，挣扎几番之后，失落妥协：“那好吧。”

放学后，和悦径直回了家，今晚和启回来了，两人约好一起吃晚餐。

周蜜同江浩杰在外面吃饭，话题聊到了生日活动。

江浩杰想起什么，问了句：“对了，和悦来吗？我忘记和她说了。”

“悦悦要复习，不来了。”周蜜埋头夹菜，随意回了句。

江浩杰摸了摸下巴，还有点失望：“看来是我面子不够大啊，新同学太乖了。”

“你压根儿就没有诚意好吧，都不去亲自邀请人家，叫人家怎么答应？”周蜜气得拿筷子要砸他头，他连忙躲避。

“你说得对，唉，女人就是麻烦。”他嘟嘟囔囔地去掏手机，低头解锁，“你看我那些兄弟，谁不是一传十十传百的，要我一个个去邀请，岂不是累死……”

“没人让你去，人家悦悦还不一定来呢！”周蜜听着他的话，气不顺想去抢他手机，他眼疾手快，拨通号码。

“别别别，我嘴贱，我是真心想要邀请新同学来的。”江浩杰暗忖，到时候万一周蜜和程菲打起来，有和悦在，也可以制服住她。

两人不合是“历史遗留”问题。

两人打闹间，和悦的电话通了，江浩杰开了免提，她的声音传了出来，尾音轻轻扬起，又软又柔，让人心头痒痒的：“喂？”

“喂，我是江浩杰！”大嗓门一如既往，开门见山就报了自己的名字。

和悦那头安静了几秒。

江浩杰连忙又加了一句：“新同学，你不来就是不给我面子啊，我赶明儿到学校就去你桌前哭！”

“哭什么？”

“哭你看不起我呜呜呜！”

沉默再次蔓延在两人之间，江浩杰顶着周围一圈鄙视的目光，一咬牙，心想今天不要脸了！

他刚张嘴准备再不要脸一点，和悦的声音已经传了出来：“好。”

江浩杰呆滞了两秒，才反应过来她这是答应了。

挂断电话，江浩杰神清气爽，周遭一片打趣声，他充耳不闻夹着菜，余光不经意瞥见秋清安，以为自己看花了眼。

刚才……那大哥脸上的笑是假的吧?

周末，和悦出门后，顺便去了一趟颐和天地，给江浩杰买了份礼物。

她抵达吃饭的地方时，夕阳已经降临。

周蜜先到，在大门处等她，接到和悦后，熟门熟路地带她左拐右拐，推开了一间包间门。

里头万分热闹，但有不少陌生面孔，大概是其他班和外校的，和悦还认不全，程菲和她那两个小姐妹也都在，还有江浩杰他们常玩在一起的几个人。

秋清安旁边已经坐满了人，周蜜拉着和悦在江浩杰旁边的空位坐下。

菜一道道上来，有几个活跃的人在，其间玩笑声不断，吃得差不多了，和悦起身去洗手间，回来后却发现自己的座位被人占了，和悦没说什么，只是到别的空位拉开椅子坐下。

和悦重新拿了套碗筷，有一下没一下地夹着吃。

后来，大家“转战”KTV。

KTV里面很吵，头顶开着射灯，天花板上一个发着光的彩色球在转动，五光十色，色彩斑斓。昏暗光线中，堪称“群魔乱舞”。

部分同学霸占了点歌台，握着话筒唱得深情投入，声音在包间里回荡，传到每一个角落。

和悦独自靠在沙发角落里，一边嗑着瓜子，一边欣赏着并不动听的歌声。她吃完一把，又挪了个果盘放到面前，用牙签叉了块西瓜，打开了手机。

不知过了多久，沙发突然陷下去了一块，有人坐在了她身旁。

和悦摘下耳机，转过头，看见了仰头靠着沙发背的秋清安。他整个人有些倦意，无精打采，带着一丝颓然。

两人就这样相安无事地坐在一起，和悦继续戴上耳机看视频，秋清安闭上眼，在这喧闹中睡着了。

和悦发现他是真的睡了，而且睡得很熟，哪怕之后有人来了首撕心裂肺的《死了都要爱》，他仍旧连眉头都没有皱一下。

斑驳的光影下，和悦得以第一次近距离观察他的脸，肆无忌惮的，不受阻碍的。

秋清安长得很好，是受女孩子追捧的长相，放在长辈眼中也是乖巧俊朗，睫毛长得令人嫉妒，肌肤偏冷白，唇色永远是浅浅的红。

和悦才发现他眼底有淡淡的青色，像是长时间睡眠不足导致的。印象中，他身上永远带着疲倦，大部分时候双眸蒙着层雾气，仿佛隔着远山。

房间里吵闹依旧。

又过了很久，江浩杰从那群人中脱身，走过来看了秋清安几眼，又拍了拍和悦的肩膀："新同学，我们安哥就麻烦你多照顾一下了。"

江浩杰冲她抛了一个"你懂我也懂"的眼神，只可惜和悦完全不能心领神会。

"啊？"她迷茫地仰着脸，江浩杰又冲她挤挤眼，走了。

和悦默默转头，看向一旁安睡的秋清安，眨了下眼，继续看视频去了。

逐渐到了深夜，大家的精力好像用不完似的，气氛仍然火热，甚至还有"愈演愈烈"的架势。

和悦的手机快没电了，她揉了揉酸涩的眼睛，往后靠在沙发上休息。

零点了，有服务生推了蛋糕进来，唱歌的同学握着话筒抓紧时间唱最后几句歌，其他人也纷纷抬起头。

和悦等了两秒，伸手轻轻地推了推身边的人，提醒道："零点了，起来吃蛋糕了。"

没有动静。

秋清安似乎陷入了梦境，对外界毫无知觉。

和悦加大了点力气推了两下，旁边的人倏地睁开眼，正对上她的眸子。

头顶的灯一瞬间亮了起来，昏暗被驱散，彼此的面容在明亮中无比清晰。秋清安眼里有戒备，有戾气，还有刚睡醒的蒙眬，瞳孔黑得深沉而浓郁。

和悦的眼睛清澈，在灯下泛着浅浅的茶色亮光。

没两秒，他像是回过了神来，情绪渐渐散去，慢慢直起身子，揉了揉眉心，再看过来，已经神色如常，眸光平静。

和悦刚准备揉发酸的肩膀，动作一下停住。

“对不起，我刚才睡着了。”秋清安低声说，嗓音里带了点沙哑，低沉磁性。

和悦摇头：“没事。”

江浩杰在正中间拿着话筒发表着自己的寿星感言，面前的大蛋糕被人插上蜡烛，足足有十八根。

“我今天终于成年了！”他大叫，旁边一群人起哄。

“可以去浪了！”

“可以拿着身份证去网吧了！”

“可以去考驾照了。”和悦望着那个方向，轻声说，秋清安转头看了她一眼。

刚刚打开的灯又被人关上了，蜡烛被点燃，黑暗中亮起橘红烛光，映红了一张张脸庞。

江浩杰许完愿望，吹灭蜡烛，刚准备切蛋糕，一块奶油就迎面而来，灯打开，一群人开始奶油大战。

和悦唯恐被殃及，连忙寻着门的位置拔腿而逃，包间里追逐打闹，其中还飞射着让人望而生畏的“蛋糕炮弹”！

混乱中，和悦被人抓住了衣领，人影幢幢里她看见了程菲的脸，程菲手里正握着一块大蛋糕，带着恶意的笑。

和悦脑中一片空白，眼睁睁看着她要打过来。

就在这一刻，她的右手突然被拽住，一股巨大的力道把她往旁边一拉，那块蛋糕落了空，打在另外一位女同学身上。

对方不甘示弱，立刻还击，两人当即就对打了起来，谁也不肯让步。

房间越来越混乱，和悦被秋清安拉着往门口而去。他走在前头，带着和悦从人群中突围，其间擦过好几个人的肩膀，有惊无险地冲向了外面，仿佛是电影里惊险刺激的慢动作回放。

和悦还未回神，她背靠墙壁喘着气，秋清安在一旁，也仰头呼吸着，耳边总算安静了下来。

“太可怕了……”和悦喃喃地说，低头环顾自己，衣着还算整洁，没有被污染。

她又转头打量着秋清安，他头发上沾了点奶油，白白的，像是雪一样。

和悦低头翻着口袋，从里头找到一包纸巾，递过去：“你擦擦。”

秋清安有些疑惑地望着她：“嗯？”

“这里。”和悦点点头发。

他伸手摸了摸，还是满脸迷惑。

和悦干脆踮起脚，伸手去帮秋清安擦，秋清安一僵，却也没有躲开。

和悦从他的第一反应就察觉到了行为不妥，却还是硬着头皮帮他擦完，动作很快，然后把纸巾丢到了一旁的垃圾桶里。

“沾到奶油了。”她解释道。

秋清安点点头：“嗯。”

两人没站一会儿，身后的门就被打开了，江浩杰顶着一张面目全非的脸，睁圆了眸子望着两人，他整张脸都是白的，只有那双眼睛乌黑颇为滑稽。

和悦憋笑，他露出恼怒之色，手掌往脸上一抹，带着满手奶油就朝两人扑了过来。和悦吓得半死，立刻拔腿而逃。

江浩杰停住脚步，看着仍然站在那里不动的秋清安，挑了挑那双奶油底下的眉：“去厕所？”

江浩杰花了半天工夫洗脸，甩了甩手上的水珠，从一旁抽出纸巾来擦干。

秋清安倚在门边，他今天心情看起来还不错，嘴角噙着淡淡的笑意。

江浩杰难得一见，打趣：“怎么，今儿个心情很好？”

秋清安抬眼看他，不置一词。

江浩杰不死心，凑近，压低了声音问：“我说，你和新同学关系处得还挺好？”

“没有的事。”这次秋清安回答了，声音如常。

江浩杰不信：“你骗鬼呢，这学期加起来都没今天笑得多，还坐在人家旁边睡觉，你说说，平时你睡觉的时候谁敢碰你？”

“不小心睡熟了。”他随意解释，语气很淡。

“真的？”

“嗯。”秋清安说完，似乎还有些未退的蒙眬睡意，他伸手揉了揉眼睛，像是自言自语，“只是觉得她让人很舒服，仅此而已。”

和悦在洗手间整理完，又到楼梯口吹了会儿风，才再次回到包间。

江浩杰在指挥着众人把房间恢复原样。

秋清安依旧懒懒窝在角落没动，也没人敢支使他，程菲气呼呼发着脾气，旁边两个姐妹在哄她。

周蜜一见到和悦就迎了上来：“悦悦，你跑哪儿去了？”

“我到洗手间，避避风头。”她说。

周蜜偷笑，点了点她鼻子：“你可真是个小机灵鬼。”

三更半夜的，一群人都在马路边打车，江浩杰把每个人都送上车后，才看向她们。

“我和悦悦一起走。”周蜜举手，和悦没有意见，两人先离开。

江浩杰看着车离开，拍了拍手：“好了，最后就剩下咱俩了，走呗。”

“不同路。”秋清安说着，抬手招了辆出租车，拉开车门，毫不留恋地离开。

只留下风中凌乱的寿星大人江浩杰。

短暂的玩乐过后，等待着他们的依旧是无止境的学习。

一模结束没多久，学校组织了高考体检，统一前往医院。老师提前嘱咐了他们不能吃早餐，一大早，就有大巴车在校门口等候，以班级为单位出发。

各项检查，排着长队做完后，学生们一个个都已经饿得发慌，就连和悦这种身体素质过硬的孩子都有些脑袋发晕。

她赶紧趁着回学校的空隙，到医院门口去买早餐。

外面的小摊还挺多的，和悦买了两个茶叶蛋、豆浆，还有几个包子顺带加了个玉米。

她实在是太饿了，看着什么都想吃。

她边喝着豆浆边往医院走去时，还有部分同学没检查完，她爬上楼梯，看到了刚抽完血出来的秋清安。他脸色有些苍白，尤其是嘴唇，那模样好似下一秒就能晕过去。

和悦担忧地问："你还好吗？"

"嗯。"秋清安一手按着棉签，低头整理着衣袖，随口应道。

"要不要吃点东西？"和悦朝他示意了一下手里的早餐，"我买了很多吃的。"

为了提高自己的可信度，和悦把袋子打开，一样样在他面前展示着："有豆浆、鸡蛋、包子、玉米，你要吃哪个？"

秋清安看着她的早餐，似乎略微诧异地眨了眨眼睛，随后轻轻颔首："豆浆吧。"

两人坐在走廊长椅上，和悦把豆浆递给他。外面买的这种豆浆是袋装的，乳白色，和悦也忘记要吸管了，秋清安咬开一个口子就叼在嘴里喝。

她不由自主地想起了他那天咬着吸管喝牛奶的样子，有几分可爱。

“包子吃吗？我尝了一个，味道还不错。”她继续投喂。

秋清安思考了几秒，没有拒绝。

和悦又剥了个茶叶蛋递过来，秋清安动作一顿，还是伸手接了。

最后的那个玉米被和悦掰成两段，一人一半，两人啃完玉米，听到老师呼唤着大家上车回学校。

周蜜的身影出现在走廊那头，伴随着急促的脚步声，不一会儿就到了和悦跟前，神色焦急地大叫：“悦悦，我的早餐呢？”她没察觉到此刻的状况，连声催促，“快快快，老刘在底下叫我们集合了。”

和悦有些尴尬，秋清安手里还拿着玉米棒子。

周蜜等不到回应，定睛一看，瞥见了两人旁边的那一堆袋子和鸡蛋壳。

周蜜一脸哀怨地望着和悦，和悦回过神，解释：“对不起啊蜜蜜，我刚才看到秋清安，他好像很不舒服的样子……”

“别解释了。”周蜜生无可恋，“我都懂。”

两人对话间，不知为何，秋清安只觉得坐立不安，他站了起来：“该下去集合了，快来不及了。”

“哦，好。”周蜜想起正事，当即便拉着和悦下楼。

进入四月，肆城开始热了起来。

时间被高考这只无形的大手挤压着，学生们在夹缝中喘息生存。

和悦是英语课代表，这天下午她发着试卷，突然发现后座那几个位置都是空的，她有些疑惑，回到座位后问周蜜：“江浩杰他们几个去哪儿了？”

“啊，他们好像请假了。”周蜜闻言，头也不抬地答道。

和悦有些想笑：“老刘下午外出都没在学校，他们怎么请假的？”

“这样吗？”周蜜茫然抬起脸，推了推眼镜，“可能电话请假的。”

和悦没说话了，拉开椅子坐下，但不知为何，总是有些心神不宁。

她坐了会儿，还是不放心，抬起手肘推了推一旁的周蜜：“你给他们打个电话试试。”

“行吧。”周蜜也不知道和悦对秋清安这种超乎寻常的关心是哪儿来的，不过周蜜很清楚秋清安外表的杀伤力，和悦大概是被激起了母性情结吧。

周蜜不知第几百次在心里吐槽。

电话响了很久才被接通，江浩杰那大嗓门即使不开免提都能听到，讲了几句，他说自己在外面很快回来，和悦略略放下心。

没过多久，他们几个确实是回来了，却唯独不见秋清安的身影，和悦问他们，江浩杰摆摆手：“安哥有点事，回家了。”

“什么事？要不要紧？”和悦蹙眉，担心地追问。

江浩杰眼含深意地看了她一眼，开玩笑：“怎么，新同学这么关心我们安哥？”

话一出，旁边几个男生都笑了。

和悦也不羞恼，依旧定定站在那里望着他。

“我是挺关心他的。”和悦回答，“所以你能告诉我出什么事了吗？或者，”她一歪头，也开玩笑，“我让蜜蜜来帮我问你？”

江浩杰顿时拍大腿告饶：“别别别，我说我说。”

他是真怕了周蜜了，因为上次生日会叫上了程菲，足足给那个小祖宗买了一周早餐，那小祖宗现在还没怎么消气。

“他就是情绪不太好……”江浩杰挠挠头，觉得这样说也有点不对，可又要把和悦糊弄过去，又不能透露出秋清安的信息，还挺难的。

“心情不太好，对。”他换了个说辞，“所以回家整理一下！”

和悦若有所思，知道从他嘴里也问不出什么了，便“哦”了一声，没再追问。

江浩杰松了一口气。

下午放学，和悦收拾东西回家。

班里人都走光了，她回头看了一眼空空的座位，秋清安依旧没有出现。

和悦在家复习了一天，吃完饭休息了会儿，又坐到了书桌前。

离高考越来越近，连周蜜都不敢松懈了，待在家里做题，偶尔还会在手机上远程向她请教。

晚上方姨敲门，送来了夜宵，芋圆甜酒，煮得温温的，带着淡淡的甜。

和悦喝完，准备继续拿起笔时，一旁的手机忽然疯狂振动起来，上面来电显示的是江浩杰。

他的声音很急促，喘着气，偶尔传来两下汽车鸣笛，语气里带着满满的担忧："和悦，我从昨天起就联系不上秋清安了，你能不能帮我去他家看一下，我家人突然出了点事现在赶不过去……"

"出什么事了？"和悦当即起身，开始翻找钱包和钥匙。

"我奶奶进医院了，我们全家都过来了——"

"我问你秋清安出什么事了。"和悦深吸一口气，加重语气。

那头安静了，过了许久，才听到江浩杰说话："和悦，你先去帮我看看他有没有问题，其他的，等我回来再告诉你。"

"好。"和悦已经下楼，开始换鞋准备出门。

"尽量不要让他一个人。"江浩杰最后迟疑地嘱咐道。

和悦挂了电话，伸手拧开门把，方姨在身后叫道："悦悦，这么晚你去哪儿？"

"我同学出了点事情，去看看。"和悦转身和她说，"方姨你先睡，不用等我。"

夜色深沉，外头一片漆黑，仿佛闯入了迷雾之中。

和悦叫了个车，径直抵达秋清安楼下，她等了一会儿，跟在一个开门的人身后进去。

和悦抬手敲门，过了许久，没人应答，她想起那个小阁楼，干脆张开手，大力拍打着门：“秋清安？秋清安你在吗？”

和悦一边叫一边在心里庆幸，幸好这层只有这一户人家。

和悦拍了有好一会儿，手掌都拍红了，她正怀疑里头没有人想要放弃时，“咔嚓”一声，面前严丝合缝的门猝不及防地被从里面打开，秋清安面无表情的脸出现在和悦面前。

和悦顾不得在意秋清安的反应，此刻的秋清安实在虚弱得有些吓人。他微微佝偻着身子，捂住胃部，唇色惨白，额头还有细密的汗珠。就连撑在门上的手都用了十足的力气，白皙的手背上鼓出了青筋，整个人看起来摇摇欲坠。

和悦一颗心都提到了嗓子眼：“秋清安，你没事吧？要不要去医院？”

她伸手想去扶秋清安，被他挥开，他抿紧唇一言不发，转身艰难地走向客厅，然后倒在了沙发上。

“你哪里不舒服？”和悦蹲在他身边，压下紧张轻声问。

秋清安的眸子动了动，定格在她的脸庞上。

“我没事，就是有点胃痛。”他喉咙滚动，气息虚弱。

“那里有药，麻烦帮我拿一下。”秋清安指向角落的柜子，和悦立刻蹲下去翻找，仔细看过说明书，确认了保质期之后才给他拿了过来。

“我去烧水……”她话刚出口，就见秋清安捏着药盒，从里头抠出来几枚白色药片，仰头，径直干咽了下去。

和悦连忙去给他倒水，来不及烧开，水是凉的。那凉水顺着喉咙进到胃里，像是在灼热的肺腑中浇下冷雨，秋清安痛得整个人蜷缩在一起。

和悦眼眶一酸，转身到厨房给热水壶插上电。趁着这个时间，她在网上查了刚才的那个药名，上面显示主要治疗慢性胃炎，和悦又顺便查了下他现在能吃的食物，关上手机后，开始翻找起厨房的食材。

一无所获，就连最基本的米都没有。

她干脆找了家经常去的餐厅，订了一份白粥和几份蔬菜。

水烧开，和悦端着杯子小心翼翼地送到秋清安面前，他紧闭着眼，额头冒着汗。

和悦叫了秋清安两声，他勉强坐起，伸出手接过杯子，小口喝水。

疼痛似乎缓解了很多，秋清安的神色恢复正常，只是那眸子黑得吓人。

“你怎么来了？”

“江浩杰联系不上你，就给我打电话了。”和悦抽出纸巾，触上他的额头，秋清安也没躲，就这样直直看着她。

“你吃东西了吗？”擦完汗，和悦又问他，秋清安的睫毛动了动。

“没有。”他声音很轻，“一觉就睡到现在了，被敲门声吵醒的。”

和悦不知道该说什么了，一肚子的问题，最后只拣了几个关键的：“你经常胃痛吗？严不严重，有没有去医院检查过？”

“偶尔。”秋清安避重就轻，“饮食不规律才会这样。”

“那你上一次吃东西是什么时候？”

过了很久，秋清安动唇：“昨天中午。”

“你什么时候开始睡觉的？”和悦过了会儿，轻声问。

“不记得了。”秋清安回答完，又想了想，神色困惑，“好像外面天快亮了。”

和悦许久没有说话，盯着他苍白的脸。

此刻的秋清安和巷子里那个艰难从地上爬起来的少年几乎重合了起来。

学校里的他有朋友，有兄弟，有人暗自倾慕。

他虽然不爱笑，话少，但整个人就如同所有这个年纪的男生一样，似乎能看到青春的希望。

然而夜深人静独处时，脱掉伪装，这个他才是真正的他。

暮气沉沉，孤苦伶仃，华美的外表陷入了深不见底的淤泥沼泽。

和悦突然想到，假如今晚自己没有过来找秋清安，那是不是他就独自一人在这空荡荡的房子里，任由生命力慢慢地消耗，或许到最后才会被人发现。又或者他跌跌撞撞地挣扎着下楼，像刚才那样把药片干咽进去，强撑着身体去烧水，一个人度过这个难熬的夜晚。

如果相框中的那个女人还在，结果肯定不一样。

她会轻声细语地关怀，会给他送上热水和药，也会做上一桌热气腾腾的饭菜，然后温柔地叫他起床吃饭。

和悦低着头，眼泪一颗颗砸下来，落在地上，很快消失得了无痕迹。

“我叫了粥，你待会儿吃点。”和悦飞快站起来背过身，随即快速擦干泪水。

和悦环顾一圈，在角落看到一块小毯子，展开，倾身盖在秋清安的身上：“你先休息一会儿。”

她不敢看他，一直低着头，即将起身时，一只手突然伸到了她眼前。

秋清安的大拇指从她的眼睛下面抹过，指腹有淡淡的温热，触感陌生而清晰。

他声音带着困惑：“你怎么哭了？”

和悦僵住，是电话铃声解救了她，她慌乱站直，拿出手机，江浩杰问她情况。

和悦三言两语把秋清安现在的状况告诉他。

江浩杰十分懊恼：“我就知道！你把电话给清安，我跟他说。”

和悦把手机递给了秋清安，他看了眼，伸手接过放在耳边。

不知道江浩杰在对面说了什么，秋清安垂着眼，时不时应一声，不一会儿，通话结束。

和悦刚接过来，手机又再次振动，外卖到了。

她下楼去取。

不过花了两分钟时间，和悦依旧放心不下，一路小跑上楼梯，用钥匙打开门看到他仍旧安然地躺在那里时，才心头微松。

“能起来吃吗？”和悦把手里提着的袋子放到桌上，他睁开眼，手往后撑，缓缓坐起靠着沙发背。

“能。”秋清安言简意赅地吐出一个字。

和悦拆开盖子，白粥熬得稀烂清淡，她拿了勺子一起递给秋清安，他低着头，慢慢吃着。大概吃了半碗，他就不吃了，可能是胃里充实，痛楚减少，苍白的脸庞终于有了几分气色。

和悦又给他倒了杯热水。

秋清安小口抿着，雾气氤氲着他的眉眼，昏黄灯光下，虚幻得不真切。

“你什么时候回去？”最后，他放下杯子，望向和悦。

“我等你没事了就回去。”她也回视着他，“你还有什么需要吗？”

“没有了。”秋清安摇摇头，“你可以走了。”

“今晚谢谢你。”

和悦定定地注视着他，须臾，轻轻叹了口气：“你就睡在这里吗？”

“我上去睡。”秋清安闻言站起了身，只可惜力不从心，差点站立不稳，摇晃两下要摔倒。

和悦眼疾手快立即扶住他，低声道：“小心。”

“我扶你上去吧。”她抬头望着他说。

秋清安脸上闪过一丝不自然，却还是没有拒绝。

他仍然抬手捂着胃部，虽然很努力，但大部分重量还是压在了和悦身上，似乎脚下无力，同时还忍着痛楚。

上楼梯时，和悦不得已伸手扶住了他的腰。

秋清安身体僵了一瞬，咬咬牙，手不自觉握成了拳，又很快松开。

和悦没有注意到这些，她只关心秋清安之前是怎么拖着这一副身子从这里下来的，万一不小心就会栽到地上了。想到那个画面，和悦就不自觉心痛。

好在楼梯不长，很快就走到了顶，和悦终于进入了这个小阁楼。

比起一层要小了很多，是个大通间，地上铺着木地板，只有床、书桌和衣柜。

头顶的天花板比起一楼要高很多，还有一扇木窗户，此刻关得严实，密不透风。

房间很干净，但床铺有些凌乱，秋清安先前应该是从上面爬起来的。

和悦扶着他重新躺回床上，然后给他掖好被子，轻声说："你休息吧，有事叫我。"

"你还不回去吗？"

"太晚了，没车。"和悦面不改色地撒谎。

谁知道晚上他还会出什么事情。

大概也是想到她一个人回家不太安全，秋清安眼中闪过一丝懊恼，沉默过后，出声："你不回去没事吗？"

"没关系，我爸经常不在家。"和悦语气平淡地说。

秋清安眼前立即出现那天她提起自己家庭时，神色如常的模样。

他眸光软下去一点。

"那你……"秋清安纠结她睡在哪里的问题，微蹙起眉。

和悦似乎看了出来，率先开口："我就睡地上吧，铺床被子就好了。"她眨眨眼，"我小时候可喜欢打地铺了。"

秋清安张了张唇，最终还是妥协。秋清安从衣柜里抱出棉被，又分给了和悦一个枕头，她躺在旁边，一个躺在床上，一个躺在地上。

房间只开了一盏小灯，静悄悄的。

和悦把窗户打开了一点，有凉凉的晚风吹了进来，带着清新的空气。

秋清安无声地望着天花板，听到她在一旁开口："我先睡了哦，你有事一定要叫我。"

"好。"他动了动身子，闭上眼。

时间一点一滴流逝，胃里的疼痛由剧烈变得轻微，到后来，已经像是感觉不到了。

秋清安毫无睡意，转过身，将目光投向了那个睡得正好的人。

和悦睡觉的时候很规矩，安稳地盖着被子躺着，面容恬静，长长的睫毛在脸上投下一点阴影，嘴轻抿着，看起来莫名乖巧。

秋清安昨晚照例失眠，因为见到了那个人，不可避免地回忆起了一些过去的事。他难以合目，濒临崩溃，最后爬起来做题，他做完了所有试卷，天色也已经泛白。

他躺在床上，望着空荡的过分安静的房子，再一次深刻意识到，在这个世界上他已经变成了独自一人，没有任何的血缘羁绊，也没有任何一个亲人。就像是个游魂，飘荡在茫茫世间。

永远也不会有一个名为家的地方等待着他。哪怕他就此消失，也不会有人知道，不会有人在意。

秋清安被疼痛唤醒时，房间一片漆黑，不知何时，他意识沉浮在半梦半醒间，唯一清晰提醒他活着的是胃中一阵阵的绞痛。

他在黑暗中用力闭上眼，蜷缩起身子，脑中有种不管不顾的荒唐想法。

就这样吧，或许可以得到解脱。

麻木的疼痛中，时间流逝得毫无痕迹，就在秋清安快要失去意识陷入昏迷前夕，耳边突然传来敲门声。

先是浅浅的，轻不可闻，到后来一阵又一阵急响，催促着，扰得人难以安睡。

秋清安皱起眉，认知在虚幻和现实中拉扯，最终，被扰人清梦的拍门声占据了上风，他睁开了眼。

一室温暖灯光倾泻，胃不复先前疼痛，有个人躺在不远处，安静地陪伴着他，秋清安牵了牵嘴角。

有时候人就是容易钻牛角尖，以为自己被全世界抛弃，现在回头一看，不过是几分矫情。

他掀开被子，轻手轻脚下床，刚踩上地面，胃就轻轻抽痛了一下。

秋清安走到和悦跟前，弯腰，小心翼翼把她从地上抱起，忍着痛，艰难地把她放在了床上。她没有醒，只是用脸蹭了蹭枕头，睡得很安然。

秋清安无声笑了，躺在另外一边，盯着天花板半晌才缓和过来。

他缓缓吐气，手背抚了把额头，转过脸静静看着相隔半米远的和悦，目光专注。

许久，秋清安终于睡着了。

这一夜过得分外平静。

和悦醒来才发现自己睡在了床上，旁边空荡一片，秋清安不见踪影。

她坐起，有些茫然地环顾四周，接着掀被，下楼。

恰逢门打开，秋清安提着一袋子东西进来，脸色还是略为苍白，比起昨日却要精神不少。

两人打了个照面，彼此都一愣，还是和悦先出声："你好点了吗？"

"好多了。"秋清安回道，把手里袋子放到了桌上。

"我买了早餐。"他望向和悦，抿了下唇，"你要不要先去洗漱？"

他从袋子里拿出了新买的毛巾和牙刷，和悦猛地想起自己是刚睡醒的模样，脸色有几分不自然。

"好。"和悦垂下眼，胡乱从他手里接过东西，慌忙地冲进了洗手间。

和悦洗漱完出去，秋清安已经把早餐摆在桌上，和她上次在医院买的差不多，鸡蛋、包子、豆浆，只是他自己面前却是一份简单的白粥。

两人相对而坐，安静地吃着东西，和悦咬了口包子，想起什么说："对了，我昨天怎么睡到床上去了？"

"我抱你上来的。"秋清安神色如常地回答，低头喝粥。

和悦的动作顿了几秒，然后缓缓"哦"了声。

吃完早餐，秋清安起身要收拾东西，和悦连忙抢了过来："我来我来，你好好休息吧。"

他停住动作，任由和悦抢走手上的东西。

和悦扔完垃圾，洗干净手，想到秋清安空空的厨房，迟疑地走出去。

“你平时吃饭都叫外卖吗？”

“嗯。”秋清安闻声仰面看向她。

和悦犹豫一会儿，还是忍不住说：“外卖油盐都比较重，而且卫生情况让人担忧，中午我去买菜自己做吧。”

秋清安愣住了。

“你会做饭吗？”半晌，他只问出这么一句。

和悦蹙眉咬唇：“嗯……应该不难吧。”她最后做出决断，望着秋清安郑重道，“我觉得我应该可以。”

“行吧。”他考虑了下，“我跟你一起去。”

“不用不用，你在家休息。”和悦连忙拒绝。

秋清安有些无奈，认真开口：“和悦，我真的已经没事了。”

两个人还是一起出门了，巷子不远就有家生活超市。

路上，和悦发现秋清安说的没事只是单纯的不疼了而已，他走两步还是会喘，脸色苍白，比起平常要虚弱很多。

也是，这两天他就吃了两碗粥，怎么有力气。

和悦想着，待会儿一定要好好给他补补。

秋清安家里什么都没有，和悦从油盐米开始买，网上说慢性胃炎吃萝卜和蔬菜比较好，另外少食油腻，可以用鱼肉代替。

和悦拿了根胡萝卜，又拿了把青菜，最后挑鱼时，秋清安忍不住在一旁出声了：“其实我不怎么吃胡萝卜。”他语气婉转，“也不太吃鱼。”

“为什么？”和悦挑选的动作停住，微微懊恼，以为他有什么忌口。

“鱼刺多，胡萝卜太难吃了。”秋清安皱了下眉，抱怨。

“没关系。”她深吸一口气，认真说，“我会帮你把鱼刺挑干净，胡萝卜煮得一点胡萝卜味道都没有。”

都熬烂在粥里了，和悦不信他还能吃得出来。

秋清安听完沉默了，须臾，督了一眼，像是默认的模样。

和悦看着他，然后低头继续挑着鱼，摇摇头自顾自笑了。

两人买完东西回去，时间还早，于是商量着干脆一起做题。

阁楼的窗户被彻底打开了，外头临近街道，却很清静，还能看到隔壁的小花圃，里头盛开了许多不知名的花儿，在雨后阳光下舒展着身子。

白色窗帘被风吹动，悠扬地飘在空中，两人盘腿坐在地板上，共用一张四四方方的木桌子。

各占一头，一抬起脸就能看到对方。

秋清安在做试题，和悦拿着他的卷子，把解题过程写在草稿纸上。

她才发现秋清安的试卷都做完了。

和悦一边写一边对着答案，正确率很高，就连她没有头绪的题目，秋清安都解出来了。

这个人的脑子未免太好使了一点。

和悦想起来，他还经常在课堂上睡觉，秋清安一直坐在后排，位置并不显眼，而即便老师发现了也基本当作没看见，毕竟每次考试，他都稳居第一。

和悦没来之前，他整整甩出了第二名几十分。她默默感慨着，仰望学霸光芒。

“对了。”和悦突然抬起头看他，咬了咬笔头。

“你想考哪所大学？”以他的成绩，不出意外的话，大概哪所学校都能考上了。

“京大经管。”秋清安不假思索地答完，愣了一下。

“为什么？”和悦好奇追问。

秋清安沉默了一会儿，声音很低：“以前我妈还在的时候，其实过得很辛苦。所以我想以后赚更多的钱，让她可以过得舒服一点。”他有些迷惘，“现在不知道了，也没有特别想去的学校和专业。”

和悦安静好久，才沉吟着，缓慢地启唇，声音干涩艰难。

“其实京大很不错，大部分人挤破了头都想进去，经管学院更加是京大的王牌，在里面可以认识更多厉害的人，看见更大的世界。”她郑重无比地盯着秋清安，点头，“我觉得你的这个目标就很好。”

“是吗？”秋清安缓缓转动着手里的笔，忽然抬眸看她，“那你呢？”

“我？”和悦思考了一下，摇摇头，“我还没想好，到时候等分数出来了再说吧。”

和悦做完半张试卷，下楼研究怎么熬粥。

但她还是在网上查了食谱，细细看过之后才开始动手。

米先上锅煮，然后把青菜和胡萝卜切成细细的丝和丁，鱼片用水简单烫了一遍后，和悦戴上一次性手套，握着筷子把刺挑干净。

等锅里的米翻滚，再把青菜萝卜都加进去继续煮，差不多熬烂的时候，最后放鱼肉，加上一点点的盐。

和悦尝了下味道，眼睛骤然发亮。

太好吃了！

味道鲜美，鱼肉的口感很好，青菜和萝卜都融在了粥里，清爽适口。

她有些兴奋地准备起锅，刚弄完转身，就看到了站在门口的秋清安，他定定站在那里，不知道来了多久。

和悦受到了惊吓，手不受控制地抖了一下，盛得满满的一碗粥便荡出来了点，正好溅在她手背上。

和悦抽了一口气，秋清安连忙走过来，从她手里接过碗，紧张询问：“没事吧？”

“没事。”和悦摇摇头，打开水龙头冲洗。

那一块肌肤有些发红，但好在没起水泡，和悦擦干净手出去，秋清安担忧地望着她。

“就红了一点点。”和悦手指放在脸旁比了个米粒大小的距离。

秋清安好像松了口气："没事就好。"

"你尝尝这个，我觉得味道很好。"和悦指了指桌上的粥，认真道。

秋清安捧着碗挪到身前，他低头尝了一口，立即抬眼望向她，眸光欣喜，带着浅浅笑意："真的很好吃。"

秋清安整整吃了两碗，在他动手还想去盛第三碗时，和悦阻止了他："你胃刚好，不能吃太撑。"她忍俊不禁，"喜欢的话我晚上再煮。"

秋清安动作停住，随后点头，还是笑着道："好，那我晚上再吃。"

下午，两人没有再继续做题。

和悦找了一部很久以前就想看的电影。两人靠着床沿，坐在毯子上，旁边放着可乐和牛奶。

光影缓缓在昏暗房间亮起，主人公的对白倾泻了出来。

事情为什么会变成这样?

起因是和悦在秋清安阁楼上竟然发现了一部投影仪，他走过来时顺便问她要不要看电影，之后就变得顺理成章了。

一个布置场所，一个下去拿饮料，等和悦上来，地上已经铺好了毯子，还有两个抱枕放在那里。

周围很暗，随着电影里的画面明明灭灭，和悦和秋清安并肩坐着，谁也没有讲话，房间里很安静，只能听到耳边偶尔响起的台词。

电影剧情引人入胜，节奏镜头都很不错，但和悦忽然间有几秒走神，她从来没想过有一天会和秋清安一起静静地坐在他家里看一部电影，更可怕的是，她并不想逃离。

等这段时间过去吧，她心想，等毕业了，他上了大学，离开这个地方之后，一切都会结束。

他会越来越好，直至有天忘记所有的伤痛。

晚饭也是和悦做的，有了中午的经验，这次她不仅煮了粥，还炒了两个清淡的小菜。

秋清安看起来胃口很好，仍然吃了两碗饭，整个人气色也变好了。

和悦满怀欣慰，和他昨天的模样相比，已经让人非常满足了。

她可以放心地回去了。

昨晚一直催促着她回家的人今天只字不提，在和悦同他告别时，还露出了几秒愣怔。

秋清安听完很快调整情绪，开口："我送你吧。"

和悦想了想："你可以送我到巷子口。"

"好。"秋清安答应，抿着的唇浅浅上扬。

和悦看了他好几秒，略为新奇地眨了下眼，他最近好像爱笑了。

这是一件好事。

两人下楼，顺便把垃圾带下去，一路上，和悦还在不放心地嘱咐。

"你晚上要是饿的话一定要吃东西，把粥和菜热一下就可以了。"她顿了顿，又说，"我买了面包和饼干，放在冰箱里，你以后要按时吃饭，实在不行也可以用这些东西垫垫胃。"

"嗯，我会按时吃饭的。"秋清安点了下头，模样看起来很乖。

和悦忍不住弯唇，忍住想要摸他头的冲动。

"那你要好好听话哦。"她开玩笑，朝他摆摆手，拉开门上了车。

秋清安站在原地，一直看着车子驶离视线，他低头盯着脚尖，像是自言自语："我会听话的。"

和悦回到家，方姨焦急地迎上来，问她这一整天去哪儿了，昨晚和启还打电话过来问了。

和悦低头换鞋，温和地朝她解释："同学家里没人，突然生病了，我帮忙照顾了一下。"

"生什么病，严不严重？"方姨顿时被转移了注意力。

"胃病。"和悦说完，想起什么，"对了方姨，你教我做几个菜吧，我明天可以用保温盒带去学校给他。”

“不用了，我直接给你做好带过去吧。”方姨殷切道。

和悦想了想，点头：“也行，那就麻烦方姨了。”

外面天已经快要黑了，和悦洗完澡出来，坐在书桌前飞快补这两天的作业，凌晨，她才放下手里的笔，揉揉发酸的脖子。

她困顿地趴到床上，拱进被子里，很快闭上眼睡着了。

第二天一大早，和悦下楼吃早餐，方姨把准备好的饭菜用保温盒装好，放到了她手旁：“这些都是清淡养胃的，最下面还有一格是汤，记得让你那个同学喝啊。”

“好。”和悦感激道，“谢谢方姨。”

清晨刚升起的朝阳下，穿着校服的学生们穿过翠绿葱郁的校园。

和悦来得早，教室空着大半，她把保温盒放在桌子上。

周蜜来时，一边塞书包一边好奇地问她：“悦悦，你怎么还带饭了？”

“哦，这个，”她随意道，“带给秋清安的。”

周蜜立刻瞪大眼睛：“怎么回事？怎么就突然给他带饭了？我这个小学同学兼同桌是要彻底失宠了吗？”她哭诉着，“悦悦，你好狠的心啊！”

和悦平静地说：“他胃病犯了，所以给他带的。”

“秋清安是做了多少善事啊，一个你，一个江浩杰，都把他当宝一样捧在手心，真是幸福得让人嫉妒！”周蜜愤愤不平地抱怨。

和悦在心里回答，不是，他就是太不幸福了，所以才需要让人去关注和保护。

临上课时，秋清安才和江浩杰一起进来，和悦看见他，眼睛亮了亮。

“这是什么？”秋清安经过和悦桌旁时，她把保温盒递过去，他拿在手里疑惑端详。

“这里面是方姨给你做的饭菜，还有汤，你放到中午吃。”

“哦。”他垂下眼应着，看不出欢喜。

“怎么了？你不喜欢吗？”和悦有些无措地问。

秋清安抬眸望着她，摇摇头：“没有，很喜欢，谢谢。”

周遭几人都如遭雷劈。

受惊吓最多的是周蜜和江浩杰两人，彼此对视一眼，猛咽口水。

刚下课，和悦就收到了江浩杰的短信，约她教学楼男厕旁楼梯口见。

正好和悦也要找他，不假思索就答应了，只是把地点改成了学校顶楼。

两人看完信息同时起身，一个从前门走一个从后门出去，如同秘密接头般，最后在顶楼阳台成功会师。

“只有十分钟。”和悦看了眼表，朝江浩杰抬了抬下颚，催促道，“已经过去两分钟了，你长话短说。”

江浩杰：“不是，我还没问你这两天发生了什么？我安哥怎么突然变成这样了？”

“他胃病犯了，我照顾了他一天。”和悦言简意赅。

江浩杰沉默了一下，挠脑门：“你这……”

“所以他到底是出了什么事导致情绪不好？”和悦径直打断他问。

江浩杰被她的气势镇住，须臾，咽了下口水。

“也不算出事，”他蹙眉，谨慎措辞，“就是前两天又见到了那个人。是他们的邻居，也是当年被秋清安打的那个人。曾经因为强奸未遂入狱，而受害人是他的妈妈。”

周蜜曾经说，大家都怕他。

因为秋清安初中时在校门口，众目睽睽下把一个男人按在地上揍，当时流了很多血。

后来有人报了警，不知道什么原因，男人被抓了起来，并没有对秋清安进行处罚。但这件事情过后，周围的人都不敢和他有来往，连话都很少讲，于是，秋清安便越来越沉默，越来越孤僻。

上了高中后，这种情况有所好转，有江浩杰每日在他身旁打转，大家也年龄渐长，懂点事了。

中午，教室空荡荡，大家都去吃饭了，包括和悦。

秋清安没动，缓慢地拿出饭盒打开，里头饭菜还散发着温热，比起食堂略带油腻的菜多了几分精致。他夹了一口吃，是家常的味道，没有刺激味蕾的那些调料，口感很舒服。

没吃两口，门边传来吵闹声，江浩杰捧着饭盒拉开椅子坐到他对面，笑嘻嘻："安哥，我来陪你吃饭啦！开心吗？"

秋清安没理他，果不其然，没两秒，他筷子就伸了过来。

"我也尝尝新同学家里阿姨的手艺，看看怎么样……"他自顾自说，筷子还没有碰到饭盒边缘，就被秋清安一把移开。

"吃你自己的。"

"不是吧！"江浩杰不满地叫道，"又不是新同学自己做的，阿姨做的而已！你都不肯给，还是不是兄弟了？"他抬手撞了撞秋清安的胳膊，见他不理，又想到什么，露出坏笑，朝他挑眉，"听说新同学照顾了你一天？怎么照顾的？难怪你都不让我过去，嘿嘿。"

秋清安夹起一块土豆塞到了他嘴里，神色无波无澜："闭嘴。"

"唔唔唔……"江浩杰艰难地把这块大土豆咽下去，眼珠子转了转，才小声开口，"对了安哥，今天和悦问我你的事了，我都告诉她了，没事吧？"

秋清安吃饭的动作一顿，想起什么，看了他一眼，须臾，又低下头去，声音含糊："不要再有下次。"

"好嘞！小的遵命！"

突然下了场骤雨，宿舍外掉落许多叶子，湿湿地贴在地上。

桌上一角还放着那个饭盒，和悦从床上拥被坐起，目光定定地落在饭盒上面，还能想起昨天秋清安还给她时的场景。

和悦发了一会儿呆，终于在周蜜的催促声中起身洗漱，然后去跑步。

中午去食堂吃饭，竟然偶遇到了江浩杰和秋清安。

学校食堂有两层，一楼是打菜，二楼则是小炒，可以自己点餐，菜式也更加讲究一点。

刚开学，周蜜带着和悦在食堂一楼吃了几天后，就“常驻”二楼了，但是很少见到江浩杰他们。据周蜜说，这群男生都是大摇大摆地跑到校外去吃的，每次刘安都是睁只眼闭只眼。

他们班主任对于女生随便出校管得很严格，男生则放水不少，用他的话来说，男生在外头左右不会吃亏，女孩子就很危险，所以要重点看护。

“你们今天怎么不出去吃了？”周蜜端着菜坐到两人对面，疑惑出声。

“食堂干净啊！”江浩杰说，“我们安哥最近胃不太舒服，卫生放在第一位。”

他嬉皮笑脸的，用手肘碰了下旁边的秋清安，挤眉弄眼：“是不是啊，安哥……”

秋清安没搭理，只看向和悦，唇边带了点笑：“好巧。”

巧个屁，江浩杰腹诽。

明明是一下课就拉着自己过来，他还奇怪呢，怎么突然吃食堂了？直到看见和悦。

既然刚好遇上了，就干脆一起点菜。顾及着秋清安的身体，和悦点了蒸蛋、青菜，周蜜点了清蒸鱼，江浩杰看着菜单苦恼，最后还是勾了个小炒辣子鸡，受到了一桌人的鄙视。

他解释：“看看你们点的都是什么，我总要为自己争取一下吧！”

“我再加一个芋头排骨。”秋清安出声，周蜜咽下了刚准备挤对江浩杰的话。

二楼师傅的手艺还是很不错的，几人都吃得很满足，那盘辣子鸡被江浩杰一人霸占，他辣得嘴唇通红。

和悦看了眼秋清安面前未曾动过的鱼，眉头皱了下，夹一块放到边上，用筷子细细把刺都挑干净，才放到了他碗里。

“不要挑食。”她说。

秋清安眸光温顺，点头：“好。”

之后，和悦又给秋清安夹了几块，都是把刺挑干净了再放到他的碗里，周蜜忍了忍，看不下去了。

“悦悦，我也想吃鱼。”她故意撒娇，扭着身子，伸手指了指秋清安，“秋清安有我也想有，我也想吃悦悦帮我挑干净刺的鱼！”

“乖。”和悦摸了摸她的头，声音温柔，她夹了块鱼放到周蜜碗里，“咱不和别人比，自己的鱼自己挑刺。”

江浩杰笑得前俯后仰，周蜜哀怨地望着和悦，终于认清了现实。

好的，和秋清安一比，她周某人就是不值一提!

经过一周的调养，秋清安的身体基本恢复了，其实他几天前就好得差不多了，但因为和悦不放心，还是逼着他吃了几天清淡的菜，连同江浩杰都叫苦不已。

临近十点，太阳从厚重云层中冒出了头，万物明艳灿烂。

和悦拉开窗帘，看到了底下小花园里种植的绿色植物，司机老李拿着壶浇花。

她心念一动，转身小跑了下去：“李叔，让我来浇一下吧。”

“好，你来。”李叔乐呵呵地把水壶交给了她。

和悦认真地浇着花，阳光下，这些小植物迎着风微微颤抖，花瓣娇嫩柔弱。水珠从绿色叶子上滚落下去，晶莹剔透。

她唇边挂着笑，专心致志，目光温柔。白色裙摆在风中飘起，黑色长发散落肩头，不施粉黛，面孔白皙莹润。

李叔觉得，他们家小姐就和电视里的那个仙女差不多。

和悦浇完花，浑身都被太阳晒得暖洋洋的，她伸了个懒腰舒展身子，揉了揉发酸的脖颈，又准备上楼继续复习。刚走到书桌前，就看到放在那里的手机屏幕是亮着的，上面有条新消息。

秋清安："今天到楼下买了蔬菜粥，没有你煮的好吃。"

对话框内还有张照片，餐桌上摆着一碗孤零零的粥。

和悦看了眼时间，是半个小时前。

"早餐？"她回复了两个字。

那头很快提示正在输入："嗯。"

"才起？昨晚熬夜了吗？"

"没有。"过了几秒，秋清安又回复，"习惯性失眠。"

"粥好喝吗？"

"味精好像放多了，有点难受。"

"自己做吧。"和悦眉头不自觉皱紧，面带担忧。

"我不会。"隔着屏幕，仿佛都能感觉到他在那头的委屈，"没事，反正只有一天，明天就去学校了，我都习惯了。"

和悦看了眼右上角的时间，心里飞快估算，正在此时，外头传来汽车发动的轻微轰隆声，她抬头一看，和启出门了。

"那午饭我们一起吃吧，我把试卷带过来，下午还可以一起讨论。"和悦下了决断，"你想吃什么菜，我待会儿顺便买。"

"这样不会太麻烦吗？"他似乎有些犹豫。

"不会，我反正也要吃午饭呢。"和悦发完，就关掉手机收拾东西准备出门。

那头，秋清安的手指摩挲着屏幕，唇边带着浅浅笑意。

他的目光又投向厨房，还能想起那天和悦在里头做饭的样子。

她穿了件姜黄色衬衫，卷着袖子，手里握着菜刀，小心翼翼又笨拙地切着胡萝卜，耳边的一缕头发散落了下来，落在她脸旁，平添几分温婉柔媚。

那个身影肩背纤弱，却又如此温暖。

和悦提着菜敲门，这次秋清安很快来开门，他穿着黑色T恤，皮肤依旧是晃眼的白。

和悦举起手里的袋子："我今天买了你最爱吃的鸡翅哦。"

"进来吧。"秋清安笑着，身体后退了一步，迎她进来。

这些菜和悦都是第一次做，不过这次有秋清安在一旁帮忙。

她一边翻着手机上的食谱页面，一边点火烧油。

秋清安在旁边洗菜，看她拿着木锅铲把食材按顺序倒进去，加各种调料，翻炒搅拌，一通生疏又慌乱的操作。鼻间都是油烟的气息，以及食物被油炸出的香味。

他低下头去，轻轻弯起了嘴角。

这顿午餐两人都吃得很满足，因为比起外卖，味道已经算是很好了。

下午，他们一直在小阁楼上做题，把各科老师布置的试卷都写完后，已经接近傍晚。

被木棍支起的窗户外，云彩清透，天边布着一层浅浅的红霞，雾蓝淡绿粉红，慢慢交替渲染，像是日漫中清新无比的水彩画。

和悦托着腮侧头望着外面，眼中染上痴迷，喃喃道："好美……"

秋清安也停下笔，顺着她的目光望过去，晚风恰好拂过，轻轻地吹起两人的头发。

"是很美。"他眸中浮起笑，声音温柔，"比月色更美。"

宿舍窗外是两棵香樟树，郁郁葱葱，挡住了大半视野。透过间隙，可以看见一轮明月挂在树顶，黑夜中，皎洁清冷。

日本有一位作家将“我爱你”翻译为“今晚月色真美”，含蓄又不失温柔，在网上广为流传。

和悦翻了个身，平躺在床上，望着头顶模糊的天花板。她的手放在胸口，感受到强而有力的心跳，即使过了这么多天，依旧澎湃。

早上晨跑完，各班开始陆陆续续往教室走去，天刚放亮，水洗般的蓝，远处屋顶树木还萦绕着缥缈雾气，绿草如茵。

江浩杰在一旁边喘气边抱怨：“这个破校规什么时候可以废除，都新时代了，还要学生一大早起来跑圈。不知道的还以为这是九十年代的体校呢！”

“那你去给校长意见箱写信啊，到时候成了，你可就是全校学生的大恩人了，江浩杰同志。”周蜜夸张吹捧。

江浩杰不上当：“你当我傻啊，周小蜜，说不定下次跑圈我就站在主席台上对着全校师生检讨了，你让我的脸往哪儿搁？”

“哟，说得好像你没有上去检讨过一样……”

两人你一句我一句，谁也不甘示弱。

和悦习以为常，看向旁边一直都没说话的秋清安，他紧抿着嘴，微弓着身子，唇色有些苍白。

“怎么了？不舒服吗？”和悦担心他胃又疼了，立刻落后两步，在他身旁小声问。

“没有。”秋清安摇摇头，随口说，“只是有点低血糖。”

“难受吗？”她关心地问。

秋清安垂眸看她一眼，轻笑：“没事，吃点东西就好了。”

和悦听完点头，没再说什么。

第二节课铃声响起时，和悦匆匆从外头回来，递给秋清安一个玻璃罐。

“这里面是糖，可以补充能量的，你不舒服就吃一颗。”她嘱咐完，又匆匆回到自己座位上，在老师即将进门前，拿出这节课要用的试卷。

秋清安看着桌角的那个小糖罐，里头是一颗颗用粉白色糖纸包装好的奶糖，学校超市有卖，放在货架最角落的位置。

他扯了下唇，握住那个罐子低头打开，从里头拿出一颗糖拆掉包装，送进嘴里。唇齿间都是浓浓奶香，秋清安用舌尖顶了下腮帮子，注视着和悦的背影，笑了。

中午吃完饭，秋清安没在位置上，教室里，江浩杰和蒋方几人在后面打打闹闹，一不小心碰翻了他的课桌。

除了一堆本子试卷，里头还掉下来一罐子的糖。

众人觉得稀奇得很，立即一拥而上，钻研半天，咂舌。

最后，你一颗我一颗，这罐糖被瓜分了，只剩下个玻璃罐子。

江浩杰嚼着嘴里奶香味浓郁的糖，握着这个空罐子，后知后觉，有些害怕。他迟疑着试探问："我们把安哥的糖吃完了，没事吧？"

蒋方毫不在意摆摆手，腮帮子也在一动一动的："怎么会，一罐糖而已，买来不就是吃的吗？"他边吃边说，"别说，这糖还挺好吃的，安哥还挺会买啊！"

"不对吧……"终于有个人察觉到了不对劲，蹙眉，"安哥怎么可能会买这种甜腻腻的糖，一看就是女孩子送的啊。"

"咦，安哥也不会收女孩子的糖啊！"众人惊疑，就是看到了这罐糖被人打开了他们才敢如此肆无忌惮吃的。

几人面面相觑，对这件疑点重重的事情摸不着头脑。

江浩杰端详着手里的玻璃罐子，脑中突然闪过一个念头。

别的女孩子的秋清安是不会收，但还有个女孩子是例外啊！

他这样一想明白，整个人都不好了。

犹如拿着烫手山芋般，江浩杰立即把手里的罐子塞到了蒋方手里，后者满头雾水，正准备说什么，就见秋清安从门口走进来，目光落在空空的糖罐上，神色变得阴沉：“你们在干什么？”

由一罐糖引发的惨案。此刻，蹲在墙角的一群男生心想。

江浩杰抱着头，瑟瑟发抖地解释：“安哥，我不是故意的啊，是蒋方先动的手，我要知道是新同学送你的糖，我就是死也不会碰一下的！”

蒋方双手举着那个玻璃罐子放在头顶，蹲在地上的双腿有些颤抖。

“安哥不是我啊！”蒋方仰面，撕心裂肺地叫着，伸手一指江浩杰，“是江浩杰撞到你课桌的，是他，是他把这罐糖拿出来的！他拿出来了我们才看到的啊！”

“是啊是啊，安哥，我们只是顺便吃了一颗而已！”其他人立即附和，这是要拿江浩杰“祭天”了，纷纷落井下石。

江浩杰百口莫辩，面对着这么大一顶黑帽子扣下来，几乎没有还手之力。于是只能蹲在那儿可怜巴巴望着秋清安，希望彼此的兄弟情能够经受住世俗的考验。

秋清安听着他们辩解完，没有说话，坐在椅子上盯着面前这一排人，须臾，从蒋方头顶拿走那个玻璃罐子：“下次不准再随便动我东西。”

他丢下这句话便走了，身后一群人顿时长松一口气。

秋清安拿着罐子走到了学校超市，他弯着腰，在货架上一排排查看，终于找到了一模一样的糖果。

他拿出来，放在手里端详几眼，正准备去结账时，动作又停住。

算了，他爱吃的并不是这个糖，而是她买给他的糖。

秋清安神色黯然，须臾，把手里的玻璃罐又放了回去。

第二天早上晨跑，和悦看到秋清安还是同样虚弱苍白的脸色，她忍不住走过去：“我给你买的糖吃了吗？”

秋清安沉默了一下，轻声回答：“我忘记带了。”

和悦一副拿他没办法的样子，接着，摇摇头，从兜里掏出一颗粉白色的奶糖：“我带了。”

秋清安垂眼，伸到面前的手白皙娇小，掌心有些肉，看起来很柔软，那上面躺着一颗熟悉的奶糖。他沉默了一会儿，从她的掌心轻轻把这颗糖拿起，低声说：“谢谢。”

“没事，你快点吃吧。”

“嗯。”他剥开了糖纸，和昨天一样的味道充满口腔，又似乎更加甜腻了一点，从舌尖一路蔓延到了心上。

第三章 守护

五月，天气渐热，午后更是窒闷，似乎能感知到夏季的气息悄然来临。

离高考时间越近，刘安就看管得越严，基本上除了周末不准学生们出校门一步。

江浩杰当然忍不住，嘴馋想去外头加餐，听说学校旁边还新开了一家小馆子，味道那叫一绝。

被他这么一怂恿，那群男生顿时蠢蠢欲动。

秋清安自然也被拉上了，原本只是中午出去吃个饭，谁知道一进校门就看见刘安坐在保安室里面无表情盯着他们。

最后结果就是这群人都被罚跑操场十圈，外加打扫一个星期厕所。

正午烈阳似火，大草坪上，四五个男生围着跑道迈着沉重的步伐，有气无力地挣扎。

周蜜捧着杯冰镇酸梅汁，同和悦一起站在教室外阳台上眺望着操场，眯起眼睛："这次跑完，江浩杰估计能瘦三斤。"

"天气太热了。"和悦有些担忧，"估计过几天又要下雨了，好闷。"

临上课前，一群人颓丧地回来了，一个个像是霜打的茄子，累得连话都说不出来。

江浩杰一回来就直奔教室，瘫在座位上两眼无神，仿佛灵魂出窍。

秋清安最后一个进教室，应该是刚用冷水洗过脸，头发脸上还湿着，微喘着气，神色很疲惫。

"还好吗？"和悦把手里的那瓶水递了过去。

秋清安拧开，仰头喝了几口。

"还好。"他懒散地靠在阳台上，吹风。

"擦一擦。"和悦拿出一包纸给他，秋清安接过随意擦着。

"对了，这个给你。"他似乎想起什么，从口袋里拿出一样东西给她。

和悦低头一看，是最近很流行的一款甜品，类似布丁，做成了小兔子的形状，白白胖胖的，用透明盒子装着。

一中学生很喜欢光顾的那家甜品店推出的新品，每天限量供应，经常一上午就被抢光了。

班里女生谁买到一个都会分着吃，聚在一起宛如品尝珍馐。

周蜜也买过两次，同和悦都舍不得吃，因为造型太可爱了。

两人如是感叹，然后对视几秒，拿出勺子，不出一分钟就给吃完了。

和悦盯着秋清安手里的小兔子，低眸笑了。

"谢谢。"她轻声道谢，从他掌心拿过，她的指尖不小心碰触到了他。

秋清安感觉掌心有些痒痒的，他收起手，放在身侧，手指不自觉弯曲了一下。

下午两节课，秋清安一直在睡觉，程菲是学习委员，下课过来收试卷，看到他这副模样，忍不住跟旁边的江浩杰嘀咕："他没事吧？"

江浩杰正在打游戏，闻言抽空看了秋清安一眼，随口回："没事没事，估计是中午跑圈累到了。”

“真的吗？”程菲怀疑，还准备说什么的时候。

秋清安似乎被吵醒了，缓缓坐起，无精打采地靠在椅子上。他揉了揉眉心，一抬眼，面无表情地睨着程菲。

“你没事吧？”程菲见他醒了，又重新问了一遍。

秋清安置若罔闻，过了许久，他才摇头。

“没事。”声音沙哑，配着他这副刚睡醒的模样，即使神色有些不耐烦，也依旧让人心头狂跳。

程菲暗自压抑住情绪，柔声问道：“今天中午特别热，你们还在大太阳底下跑步，估计是有点中暑，我那里有藿香正气水，要不要给你一瓶？”

秋清安还没说话，江浩杰忍不住搭腔：“我也跑了，怎么不见你问我要不要啊？”

“你现在不是活蹦乱跳的嘛！”程菲微红了脸，偷偷去看秋清安，“我是见秋清安好像不舒服才问他的。”

“不用了，谢谢你。”秋清安被他们两个人吵得头疼，于是不假思索开口道。

程菲面露失望，却还是恋恋不舍地离开了：“那好吧，你要是还有不舒服记得问我要。”

“嗯。”他敷衍答应。秋清安放空片刻，又耷拉着脑袋低下身子，用额头触着桌面，闭上眼睛小憩。

教室里有些吵闹，秋清安自动屏蔽了外界动静，不知过了多久，耳边再次传来了询问：“他还没醒？”

和悦从后门进的，一眼就看到了还在睡觉的秋清安，忍不住走过去。

江浩杰还没来得及答话，就见秋清安立刻抬起了头，望着和悦。

“你怎么睡了这么久？”和悦蹙眉问，“昨晚没睡好吗，还是你哪里不舒服？”

秋清安沉默了会儿，目光往外一扫，接着，漆黑的眸子又转回来，盯着和悦，慢吞吞地说：“我好像中暑了。”

一旁江浩杰打游戏的手顿了一下。

“真的吗？”和悦立即担忧地开口，忍不住伸出手去碰了碰他的额头。

凉凉的，不像是中暑的样子啊。

她疑惑，又把手放在自己额头上，感觉她比秋清安还要烫一点。

“嗯。”秋清安吐出一个音节，又病恹恹地贴着桌面，很难受的样子。

和悦不再多想，立即道：“我去班长那里给你拿瓶藿香正气水。”

班里是有医药箱的，平时都是放在班长那里保管。

和悦匆匆地走过去，对方却说在程菲那里，和悦迟疑几秒，还是去找了程菲。

和悦说明来意，程菲面色不豫地从桌底下拿出医药箱，正准备把那支藿香正气水递过来时，又猛地停住：“谁要用？”

抱着多一事不如少一事的心态，和悦顿了下，回答：“我。”

“你看起来不像有事的样子啊？”程菲狐疑地打量她。

和悦懒得和她再继续纠缠下去，从她手里抢过那支药水便随口道谢：“谢谢啊。”

“你——”程菲还没来得及说话，就看到和悦转身走了，她气呼呼瞪着和悦的背影，然后眼睁睁看着和悦走到秋清安桌前，把那支藿香正气水打开，递给了他。

而几分钟前还满脸冷漠拒绝她的人，如今正温顺地喝着药水，双眸灿亮，哪有先前半分不耐烦。

高三的时间掐得很紧，一般下午刚下课，吃个晚饭洗完澡就能听到晚自习铃声响起了。

不知道程菲在浴室里面搞什么，快半个小时了还没出来，周蜜气得去拍门，里头才传来的动静。她擦着头发，满脸坦然，丝毫不为自己刚才的行为愧疚，周蜜朝她翻了个大大的白眼。

“悦悦，你先洗吧，不然来不及了。”周蜜推她。

和悦摇头拒绝：“还是你先吧，我今天也要洗头。”

最后周蜜火速冲了个澡出来，和悦也草草洗了一遍，赶在铃声响起的最后一秒钟进了教室。

两人喘着气坐到座位上，对视一眼，不约而同地笑了。

“不知道那个程菲又哪根筋不对了，是不是每个月的那几天又来了？”周蜜一边翻开书一边抱怨。

和悦想起前几天的事情，若有所思。

“可能吧。”她慢吞吞地说。头发湿答答地贴在背上，有些不舒服。

这节晚自习没有老师，自己做题，但班里很安静。

和悦刚拿出笔，正想着解题思路时，肩膀突然被人碰了碰。

她疑惑侧头，看到了旁边猫着身子的江浩杰。

“和妹，咱俩换个位置呗。”自打和悦和秋清安关系日渐熟悉之后，江浩杰就不知何时改了口，虽然他总喜欢给人取奇奇怪怪的名字，但不带恶意的热络总叫人反感不起来。

和悦沉默，还没回答，坐在一旁的周蜜先出声：“干吗要和我家悦悦换位置啊！”

“我这不是太久没和你聊天了嘛。”江浩杰嬉皮笑脸道。

和悦默默地收拾东西，站了起来。

江浩杰跟秋清安是同桌，在后两排，这周轮到靠窗的位置。

她走过去，秋清安对她笑了下，接着站起来，空出路让她进去。

和悦坐在原本属于江浩杰的座位上。

和悦很专注，即使换了个座位，也丝毫不受影响，反倒是一旁的秋清安有些走神。

教室的窗户开着，风吹进来，就从她身上飘来一股清新甜腻的香，像是挂在枝头熟透了的果子，馥郁浓密。

秋清安不自觉看向和悦，看到了她披在肩头，贴在背上，未干的头发。

和悦刚做完一道题，准备转换思路进攻下一道时，旁边突然伸过来一只手，朝她递了一件校服外套。

“你头发要不要擦一擦？”秋清安说，指了指她的湿发，“不然很容易感冒。”

和悦顿了两秒，从他手里接过了外套：“这是你的吗？”

“嗯。”秋清安轻声应着。

“弄湿了怎么办？”

“没事，反正也要洗了。”秋清安答完，又想起什么，立即解释，“不过不脏的。”

“没关系。”和悦笑了笑，把头发轻轻拨到了颈侧，用他的校服外套慢慢擦着，布料渐渐被水渗透。

秋清安不自然别开眼，手里的笔在指间胡乱转动。

和悦大概擦了有几分钟，头发已经不滴水了，她准备把外套还给秋清安时又有点不好意思：“不然我帮你洗了再还你吧，弄脏了。”

“好。”秋清安莫名哑了嗓子，轻咳一声，盯着面前试卷转移注意力。

一节课不知不觉悄然过去，两人偶尔会交流一下，大部分时候都是各自专注做题。

铃声响起时，秋清安心中涌起不舍和惆怅，他看着旁边的和悦开始收拾东西。

“我走啦。”她朝他挥挥手，然后走到了江浩杰身旁，拍拍他的肩膀，拖长尾音说，“下课了。”

不一会儿，江浩杰在秋清安旁边坐下，香味换成了男人身上的汗臭味。

“哥，想我了没有？”他撞了撞秋清安的胳膊，坏笑。

秋清安侧头睨着他，突然出声问了一句：“江浩杰，你晚上为什么没有洗澡？”

“我下课不是去打篮球了吗？哪有空回宿舍洗澡。”他望着秋清安嫌弃的表情，一颗少男心彻底碎了。

高考前半个月，学校终于给他们放了一天假。

一中的学生们都如同出笼的小鸟，背着书包迈着欢快的脚步回家。

江浩杰和周蜜中午吃饭时就在兴致勃勃地商量要趁着高考前最后一次假期上山去拜拜佛，为自己的考试祈福。

和悦说：“你们真是把临时抱佛脚这句话发挥到了极致。”

“宁可信其有不可信其无！”

那两人斩钉截铁，最后硬是拖上了秋清安一同出发。

肆城郊区有座山叫庇荫，里头林木繁盛，空气清新，最适合登高望远。

山顶的寺庙香火极为旺盛，历史悠久，吸引了不少人大老远跑过来烧香拜佛。

周日一大早，几人就在学校门口集合，从这里到山脚下有直达的公交车，只需要四十分钟就可以到。

和悦背着一个双肩包，为了方便运动，换成了轻便的帽衫和短裤，露出一双大长腿，白得晃眼。

今天阳光有些炽烈，她戴了顶棒球帽，一路走来，赚了不少回头率。

和悦突然有些懊恼，应该换成长裤的。她很怕热，每次温度一高，肌肤就接受不了布料的束缚。

和悦到了校门口才发现来的并不止他们几个，一下车，前方就是一群人，怎么着也有七八个。随着身后车门关闭，众人的目光纷纷都落在她身上，紧跟而来的是一片起哄声。

和悦脸皮有些隐隐发烫。

“看什么看，没见过美女啊！”江浩杰瞥见秋清安的脸色，顿时神情一变，训斥起后头的人来。

蒋方还在意犹未尽地调侃：“没见过这么美的啊。”

他还想吹声口哨，就见秋清安走了过去，不知是有意还是无意，把和悦挡在了自己的身后，那双大长腿也无法看见了，一道饱含着浓浓警告的目光射了过来。

不知为何，蒋方感觉到自己的后背霎时间一凉，想说的话也硬生生憋了下去。

“我今天也穿了短裤啊！”一旁，周蜜气不过叫道，还特意往前跨了一步把自己的腿伸出去，不满地拍了两下，“怎么没人说我！”

还没人说话，江浩杰先看了她的腿一眼，嫌弃道：“太短了。”

周蜜心道，要不是我今天心情好你就死定了。

她握拳咬牙警告地瞪着江浩杰，和悦在秋清安背后小声问：“怎么这么多人啊？”

秋清安微侧过脸，解释：“一听说要去拜佛，大家就都来了。”

看来大家想要考好的意愿都十分强烈。虽然和悦觉得他们回去多做几套题的效果可能还会更加明显一点。

去到庇荫山的公交车在这边临近始发站，车子来时，里头空荡荡，没有一个乘客。

他们这群人上去，顿时热闹不已。

周蜜率先占据了第一排的座位，朝和悦招手：“悦悦。”

她刚出声，江浩杰一屁股坐下来：“嘿嘿，周小蜜，咱俩一起坐啊。”

“谁要和你一起坐，我要和悦悦一起！”周蜜挑眉不乐意，江浩杰却死皮赖脸的，不肯动。

和悦后面上来，站在那里有些头疼。

秋清安紧跟在她的身后，上车看清眼前状况，推了和悦一把：“我们去后面吧。”

“行。”和悦看了他一眼，同意了。

两人在倒数第二排坐下，和悦把靠窗的位置让给秋清安，他沉默了会儿，还是坐进去了。

“你不喜欢坐窗边吗？”他出声问，一般女孩子好像都比较喜欢靠窗。

“不是。”和悦想了想，回答，“我以为你会比较喜欢。”

她第一次在教室见到他的时候，他就看着窗外，眸子漆黑冰冷，那张脸上淡漠得没有一丝表情，像是巍峨高山上化不开的皑皑白雪。让人心头一颤，又让人心生怜意。

只有孤独的人才会用冷漠作为铠甲，防备着被人看穿自己的软弱。

车子行驶在城市中，迎着日出的方向，明亮的阳光透过玻璃落了进来，落在秋清安的肩头。

和悦打开了英语听力的软件，开始塞耳机时，秋清安侧头看她。和悦动作一顿，她试探问：“你要听吗？”

秋清安瞥了一眼，没有看到屏幕内容，未多想，接过了耳机。

本以为会是流畅悦耳的音乐，没想到，涌进来的却是一句流利标准的美式英语，他表情微不可察地一愣。

两人就这样一路听着英语听力课，坐到了公交车的终点。

下车时，秋清安感觉自己满脑子都还是那道女声，在朝他耳中叽里呱啦说着。等人齐时，秋清安趁着和悦不注意时揉了揉耳朵，苦恼地皱着一张脸。

周遭都是山，青翠连绵，从车水马龙的建筑中而来，置身此处，就像是来到了山清水秀的世外桃源，让人一瞬间心旷神怡。不远处就是上山的台阶，石板铺成，往前蜿蜒消失在郁郁葱葱的草木里。

众人好整以暇开始出发。

红彤彤的太阳在山后露出半边脸庞，光线柔和灿烂，照得路边草丛上的露珠晶莹剔透。

大家边走边聊天，有江浩杰和蒋方几个在，路上欢声笑语不断。

众人一口气爬到了半山腰，有块大石头可以休息，便都坐了下来，温度渐高，不少人脸上都出了点汗，用手扇着风。

和悦打开了自己背了一路的小双肩包，从里头拿出矿泉水和纸巾递给秋清安。吹了会儿风，她又想起什么，从包里掏出一罐手工小饼干，打开。

“这是阿姨做的，我叫她少放了糖。”和悦说，因为有次秋清安吃糖时突然皱了下眉，抱怨好甜。她觉得他可能是有点腻了。

饼干是奶香味的，被风一吹，挥散在空气中，所有人都闻到了。

江浩杰率先伸长了脖子：“你们在吃什么呢？这么香！”

“我带了小饼干。”和悦给秋清安吃完，把手里的罐子传了过去，“你们都尝尝，垫垫肚子吧。”

“和妹真是人美心善又贴心啊！”江浩杰感激不已，捧着饼干开始吃，周蜜迫不及待抢了过去。

一圈人吃完，再回到秋清安手里时，只剩下三分之一了，他有些不满地瞪着罐底，生闷气。

“吃点水果吧。”和悦没发现他的小心思，又低头从包里拿出一个苹果递到他面前。

秋清安刚才的那点不满顷刻全无了。

他轻咳一声：“你怎么带了这么多吃的？”这么说着，他已从和悦手里接过了苹果，那苹果饱满红润，让他有些舍不得下嘴。

和悦又拿出了一个苹果用力地咬了一口，清脆响声传来，秋清安想咽口水，他的不舍也没有了。

两人在这里吃苹果发出了“咔嚓”的声音，江浩杰听到声音，叫道：“哎哎哎！你们怎么还有苹果呢？犯规了啊！”

“我只带了两个。”和悦这次无辜地说，“没有了。”

周蜜满脸哀怨："悦悦。"

和悦破天荒有点心虚。

随着日头升起，温度也越来越高，太阳光照在身上，隐隐燥热。

一行人休息完再次出发，秋清安起身欲走时，和悦在后头偷偷扯了扯他的袖子。他回头，一把粉色小风扇被悄悄递了过来，和悦压低声音："我只带了这一把。"

秋清安忍不住笑了。

两人走在了队伍的最后头，秋清安举着小风扇一会儿给自己吹，一会儿给和悦吹。

没走多久，小风扇的秘密就被发现了，江浩杰忍不住提了下和悦的小背包："我说，你这是哆啦A梦的任意口袋吧，怎么啥都有。"

"没有，我只是提前准备了一下。"和悦扯回包，平静地答。

"那你这里头还有啥啊？"江浩杰手贱，忍不住去摸她书包的拉链，他开始往外一样一样掏东西。

"糖、牛奶、肉脯、小蛋糕……"他越数越震惊，看见最后一样东西时，瞪大眼睛，"你怎么连花露水都有！"

和悦把他手里的东西放回去，没回答，江浩杰还想说什么，秋清安已经一把提起和悦的书包拎在手上："我来拿吧。"

他警告地看了眼江浩杰，后者摸了摸鼻子："行行行，我走行了吧。"

耳边又恢复了清净，和悦仰头看他："你饿不饿？"

"不饿。"秋清安低眸，"才吃早餐。"

"那你待会儿饿了就和我说哦，我带了好多吃的。"

"我看见了。"秋清安顿了下，"你这些都是带给我的？"

"也没有啦。"和悦想了想，又说，"不过大部分都是给你带的。你不是胃不太好吗，还低血糖，我们也许下午才能下山呢，不能挨饿。"

"嗯。"他低低应了声，垂着头，神情隐在阴影里。

“那我们走吧。”和悦看他一会儿没说话，正准备转身时，突然“啊”了声，“待会儿山里可能蚊子会很多，喷点花露水吧。”

她低头打开秋清安提着的书包，然后往他露在外面的手臂上喷了几下，又在头顶喷了两下。秋清安感觉到有细微的湿润气息落在脖颈脸颊上，满是刺鼻香味。

和悦招呼前面的人，把花露水递了过去，大家都随意喷了喷，香味越发浓烈。

秋清安吸了吸鼻子，连眼睛都被刺激得发酸。

一行人赶在正午前上了山顶，带着满身花露水的味道，从正殿一路烧香跪拜过去，每见着一个菩萨，也不管认不认识了，反正先拜一通，尤其在文殊菩萨那里，江浩杰双手合掌不停闭着眼睛碎碎念，都舍不得走。

和悦猜测得没错，寺庙平时并没有提供斋饭，下山时，正在长身体的一群人都饿得前胸贴后背。

她扣除掉秋清安要吃的部分，把其他的都分享出去了，那个小双肩包被掏得连底都不剩。

江浩杰咬着仅分到一包的肉脯大叫道：“周小蜜，我说大家都是女生，怎么人与人之间差别就这么大呢？”他“真情实感”地迷惑着，“我就想不明白了。”

周蜜第一次羞愧得没有挤对他。

和悦看着秋清安吃完蛋糕，把手里的牛奶插上吸管，递给他。

“只有一瓶吗？”秋清安刚接过，又停住。

“我不喝。”和悦移开眼，看向别处。

“可是水已经没有了。”他说，思考了几秒，把奶瓶口上面那层薄膜撕开，送到和悦面前，“你先喝吧，喝完我再用吸管。反正也快下山了，这一瓶我喝不完。”

和悦确实也有点渴了，沉思片刻，没有拒绝，从他手里接过：“那我就喝两口哦。”

她仰起头，小心翼翼地不去碰到奶瓶口的边缘，秋清安望着这一幕，眼里闪过明显的失落。

和悦很快喝完，又还给了秋清安，秋清安早已整理好情绪，对她微微一笑：“还渴吗？”

“不渴了。”和悦摇摇头。

秋清安轻“嗯”了声。

午后，连空气都变得慵懒，上山下山一趟，众人耗尽了体力，开着空调的公交车让人昏昏欲睡。

一群人再也没有早上的兴致勃勃的样子，纷纷耷拉着脑袋坐在座位上，有玩手机的、望着窗外发呆的、打瞌睡的，就是没有聊天的了。

和悦也提不起精神去听英语，她开始是靠在椅背上，后来眼睛不由自主合在一起。再后来，一个脑袋落在秋清安的肩上。不容忽视的重量、温度，还有毛茸茸的头发拂过他颈间的酥麻感。

他整个人都僵住了。

公交车摇摇晃晃开了快一个小时。

早上车流少，到了下午正逢高峰期，进城的路就开始堵塞。

秋清安一动都不敢动，生怕会吵醒了旁边的人，他闭上眼想入睡，却更加清晰地感受到了她的存在，很轻的呼吸扫在他的锁骨上。

秋清安不自觉咬紧了牙，心跳失了规律。

和悦这一觉睡得极好，一直听到耳边有人说话，虽然很轻，却锲而不舍，一遍遍重复。

她在梦中蹙眉，声音变得清晰起来：“和悦，快到站了，醒醒。”

梦里种种瞬间退去，意识恢复清明，和悦睁开眼，率先闯入视线的是一片白皙的肌肤，她蒙了几秒，才发现自己睡在了秋清安的肩上。

“不好意思啊。”她立刻坐直身子，揉了揉眼睛，朝他笑。

刚睡醒的人，眸中还有雾气，脸颊被太阳晒得薄红，唇色鲜艳。

声音和往常的轻柔平静全然不同，有些含糊不清的。

秋清安愣了会儿，才回过神来，感觉自己才像是那个刚睡醒的人。

他自嘲地笑了笑。

众人在校门口分别，准备各自回家。

秋清安趁着和悦没注意，揉了揉发酸的肩膀，结果刚收回手，就被她发现了。

“是不是很痛？”她满脸严肃，“你怎么不叫醒我？”

“看你睡得很好。”秋清安沉默了一下，回答。

“那我帮你按按。”她拉着他在一旁的花坛边上坐下，双手按着他的肩膀用力。

“啊。”秋清安不由自主叫出了声。

“我轻点。”和悦心疼，手里放柔了力道。

她站在身后，一边捏着他的肩膀，一边不停嘟囔，让他下次一定要叫醒自己。

秋清安点头答应，落在肩上的力度适中，酸痛感得到了有效缓解。

秋清安整个人都松弛了下来，抬头望向了头顶蓝天，云朵像是软软的棉花糖，大团大团簇拥在一起。

就和她的手一样软，他想。

最后半个月的高考冲刺，所有人都跟打了鸡血一样，麻木的学习变成了更加麻木的深度学习，除了吃饭上厕所睡觉，绝不离开教室一步。

江浩杰自诩已经得到了菩萨的庇佑，一定能考上大学，那股子执着钻研学习的劲头谁也比不上，就连中午去吃饭，秋清安都拉不动他，江浩杰甚至想让他们给他带饭！

和悦难以理解："早干什么去了。"

"你不懂！"他还振振有词，"最后的时间才是学习的黄金时期，临时记忆知不知道！"

"行吧。"

在这紧张的气氛里，学校挑了某天的下午拍毕业照，专门从外面请来了摄影师，按班级顺序一个个下楼去拍照，拍完要赶紧回教室。

学生们提前在一旁按照高矮顺序站好，等到一声令下，对着镜头露出白白的牙齿，每个人都笑得如出一辙。

大合照学校统一安排敷衍了事拍完，班里的小照片可不能随便，由班长领着一群人早早就开始策划，每个人交钱专门买了服装，在衣服送来之后，就把时间定在了这周日。

上午还在上课，午休铃声响起时，班长站在讲桌上，扯着嗓子叫他们换好衣服，十分钟后在教学楼前面集合。

女生宿舍里，大家都热热闹闹地换着衣服，她们穿的是白衬衫和百褶裙，男生是长裤衬衫，分别配的是蝴蝶结和领带。

衣服款式是经过大部分人投票选出来的，日系的制服风格。

只是此刻，为了节省经费，非量身定制的裙子的劣势就显露出来了。

门外，周蜜在催促着她："悦悦，你好了没有，快点大家都走啦！"

"哦，马上。"和悦扯了扯有些过于短的裙子，微微苦恼。

算了，反正也穿了打底裤。她想着，打开了门。

"我的天！"周蜜在外头睁大了眼睛，接着一仰头，捂鼻子夸张摆手，"不行了，我要当场给你表演一个鼻血直流。"

和悦的身高放在女孩子里已经算抢眼，尤其是她身材比例很好，平日里掩在校服里，如今换成了短裙，立即凸显了出来。

周蜜盯着那双白皙的长腿，说："事实证明，女生果然更加适合穿裙子，短裙的视觉效果比裤装效果至少好了十倍。”她迫不及待挽着和悦的手出去，“走，我们出去拍照。”

“蜜蜜，”和悦受不了她这样，一想到被人盯着自己的情景就更加不自在，甚至想要换回来，“要不我用别的裙子代替吧。”

“别啊。”周蜜不赞同，“这么好看为什么要换！”

白衬衫上衣加领口的蝴蝶结，把和悦身上甜美淑女的气质发挥得淋漓尽致，就像是电影里刚出场的美艳得不可方物的大小姐。

平日里，和悦永远都穿着校服，如今这样简单一打扮，实在太吸引眼球，周蜜恨不得都要把眼睛黏在她身上。周蜜不由分说地拉着她往外走。

一中的高三这周日放半天假，此刻正是人流量高的时候，大家都背着书包或者提着行李回家，学校路上人来人往。果不其然，和悦一路走过去，吸引了无数人回头，她微低着头，加快脚步。

到了集合的地方，他们班差不多人都来齐了，一群人都穿着一样的衣服，和悦的尴尬感稍微减轻一些，却又在见到周围同学注目打量的视线时，尴尬感再次席卷而来。

周蜜带着她走到了人群中，江浩杰他们欲起哄，但余光一下瞥见了秋清安的神色，立刻想起了之前的爬山事件。

江浩杰嬉笑道：“和妹，你今天这么漂亮！”

“对啊，我刚才都要认不出来了！”蒋方在一旁也夸张地道，“简直像个仙女！”

“喂，我还在呢。”周蜜翻白眼，“好歹也做做样子，夸我一下啊！”

男生哄笑，露出了“你懂得”的表情，周蜜气得放开和悦的手要去打人，和悦站在原地，低头揉了揉额。

“裙子是不是有点短？”秋清安在一旁迟疑地问道。

和悦无奈地“嗯”了声，她伸手扯了扯裙摆：“短了。”

“我叫班长赶紧拍完。”秋清安说，接着人就拔腿朝班长走去。

和悦还没来得及叫他，人就已经走远了。不一会儿，正在被一群人围着说话的班长就开始站到台阶上，挥开膀子，号召大家开始排队形拍照了。

集体照拍了好几种，有睡在草坪上的，有跳在半空中搞怪的，还有文艺风的。到后面，男生女生也分开合照，玩得好的凑在一起摆造型，不停招呼着摄影师。

他们班动静颇大，吸引了四周路过的学生停留，在一旁观看。

隔壁班的几个男生打量着和悦交头接耳地讨论她的那双大白腿。

花坛后面，江浩杰看着秋清安越来越黑的脸色，欲言又止，正想说什么，面前的人已经扯开脖间的领带，单手揭开衬衫的扣子，大步走了过去。

那边的人群立刻开始骚动，秋清安拎着里头准备上前的那个男生的衣领，身体逼近。

和悦赶到派出所时，警察正在做笔录，秋清安在拍照时和另一个男生产生了冲突，原因是因为这个男生对和悦评价了一些带有言语性侮辱的话。

最开始动手的那两个男生咬紧秋清安不放，对方家长也要他道歉赔偿医药费，警察在做笔录，询问他家长的联系方式，秋清安沉默不语。

“我没有家长。”她听到秋清安垂着眼答。

“那你还有没有其他亲戚朋友的可以出面处理？”警察望着秋清安询问，后者再次沉默。

这时，旁边插进来一道温柔的声音：“警察叔叔，我有他表哥的电话，可以吗？”

和悦在派出所门口拨通秦非言的电话，咬着唇焦急地等待着，好在那头很快接通了。

秦非言是在半个小时后赶到的，他穿了身黑色衬衫和长裤，面容斯文俊秀，彬彬有礼地和对方道歉，并且答应赔偿部分损失。

办好一系列手续处理完事情，已经是临近傍晚。

三人走出派出所，夕阳漫天，风里带着未退的燥热，夹杂着青草味。

和悦关切地看着秋清安，试探着伸手碰了碰他青紫的嘴角。

秦非言一直站在那里，忍不住淡笑出声打断："阿悦，不介绍一下？"

"啊。"和悦才想起来，拉了拉秋清安的袖子，朝他说道，"这是秋清安，我同班同学。"

"这位……"她苦恼地皱了下眉，然后对秋清安开口，"秦非言，我一个很好的朋友。"和悦话音刚落，那两人的目光就撞在了一起。

"你好。"秦非言率先朝他打招呼，微微一笑，伸出手，"秦非言。"

"你好，秋清安。"秋清安顿了下，出声，"今天谢谢你。"

两只手很轻地一握，看不出彼此眼底的内容。

"不用。"秦非言笑着看了眼一旁的和悦，"悦悦的事就是我的事。"

"非言哥，你应该还有事忙吧，要不先回去？"和悦害怕他会说出更多东西，有些迫不及待推了推他，打眼色。

"那我先回去了。"秦非言握着车钥匙走了几步，又想起什么，驻足回望，看向和悦，"对了，阿悦，我爸上次还说有空叫你过来吃饭，都好久没见你了。"

"啊，好，你和叔叔说我有空就过去看他们。"和悦冲他摆了摆手。

秦非言微一颔首，余光又不着痕迹看了一眼秋清安。

男生站在那里面容平静，又似乎极力掩盖着什么。

待秦非言身影消失，和悦才转身，有些无奈地盯着秋清安："走吧。"

"你们关系很好？"秋清安没动，只是垂眸静静望着她。

和悦皱了下眉，缓慢地道："我们很小的时候就认识了。"

"哦。"秋清安低着头，"青梅竹马啊……"

他小声自言自语，和悦眨了下眼，一时分辨不出来他这句话里的情绪。

"回去吧。"他最后说，看向和悦的眼神平淡。

两人在马路边拦了辆车，和悦要去医院，秋清安却在家附近的一个药店前让司机停车。她跟在秋清安身后，他推开门进去，熟练地在架子上拿着纱布碘酒。

“你之前也不肯去医院，自己默默一个人买药擦。”和悦低声说，想起那次的他独自一人穿过街道，坐在边上对着玻璃擦药的样子。

“只是点小伤，过两天就好了。”秋清安沉默片刻，回答。

两人一前一后地上楼，在门口，他拿出钥匙轻拧，手放在门把手上刚推开门，又突然停住，转头看她：“你为什么对我这么好？”

“啊？”和悦愣愣看着他，被这个问题弄得措手不及，脑子混乱。

“从第一次见面似乎就是了。”秋清安回忆着什么，缓慢而冷静地说，忽然，他话语停住，眉头不自觉轻蹙，“所以，你是在同情我吗？在学校见到我时才会……”

和悦打断他：“不是的。”她坚定镇静地又重复了一遍，“不是，不是因为同情。”

“那是什么？”秋清安反问。

和悦垂在身旁的手握紧又松开，最后目光笔直地望向他，无比平静：“等以后再告诉你。”

秋清安低着眼眸，沉默了，须臾，他推开门。

第四章 毕业

黑板上鲜红的高考倒计时渐渐走到尾声，慢慢的，只剩下孤零零的一个数字。

秋清安成绩一直很稳定，不出意外正常发挥，一定能上京大。

赵媛最近给和悦电话来得很频繁，她在那边和外籍男友已经安顿下来了，说如果和悦愿意过去读书，可以跟他们一起住。

和启则希望她在国内读大学，当然，他更加尊重她的决定。

这节晚自习，江浩杰又同和悦换座位了，她和秋清安并肩坐在一起，各自做题复习。

“对了，”秋清安缓缓转着手里的笔，突然轻声说，“你决定好报哪里的大学了吗？”

“我还没想好。”和悦也停下笔，手托着腮，目光盯着空气。

“其实，我觉得京市挺好的。”秋清安顿了顿，看向她。

和悦转头，定定注视着秋清安，他眼神略闪烁了一下，极力压制瞳孔深处的那丝忐忑和紧张。他不自觉抿唇，重复道：“真的。”

和悦沉默许久，随后仰起脸，朝他笑了笑：“嗯，我会认真考虑的。”

最后的几天，刘安很紧张，特意盯紧了班里几个顽劣的学生，尤其是秋清安，不准他们再出任何一丝差错。

终于，到了高考前放假那天。

这是他们高中时代最后一次这么整齐地坐在教室里，听着班主任在台上说话。

和悦看着刘安有些苍老的面容，轻微恍惚，感觉还是昨日，一眨眼就要毕业了。

她在这里只待了半年，但遇见的人和事是她这些年来都不曾有过的刻骨铭心。

和悦的目光定格在秋清安身上，男生也在专注地盯着台上，手里依旧夹着一只黑色水性笔无意识转动着。她收回眼，离别的伤感和疼痛骤然加剧，似乎真的到了该做抉择的时候了。

高考当天，阳光炽烈，和悦清晨从家里出发，李叔亲自开车送她到学校，和启今早特意推掉所有事情去送考。准备出门时，方姨就让她检查了好几遍书包，确定证件和文具都带齐了才放心。

和启坐在她身旁，一路上都在嘱咐她不要紧张。

今天的交通意料之中的通畅，车子停在校门口不远处，和启把她安全送到之后，下车又叮嘱了几句才离开。

和悦松一口气，刚准备往学校走，就听到不远处有人叫她。

“悦悦！”和悦抬头，看见了不远处人群中的周蜜，她旁边还站着江浩杰和秋清安。

和悦一颗心瞬间提到了嗓子眼，神色僵硬，呼吸骤然停住。

“你刚刚在和谁说话呢？”周蜜走过来朝她身后探头，出声问。

和悦缓缓平静，后背似乎冒了一层冷汗，她推了推周蜜，往前走：“没事，你们怎么都在一起？来得这么早？”

她看向秋清安，男生神情温和，没有任何异样。

和悦悄悄松了口气，看来他们都没发现。

“我们也是刚遇到了，老刘在那里呢，一起过去吧。”周蜜挽着她的手往前走。

秋清安在旁边轻声问她：“吃早餐了吗？”

“吃了。”和悦轻柔地笑，“你呢？”

“我也吃了。”

刘安就站在校门前面，正在给一旁的学生动员，双手握拳，激情四射。

刘安拍了拍每个人的肩膀说着加油，和悦临进去前，秋清安对她笑了一下：“加油。”

“你也是。”和悦郑重其事，踮起脚，学着刘安那样拍拍他的肩，“好好考，一定要上京大。”

“我会的。”他停了下，望着和悦，眉眼在阳光里有种虚幻的温柔，“我在京市等你。”

一直到找到自己的考场座位坐下，和悦脑中还回荡着这句话，他的声音太浅太轻，和悦有种出现了幻听的错觉，可她知道这是真的。

考试的时间转眼即逝。

最后一门英语考试结束，铃声响起，学生的步伐都是抑制不住的轻快，迫不及待地冲向了校门。门被缓缓打开，属于他们的世界才刚刚开始。

和悦在家睡了一天，第二天上午十点，才懒洋洋地睁开眼，摸起旁边手机一看，群里的消息已经塞满了。她后知后觉想起来，今天下午有毕业聚餐。

地点是班长选的，在学校附近的一家饭店，旁边还有KTV，早早已经订好了房间。

和悦在路上时，已经收到了周蜜的无数消息。她下车，正值傍晚，红霞满天，微风徐徐拂过。

饭店招牌醒目，和悦找到包间，推开门，发现班里人已经来齐。

“悦悦！这里。”周蜜同她招手，拍了拍身旁的空椅子，和悦笑了下，朝她走过去。

所有人都格外兴奋，气氛吵吵闹闹，禁锢了大半年或者更久的东西终于可以释放。

男生们大声讨论着游戏、动漫，女生点评彼此的衣服，或者调侃化了妆的朋友，无人再提起学习。

就连夏日的空气都是自由而蓬勃的。

“我昨晚打游戏到凌晨，妈妈再也不用管我的学习了！”江浩杰得意地叫道，瘫在椅子上抖腿。

“我也是。”周蜜难得没和他唱反调，压低声音偷笑，“我昨晚看小说到三点。”

“我睡了一天。”和悦老老实实说。

秋清安在旁边附和点头：“我也是。”看到三人投过来询问的视线，他又补充，“睡了一天。”

“你失眠好了吗？”和悦小声问。

秋清安点点头：“最近好很多了。”

气氛在刘安到来时达到了顶峰，一群人起哄齐声地叫：“欢迎老刘大驾光临！”

“好，收收收。”他双手往下一压，班主任的架势丝毫不减。

聊天间，菜被一盘盘端上来。

这顿饭吃得格外久，从夕阳余晖到天色完全漆黑，似乎有聊不完的话题，一直到桌上的菜都凉了，刘安才从椅子上站起来：“时间也不早了，我再不回去你们师娘要说了。”

略带了些沧桑和伤感的语气，明明很轻，却让吵闹的房间一瞬间变得安静下来。

有女生先忍不住站起来，叫了一声：“刘老师。”

她先红了眼，她走到刘安身边，轻轻地拥抱了一下他，刘安拍了拍她的肩膀。

所有人都站了起来，走到他身旁去拥抱他，无声而有秩序的，转身的同学里不少眼带泪光。不仅仅是对老师的不舍，还是对在座的所有同窗，以及再也回不去的三年。他们挥洒过汗水，流过泪，笑过的青春。

“这是干什么呢。”刘安一边和走上前来的学生拥抱，一边笑骂，“这是搞什么离别仪式吗？好了好了，以后有空多来学校看看我就行了。”

他望着面前的这些人，仿佛无数次站在讲桌上一样，镜框后面的眼睛闪烁着亮光，嘴唇微微动了动：“天下无不散之筵席，我祝大家前程似锦。”

最终，他嗓音颤抖，郑重无比地留下了这句话，转头的瞬间，摘下眼镜伸手去抹眼角。

这样离别的伤感气氛一直持续到进了KTV，不少人情绪依旧低落，直到江浩杰他们几个点了几首欢快的歌，才渐渐缓和过来。

夜渐渐深了，开始有人告别，和悦又想起了那句话——天下无不散之筵席。可莫名的，她就是想晚点，再晚点。

最终，不知是谁先站出来，说了句：“不早了，我们也都回去吧。”

剩下的人开始收拾自己的物品陆陆续续离开。

“走呗。”路边，江浩杰双手插在裤兜里，歪着身子。

周蜜迟疑了一下，咽了咽口水：“那个……我家有点远，江浩杰你送我回去吧。”

江浩杰满头雾水，摸了摸自己的板寸头：“你也会怕？”他上下打量了周蜜一番，“我觉得你想太多了，像你这样的一般都会很安全。”

周蜜深吸了一口气，控制住情绪。

“你走不走？”周蜜咬牙，挤出一抹笑意。

“走走走，我送你，我叫辆车。”江浩杰说着，准备低头翻手机里的打车软件。

周蜜神色自若地回他：“哦，不用，我家走过去也就二十分钟，我们步行吧。”

他有些难以置信地瞪着眼。

“行吧。”江浩杰觉得这个理由挺正常，随即收起手机，推了把周蜜的肩膀。

“那我们先走了，和悦你呢？”他一扬下巴，看向旁边两人。

秋清安一直沉默地靠在墙上，低着头不说话，和悦担忧地看着他。

“我先把他送回去吧。”和悦不放心。

江浩杰心中涌起几丝错乱，望着她这么一个柔柔弱弱的女孩子，难以置信：“那你到时候回去岂不是很危险！不行不行。”

他的大嗓门一嚷嚷，原本半梦半醒的秋清安骤然抬起了头，神色懵懂地看着他们。

“和悦说要送你回家，她一个女孩子送完你再回去太危险了。”江浩杰痛心疾首地看向秋清安，“安哥，讲句实话，你是那种需要女生送回家的男人吗？”

秋清安沉默了一会儿，似乎在思考，迟钝地反应过来周遭情况。

他皱了下眉，又很快松开，果断地回答：“我是。”

江浩杰傻了。

和悦也觉得有些突然，不过她想秋清安既然这样讲了，肯定是有哪里不舒服需要她帮助的，于是，她转头看向他们：“你们先走吧，我送他回家。”

“行吧。”江浩杰觉得今晚真是个玄幻之夜。

待两人走后，黑夜骤然变得安静，接近午夜的街道上空无一人，风里带了凉意。

和悦望着秋清安：“需要我扶你吗？”

“可以吗？”过了几秒，秋清安朝她伸出手。

和悦垂眼看着被递到面前的那只手，然后又抬头，略带疑惑地打量着秋清安。

他依旧靠在那里，姿态懒散，眸中漆黑又似乎多了层她看不懂的东西，晦暗深沉。那面容在路灯下清俊得不可思议，阴影深深浅浅，神态莫名带了点不羁恣意。

和悦眨眼，然后伸手搀扶住了他的手臂，像是扶着老奶奶过马路的那种姿势。

秋清安轻笑了一下。

两人一前一后走到楼下，楼梯太窄，和悦在他上了两级台阶时停下脚步，想说些什么时，秋清安突然咳嗽了两声。

“你怎么了？”她迟疑着问。

前面的人摇摇头，嗓子有些哑了：“没事，喉咙有点不舒服。”

“那怎么办？”和悦懊恼，“刚才应该买点药的！”

“药店已经关门了。”秋清安说，“待会儿喝点热水就好了。”

两人说话间，已经到了门口，秋清安打开门进去，神色恹恹地换鞋。

“我去给你烧水。”和悦先出声，直接去了厨房。

“那我先去洗个澡。”秋清安的声音传来。

和悦正在低头找插板，闻言头也不回应道：“好。”

插上电，和悦习惯性地翻秋清安的冰箱，没有蜂蜜，不过在角落找到两个柠檬。不知道放了多久，皮软软的，都有点脱水，不过应该也没问题。

和悦把其中一个柠檬拿出来洗干净，切成片，放进杯子里。

等到水烧开，把热水倒进去。

她转身一看，客厅已经空无一人，和悦想了想，端着杯子上楼。

小阁楼是没有门的，和悦踩上最后一级台阶，就看到了里头的场景。

秋清安正在穿衣服，白T恤从头顶套下去，背脊和腰身从眼前一闪而过，就被布料遮住，他底下穿着一条宽松长裤。

和悦悄悄地松了口气庆幸，然后出声叫他："水烧好了，我还加了两片柠檬。"

秋清安也是一顿，然后转头看她，目光从她脸上落到手里的杯子上。眼中有几丝仓促，又很快平静："谢谢。"

他从她手里接过水，低眸一口口喝着。

刚洗过的头发湿湿的，有水珠滑落，滴在他眼角。

"你好点了吗？怎么不擦头发。"

"你帮我擦。"秋清安把手里拿着的那条深蓝色毛巾递了过来，口吻随意，眸子黝黑。

和悦的视线定格在那条毛巾上，须臾，伸手接过。

她似乎很难拒绝他的任何要求，哪怕是不合理的。

夜黑得寂静，偶尔有晚风从窗户灌进来，带着不知名的花香。

时间悄然过去，满脑的纷杂情绪终于被睡意打败，不知不觉，和悦陷入了梦里。

错乱的夜晚，她又梦到了那天。

医院走廊，灯光惨白，手术室，医生，白布下的人，还有站在旁边咬牙隐忍，红着眼睛的少年。压抑、沉重、愧疚，重重交织在一起，变成一张铺天盖地的黑网，压得她喘不过气来。

和悦被噩梦惊醒，猛地睁开眼，已经天光大亮，整个房间充斥着刺目光线。她回过神，视线无意识转动，看到了窗外的蓝天和白云。

整个别墅很安静，从花园到客厅，和悦推开门，就连方姨都没在。

她看了眼时间，估计是去买菜了。

和悦换鞋上楼，疲惫地趴到床上。一闭上眼，秋清安的脸就出现在脑中，让她想逃却找不到任何出口。

醒来已是下午，昨夜她根本没有睡几个小时，还做了乱七八糟的梦。

和悦摸起旁边的手机，看到了秋清安发给她的消息，内心破天荒生出一种不想回的冲动。正在发呆时，房门被敲响了，和悦立即关掉手机坐起，和启在门外轻声问："悦悦，方姨做了午餐，要吃点吗？"

"好。"和悦清了清嗓子，"我马上下来。"

和悦看向和启，问："爸，你今天怎么回来了？"

"有空就顺便回来了，怎么，我不能回了？"和启佯怒，瞪着她。

和悦无辜地笑笑："哪有，我就随口问一下。"

两人吃着饭，聊着最近的家常，和悦突然想起什么开口道："对了，爸，过几天就是你的生日了，你打算怎么过？"

"我倒是不喜欢弄这些，不过生意上的应酬也避免不了，大概就和往年一样弄个小型宴会。"

"好吧。"

"对了，待会儿你非言哥过来接你，去试一下礼服。"

"啊，怎么没提前和我说？"

"又不是什么大事，还要提前和你预约啊？"

"哦。"和悦用筷子戳着碗里的饭菜，闷头应道。

吃完饭没多久，秦非言就过来了，他穿着一件白衬衫和黑色长裤，十分俊雅。进门就同和启问好，仪态得体，言语亲密，两人寒暄完，才看向一旁的和悦，他轻声叫她："阿悦。"

和悦点头："我先去换衣服。"

两人出门，和悦上车系好安全带，才问他："你什么时候和我爸联系上的，都不先提前跟我说。"

"昨天吃饭时刚好碰上的。"秦非言的语气略带责备，"你还好意思，我们两家人都齐了，就差你没来。"

"我昨天毕业聚餐。"和悦闷闷地回答。

“听和叔说你考得不错？”秦非言打着方向盘关注路况，随口问道。

和悦撇嘴：“分数还没出来呢，大致估了下分，不出意外应该还行。”

“打算报哪所学校？”

“我妈想让我去国外读书。”

“那你呢？”秦非言侧头看了她一眼。

“我还没想好，不过我不是很想出国。”

“嗯，也可以在国内读完大学再出去。”前面红灯，秦非言把车子停了下来，认真盯着她，“悦悦，我不太放心你一个人去国外，你可以等我先出去，再过来，到时候也有个人可以互相照应。现在国内的大学都不错的。”

“好，那我等分数出来看看。”和悦思考几秒，颔首道。

秦非言嘴角露出点笑意，启动车子：“那就先祝你金榜题名了。”

这家礼服店是和悦从小去到大的，里面都有记录她的尺寸，和悦同秦非言一进去，就有人捧了几套裙子上来。

和悦刚看完款式，秦非言就从里面提起一件，放到她面前：“阿悦，试一下这个。”

他手里拿的是一件白色蕾丝刺绣中裙，收腰无袖款，后背领口处开了个很小的弧度，露出一点肩胛骨。

很优雅的淑女风格，同和悦一直以来的气质很契合。但吸引她的是裙子上面的刺绣，十分漂亮，用细细的银线勾勒而成，隐藏在薄纱中，要仔细看才能发现上面绣的是一幅中式花鸟图，低调的精致和高贵。

不得不说，秦非言一直都很了解她。

和悦伸手接过，眼里藏着属于女孩子看到喜爱物件的开心。

裙子很合身，就像是为和悦量身定做的一般，白纱裙摆微蓬起，长度刚到小腿，腰身被掐得很细，整个人站在那里，亭亭玉立，眉目如画。

“我们阿悦长大了。”

秦非言靠在不远处的椅子上，双手插在裤兜，两腿交叠点地，目光定格在她身上，脸上带着温柔浅笑。

旁边的人纷纷出声。

“和小姐，这条裙子你穿再合适不过了。”

“对啊，简直就像是仙女。”

“这条裙子是我们这期新品，只有一条，出自英国设计师Feiao之手，您运气真好。”

和悦对着镜子仔细看了几眼，然后走到秦非言跟前：“可以吗？”

“很好。”他打量着她，微微颔首。

“那就它了。”和悦低头盯着裙摆自言自语，接着到试衣间，换回了自己的衣服。

和悦拿出卡准备去结账时，却被告知钱已经付了，她提着包装好的礼服袋子，疑惑地望向秦非言。

“就当是我送你的成年礼物。”他温和道，“今年生日时你在上课，没能陪你一起过。”

“可是你已经送了我礼物。”和悦生日已经过了。

每年她的生日秦非言都会准备礼物，随着年岁的变化，由玩偶和水晶球慢慢变成了昂贵的电子产品和女孩子的饰品和鞋子。

和悦一直戴的这块手表就是秦非言送给她的十五岁生日礼物。

是他攒了一个春节的压岁钱，给她买的手表。

“十八岁不一样，得送两份。”秦非言不由分说揽着她出去，一本正经，“一份是庆祝你生日，一份是成人礼，我们悦悦终于是个大人了。”

“我说不过你。”和悦认输，在心里想着下次要给他买点什么把这份情还回去。

回去的路上，和悦的手机轻轻振动了一下，她拿出来，看到秋清安给她发的一条消息“和悦？”，连同早上的那句“到家了吗”一起躺在对话框内。

光标自动在输入框内闪烁，和悦手指悬在屏幕上，而那头，秋清安看着上面的“对方正在输入中”，等待许久，还是忍不住直接拨通了她的电话。

铃声响起来，和悦心不自觉颤了颤，迟疑几秒，接通。

“喂？”手机放到耳边，却是一片安静，男生的呼吸声若有似无。

“和悦，你到家了吗？”

“嗯。”她低低应道，垂下眸，不自觉抠着包上的纽扣。

秦非言看了她一眼。

秋清安停顿了下，继续问：“为什么不回复我消息？”

“不小心睡着了。”和悦轻声回答。

秋清安沉默了会儿，低声说：“知道了。”

他心里涌起一阵无力感，正准备结束通话时，听到了那头男人的声音，陌生又熟悉。

“阿悦，前面到了，你还要买什么东西吗？”

眼前立刻浮现了一道身影，他很狼狈，对方却姿态从容，眼中是镇定平和，带着那种与生俱来的自信。还有，望向和悦时，亲近自然的神情，两人之间，仿佛谁也插不进去。

秋清安问：“你和谁在一起？”

“秦非言。”和悦停了停，却不自觉紧张，语气带着故作的随意，“我和他出去了一趟，有正事。”

“好。”秋清安没有再说什么，“那就这样，先挂了。”

他径直挂断了电话。

和悦盯着恢复如常的手机屏幕，发呆，不知在想些什么。

“是谁啊？”秦非言随口问，看了眼后视镜注意着后面的车辆。

和悦没抬头：“同学。”

“上次那个男同学？”秦非言试探。

和悦有些惊讶：“你怎么知道？”

“我猜的。”秦非言笑笑，看向她，“你们关系好像不太一般。”

“有吗？”和悦明显心不在焉，望着窗外，声音很轻，像是在自言自语，“我欠了他东西。”

她说完，就没再开口。

秦非言陷入沉思，一直到车子停在和家大门前，他才想起什么，猛地抬头：“阿悦。”

可惜，和悦早已下车，身影也消失在雕花铁门内。

秦非言握着方向盘的手收紧又松开，须臾，还是作罢，启动车子离开。

整整两天，秋清安都没有联系过她，和悦本该如释重负的，却开始失眠，白天也是魂不守舍。

她心慌意乱不知所措，愧疚甚至加倍，感觉自己像是走进了死胡同里的困兽，没有答案，忍受着煎熬。

可她仍然什么也不敢去做。

晚上，秋清安被江浩杰叫出来吃饭。秋清安闷头不说话，江浩杰端着杯子坐在他的旁边，手搭在他肩上：“兄弟，心情不太好啊？”

“你心情很好？”秋清安动作一停，睨他。

“还不错。”江浩杰一脸满足地点点头，随后露出坏笑，压低身体凑近，“怎么，跟我们和妹闹矛盾了？”

秋清安“嗯”了一声。

“真的假的？”江浩杰大惊失色，不相信。就和悦那样对他无底线纵容的模样，江浩杰想破头都找不出他们俩能吵架的理由。

秋清安没再回答了，神色黯然。

那模样真像是情绪差到了极点。

秋清安其实大部分时候都是不开心的，但他总是很冷淡，少见情绪失控，除了极少的两次，连江浩杰看了都心生惧意。

可现在的情形又和之前不同，就像是一个同大人闹脾气的小孩，等待着别人来哄他，又拉不下脸，去主动求和。

江浩杰正思来想去，就见秋清安抬头，红着眼盯着他，语气沉沉，带着不管不顾的意味："你给和悦打电话，就说我快死了。"

江浩杰很希望刚才自己是出现了幻听，可看到秋清安一动不动盯着自己时，他头大，叹了口气，从兜里掏出了手机。

等待对方接起的那一刻，江浩杰恶毒地冀望和悦没在手机旁边。

可很不幸的是，那头很快通了。

"喂？"和悦的声音响起。

"那个……和妹啊，我江浩杰呀！"他故作雀跃，以掩饰心底的不自然，甚至还微微侧过脸，避开了秋清安的注视。

"我知道。"和悦冷静地说，"有什么事吗？"

"嗯，是这样的……"江浩杰难以启齿，暗自挣扎了几番，还是破罐破摔，一咬牙，把话说出了口，"秋清安说他快死了！"

"什么？"

"他让我给你打电话，就说他快死了。"江浩杰手放在唇边，压低声音，"和妹，你们发生了什么？怎么安哥今天奇奇怪怪的呢？"

和悦懂了，一颗心像是坐了过山车，现在缓缓落地："你们在哪儿？"

江浩杰老老实实报了一个地址。

"你看住他，我马上过来。"

"好的好的。"江浩杰心想，估计不用任何人看，秋清安都会在那里一动不动地等到她来。

和悦已经洗过澡了，她挂完电话，立刻换衣服背着包出门。

今天方姨请假了，和启人也在外地，房子安静空荡得不像话，和悦想起了秋清安的小阁楼，甚至觉得比这里还要温馨一点。

和悦打车到江浩杰说的那个地方，她有些急迫地环顾着四周，看到了朝她大力挥手的江浩杰。

秋清安每隔两分钟就要问他一句：“和悦怎么还不来？”

他怎么知道！

江浩杰不得已，偷偷背过身给和悦发了无数消息催促，结果对方一条都没回，他这个传话筒十分难做。

听到他叫和悦的声音，旁边的人身形微不可察的一僵，接着又是一副若无其事的样子。

和悦已经走了过来：“他没事吧？”

她率先看向的是江浩杰，后者脑门都要冒汗，立即溜之大吉。他打了个眼色，人已经蹿出了好几米远：“你自己看吧。”

和悦的目光这才移到秋清安身上，认真打量着他，面前的人低头垂着眼，除了脸色有些苍白，整个人状态看起来还不错。

和悦干脆直接坐在刚才江浩杰的那把椅子上，她随意问：“你叫我来干什么？”

秋清安也立即扭回头，继续盯着桌角：“你送我回家。”

和悦沉默两秒，开口：“走吧。”

似乎是没想到她这么干脆，秋清安顿了顿，然后起身往外走去。

他低着头，伸手揉揉脖颈，他穿着黑色T恤，像是清瘦了不少。

两人走出门外，秋清安伸手拦了辆车，打开后座车门，看向站在一旁的和悦。

她弯腰坐到了里面，秋清安紧跟而来，报了地址之后，便仰头靠在座椅上闭眼休息，没人说话。一直至出租车师傅那句“到了”打破安静，秋清安才缓慢地坐起身推开车门。

两人就这样保持沉默到了家，秋清安回来便径直坐在了沙发上，闭着眼单手揉眉心，极为烦躁的模样。

和悦站了会儿，到厨房去给他烧水，端着杯子过来时，他已经睁开了眼，目光一动不动盯着她。

明亮灯光下，他神色不明。

和悦把手里的热水递给他，他接过喝了两口，便放在一旁。

“时间不早了。”和悦起身，秋清安猛地抬头看她。

“如果没什么事……”她话还没说完，就被人拽住了手腕。

秋清安的声音很低沉：“有事。”他又气息低弱地叫着她，“阿悦，我好困。”

“那你去床上睡啊。”和悦无奈开口。

“不，我去了你就走了。”秋清安嘟囔着，又想到什么，“我就这样睡会儿。”

“什么？”和悦没反应过来，天转地旋，已经躺在了沙发上，头顶是明晃晃的灯，秋清安半趴在她身上，脑袋依旧埋在她肩头。

少年身体颀长，带着不容忽视的热度，压着她手臂，头发碰触着她的脸颊，痒痒的。

“秋清安。”和悦艰难地叫他，手指无意识抚着他柔软的发丝，望向天花板，灯光刺眼。

她也不知道自己要说什么。

秋清安静静地趴在那里，像是真的睡着了。

时间悄然地流逝，就在和悦以为他就这样睡去了时，耳边传来响动。

他黑眸在灯光下发亮，却又幽深得像是无底洞。他轻声吐气，低声呓语：“和悦，你应该知道我的心思。”

和悦被他蛊惑，忘了挣扎，不知反抗，就这样盯着他专注的漆黑眼眸，连呼吸都无意识静止。

秋清安捧着和悦的脸一点点凑近，两人之间的距离慢慢缩小，直至，他的气息拍打在她脸颊，和悦意识到下一秒将会发生什么，蓦然惊醒。

她飞快扭开头，从他手里挣脱。

秋清安突然弯唇笑了下。

和悦有些恍惚，视线无意识落在他脸上，仿佛问他也在问自己："那你想我怎么样呢？"问完，她像是自己先回神了，一把推开了秋清安，从沙发上坐起。

和悦有些艰难地道："你有没有想过你可能只是因为我对你好……"

"和悦，你是在侮辱我还是在侮辱你自己。"秋清安打断她，露出自嘲般的笑。

她沉默地看着他，那眼神莫名透出了哀伤。

秋清安心头躁意不知所起，方才刚被安抚下来的情绪又不受控制往上冲，胸口莫名其妙地沉重。

"我今天晚上没有吃饭。"他突然冒出一句，"这两天也没有睡好，失眠到半夜。"

"那你想吃什么？"沉默片刻，和悦顺着他的话往下说。

秋清安抬眼注视着她："想吃面。"他又说，"你煮的。"

和悦慢吞吞爬下沙发，穿鞋，走到厨房。

身后一直没有动静，和悦微微放松，盯着锅里一点点开始沸腾的水，脑中渐渐冷静下来。

其实她真的拒绝不了秋清安，也或许她根本就不想拒绝。

年少时的爱并不一定会长久，人生这么长，谁也不能保证一生只喜欢一个人。

也许，在他还没有发现那个秘密之前，就已经遇见了更加合适的人。

她只是陪着他度过了一段孤独的时光而已，大学，工作，以后还有无数的新世界在等着他，可能再回头一看，如今的种种不过尔尔。

未来谁也无法预计，但能把握的只有现在。

和悦不知道自己会不会后悔，但此刻她无法放手，也不能放手。

她陷入自己的思绪，秋清安已经走了进来，从背后抱住她，双手环在她腰间。

他偏过头，在和悦颈间蹭了蹭，小声嘀咕："我饿了。"

"马上就好。"和悦转脸，对他温柔一笑，秋清安眼眸瞬间绽出亮光。

他很轻地点头："嗯，我等你。"

和悦接到周蜜的电话，邀请她一起去游乐园玩。

和悦大概知道是江浩杰想约周蜜，沉默了片刻，然后说："所以，他约你明天去游乐园玩，还要把我叫上？"

"不是不是，是他叫了秋清安，所以顺便也把你叫上。"

"叫我们去干吗？"和悦慢吞吞地说。

周蜜"哎呀"了一声："这不是不好意思吗……"说到后面，她声音越来越小。

和悦沉默了一会儿，最后还是答应下来。

早上九点，游乐园门口游人稀少。

今天周二，学生们的期末考试还没考完，只有他们这些高三生提前解放，可以肆无忌惮地挥霍着时间。

周蜜明显是精心打扮了一番，红色波点小裙子，发尾烫得微卷，上了淡妆的脸蛋甜美漂亮，小高跟和短裙把她的腿衬得十分修长，光站在那里就已经吸引了不少人的目光。

只是美人无心注意旁人，站在一个高大的男生旁边，头微垂，嘴角带着羞涩笑意。

江浩杰跟秋清安都已经到了。

和悦刚走过去，就见他们抬起头，周蜜立刻挥手："悦悦！这里！"

"啊，你们好早。"和悦小跑了几步，同几人打招呼。

"就等你了！"江浩杰说，晃了晃手里的票，"走，我们进去。"

他走在前头，周蜜立即羞涩地跟了上去。

和悦跟秋清安落在后头，他打量了她一眼："你今天……"

"是巧合。"和悦镇定自若道。

原因无他，她今天的打扮很简单，仅仅穿了件基础款白T恤和牛仔短裤，而凑巧的是，秋清安竟然也穿了件白色短袖。

两人衣服看起来几乎一模一样。

他平时不都喜欢穿黑色的吗！

秋清安似乎是笑了一下，随后握住了她的手牵着，摸了摸鼻子："我是想说你今天是不是换了个绑头发的头绳。"

"什么？"和悦扭头看他，倒是任由他牵着，没有抽出手来。

秋清安指了指她头发："以前是黑色的，今天有个小草莓。"

和悦伸手摸了摸自己的马尾辫。

女孩子的发圈永远是最容易丢的东西，她早上一醒来翻遍整张床和房间也找不到以前那根黑色橡皮圈，却在梳妆柜柜底找出了这个不知道什么时候买的发绳。

黑色的细圈，上头有个粉粉的小草莓。

和悦嫌它幼稚，一次都没有绑过。没想到秋清安竟然观察得如此仔细。

和悦有些不自然："以前那个找不到了。"

"哦。"他点点头。

"是不是很幼稚？"顿了几秒，和悦又忍不住问。

"没有。"秋清安摇头，眼里荡出笑意，"很可爱。"

和悦定定注视了他片刻，然后收回目光。

"你在想什么？"秋清安忍不住晃了晃她的手。

"没想什么。"和悦答。

明显感受到了她的敷衍，秋清安有点不高兴，捏了捏她的指头："你刚刚明明就是在思考。"

和悦正色看他："我只是在想你最近怎么变得这么会说话了。"

"我没有很会说话。"秋清安听完却皱起了眉，认真解释，"我对你说的每一句话都没有经过太多考虑，就是没有技巧，都是自然而然。"

"好吧。"和悦闭上了嘴。

"你不相信？"秋清安眉头又紧了，执着地盯着她。

"没有。"和悦叹了口气，"我只是不知道该说什么了。"

听完她的话，秋清安顿时沉默下来，低着头像是在生闷气。

两人已经进了园区，因为速度太慢落后了不少，江浩杰跟周蜜在前头叫他们。

"快点，我们去那里排队。"周蜜指着那个高高荡起的大摆锤，隔老远都能听到上头的尖叫声。

"好。"和悦扬声应道，牵着秋清安加快了步伐。

走过去时，周蜜和江浩杰正挤在人堆里买兔耳朵，她兴致勃勃地戴上，询问面前的男生好不好看。

江浩杰垂眸打量了她两眼，点头："好看。"

"好！买！"周蜜二话不说，立即掏钱包。

"我来我来。"江浩杰抢先出手，嘴里嘀嘀咕咕，"出来玩怎么能让女孩子花钱。"

周蜜望着他，双手放在身前忸怩搅动着，她含羞带怯的神情在见到和悦跟秋清安那一瞬间，消失得无影无踪。

两人买完了兔子耳朵就去排队了，这个项目玩的人有点多，排了一会儿才到他们。

和悦之前没有玩过这种刺激性的游戏，整个人坐在机器上被荡到半空中时，强风袭来，大脑一片空白，只能紧紧抓住旁边人的手，涌起一个荒唐的想法——就算自己此刻死掉了，好像也没有太可怕，至少还有他陪着。

心念一动，和悦转头看向秋清安，恰好对上他望着自己的眼，两人头发都被吹起，眼睛几乎要睁不开，看着这样的对方都忍不住笑了。

巨大的机器停止了摆动，不少人落地那一刻都腿软，差点跌倒在地。

同伴相互搀扶着，大部分脸色苍白，仿佛刚才经历了惨痛蹂躏。

还有少部分面露亢奋，眼里藏着意犹未尽。

江浩杰买了水回来，秋清安跟在后头，手里拿着两个粉色甜筒。

“怎么是草莓味的？”和悦接过，咬了一口，疑惑地问。

“随便买的。”秋清安说完，又侧过脸，“你不喜欢吗？”

“还行。”和悦点头，马尾辫上面的那个小草莓随着她的动作晃动。

秋清安笑，忍不住伸手点了点。

“你干吗？”和悦扭过脑袋，不让他碰了。

两个人就这样旁若无人地一边吃着甜筒一边讲话，全然忽视了一旁的江浩杰跟周蜜。

周蜜喝了两口水，握紧拳头，终于痛下决心：“走吧！我们继续去玩！就去那里！”

她指向前方，几人转头，看到了那两个硕大的字眼——鬼屋。

“你认真的吗？”和悦郑重其事再次询问。

谁都知道，周蜜最怕的就是鬼鬼怪怪，能吓得蹦起三尺高的那种。

“当然！”周蜜义无反顾，视死如归，“我周大胆说话算话！”

“还是算了吧。”江浩杰出声阻止，面露苦恼地说，“做人何苦为难自己呢。”

“不为难。”周蜜挤出一丝笑，无比坚强，“一点都不为难，我最喜欢那些鬼鬼怪怪的小可爱了呢。”

这句话刚说完还没半个小时，她就被彻底打脸。

和悦听着撕心裂肺的尖叫声，看着几乎跳到江浩杰身上去的周蜜，不忍直视。

旁边扮鬼的工作人员都被她突如其来的高分贝吓得抖了抖。

江浩杰无奈拍着她肩膀，安慰：“别怕别怕啊，都是假的，人家装鬼的工作人员比你受到的惊吓更大。”

“真的吗？”周蜜哆哆嗦嗦，从他怀里露出一只眼睛，往旁边偷偷看。

似乎是为了安抚小姑娘的情绪，那个工作人员对她和蔼一笑，却忘记了自己此刻装扮的模样。

周蜜只看到一张惨白可怖的鬼脸，望着她狰狞地笑，她吓得又是一声直冲天际的尖叫，接着紧紧埋在江浩杰胸前。

几人都抖了两下，江浩杰连忙捂住她的眼睛，拖着她加快速度离开了“战场”。

“好了好了，我带你出去，不要看。”

两人步伐匆匆，一路顺畅无比地穿过各种道具人员障碍，大概是收到了通知，没人再出来吓他们了，不一会儿，就望到了出口的“曙光”。

走出去前一刻，和悦听到了旁边的人小声嘟囔：“都是女孩子，你怎么一点都不怕的？”

“因为我知道这些都是假的。”和悦说。

秋清安没再说话，只是垂着眼。

“你是不是挺失望的？”和悦认真地说，“没有给你一个能英雄救美的机会。”

“不是，我一点都不羡慕江浩杰。”秋清安顿了顿，郑重反驳，过了会儿又说，“绝对没有！”

从鬼屋出去之后，周蜜整整喝了两杯奶茶压惊。

临近中午，日头正晒。

和悦从包里拿出来防晒喷雾，示意秋清安闭上眼睛。

“干什么？”他有些畏惧。

“给你喷点防晒。”

“我不用了吧。”他犹豫拒绝。

和悦不由分说拽着他手臂，把人拉到跟前。

秋清安条件反射地闭上眼。

凉凉的水雾喷在脸上，他睁开眼，看到和悦牵着他的手，在他露在外面的肌肤上来来回回又喷了两遍。

“悦悦，防晒喷雾借我也喷点。”周蜜在一旁说，她出门没有带这些东西的习惯。

“好。”和悦给秋清安喷完，便递给了周蜜。

周蜜用完，又看向江浩杰：“你要不要？”

“不要。”他毫不在乎地说，“男孩子黑点好看。”

“紫外线会致癌。”和悦认真地看着他说，“况且男孩子太黑是真的不好看。”

秋清安低头，忍住笑。

沉默了几秒，江浩杰朝周蜜伸出手：“来，给我，我也喷点，防癌。”

几人又去玩了几个游戏项目，半路，江浩杰买了两瓶冰水，顺手扔给秋清安。

“我带了水。”和悦说着，从包里拿出一个粉色保温杯。

“用罗汉果泡的，你前两天不是喉咙有点不舒服。”和悦把杯盖拧开，递过去，顺便把秋清安手里那瓶冰水拿了回来，还给江浩杰。

秋清安看了眼里头淡褐色的液体，闻了闻：“热的？”

“没有，一点点温。”和悦解释，“味道还可以，挺解渴的。”

“哦。”秋清安应道，仰头喝了口，点头，“挺好喝的。”

两人相视笑着，好像喝的不是罗汉果茶，而是什么琼浆玉露。

江浩杰看着自己手里的矿泉水，又看了周蜜一眼。

周蜜连忙抢过他手里的另外一瓶矿泉水，拧开，连喝几口。

“嗯，这个矿泉水真好喝！冰冰凉凉的，还有点甜。”她装模作样地翻着水瓶包装，“这是哪个牌子的啊，我要记下来，下次买一箱回去！”

“行了。”江浩杰扯了扯她头发，手搭在她的肩膀上往前走，“你喜欢，哥待会儿就给你买一箱送回家。”

男生吊儿郎当的，是揽着兄弟的姿势，可周蜜一点都不在意，缩在他怀里，仰着脸偷偷看他，忙不迭地点头：“嗯，好！”

临近傍晚，夜幕降临，大家都有点累了。

从摩天轮上下来，他们决定去附近吃饭，周蜜在网上搜了一家评价很好的餐厅，打车过去大概十几分钟。

车子开出去没几分钟，秋清安就靠了过去，像是没骨头一样，把头搭在和悦肩上。

“怎么了？”和悦伸手摸了摸秋清安的头发。

“好累。”他低声嘟囔，“想睡觉。”

“昨晚睡了几个小时？”

“三四个吧。”秋清安的声音轻不可闻。

和悦皱起眉：“为什么不睡觉？”

“想到要和你一起出来玩，睡不着。”他嘴角带了点笑，仰起脸，下巴抵在她颈旁。

“那你抓紧时间睡一会儿，到了我叫你。”她低声说。

“嗯。”秋清安埋头下去，靠在她肩上，一动不动，呼吸渐渐平稳。

吃完饭，几人在门口分别，江浩杰似乎是一整天终于嫌弃他们两个电灯泡碍眼了，他的手插在兜里，对和悦和秋清安扬了扬下巴：“你们先走吧。”

“嗯？我们还要去哪儿吗？”周蜜迷茫地仰起头。

“随便逛逛。”说着，江浩杰转身往另一个方向走去。

周蜜连忙跟上，匆匆回头对和悦说：“悦悦，我们先走了啊！”

“好。”和悦站在原地，同他们挥手告别。

两人身影不紧不慢地消失在路口，和悦转头，正欲说什么，秋清安一把牵过她的手，往前走去。

“走吧。”

“去哪儿？”

“去看电影。”他随意的声音传来。

“你不是想睡了吗？不如回去休息吧。”和悦望着他说。

秋清安脚步停住，微侧过脸：“你跟我一起回去吗？”

和悦苦恼地皱起眉，“不了吧，我总往你家里跑感觉不太好。”

“哪里不好？”秋清安垂眸，淡淡问。

和悦不说话了，就这样看着他，秋清安等了片刻，重新牵着她往前走。

“那就去看电影。”

“看什么电影？”

“随便。”秋清安声音轻飘飘地传来，“我就是想和你多待一会儿。”

电影院，两人没有任何准备就来了，看的是一部动漫，日本很有名的大师的作品。

和悦咬着吸管，坐在漆黑的影院里，看着面前发光的银幕。

秋清安坐在她旁边，也安静地看着电影。

整个影院悄然无声，只有人物对白。

这部电影还挺好看的，反正和悦看完有点感动，最后男女主角在真实的时空相遇，男生询问女孩名字的时候，画面就此定格。

头顶灯光一瞬间大亮，观众开始退场，他们随着人流一起出去。

“啊，感觉一下子就看完了。你说他们能认出对方吗？”和悦有些感慨地问，然后又自言自语，“我觉得肯定会，其实就是这样也挺好的，一切都停留在最好的时候。”

年少时的爱恋最美，没有生活中的柴米油盐，只有简单而纯粹的喜欢。

两人走到了电梯口，等待着下一趟电梯到来。

秋清安把下巴搭在她头顶，双手从后面环着她肩膀，声音温柔，带着含糊睡意："我觉得最好的时候，是热恋痴缠之后的尘埃落定，还没有开始的喜欢是有缺憾的。"

"啊？"和悦懵懂地仰头。

秋清安揉了揉她头发，声音带笑："不过电影拍得很好，意犹未尽，有无限可能。"

"好吧。"电梯到了，和悦一边进去，一边思索着他刚才那句话，后知后觉反应了过来。

倒不像是秋清安的风格，可某些方面又和他无比契合——还没有开始的喜欢是有缺憾的。

所以，他不留缺憾，像是一把炙热的火，势必要将她燃烧。

奋不顾身，不遗余力。

第五章 旅行

和悦回到家，刚洗完澡，就看到了秋清安的消息："安全到家了吗？"

和悦回复："很安全。"

这条消息刚发出去，和悦的手机就振动起来，秋清安便直接拨通了她的电话。

"怎么了？"她接通，躺到床上，望着天花板。

"你一个人在家吗？"秋清安在那头问。

和悦"嗯"了声。

最近方姨的儿子病了，晚上便不住在这边，偌大的别墅里，只剩下和悦一个人。

"哦，我也一个人在家。"他慢吞吞说道。

和悦莞尔，她看了眼时间："你还不睡？快十一点了。"

那边传来翻身的动静，秋清安似乎幽幽地叹了口气，郁闷惆怅，他突然说：“我想你，阿悦。”声音轻而温柔，“从分开的那一刻起，我就已经开始想你了，截止到现在，两个小时零十分钟。”

和悦久久无声，对面少年的情感炽烈又纯粹，如此干净浓厚，显得她是这样的阴暗见不得光，就算有想念，也不敢像他这样简单直接地宣之于口。

和悦缓缓平息胸口悸动，须臾，对着手机轻声说：“我也想你。”

这一晚，两人聊到深夜都没有挂电话。

和悦困得不行，最后声音一点点消失，靠着枕头睡了过去。

秋清安听着里面传来的平稳呼吸声，满足地笑了，把屏幕贴在脸旁，也慢慢进入睡眠，就好像她就在他身旁一样。

和悦第二天早上醒来，发现手机竟然还显示在通话中，她回神许久，才想起来昨晚自己睡着了。

她拿起手机，对着那头“喂”了两声，原本只是随口试试，没想到两秒后，对面很快传来回应：“阿悦，你醒了？”秋清安的声音，清朗含笑，无比悦耳也十分清醒。

她神色有些复杂：“你醒来多久了？”

“比你大概早十分钟？”

“那你干吗一直不挂电话……”和悦小声嘟囔，低下头，手指不由自主扯着被子。

“昨晚忘记了。”秋清安找了个借口，怕吓到她，“后来就舍不得了。”后面这句低声轻语，才是发自肺腑。

“那你现在在做什么呢？”

“我刚准备去洗漱。”

“我也要去。”和悦掀开被子起身，一边同他说着话，一边往盥洗室方向走去。

手机开了免提放在台上，和悦拿杯子接水，挤牙膏。

“你在干什么呢？”她口齿不清问。

那头同样传来含糊的话语。

“我也在刷牙。”

和悦抬头看着镜子里的自己，忍不住笑出声，泡沫差点喷了出来。

和悦洗完脸擦好护肤品，下楼时听到了电话那头同样的关门声。

“我去买早餐。”秋清安声音微喘，楼梯间脚步声很清晰。

“我也去吃早餐了。”和悦来到了一楼，厨房空旷干净，她打开冰箱，发现里头只有吐司和牛奶。

“冰箱里只有吐司了。”和悦继续翻着，“不过有我喜欢吃的蓝莓酱，勉强可以填饱肚子。再热一杯牛奶吧。”她把东西拿出来，关上门，准备往厨房走去。

“我在早餐摊上。”秋清安那边多了些其他声音，但他的话还是听得很清楚，“有豆浆、灌汤包、煎饼、玉米……哦对了，还有茶叶蛋。”他一项项报出来，和悦动作停住，站在原地咽了下口水。

“是你经常买的那一家吗？”和悦迟疑地问。

和悦想起了那个皮薄馅多的灌汤包，她再次吞咽了一下。

“嗯。”秋清安的声音里带了笑，“阿悦，你要不要过来吃早餐？”

客厅安静，热烈的阳光和风从落地窗灌了进来，树木簌簌作响。

清晨的空气温柔而舒缓。

和悦站在那里，愣了下，最后话里都是无奈，尾音带着浅浅笑意：“你怎么这么黏人？”

“你是嫌我烦了吗？”许久，秋清安小心翼翼地问道，语气不掩落寞和沮丧。

“没有。”和悦极快否认，把手里的吐司和牛奶放回了冰箱，“我马上过来，你买好早餐等我。”

听着那头极小的关门声，秋清安嘴角渐渐露出笑：“我等你。”

和悦换好衣服出门，从车上下来时，一眼就看到了等在不远处的秋清安。

她弯腰和师傅道了声谢，接着朝他走过去：“你怎么在这里？”

“等你一起回去。”

两人并肩往前走，秋清安把手里的两袋早餐放到一只手上，然后空出来的左手牢牢牵住她。上楼，开门，两人面对面坐在餐桌前。

和悦看着秋清安从袋子里把早餐一样样拿出来，先是灌汤包、煎饼、玉米，最后还有茶叶蛋和豆浆，他之前在电话里说的都给买齐了。

“你买这么多干什么？”和悦哭笑不得，“我又吃不完。”

“没关系，你吃剩的给我。”秋清安笑道，替她把豆浆插上吸管，递了过来。

最后和悦没有吃完，还剩下一小份灌汤包、半块煎饼，秋清安拿过去慢慢吃着。

“为什么你食量比我大还是那么瘦？”和悦托腮看他，满脸疑惑。

“大概是消耗大。”秋清安吃了个包子，又抬头正色看她，强调道，“我不瘦。”

“明明就很瘦。”和悦争辩道。

秋清安无可奈何，撸起袖子：“你看。”

“看什么？”

“我的肱二头肌。”

和悦望着他一本正经的神情，忍俊不禁。

“我今天要大扫除。”秋清安吃完又说，“你要帮我吗？”

“帮你什么？”和悦开玩笑，“在旁边给你喊加油吗？”

“这个主意不错。”秋清安思索了一下，竟然露出满意的神色，点头。

“你想得美啊！”

吃完饭，和悦去给秋清安阳台上种的那几盆花浇水，自从她上次说隔壁邻居的花圃很好之后，他就不知从哪里弄来了几盆花，养了一段时间，竟然也打了花苞。白白的，柔嫩的一小团，藏在翠绿的叶子中，凑近还能嗅到淡淡的清香。

“这是茉莉吗？”和悦好奇地问。

秋清安“嗯”了声：“老板说花开了会很香。”

“怎么突然想起养茉莉呢？”

“有点像你。”

“啊？”和悦疑惑。

“让人很舒服。”小小的白花，翠绿的叶片，低调不张扬，清秀动人，花开时，香味让人欲罢不能。

和悦被他突如其来的一句话弄得有些赧然，又很快调整好情绪。

“就只是舒服？”她睨着他。

秋清安舒展眉眼，缓缓笑开：“也很美。”

“你就是想骗我帮你大扫除。”和悦定定看了他几秒，下结论。

秋清安摇头：“好吧，你说是就是了。”

他在柜子上拿了块抹布，又找了个盆，到厨房接水。

“你干吗？”和悦走过去问。

“大扫除啊。”

“那我能做什么吗？”和悦客气地问。

“你去洗拖把吧。”谁料，秋清安一点都不客气。

秋清安在收拾着东西，一边整理一边擦着灰尘。

和悦拿着拖把弯腰劳作。

从里头一路擦到门口，在地板上留下一道湿润水痕，窗户都被打开透气，头顶吊扇旋转，混合着自然微风，一点都感觉不到炎热。

两人整整忙了三个小时。把房子里里外外都清扫了一遍，最后，窗明几净，地板锃亮。

和悦虚脱般躺在阁楼的木地板上，双手摊开，感受着窗外凉风。

“吃西瓜吗？”秋清安端着盘子上来，里头盛着几片红瓤绿皮的西瓜。

空气中都是西瓜特有的清香。

和悦蓦然从地上爬了起来：“吃！”

木头小茶几，盘子放在上头，和悦捧着一片西瓜满足地啃着，疲惫仿佛被顷刻缓解。

“我还是第一次见到男孩子大扫除的。”和悦有几分感慨，尤其是还要拉上女生一起的这种。

“我妈以前很喜欢叫我和她一起大扫除。”秋清安想到了什么，眼神很温柔，“每次放假我们俩都要把房子打扫一遍。”

和悦动作慢了下来，她小口小口地啃着手里的西瓜，视线落在桌上：“这样啊……”

“嗯。”秋清安低头笑了笑，“所以她走后我已经很久没有收拾家里了。一个人有点害怕。”

那种无孔不入的孤独感，似乎在时时刻刻地提醒着他，就只剩下他一个人了。见和悦不说话，秋清安出声问：“累了吧？”

她轻轻“嗯”了一声，掩盖自己情绪的异样。

“那你休息一会儿，刚好睡个午觉。”秋清安从床上给她拿来一个枕头，地板上铺了凉席，夏天午后，特别适合睡觉。

和悦没有拒绝，吃完便躺下，秋清安睡在她旁边。

和悦闭上了眼。

秋清安拿了本书在看，时间悄然地流逝，放在脚旁的风扇呼呼地转动。

不知过了多久，旁边的人已经陷入了熟睡。

秋清安眼睛有些酸涩，合上书，挪动了枕头，跟和悦并排靠在一起，他伸出手，轻柔地把她揽进了怀里。

夏日漫长，女孩在他胸前动了动，依旧睡得很香。

秋清安手松松地环在她的腰间，下巴搭在她头顶，闭上眼睡了。

这一觉极为舒服，和悦醒来时，风扇依旧转着，窗外热烈的阳光变得温柔，天空蓝得清澈。

秋清安不知何时靠了过来，男生体温热热的，呼吸声从头顶传来，有些许重量。

和悦眨了下眼，没动，直到睡意退去大半，才缓缓地转过身子。

秋清安似乎被她弄醒了，没睁开眼，却无意识想抱住她。

“你醒了。”男生含糊不清地嘟哝。

和悦手放在他的肩上：“你怎么睡过来了？”

“没有，是你先过来了。”秋清安低笑，孩子气十足。

和悦不说话了。

小阁楼安安静静的，只剩下风扇细微的呼呼声。

他没听到想要的回答，催促道：“你是不是不相信？”

“你说呢？”和悦有些无奈，“你看看你说的那些话能让人信吗？”

她睡在原地一动不动的，身后突然多出来一个人，还说是她先动的？

和悦郁闷的语气似乎也取悦到了秋清安，秋清安闷笑，随后抬起了脸。

“阿悦……”他轻声叫她，微微仰头，和悦呼吸一瞬间变得错乱。

对面的人脸上带了点红。

他伸出手捂住了她的眼睛，嗓音哑了：“不准看。”

秋清安松开和悦坐了起来，背对着她。

他沉着眼，问和悦饿不饿。

和悦望着头顶，扬着唇无声笑，神情无辜地看着他，说道：“有点。”

“我去给你煮点东西。”秋清安说着起身。

和悦好奇地问：“煮什么？”她有些诧异，没想到秋清安竟然还会做饭。只是没有惊讶多久，就听到了回答。

“速冻饺子。”

餐桌上，两人吃完了白水煮的速冻饺子，和悦推开碗，忍不住说：“我们待会儿去买菜吧。”

“好。”秋清安收拾的动作顿了下，又说，“我想吃清蒸鱼。”

“知道了！”

和悦跟他手牵手出门，两人都穿着T恤短裤和凉拖。

菜市场烟火气太重了，买完菜回去时，路过一家花店。

外面架子上摆了许多小盆多肉，各种颜色和形状，肉嘟嘟的，很可爱。

她忍不住凑过去挑选，秋清安同她一起弯腰看着：“想买？”

“嗯，这个好看吗？我觉得好可爱哦。”和悦指着其中一盆多肉，按捺不住地伸出手指碰了碰，圆圆的叶瓣手感很好。

“是挺好看的。”秋清安点头，直起身子望向里头的老板，“老板，这个多少钱？”

最后，两人不仅提了两袋子的菜回去，一人手里还端着盆小多肉。

回到家，和悦迫不及待地把它们一起放到秋清安阁楼的窗台上，趴在上面专注地望着。

“我找到了我初中时用过的水彩颜料和画板。”秋清安上楼，还拿着几样东西。

和悦转头，看到他把手里的画板和笔放在地上，然后抬头说：“竟然都还能用。”

“你还学过画画？”和悦拿起一支画笔端详。

秋清安解释：“学过两年。”

“嗯？”和悦等着他后面的话。

却不料，秋清安开口：“我给你画一张肖像吧。”

“可以吗？”和悦眨了眨眼。

秋清安不动声色，开始架起面前的画板。

和悦顿时正襟危坐，直起身子，面向他：“这个姿势怎么样？”

“你随意点就行。”

“那我看看花？”和悦试探着问，换成刚才的样子趴在窗台上盯着那两盆多肉。

“可以。”秋清安打量着她的侧脸，开始慎重下笔。

和悦百无聊赖的，一会儿摸摸多肉，一会儿又双目放空看向外头的街道。她忍不住和秋清安聊天：“你们这儿为什么这么安静，我每次来都没看到几个人。”

“这边住的都是附近的工人，每天早出晚归上班，基本上白天不会在家。”秋清安专注地拿着笔在纸上涂画，时不时抬眸看和悦一眼。

“那你和你周围的邻居熟吗？”

“不认识。”

“你在这里住了多久啊？”

秋清安手中的笔稍顿，思考了下：“三年。”

和悦微微惊讶，没再多问，准备换个话题。

“以前发生过一些不好的事情，所以我对邻居这种存在没有好感。”谁料，秋清安淡淡解释，目光未从画板上移开。

和悦立即想起了之前江浩杰和她说的那件事情，陷入沉默。

“哦。”须臾，她神色如常地点点头，没再说什么，只是趴在那里拨动着那盆小多肉。

秋清安看她一眼，又很快收回目光。

时间悄无声息地过去，不知不觉，夕阳染红了天边，傍晚降临。

和悦闭着眼，下巴搭在手背上，晚风吹起她额角的碎发，侧脸白净又温柔，美好得没有真实感。

秋清安手里动作停住，望着这一幕，许久才回神，心跳已经乱掉。

不知过了多久，和悦都快要坐得全身僵直时，终于听到了秋清安说了一声：“好了。”

她立刻起身，揉了揉稍微发酸的肩膀。

“画得怎么样，像不像？给我看看。”和悦迫不及待走过去，满脸期待，看向秋清安面前的画板。

洁白的纸上，有一个趴在窗沿上的女孩，蓝色天空，褐色窗户，绿色的多肉，她穿着白色的T恤和短裤，侧脸小巧而模糊。

画面马马虎虎，水彩颜色搭配得不错，粗略能看得过去，只是一细打量，很多处就显得粗糙，尤其是里头作为主角的人物，五官都不清楚。

说句实话，如果不是面前的场景与人物的穿着发型都和她一模一样，和悦真的认不出来上面的那个人是自己。

她睁大眼，难以置信：“这个上面的人，怎么画得这么不精致呢？”

“人物神色表情最难画。”秋清安有些别扭，不敢和她对视，移开眼，“那个，主要看意境。”

“我终于知道你为什么只学了两年了。”和悦打量着这张画，面无表情，心如死水。

“为什么？”秋清安单纯好奇。

“估计老师觉得你孺子不可教也，干脆及时止损。”

秋清安悻悻收起画具，准备把那张画摘下来,偷偷放起来：“既然你不喜欢那就算了吧。”

“等等——”和悦立刻伸手阻止，她点了点下巴，一副真的很勉强的样子，“好歹也是你画了一下午的成果，我就勉强收下吧。”

“好吧。”秋清安没有多想，反正他对自己的画技也很有自知之明，“那让它风干，我们去做晚饭。”

在夜幕降临时分，和悦准备回家，她找了本秋清安的旧教材，把那张画夹在里头，放进包里。

他送她到马路边等车，此刻的天空是深蓝色，望不到天际，星星在其中若隐若现，把街道和行人都笼罩在底下。

秋清安住的位置偏僻，即使是外面街道上也没有多少行人。

他低着头，牵着和悦，把玩着她的手指，即便没有说话，想表达的东西也已经不言而喻。

和悦假装没发现，等了会儿，没有出租车来之后，准备点开手机的打车软件。

秋清安点头："到了和我说一声。"

"你晚上早点睡。"临走前，和悦又忍不住嘱咐，秋清安应了声。

车子驶离，站在街边的人越来越远，和悦看着那个孤独伫立的身影，胸口沉重，愧疚和心疼快要把她压得喘不过气。

他只是害怕孤独，害怕一个人而已。

这个夜晚和悦睡得并不好，房子里只有她躺在床上，闭上眼，和悦脑中出现了秋清安睡在小阁楼的样子。

她前不久才跟和启通过电话，虽然偶尔会有些许的孤独感，可心里是充实的。

而他应该从内到外都是孤寂的。

和悦第二天很早就过去，秋清安来开门时，还是没睡醒的样子，双眼蒙眬，有种懵懂的可爱。

和悦一下扑到了他怀里，紧紧抱住了他的腰。

"怎么了？"秋清安迷迷糊糊地回抱住和悦，关上门，带着她往里走。

"对不起。"她仰着头小声说，秋清安揉了揉眼睛，垂眸，睨着她。

"为什么要和我说对不起？"

"没有为什么。"和悦又把头埋在他胸前。

秋清安靠在沙发上，闭着眼休息了几秒，睡意终于消散，大脑渐渐恢复清明。

他把和悦的脸抬起来，伸手捧住。

两人对视两秒。

“怎么一大早过来？”秋清安洗漱完，一边吃着和悦带过来的早餐，一边问。

她给他剥了个茶叶蛋，随意答：“想来就来了。”

“哦。”秋清安低头喝粥，忽然想起什么，又抬头道，“我打算去考个驾照。”

“可以啊。”和悦看他，“不过你怎么突然想去考驾照了？”

“刚好有时间。”秋清安说，“正好顺便找点事做，不然总想和你待在一块儿。”

和悦手里的动作顿了顿，面不改色：“行，那我有空和你一起去找驾校报名。”

秋清安不说话，吃完就埋头刷着手机。

和悦收拾完桌子走过去，看了眼他的手机屏幕。上面显示着搜索页，“肆城附近哪里驾校比较好”。

“我有个朋友之前报名的那个驾校挺不错的。”和悦忍不住开口，其实那家驾校是秦非言之前报名过的，拿证时间很迅速。

“是吗？”秋清安漫不经心应道，“那我们待会儿去看看。”

和悦定定打量了他几秒，然后抬手过去，把他的头抬起来，她轻声问：“生气啦？”

秋清安注视她一会儿，摇头：“没有。”

他又低下脑袋，和悦抱住他。

秋清安看着她，沉声道：“我们出去吧。”

和悦站了起来：“快点出去报名。”

和悦找秦非言问了那家驾校的名字，不过没有提起秋清安，只说是朋友要报名。他很快把联系人和地址都发了过来，离得不远，两人坐公交车过去。

大概是被她一大早吵醒，秋清安上车便犯困，靠在她肩上，随着车子摇晃而渐渐陷入沉睡。

和悦看着对话框里最新的那条消息：“悦悦，你和他还在一起吗？”

她按灭屏幕，没有再回复。

和启生日那天，来了很多人，和悦挽着他的手出现，叫了一大圈叔叔伯伯之后，寻了个借口逃到了后花园休息。

秦非言很熟悉她的习惯，不一会儿，便坐到了她旁边，手里拿着一个小蛋糕递了过来。

那时距离两人去试礼服才过了两天而已。

夜色深重，树影幢幢，一弯新月挂在天边。

两人并肩坐在台阶上，身后是灯火通明的宴会现场，隐约可闻乐声。

“悦悦，你之前说的那件事……”秦非言迟疑着开口，“关于和叔撞车的那个人。你在医院看到的那个男孩就是秋清安吧。”

和悦没有料到会被他猜出来。

刚回到肆城时，她和秦非言来往甚密，当时被这件事弄得夜不能寐，恰巧被来找她的秦非言发现。

他不过是关切地问了几句，和悦便忍不住和盘托出。

听完，秦非言仔细分析开导了她一番。

和悦当时确实释怀不少，也劝解自己慢慢放下，如果不是再次见到秋清安，她恐怕会随着时间流逝，渐渐把这件事藏在内心深处，然而世上没有“如果”两个字。

“是。”和悦承认，毫不掩饰。

“你们……”秦非言沉吟，欲言又止，最后十分坚决，“悦悦，我再重复一遍，这件事和你没有任何关系，你也没有欠他的，不用去特意做什么。反而你靠近他才是一件坏事，你应该要离他远一点知道吗？”

“可是我做不到！”和悦扭头望着他，晦暗的光影中，她的眼角红了，“我看见他受伤，我们在教室只隔了两个座位，我怎么能做到假装看不见！”

公交车忽然停靠，刹车声响起，乘客们的身体都不受控制往前一倾，回忆骤然停止。

和悦稳住身子，看向一旁的秋清安，他丝毫没有被打扰，依旧靠在她肩头，阳光从玻璃窗透进来，打在他半边脸上，像是镀了层光。

少年身上干干净净的，美好得足以让任何人想去悉心呵护。

和悦举起自己的包挡在他身前，把那片刺目阳光遮住，让他睡得更加安宁。到站时，和悦叫醒了秋清安，两人下车，她不着痕迹揉了揉自己的手臂。

“怎么了？”秋清安很快发现，以为是自己把她的肩膀睡疼了，一把揽过和悦，在她肩上力道适中地捏着。

“下面一点。”和悦伸出手过去，示意手臂。

秋清安垂眼轻按，嘴角微抿。

驾校位置就在不远处，没走几分钟，就看见了十分醒目的招牌，两人进去询问报了名，交费成功后便离开。

“考过科目一就可以练车了，对你来说应该很简单吧。”

“嗯。”秋清安随口应，正准备说什么，手机响了。

他低头看了眼：“江浩杰。”

秋清安同和悦说着，接起电话：“在。”

“打球？不去。”说完，似乎是听到了什么好笑的事，他垂眸轻笑了下，“不来就哭？哦，那你去吧。”

江浩杰威胁人的方式真是十年如一日。

秋清安没说两句就挂了电话，牵着和悦往前走：“回家。”

“不去真的没事吗？”她担忧地问。

“没事。”他们这群人时不时便要组个局吃喝玩乐，以前秋清安常去，但自从跟和悦在一起之后就不感兴趣了，已经推了好几次。

说着，手机又振动了起来，只不过这次不是秋清安的，是和悦的。

四方城，人声嘈杂，三楼桌球厅稍显安静。

江浩杰撑着杆子在打球，秋清安趴在台边，神情专注盯着面前的那个白球，手握着杆轻轻一用力，球身碰撞，花球滚进了袋子里。

有人鼓掌叫好，话音清晰传来。

和悦低头喝了口面前的饮料，味道有些烈，她皱了下眉，认真端详几眼，没发现什么异常。

等和悦再抬起头，那盘桌球已经结束，几个男生似乎是中场休息，朝她们走来，笑嘻嘻地点着饮料。

秋清安站在她跟前，有些不自然地摸了摸鼻子。

“渴吗？”和悦把那张点单牌推了过去，“要不要喝点什么？”

“你点的什么？”秋清安问道。

和悦目光在上面搜索着，迟疑道：“我忘了，好像叫什么蓝色月光？”她认真补充，“不太好喝。”

秋清安笑了下，把点单牌递给了江浩杰：“帮我点杯薄荷水。”

一群男生热热闹闹点完，最终交给了服务生，他们站在那里开始聊天，意犹未尽地讨论着刚才那盘球。

“浩子你水平怎么还是没长进，差一个球就能赢了。”

“不过安哥确实厉害，谁也干不过他。”

“可不是，你打个球会算角度啊！”

“你这么厉害？”和悦听见了，压低声音凑近问他。

秋清安笑着摇头：“没有，业余水平。”

“业余中的最高水平！”有人听见了，拉高音量帮腔，众人哄笑。

男生们打了一下午的桌球，到后面有人要上来比赛，主要是冲着秋清安来的。

一开始，秋清安不愿意，但那人缠得紧，似乎是非要和他切磋一次不可了，边上人再起哄几句，他也懒得纠缠下去，干脆答应了。

大家都露出一副看热闹的神情，江浩杰拍了拍秋清安的肩膀：“安哥，看你的了。”

那男人被他们这群人逗笑，拖长腔调：“你们行不行啊，别到时候输了哭鼻子。”

秋清安低头用巧克粉擦着球杆头，闻言抬眸，黑漆漆的眸子不含情绪注视着他：“行不行，你试试就知道了。”

结果自然没有意外，开头男人还维持着气定神闲，到后来脸色越来越难看，直到秋清安第二次上场，一杆清盘之后，他脸上的笑意分毫不剩，表情甚至有些许扭曲。

“再来一盘——”男人咬着牙憋出一句。

“可以。”秋清安点头，言简意赅。

男人意味深长地看一眼秋清安，开口道：“上盘你先，这盘我来。”

“可以。”秋清安依旧言简意赅。

男人中途出现了一个小失误，这时秋清安上场了。

少年姿态随意，压低身子，球杆搭在两指之间，目光紧紧地盯着那个白球，轻轻用力。

桌上的球一个个减少，逐渐所剩无几。

而秋清安丝毫没有停手的架势，男人紧紧盯着他的动作，直至最后一个球掉进袋中。他又一次一杆清盘了，同上局不一样的是，秋清安不再有所保留，干净利落结束比赛。

“你不去打职业赛真是可惜了。”男人最后挤出一句话，悻悻然放下手里的杆子，望向周围观战的那群男生，“愿赌服输。”

秋清安笑了一下，没作声。

江浩杰忽然说："时间不早了，先去吃饭吧！"他扯着嗓子吼完，看向秋清安，"海鲜怎么样？安哥？"

秋清安望向了和悦，轻声问："想吃海鲜吗？"

顿时，一群热烈讨论的人就像是被掐住了喉咙，也不说话了，只拿两只发亮的眼睛用力盯着和悦，她不自然地避开视线，点头："好啊。"

耳边顿时响起欢呼。

抵达富豪大厦，乘坐观光电梯上去，有半边墙壁是玻璃材质，在上升的过程中可以看到整座城市慢慢在脚下缩小。

海鲜是自助式的，几百块钱一位，除了各式各样的海鲜外，还有牛排、鹅肝等餐点，水果、冰淇淋无限供应。

和悦胃口不算好，剥了几只白灼虾蘸着酱料慢慢吃，秋清安擦干净手在一旁帮她剥着。

秋清安去端了盘水果回来，看到和悦已经靠在墙边沉沉闭着眼睛，像是睡着了，谁叫也叫不醒。

秋清安立刻放下手里的盘子，走过去轻轻拍了拍她："阿悦，你没事吧？"连着叫了好几声，和悦勉强有了回应，费力地睁开眼，双颊微红，迷迷糊糊地望着他。

她小声嘟囔。

秋清安不免觉得有些好笑，他把人从椅子上小心翼翼扶起来，顺便和剩下的人告别："我们先走了。"

秋清安叫了辆车，把和悦塞进去。和悦趴在他身上，睡得天昏地暗。

夕阳渐渐消失在地平线，光明被黑暗取代，窗外风景快速变化，最终，那一缕残红被暗蓝吞没。

和悦靠在秋清安的胸前，软成一团，呼吸绵长温热，喷在他的颈间和锁骨上。

他轻轻抚摸着她的头发，目光专注温柔，嘴角带着不容忽视的笑意。

车子停在巷子前面，秋清安跟司机道了谢，抱着和悦下车。

秋清安艰难地把门推开，揽着和悦往里走，谁知，原本一直任由他摆弄的人突然转过身子，整个人撞进他的怀里。

秋清安把她打横抱起，径直往二楼走去，然后把人放到了床上，给她盖好被子。

和悦碰到柔软的床铺，就打了个滚，然后闭着眼睡去。

秋清安站在床边，长松一口气。

秋清安科目一考过之后，开始每天抽时间过去练车。

放假后这半个月和悦都几乎同他待在一起，终于在这几天抽出时间去临市看望和启。

直接坐高铁过去才一个小时，秋清安送和悦到检票口，和悦倾身抱了抱他："好了，你回去吧。"

"路上小心。"秋清安低声说。

"嗯。"和悦点点头，短暂的一次分别，竟然也产生了不舍，习惯真是一件可怕的东西。

"我过两天就回来了。"她又忍不住补充。

秋清安原本还在努力控制自己，见状，只想再次把她打包回去。

"你快走吧。"他皱眉，推着她转身。

和悦一边往里走，一边回头看他，垂头丧气，然后重重地叹了口气。

秋清安几乎是用尽了全身力气控制自己，才没有冲上前去。

在和悦第无数次回头时，他克制地朝她挥了挥手。

第六章 真相

六月底，高考成绩出来了，当时和悦同秋清安并肩坐在一起，盯着手机屏幕，输入准考证号码，等待结果的那短短几秒仿佛过去一个世纪。

她紧张地咽口水，秋清安也一动不动盯着屏幕，没一会儿，上面终于出现了分数。

和悦先忍不住跳起来欢呼，抱着手机傻笑，随后立刻探头望向秋清安的屏幕，他的比她的分数还要高上许多。

他抬起头，两人对视两秒，和悦控制不住跳到了他身上。

"真好。"她抱着秋清安的脖子，靠在他颈间喃喃说道。

"真好。"和悦又重复了一遍，眼角隐约红了。

他的人生会越来越好。

填志愿时，和启没有赶过来，和悦在电话里和他说了自己的意向学校和专业，他没有太大异议。

秋清安不出意外地报考了京大，和悦填了一所相隔不远的重本大学，两人报的都是金融专业。志愿提交上去之后，彼此不约而同都松了一口气。

周蜜和江浩杰他们都考得不错，他们两个也决定报考京市的学校。

他们说学校是次要的，在哪个地方生活四年才是重点，而京市是全国最繁华的一线城市之一，要走也得往高处走，人总要出去见见世面。

和悦承认这话说得有点道理，但最根本的原因还是大家都不想分开吧。

这样也挺好的，她想着，忍不住莞尔。

“你笑什么？”周蜜端着杯饮料，在一旁眨着眼看她。

和悦抿了抿唇：“觉得挺开心。”

“那当然，分数出来了谁不开心，不用提心吊胆了。”周蜜晃着脑袋。

填完志愿，江浩杰心情大好，硬要拉着他们出来庆祝一番，几个好朋友以后还可以相聚在同一个城市，这件事简直美好得有点不真实。

“不过浩子，”蒋方忍不住说实话，“现在录取通知书都还没拿到手呢，你这时候庆祝会不会太早了一点。”

“啧！”江浩杰手痒痒，又想弹他脑袋了，“分数已经出来了！出来了！我的分数高了录取分数线二十分，十拿九稳的事情！你不会说话趁早给我闭嘴！”

“好的。”蒋方做了一个手动拉拉链的动作。今天请客的人是江浩杰，得罪谁都不能得罪他啊。

吃饱喝足，一行人结完账离开，经过大厅往门口走去时，突然有个服务员端着盆从斜后方的通道上走出来，江浩杰背着身子同秋清安讲话，没注意，一下撞上了服务员。

盆猛地被打翻，里头的水泼了一地，还有条鱼在地板上弹跳。

江浩杰连忙道歉，男人慌乱地跪在地上把鱼抓起来，重新放到盆里后才微抬起头，小声开口：“没关系没关系……”

他的嗓音略显苍老，面容更是憔悴，眼角布满皱纹，头发两鬓都白了不少。身上衣服在刚才被打湿了，还在往下滴着水，整个人站在那里有些畏缩，似乎是觉得自己闯了祸。

和悦于心不忍，正准备说些什么时，突然看见江浩杰脸色一变，沉沉地盯着他，神色厌恶夹杂着愤怒：“你怎么在这里？”说完，他又立即看向了秋清安。

和悦条件反射顺着他的目光望了过去，秋清安面无表情，直直盯着那个瘦弱的男人，腮帮子鼓起，垂在身旁的双手不自觉握成了拳头。

“我在这里工作。”男人抬起了头，先是看了眼江浩杰，随后视线落在秋清安的身上，立刻变得紧张起来，嘴唇颤抖着。

“我知道，你这不是废话吗？”江浩杰气得踹了脚旁边的椅子，木脚划过地板，发出刺耳的一声响，引得其他人都看了过来。

“我问你怎么会在这里！”江浩杰几乎是低吼。

男人瑟缩一下，哆哆嗦嗦地解释：“我找不到其他工作，老乡介绍我过来，我不是故意的……”

“你马上给我走！”江浩杰伸手一指大门，“我去找你们老板，我不想再在这里看到你。”

闻言，男人立刻露出了哀求的神情，惊恐无措从那双浑浊的眼中露了出来。和悦看到旁边的人缓缓地松开了拳头，肩膀微塌，像是卸下了浑身力气。

“算了，浩子。”秋清安伸手按住江浩杰的肩膀，声音很低沉，“我们走吧。”

说着，他不再看面前那个男人一眼，几乎是迫不及待地大步离开这里。

江浩杰挣扎几秒，狠狠瞪了眼面前的人，随后也大步追了上去，其他几人不明所以，纷纷疑惑地打量那人几眼，又匆忙跟上去。

一直到外面站台，秋清安好像才冷静下来一些，脸色没有那么难看，却也很吓人。

其他人都不敢说话，偷偷打量着他，又求助似的看和悦跟江浩杰。

“你们先回去吧！”江浩杰一挥手，下达指令。

“你也先走吧。”秋清安抬起头，看向他，语气平稳，“我跟和悦一起回去就好了。”

“好，那你们注意安全。”江浩杰有些担忧地看着两人，犹豫地说。最后，还是同其他人一起坐车离开。

秋清安坐在公交站的椅子上，垂着眼，和悦慢慢地走到他面前。

少年张开手臂抱着她，然后把脸埋进了她的颈间，她摸了摸他的头，没有说话。

秋清安和她叙述了一段往事，由他亲口说出来的。

升初中那年，他妈妈带着他搬了家，搬到了离学校更近的地方。

他们在那里遇见了新的邻居，没有人再对他们母子抱有异样的眼光，都是平和善意的。邻里间开始有了来往，住在他们隔壁的是个独居男人，一直没结过婚，给人的感觉老实和善，见到他们总是笑，还帮衬着他们母子两个。

一来二去，关系就有点熟了。

秋清安出门见到他还会主动打招呼叫一声叔叔，男人来家中的时候，也不会有太多防备。上了初中，开始有晚自习，秋清安课业加重很多，每天早出晚归，和妈妈的沟通也就少了很多，根本没有发现她偶尔的欲言又止。

大概是初二上学期，秋清安下完课回家，推开门，看到那个男人在客厅，压在他妈妈身上，面容接近扭曲，手里急切地撕扯着她的衣服。

秋清安疯了，那是他第一次打人。

秋清安报了警，男人逃走了，不知所终，谁知道几天后，秋清安竟然在学校外面见到了他。

他是特意过来找秋清安的，他狼狈又恳切地求他，说自己是真的喜欢他妈妈，想要和她在一起。

秋清安没有听完他的话，脑中已经全无理智，疯了似的把他按在地上打，挥起拳头时，眼前全是那天晚上推开门时，他妈妈的样子。

他只恨不能打死他。

后来，两人就搬家了，因为这件事情，秋清安的妈妈很长一段时间不敢出门，不敢和人交流，见到陌生的男人时身体会不自觉瑟缩，害怕生人。所以这么长的时间，秋清安不曾认识过周围的邻居，他们独自住在四楼，互相陪伴。他妈妈去世之后，秋清安就彻底把自己关在了里面，固守着那个小世界。

是和悦的执着，在他厚厚的壁垒上敲出了一个小口子，透进来一道光。

“所以，就是刚才那个男人？”和悦听完，轻声问。

秋清安没抬头：“嗯。”

“你还恨他吗？”和悦抚过秋清安的头发，垂下眼。

秋清安直起身子，摇了摇头，他面容很平静：“不了。他已经受到了应有的惩罚，而且……”秋清安低下了头，像是在自言自语，“他现在过得也不太好，我竟然觉得他看起来有点可怜。”

一个没有任何技能和学历的中年男人，要在这个社会上生存下去，是一种难忍的艰辛，秋清安觉得他老了太多了。

“都过去了。”和悦温声说，“我们回家吧。”

“好。”秋清安抬眸看她，眼中似乎有光。

一路上，秋清安靠在和悦的肩上不说话，车子到家停下时，他猛地惊醒，睁大眼惶惶望着她，神色苍白。

“怎么了？”和悦摸了摸他的额头，摸到了薄薄一层冷汗。

“做了个噩梦。”秋清安说，抿了抿唇，推开门下车。

和悦有些担忧。

“我有点想她了。”过了许久，秋清安说。

和悦立刻听懂了。

她摸了摸他的背，隔着布料和温度，能感觉到里面骨骼的形状。和悦莫名其妙来了句："你最近好像瘦了，我明天给你煲点汤补补。"

"什么汤？"秋清安顺着她的话问。

"你想喝什么汤？"

"我喜欢排骨和海带。"

"这个简单，我明天就去菜市场买排骨和海带。"

第二天，秋清安如愿以偿吃到了海带炖排骨。

和悦在网上搜食谱做的，出奇地成功，她每一次新的尝试都挺顺利的，这些时日因为秋清安倒是练出了一手好厨艺。

上午他要去练车，和悦当然是陪着他去，在路上特意买了两杯咖啡带给教练。

烈日骄阳，她坐在树荫底下，看着不远处车里的人。

秋清安一脸认真地听着副驾驶座上的教练指挥，手里打着方向盘操作，专心致志。旁边还有些其他练车的人，看见和悦总是过来等他，在一起免不了闲聊两句，也彼此混了个面熟。

"我说美女，这么热的天还陪他过来练车。"一个穿着大短裤的大叔开口，手里抓着根脚旁扯的狗尾巴草，百无聊赖地闲晃。

"反正有时间。"和悦笑笑，很好脾气地说。

秋清安下车走过来，看向和悦，眸子漆黑。

和悦弯了下唇，把手里握着的那瓶水递了过来："渴了吗？"

"嗯。"秋清安伸手接过，拧开盖子，仰头喝了两口。

"累不累？"和悦又问，秋清安凝视着她，突然低头靠近，将脑袋砸了下来。

他的额头靠着她肩膀，轻声呢喃，像是在撒娇："好累。"

两人就站在那里，男生弯着腰，靠着女生的肩膀，闭着眼，嘴唇轻动说着什么，旁人听不清楚，只看到了女孩伸手轻轻摸了摸他的头。

夏日微风袭来，燥热稍减，翠绿葱郁的树木迎风而动，蓝天白云，这一幕美好得像是电影画面。

先前还是晴空万里，热得要命，高温宛如蒸笼把人扣在里头。

转眼间艳阳就开始消失，被厚重的阴云取代，一下车，豆大的雨滴“噼里啪啦”地落了下来，路边摊贩匆匆忙忙躲避收摊，店家把外头摆的桌椅都收了进去。

和悦同秋清安都没有带伞，下车后离家里还有段距离，两人只好用手挡在头顶，和悦被秋清安拉着，大步在雨中奔跑。

雨越下越大，倾盆般浇了下来，夏日燥热不在，换成清爽凉意。

视线变得一片朦胧，衣服打湿贴在身上，两人冲进楼道时，不约而同松了口气，弯腰喘息着，对上彼此的视线，又忍不住大笑。

小阁楼，木地板上被留下了一串脚印，秋清安在衣柜前翻找着干衣服，和悦坐在地上，用毛巾擦着头发。

秋清安在她身边坐下，和悦把毛巾给他，男生擦着头发问她：“要不要去洗个澡？”

“我想吃西瓜。”

秋清安无奈地盯了她几秒，起身下楼，给她切西瓜。

空气中还残留着瓜果的清香，被啃得干干净净的西瓜皮丢在木盘里。和悦双手往后撑在地板上，微仰起脸闭上眼，满足地叹息一声：“夏天就是要配上西瓜才完美。”

秋清安擦干净手，侧头看她，目光却一瞬像是被烫到，微微移开。

和悦睁开眼，面前的秋清安盯着前方，不知在看什么。

“你在看什么？”她问出声了，嗓音脆响，绵软的语调，像是口腔残留着清甜。

“没什么。”秋清安把目光放在她脸上，学着她的样子，双手往后撑，放松自己的身体。

秋清安那天洗了个冷水澡，再加上淋雨，感冒了。

和悦昨晚和他通电话时，听到了秋清安在那头的咳嗽声，放心不下，今天一整个白天都有些走神，于是吃完饭便去找秋清安。

和悦拿钥匙打开门时，里头静悄悄的，她直接走上小阁楼，果不其然，秋清安躺在床上熟睡。她走过去，摸了摸他的额头，发烫。那张脸上都显露着不自然的红晕。

和悦坐在床边，叹了口气。

下楼拿了医药箱上来，和悦把体温计塞到秋清安衣服里，他被她折腾醒了，迷迷糊糊睁开眼看了她一下，又立刻闭上。

毯子底下的手不自觉地摸了过来，握住了她的手，手掌心也是滚烫的。

掐着点等了五分钟，和悦手伸进去把体温计抽了出来，迎着光一看，三十八度。她心里竟然涌起一丝庆幸。

和悦把秋清安叫醒，趁着他没反应过来，把手里的一堆药片倒进了他嘴里，秋清安皱起眉头，刚要说什么，一杯水又灌了进来。他“咕嘟咕嘟”喝了大半杯，和悦给他塞了颗奶糖。这样一来，脑子也被折腾清醒了，秋清安睁着那双微微发红还布着点水光的眼睛望着她，虚弱又可怜。

“为什么不吃药？”和悦质问。

秋清安缓慢地眨了下眼，神情有些无辜：“我不知道发烧了。”

“烫成这样你不知道？”

“我睡着了。”他还有理。

和悦想起先前给他打电话一直无人接听时的心情，伸手给他掖了掖毯子，低声道：“你再睡一觉吧，出汗了就好了。”

傍晚，秋清安出了一身汗醒来，他洗完澡，整个人舒服很多，原本前段时间练车晒黑一点的脸，仿佛又一夜白了回来，连同着嘴唇都是淡淡的粉色。

和悦在给他重新换上干净的床单被套。

晚饭虽然很清淡，却做得很精致，不仅有鱼，连炖乌鸡、白灼大虾这种正式的菜都上了桌。

秋清安有些惶恐地坐在餐桌前，害怕这是自己的最后一顿晚餐。

“今天怎么突然这么隆重？”

“庆祝一下。”和悦给他倒了杯温水，抬头笑着说，“恭喜我们清安收到京大通知书，顺利成为一名大学生！”

前两天，和启为她准备的庆功宴上，来了许多人，席上觥筹交错，无比热闹。

她收到了无数的祝福声，每张脸都洋溢着喜悦和恭贺之意，仿佛她做了多么了不起的事情。

和悦突然就想到了秋清安，他明明比她更加优秀，拿的是国内最顶尖的名校通知书，却只能独自一人面对着空荡的房子，因为感冒，连说话都伴随着咳嗽。

生活就是这样的不公平，同样的年纪，却是截然不同的际遇。

和悦没想过要愤世嫉俗，力求一视同仁，她只希望自己在力所能及的范围内多给予他一点。比如，一次小小的庆祝，只有他们两个人的。

和悦说完后，秋清安静静地注视了她许久，才弯起唇，轻声开口道：“谢谢。”

七月，也不知是谁想出来的主意，高考结束了这么久，突然要来一场毕业旅行。

到和悦知道时，江浩杰已经把酒店车票都订好了。

和悦背着个包在高铁站同他们集合，来了挺多人，除了周蜜和江浩杰外，还有蒋方、程菲，以及班级里好几个同学。

她惊讶了几秒，很快恢复平静，秋清安已经把她的包摘下来提在自己手里，另一只手牵住了她。

其他人的视线从他们十指紧扣的手上扫过，露出了然的神情。

他们去的地方是一处群岛，某部很有名的电影是在那里取的景，江浩杰是那位导演的粉丝，早就念叨着要过去看看。

高铁行驶，和悦同秋清安并肩坐在一起，看着外头飞速掠过的风景，听着周围同学吵吵闹闹，好像也挺不错的。

中午到站，入目满是陌生风景，每个人心里都充满了新鲜感。

先打车去酒店放好行李，江浩杰在网上找了家评价较高的当地餐厅，吃完各自休息，第二天早上的船去岛上，然后接下来几天都在上面度过。

一大早，他们就起床出发，坐了两个小时的大巴才到码头，等待了一会儿，白色双层的小客船从远处靠岸，有人下来有人上去。

船在海面上漂漂荡荡，临近中午时，终于抵达目的地。

船还没有停靠，远远就能看到绿色的小岛和上面成片的房子，碧海蓝天，空气中送来了海水的气息，连风都变得温柔起来。

订的住宿是青旅，在岛的顶上，一推开窗户就可以看到大片的海，错落的屋顶，和长满了绿色植物的岛屿。

傍晚时分，一群人租了个电瓶车开始骑车环岛游，到电影里的几处拍摄地打卡。

江浩杰激动得嗷嗷叫，上蹿下跳叫着别人帮他拍照。

灰色的旧房子，红白相间的灯塔，青色的野草轻轻拂过小腿。

和悦把被风吹乱的头发拨弄整齐，眺望着远处。

“咔嚓”一声，画面被定格，她扭头，看见了刚收起相机的秋清安。

“好看吗？”和悦问。

他看着屏幕端详，接着抬头，认真点了下头：“好看。”

和悦穿着条白色的棉布长裙，山顶有海风，裙摆被吹起，黑色发尾飘舞在空中，美得不可思议。

一种从未有过的平静安宁包裹着秋清安，让他想要在这里定居。当然，还要有她。

“我觉得这里好适合居住哦。”环岛公路上，和悦坐在电瓶车后面，单手抱着秋清安，双脚惬意地前后荡着，“很安静，又漂亮，每天一睁开眼就能看到海，大家都很知足地生活着，就连路边的狗都好像比别的狗要幸福。”

岛上有很多小猫和小狗，一点都不怕生人，格外亲近，在路边遇见了上来就会围着他们脚边打转。

“那要不我们不回去了？”秋清安试探着问。

和悦仰面感受着微风，轻眯起眼睛，笑出声：“你现在越来越会开玩笑了。”她探身，指了指秋清安认真的脸，“还挺一本正经的。”

秋清安郁闷，不想理她了。

在一处视野开阔的海边，他们停下来欣赏着夕阳，未经开发过的海滩，连礁石都是原始的，缝隙中有被浪拍上来的小鱼小虾，底下长着厚厚的青苔。

在夜幕即将降临时分，一群人骑着车回去，此时的天空是深色的蓝，远处点缀着几颗星子，遥遥海面上挂着一轮浅白色的月牙。

迎面而来的夜风中，满是海水的湿气，两旁茂盛的青草迎风而动，从高处俯瞰，像是一望无际的绿色山坡上铺着条蜿蜒的小路，而上面有一群年轻朝气的少年骑着车奔赴前方。

晚上吃的是海鲜，露天的小店坐落在山顶下方，外面有个小阳台，四周挂着星星小灯，周围便是旧旧的房子，不远处，海岸灯塔，夜里能清晰地听见潮起潮落的海水声。

气氛太好，大家一边吃一边聊着天，欢声笑语不断。

离开了学校之后才发现，之前一件件平平无奇的事情，现在拎出来任何一件都让人怀念。

和悦才在这边待了半年，可是不妨碍她享受这种美妙的气氛，听着他们热闹地说话，也不由自主弯起嘴角，端起面前的杯子，露出开心的笑容。

他们一直待到了夜深，有女生熬不住打哈欠了才意犹未尽地离开。民宿就在上面，从细细的石板台阶路上去，穿过几家居民楼，就看到了深蓝色画着小鱼的招牌和底下一排多肉。

老板还没睡，几人轻手轻脚推门进去，接着小声打招呼上楼。

大家各自回到自己房间，和悦走在最后，偷偷晃了晃秋清安的手，同他说："晚安。"

"晚安。"他又忍不住摸了摸她的头发，"回去早点休息。"

"你也是。"和悦小声开口。

第二天，所有人都睡到了自然醒，吃过中午餐，在民宿老板的建议下，他们提着桶拿着铲去跟着当地人赶海。

海水有些浑浊，看起来脏脏的，底下还有很多杂乱的石头。但翻开石头之后，竟然能在夹缝中看见巴掌大的螃蟹和一些鱼贝。

没见过世面的小孩都哭了，尤其是江浩杰，整个过程就听到他大呼小叫，不一会儿，大家桶里都多了不少海鲜。

满载而归地回民宿，找了昨晚那家海鲜店帮忙加工。

这次吃完饭还早，太阳刚刚落山，对着壮丽的夕阳享受完海鲜，所有人都一脸满足惬意。

和悦回房洗完澡，把一身汗和身上的泥沙冲洗干净，和悦刚换上舒适的裙子，就听到房门被人敲响，接着传来的是熟悉的声音："阿悦。"

"你怎么来了？"和悦立即跑去开门，一双眸子亮亮的。

"要去海边散散步吗？"秋清安发出邀约。

和悦朝他身后看了看，确定只有他一个人后，忍不住弯唇，问道："其他人呢？"

"江浩杰在打游戏，蒋方他们好像准备去玩了，已经约好那两个女生了。"秋清安说。

“走不走？”秋清安转过脸问她。

和悦连忙答应：“我收拾一下。”

周蜜趴在床上玩手机，不知在和谁聊天，和悦同她说了声后便换好鞋子出门，秋清安倚在对面墙上，一听到响动，抬起了头。

“走了。”和悦牵住他的手下楼。秋清安跟在后头，刚走到外头，发现天已经快黑了，两旁房子都亮起了橘色的灯。夜风清凉，从小路走下去，穿过一排排房子，底下就是海滩。此刻天暗下来，整片海只剩下浪花拍打礁石的声音。两人手牵手沿着海边走着，风凉凉地吹在身上，很舒服。

“真好。”和悦忽然忍不住感慨，仰头看了眼远方的海。

“哪里好？”秋清安晃了晃两人牵在一起的手，问她，“是人好，还是景好？”

“都好。”和悦收回目光定在他脸上，忍俊不禁。

“不行。”秋清安故意皱眉，“一定要选一个。”

“那就……”和悦假装思考，犹豫不定，瞥见他皱得越来越深的眉头，不再逗他，加重语气，“人好！”

秋清安垂下眸，露出一抹笑意，攥着她的手指都温柔地收紧了。

真好哄啊。

和悦望着他侧脸不由得感慨。

两人逛了许久才回去。

三天时间转眼即逝，回程高铁上，大家情绪都有点低落，还未从那座安逸温柔的海岛上抽离出来。

出了站台，开始道别，每个人都在说着下次再约，挥挥手，只剩下背影。可这个下次，谁也不知道在哪个时候。

平平淡淡的一次告别，很多时候就是遥遥无期。

已经是傍晚，同学们都陆陆续续走了，只剩下秋清安跟和悦两人。

和悦看着一旁默不作声却牵紧她手不放的人，想了想，出声："你怎么回去？"

她本意是提醒，却不料秋清安闻言思考了一下，认真看着她，试探着说："走回去？"

高铁站离他家不算远，但走路也要半个小时，和悦抬手看了眼时间，心里计算，应该也来得及。

"那走吧。"和悦拉着秋清安迈步，倒是秋清安怔了下，愣愣跟上来。

"我们真的要走回去吗？"他忍不住小声问。

和悦步伐停住，回头看他。

"不然打车？"

"不了吧。"秋清安立刻若无其事地拒绝，"运动一下更健康。"

"好的。"和悦点头。

两个人就这样牵着手，走过街道，同刚下班的白领擦肩而过，穿过十字路口，迎着落日余晖，影子被长长地投在地上，不紧不慢地往家里走去。

巷子外面，和悦停住脚步："你快回去吧。"

秋清安看了身后一眼，又打量四周，嘴角微抿："我看着你上车。"

"不用啦，这里很安全。"

"走吧。"秋清安不由分说地又把她带到了马路边。

和悦突然觉得他们很像是那种放学回家的小学生，你送我回家，我再送你回家，重复做着一样的事情，却又乐在其中。

"好啦。"到站台前面，和悦放下手机，无奈望着他，"我叫好车了，很快就来。"

"很快吗？"秋清安顿了下，神色有些失落的样子。

和悦故意点头："很快，大概一秒钟就能出现在我面前。"

秋清安默然，捏着她的手无意识紧了紧，漆黑的眸子安静地注视着她。

"怎么了？"和悦关切地看着他，稍微凑近。

“我们下次见面是什么时候？”

“你想见我，随时都可以啊。”和悦说完，有点心虚，又补充，“只要我能出来。”

秋清安没有说话，只是安安静静地抱着她，和悦心软成一片，伸手回抱他，将头搭在他的肩上。

时间悄然流逝，离别更近了一步，秋清安侧头，揉了揉和悦的后脑勺。

耳边传来两声鸣笛，汽车喇叭声的突兀刺耳，一下惊醒了两人，和悦连忙退开，松开手，神色慌乱。

她看了眼出租车，司机冲她笑。和悦目光再次转向秋清安，不自觉咬了咬唇：“我先走了。”

“嗯。”他很努力地克制自己，才强迫自己不要挽留她，艰难地吐出这一个字。

明明只是一次简单的分别，和悦却难过心酸得不像话。她上车后，摇下车窗再次看向秋清安时，那一瞥，差点让她酸了鼻尖。

和悦努力冲他笑了笑，车子渐渐驶离，她望着那个慢慢消失在视线中的身影，恍然发现，他总是站在那里注视着她远去。

景色后退，和悦低下头，眼睛发涩，她用力眨了眨，勉强平复好情绪。

和悦看了眼窗外，在心底暗自叹气，好像变得越来越不像自己了。

秋清安就像是个深不见底的漩涡，而她义无反顾踏了进去，最终被拖拽着，越陷越深。

假期漫长。

时间走向了八月，天气越来越热。

和悦晚上做了凉拌鸡丝和海带，吃完，切了盘冰西瓜，和秋清安在小阁楼上看电影。

电影落幕，屏幕自动暗了下来，光亮消失，只剩下窗外透进来的一点路灯灯光。

和悦站在洗浴台前刷牙，秋清安在一旁精神十足，动作利落，很快吐掉嘴里的泡沫捧水洗脸。

和悦刷牙的动作一顿，有些哀怨地看了他一眼。

洗漱完出去，秋清安从厨房端了杯水过来，温度刚好，和悦一口气喝完，干涩的喉咙缓解不少。

江浩杰叫他们出去玩时，彼时两人正靠在一起，挤坐在沙发上，和悦给他剪着手指甲。

“我的指甲不长。”他看了眼光秃秃的手指，又看了眼和悦。

她的已经被修剪得干干净净，边缘圆润，摸上去只剩下柔软的指腹。

“你怎么突然要剪指甲了？”秋清安问。

和悦没抬头，专心握着他的手修剪：“我喜欢给你剪指甲。”

“为什么？”秋清安抬眼问她。

“因为这样就可以手拉手了呀。”和悦故意握着他的手说，然后手指被反握住。

“去唱歌吗？”秋清安看着和悦，两人一整天都没有出门，他怕她无聊。

“好啊。”和悦想了想，答应了。

他们和江浩杰那群人也很久没有见面了。

唱完的间隙，突然正中屏幕一跳，出来一首《因为爱情》，和悦一愣，周蜜已经窃笑着，把话筒塞给了秋清安。

他被人推了出来，坐到和悦旁边，两人一对视，都无奈笑着摇头。

歌曲前奏切了进来，和悦索性大大方方的。

秋清安唱的男声部分，比起陈奕迅的深情低沉多了几分少年的清澈，却出乎意料地悦耳动听，房间里顿时响起一阵掌声和叫好声。

轮到和悦时，她不免有些压力，她侧头望着秋清安，撞进他剔透的黑眸里，心情瞬间平静下来。

这首情歌唱得分外缠绵悱恻，唱到后面，两人都有些受不了，只觉得口干舌燥，心脏怦怦直跳。

最后结束，在所有人的起哄声中，他们冷静地放下话筒，待其他人开始各自做着自己的事情后，和悦偷偷地牵住了秋清安的手。

却不料他径直抱住了她，脑袋在她颈间蹭着，声音里都是笑意。

和悦回家时打开门时，看到了正坐在客厅里的秦非言，她动作一顿，有些惊讶："非言哥，你怎么来了？"

秦非言定定地注视着她，随着和悦走近，目光落在她身上，忽地，神色一沉。

他脸色无比难看，眸中竟有难以克制的怒气："你是不是和秋清安在一起了？"

"嗯。"和悦小声承认了，反而问他，"非言哥，你有什么事吗？"

"你知道你自己在做什么吗？"秦非言没答，怒不可遏地盯着她。

"和悦，你有没有想过，他如果知道了他妈妈的事情，会怎么样？"

"你现在这样，不仅仅是在害你自己，更是在害他！"秦非言深吸了一口气，眸光锐利。

和悦沉默片刻，同他对视："非言哥，我是个成年人了，我可以对自己做的每个决定负责。"话音落地，她语气柔和了一点，"我明白你的顾虑，我会处理好这件事情的。"

"好。"多说无益，秦非言很了解她，他深吸了一口气后，勉强冷静下来，"我今天过来是因为媛姨找我，让你再考虑一下出国留学的事情。"

秦非言原本是拒绝的，可他现在改变主意了。

他把手里拿着的信封袋递给和悦："这些是媛姨寄给我的，里面有几所学校的资料，都是她特意挑选出来的，实力资源比起你报考的那所南大都要强很多，尤其是金融专业。"秦非言停顿了一下，望向她，"阿悦，你知道的，国内的金融专业相比国外还是有很大差距的。我希望你能够慎重考虑。”

他没有在这边待太久，两人聊完之后，他便起身告辞离开，只是临走前又看了她一眼，语重心长：“阿悦，不要被感情冲昏了头脑。”

房内，和悦看着手旁的那个信封袋，还是迟疑着打开。

里头不仅有每所学校的详细介绍，还从中掉落了好几张照片，高大的建筑、绿色草坪、河面、拱桥，后头是赵媛亲手写上去的几行字迹：学校、地点、时间。

每一张都是她亲自过去参观拍摄的。

时间过去良久，和悦看完全部的学校资料，把那摞纸往旁边随手一扔，仰躺在床上，双目放空。旁边的手机振动起来，就像是个信号，让她从茫然的状态中脱离。

和悦看到上面的来电人，过了会儿，才接起：“妈妈。”

“悦悦，非言把资料给你了吗？”

“给了。”

“感觉怎么样？”

和悦无意识地抓起床单：“挺好的。”

真的挺好的，里面有几所学校是她从小就想去的。

每次和赵媛聊天都挂在嘴边，只不过那时候还小，梦想换了几次，以为自己已经不在意了。没想到看到那些照片真实地放在眼前时，她依旧会感觉到心动。

“妈妈也觉得很好，去参观的时候就想你一定会喜欢，悦悦，”她轻声说，“我咨询过老师了，你这么优秀，只要申请肯定没有问题。”

“妈……”和悦欲言又止。

“悦悦，我和Tim不打算要小孩了，你是我唯一的孩子，我希望你可以拥有更好的人生，也能再多陪我几年。”

和启坐在餐桌前等她。

和悦下楼吃饭。

两人一边简单聊着天，一边吃着东西，到后来，快要结束时，和启才提起那个话题，他看向和悦，很随意的模样："对了，你妈妈昨天联系过我，她希望你去国外念书。你自己怎么想的？"

"我还是想在国内。"和悦注视他，很轻地笑了下，"到时候读研可以考虑出国。"

"也行，"和启点点头，又说道，"不过我看过你妈发来的那些资料，学校确实挺不错的，如果提前出去也不是不可以。"

"爸，你怎么突然改变主意了？"和悦开玩笑，故意让自己轻松一点。

"我一直都是支持你的决定啊。"和启认真道，"但是作为父亲，我当然希望你有更好的发展。"

"那我出国了不就只剩下你一个人了。"和悦低声说。

和启闻言顿时展颜，朗声笑："这么多年我一个人也过来了，况且你去了京市，也是离了我很远。"他正色道，"悦悦，不要去想其他东西，跟着你自己的心走就可以了。"

"嗯。"和悦点头，给他夹了根芦笋，"爸，吃菜。"

因为这件事情，和悦有些内疚。

这段时间精力都放在了秋清安身上，她已经很久没有和赵媛好好聊过天了，尤其是那通电话的最后，从小熟悉的声音显得分外脆弱。

和悦看了眼日历，离赵媛四十岁的生日只有不到半个月了。

她原本准备和周蜜去颐和天地逛街，给赵媛挑选一份礼物，秋清安的消息却在这时跳了出来。

和悦迟疑着，回答他："准备去逛街买点东西。"

"买什么？"

“我妈妈生日快到了，准备给她买份礼物。”

“我和你一起去。”

和悦犹豫几秒，还是答应了下来。

第七章 决裂

颐和天地那栋高楼鹤立鸡群，十分显眼，巨大的几个字镶嵌在建筑上，于阳光下熠熠生辉。

和悦等候在外面，有些忐忑。

前面马路上停下来一辆车子，秋清安推开车门下来，朝她走近。

“你到多久了？”他问，神色如常。

和悦摇摇头：“我也刚到。”

两人往里走去，和悦观察了他一下，小心地问了句：“你平时逛街来过这里吗？”

“来过两次。”

“哦。”和悦垂眸应着，没说话了。

秋清安见状又补充：“我很少出来逛街，所以来得少。”

和悦认真打量他，秋清安是真的没有一丝异样，让她想起了转学第一天在讲桌前自我介绍时，他毫无波澜地望向窗外的眸，所以是她想多了。

商场五楼有几家轻奢饰品品牌店，里面的饰品款式大气又很有设计感，每期推出的新品都很受欢迎。

和悦逛完，视线从玻璃展柜上抬起时，发现秋清安没有跟过来。

他站在不远处，目不转睛地盯着前面的东西。

“你在看什么？”和悦走过去，刚准备仔细瞧，然后就被秋清安拖着手走远了。

他说：“没看什么，你还要去哪里逛？”

两人在商场里转悠了两个小时，最后和悦选了一条项链，银色闪光的链条，底下的吊坠是一颗小巧的红色宝石，打磨得非常精致。

“就要这条，麻烦帮我包起来。”和悦对导购小姐说完，看向秋清安，推着他往外走，“我去结账了，你到外头等我一下。”

秋清安有些疑惑，还是顺从地迈步离开了。

确定秋清安看不见之后，和悦才从包里拿出自己的专属卡递过去。

导购小姐神色立刻变得恭敬起来，双手接过，朝她颔首微笑：“和小姐，打完折一共两万八。”

和悦提着包好的袋子出去，秋清安不见人影，她有些懊恼，刚才耽误了些时间，拿出手机正准备给秋清安打电话时，突然看见他从前方跑了过来，停在她跟前，还有些喘气。

“我刚去了一下洗手间。”他解释。

和悦无奈：“你和我说一声就好了，不用跑这么急。”

“没事。”秋清安笑着，牵过她的手，“买好了？”

“嗯，好了。”

两人说着话，渐渐走远了。

和悦当天就把那条项链寄了出去，然后和秋清安一起买菜做饭。

吃完饭后，和悦和秋清安静静地躺在一起。

和悦感觉到无名指被套上个什么东西，金属的坚硬感，带着凉意。

和悦猛地被惊醒，睁眼，看到手指上多了抹银色，很简单的圆环戒圈，上头雕刻着一串字母，是西班牙语的“我爱你”。

秋清安的指腹在那个戒指上面摩挲了两下，接着分开手指穿插进来，与她十指紧扣。

与此同时，和悦看见了他的无名指上有着另一只和她的款式一模一样的戒指。

她转过身子，同他对视。

“白天看到顺便买的。”秋清安不自然移开眼，解释。

“这是什么？”和悦把戴着戒指的手送到他面前。

“说是情侣对戒。”他轻咳一声，说，“你先戴着，等以后我给你买更好的。”

和悦不敢去想这“更好的”是什么意思。

她避开话题：“怎么突然想起买戒指了？”然后垂下眼，目光继续打量着手上那枚戒指。

“刚好看见，觉得挺好看的。”他顿了顿说。

和悦失笑，望着两人紧扣在一起的手，指间摩挲了两下，她低声应着。

“睡吧。”秋清安亲了亲她的脸颊，搂紧她，倾身关掉了那盏夜灯。

“晚安。”和悦在他怀里，闭眼轻喃。

生活一切未变，除了秦非言来她家的次数增多，得知她决定仍然留在国内时，他露出了失望的神色。

“你从小就固执，我说再多也是没有用的，媛姨让我来劝你，她怕是高估我了。”秦非言拎起一旁袋子里的早餐放到她面前，“我走了。”

“非言哥。”和悦突然叫住了他，秦非言脚步停住。

和悦的声音轻轻传来："不要告诉我爸。"

秦非言脸上的那一点期待彻底变成了漠然，然后一言不发地离开了，连背影都透着失望。

和悦揉了揉腮帮子，让自己打起精神。

和启最近在家休假，带着和悦去附近爬了一次山，又去逛了海洋馆，大老远开车跑到天文台去观星。他大有领着她过暑假的架势。

周末天气好时，秦家邀请他们过去玩，在别墅外面的草坪上办了次户外烧烤。就他们两家人，秦父秦母一如既往亲切热情，同和悦拥抱过后，夸她又漂亮了。

大人在聊着天，和悦被赶到一旁和秦非言一起烤着肉，这是两人那次冷战过后第一次见面。

和悦讨好地叫了声："非言哥。"

秦非言没理她。

和悦默默地翻着手里的肉串，举到秦非言面前问："这个肉熟了吗？"

"熟了。"他淡淡看了眼，回答。

"哦。"和悦顿了顿，又把手里的肉串递过去，"非言哥你要吃吗？"

"不吃，谢谢。"他再次看了眼和悦，神色一如既往冷淡，眸光又似乎柔和了一点。

和悦也没有被拒绝的失落，之后基本每烤好一样都要先问一遍他。

秦非言态度硬不起来，怒气一点点被消下去。

小时候也是这样，和悦如果惹他生气了，也不会主动来求和道歉，只是低着小脑袋，从书包里掏出吃的，问他要不要吃。

秦非言想起旧事，叹了口气，声音软了下来："你烤你的，不用问我吃不吃。"

"好吧。"和悦眨了下眼睛，答应了。

这次烧烤吃到后来，秦非言一如既往地给她递纸巾，倒水，显而易见地关心她。

连两家长辈都打趣他们这么多年关系还是一样好。

两人关系就这样缓和过去，之后，秦非言竟然还约和悦一起出去吃饭。

那是在颐和天地对面的一家餐厅，和悦路过好几次，从没有进去过。

两人约的是上午十一点，因为秦非言说下午要顺便去逛逛，买点东西。

和启在家休假，刚好早上赵书过来送文件，知道和悦要出门，顺便带她一起过去。

赵书正好也有样东西要带给秦非言。

“非言哥让你给他带什么啊？”车上，和悦坐在副驾驶座问他。

赵书专心开着车，很快：“哦，他最近想学法语，我之前不是刚报班学习过嘛，把教材和笔记带给他。”

“哇。”和悦不由得感慨，“他真的很认真。”

“非言还是不错的，上进努力，秦总以后可以放心退休了。”赵书一向欣赏秦非言，随口夸赞。

“是的。”和悦点头，也很同意他的观点。

两人说着话，很快便到了目的地，赵书在餐厅门口停下车子，这会儿人不多，一眼便能看见秦非言手里拎着三杯咖啡站在那里。

停车位离大门还有点距离，他朝两人招了招手示意。

和悦解开安全带，扭头：“赵书，一起吃个饭吧。”

“我就不用了。”赵书把后车座上的资料拿出来，“我交代他几句就可以了。”

和悦同他一起走过去，到了餐厅前面。

秦非言迎了上来，把咖啡递给两人：“中午一起吃饭吧。”不出意外，他也提出了邀约，赵书仍旧拒绝，将手里的资料递给他。

“这几本是教材，这些是我做的笔记，开始学可能会有点困难。”三人站在那里，赵书和秦非言简略说了下学习心得和要点，最后拿着咖啡离开。

和悦刚准备说什么，就见秦非言看了眼身后餐厅的落地窗，又飞快地收回视线。他抬起手，看着腕表说："悦悦，时间还早，我们先逛逛，回来再吃饭吧。"

"啊。"和悦一愣，还是点头，"好。"刚好她也不是很饿。

"那我们过去吧。"秦非言礼貌性地扶了下她的肩膀。

两人过马路，走进了对面的商场。

男生高大，细心呵护着旁边的女孩，防止她被来往的车辆撞到，靠近的身影格外般配。

服务员上来点单，秋清安站起，回了句："不用了。"

记忆中的那张脸和刚才的中年男人重合了起来，这个发现让秋清安身体不由得颤抖，脑海中全是和悦同他并肩走过来的画面，脸上神色无比自然，显得彼此很熟悉。

他们是认识的，他们是什么关系？

秋清安大步走出去，呼吸急促，抬手在路上拦了辆车子迅速赶回家。

他望着窗外，食指屈起放在齿间，不自觉用力。

警方当时判定他妈妈闯红灯，属于过错方。

秋清安看了当时的监控录像，深夜的街边，她失魂落魄地走在路上，站在斑马线前面等待时，突然，直直往马路中央走去。

一辆车子从拐角处而来，下一秒，她的身体被抛到了空中。虽然画质不高，依然可以清晰看到那时是红灯。

秋清安知道不是对方的错，可仍然难以面对。

整件事情是一个叫赵书的男人出面和他交涉的，虽然对方责任不大，但仍旧给了他十分丰厚的赔偿。这种补偿和怜悯的行为让秋清安愈加自我封闭。

那笔钱他一直没有动过，虽然这种行为很愚蠢，但对秋清安来说，那笔钱是他母亲用生命换来的，除非必要，他希望自己一辈子都不用去动它。

出租车停在熟悉的地方，秋清安奔跑上楼，翻箱倒柜，终于在角落看到了那张名片。

赵书曾给过他一张名片，上面有联系方式，赵书说有困难可以去找他。

秋清安没有看一眼，扔进了柜子深处。而现在，看着上面醒目的“和一集团”几个字，瞬间什么都明白了。

他脑中一直疑虑的事情解开了。

哪来什么没有缘由的关切，不过是生来的愧疚。

从和悦第一次见他的时候就是了。

安静无人的小巷里递过来的一张纸巾，嘈杂的食堂夹到他面前的那块红烧肉，深夜雨伞、牛奶、值日……一切的一切都是因为愧疚。

那张薄薄的名片在手里揉成一团，秋清安无声地笑了起来，眼角发红，胸口疼得快要窒息，他仰起头，笑容慢慢变得比哭还要难看。

真善良啊。

他垂眸盯着脚下，终于有一滴水珠砸了下来，在地板上泛着微弱的光。

电脑屏幕上还显示着搜索内容：和一集团董事长的名字，下面赫然是“和启”两个字。

“你想做什么？”

秋清安低着头，给今天那个号码发送短信，没两秒，对方回了过来。

“真相已经交到你面前了，愿不愿看是你自己的事情。”

秋清安扔掉了手机，无声冷笑，脑中全部都是方才查到的东西。

和一集团。

和启，和悦，多么相似的名字。

那座华丽的商场，颐和天地。

和悦小心翼翼又试探的神情。

如果这些就是秦非言的目的。秋清安得承认他非常成功，大费周章发短信约他出去，自己抵达餐厅时，被服务生告知对方已经提前订好了座。靠窗视野最好的位置，可以轻而易举看到他们站在外面的身影。

那一刻，秋清安只觉得无比荒唐。

和悦在半夜接到了秋清安的电话。沉默了许久，她才听到他低低地叫着她的名字，接着重复了一句话："我想见你。"

右上角的时间显示已经过了零点，整栋别墅万籁俱寂。

和悦轻声哄他："我明天过去好不好？"

"我想见你。"他执拗又坚定地重复这句话。

和悦皱起眉头。

秋清安扯唇一笑，又说："我在你家外面。"

和悦立即从床上坐起，掀开被子，赤脚走到了窗边，能看到铁门外路边停着辆出租车。

她难以置信："你怎么过来了？"问完，她又立刻想起了另一个问题，"你怎么知道我家的地址？"

"我问了周蜜。"

和悦匆忙披着外套出去，没换鞋，一上车，就听到秋清安吩咐司机可以出发了。她讶异地盯着他："我们要去哪儿？"

"去我家。"

"可是我什么都没带。"她只有一个手机，甚至里面还穿着睡衣。

秋清安打量着和悦，她像是刚睡醒的模样，长发随意披在身后，有几分凌乱。粉白色的睡裙，领口有个小小的蝴蝶结，荷叶边的下摆荡在小腿边。衬着她那张脸温和而无害，像是不谙世事的小女孩，天真美好。

秋清安轻笑，伸出手把和悦一缕头发挂到耳后，神色温柔："没关系，你什么都不用带，只要人在就好。"

和悦穿着粉色的拖鞋，走过那条巷子，进门时，脚下已经是一片脏污，她先去了洗手间，低头把脚冲干净。和悦刚关上水龙头，整个人就猝不及防被拦腰抱起，身体腾空，秋清安径直抱着她往楼上走去。

"怎么突然抱我？"和悦受了点惊，揽住他脖颈仰起脸好奇地问。

秋清安没有回答，他一步步走到楼梯的尽头，动作轻柔地把和悦放到了床上，接着转身，拿了条干毛巾过来。

和悦专注地盯着他。

今晚的秋清安实在有些奇怪，从那个电话到莫名其妙出现在她家外面，还有现在。

他单膝跪在了和悦脚下，手握着她的脚，用毛巾一点点把上面的水珠擦干，细致而认真，直到上面变得干干净净。

秋清安仰起头，朝她轻声说："好了。"

秋清安放回毛巾，关了灯，房间变得昏黄黯淡，他坐到床边。

和悦出声："你今天怎么了？心情不好吗？"

秋清安竖起一根手指放在她唇间。

"阿悦，你爱我吗？"他摩挲着她的脸颊，面容在光影中依旧好看得不可思议，眼中却莫名充斥着让人看不懂的晦暗。

和悦未曾察觉，低低回答："爱。"

"哪种爱？"秋清安追问，揽在她腰间的那只手无声收紧。

"还能有哪种爱？"和悦道，"就和你对我一样。"

"是吗？"秋清安低眸轻笑，似是自言自语地说，"小骗子。"

"你怎么了？"和悦明显感觉到了他情绪的异样，轻轻地问。

秋清安摇摇头："没事。"说完，他把脸往她的脖颈深处埋了埋。

他就这样无声拥着她坐了许久。

和悦回家时给秋清安留了一张字条。

她想着秋清安醒来的时候，看见那张字条可以不要生气吧。

事实上，秋清安在和悦离开的时候是清醒的，在动静都消失之后，他睁开眼，看到了那张贴在床头的便利贴。

“我先回去了，不要不开心啦，下次给你做清蒸鳜鱼，爱你哟！”后面还画了一颗小小的爱心。

秋清安笑了下，把这张纸在掌心揉成一团，丢进了垃圾桶。

外面太阳明晃晃，里头却是烟雾缭绕，灯光昏暗。

和悦最近忙得焦头烂额，原因无他，那天早上回去之后才发现和启不小心摔了一跤，脚崴了。

和启这些日子行动不便，和悦寸步不离守着他，偶尔还要帮他去公司取东西。

不知为何，她一直联系不上秋清安，信息不回，电话不接，偶尔打过去还是关机，几次之后，和悦也没再继续，专心照顾起和启来。

秋清安可能又是在和她闹别扭，但和悦现在真的分不出心去顾及他，想着等这段时间过去再当面和他道歉吧。

下午，和启在午睡，和悦照例跟江浩杰通完电话后，坐在书桌前陷入了沉思。

门口传来敲门声，方姨端着水果进来，和悦如梦初醒，起身开口道：“方姨，我有事出去一趟，如果我爸醒了就麻烦你多照看，有问题一定要给我打电话。”

话音刚落，她便开始拿手机钱包准备出门。

方姨愣了会儿才反应过来，只看到和悦下楼的背影。

和悦走进电梯，径直按下六楼键，门一打开，迎面而来的就是灯光音乐，她在人群中搜寻着秋清安。

江浩杰说他这几天都没有回家，让和悦有种不好的预感。

和悦毫不费力地在角落看到了秋清安，她走过去，把他手里的空杯取了下来。

像是被人按下了暂停键，耳边所有声音都静止了，秋清安抬眸凝视着她，双眸漆黑冷静。

和悦站在那里，目光落在他脸上，心平气和地说："江浩杰说你几天没有回去了，我有点担心，你是不是出了什么事情？"

秋清安闻言，定定看了她几秒，倏忽扯唇一笑："我能有什么事情，你不用担心。"

"坐。"秋清安拉着她的手腕轻轻一扯，旁边的人立刻让开一个位置。

和悦在他的身旁坐下。

"要不要吃点什么东西，我让人送过来。"他拿起面前的单子递给她，温和地询问。

和悦看了眼，摇头。

她正想说近几天的事情，却见秋清安把单子扔到桌上，伸手叫来服务员："你好，帮我要一杯酸奶。"

不一会儿，服务员端着托盘过来了，上面放着一只玻璃杯，里头装着米白色酸奶。

秋清安把杯子拿下来，放到和悦面前。

"你这几天为什么不回我消息？"过了几秒，她还是低声问。

秋清安动作停了一下，话音从她上方传来："哦，没注意看手机。"

"那电话为什么也不接？"和悦抬头盯着他。

"我这两天状态不太好。"秋清安替她把头发挂到耳后，温声开口，"怕吓到你。"

和悦避开视线，手指不自觉摩挲着杯壁，像是在自言自语："我那天回来才发现我爸爸脚崴了，他一直瞒着我，这几天一直在家里照顾他，所以没来找你。”

“嗯。”秋清安随口应着，看不出情绪。

“你是不是生气了？”和悦望着他又问。

秋清安摇摇头：“没有。”

和悦沉默，过了会儿才继续出声：“你最近到底出了什么事？是和我有关吗？”

“没有。”过了很久，秋清安否认，声音低柔地哄她，“别多想了。”

和悦坐在一旁看他们玩闹，静静地咬着吸管，手中的那杯酸奶渐渐只剩下一半。

不知过了多久，秋清安偏头看了眼和悦，靠在她身前呢喃：“阿悦，我困了。”

和悦轻轻摸了摸他的头发：“那我们回去休息。”

他安静了会儿，才抬起脸，打量着她。

和悦从进来到现在就一直坐在他旁边，除了之前那段简短的对话外，就没再开口，安安静静地看着他。

秋清安垂眸，抓起她的手把玩，白皙匀称的无名指间，有个银色戒指，摸上去，底下能隐约感觉到凹凸不平的字母的痕迹。

他抬眼注视着和悦：“是不是很无聊？”

“还行。”她也回看着他说，“你喜欢就好。”

明明是很正常的语气，但不知哪里突然触及了秋清安，他弯唇笑，眸中荡着头顶灯光，像是寒夜月色下的冰面：“我喜欢的你都会满足吗？”

和悦迟疑了下，回答：“我能做到的都可以。”

秋清安似乎是思索，目光瞥见桌上的果盘，脸上挂着笑，窝在她怀里漫不经心地启唇：“我现在很想吃枇杷，阿悦。”

如今八月中旬，枇杷早就过了季节，一群人听到他这个要求都像是听到了什么笑话，难以置信瞪着眼却又不敢随意插嘴。

和悦看着他，脑中想的却是现在哪里才能给他买到枇杷，市里最大的几个生鲜超市好像有很多反季的水果。

她反应滞后了片刻，才点头答："好，我去给你买。"

和悦松开他起身出去了，秋清安独自一人坐在那里，垂着头，似乎在思考什么。

灯光倾泻，他的大半张脸被阴影笼罩，一时间，都无人敢出声打趣。

和悦先坐车径直去了颐和天地，负一楼有个巨大的超市，里头物品很齐全，她把生鲜区仔仔细细逛完，也没有买到枇杷。

又让出租车师傅把她送到另外几个大点的超市，依旧一无所获。

最后和悦是在一家VIP会员制的进口超市找到了一小盒的枇杷，这家超市设立在别墅区，离市中心很远，打车花了快一小时才找到，她匆匆结账赶回去，天色已暗。

和悦平复了一下呼吸，把额上热出来的汗水擦掉，接着走进去。

里头依旧热闹，秋清安静静坐在角落没说话，不知在想什么。

她坐下来，把手里那盒枇杷递给了他，周遭安静了一瞬。

"我找了好几家超市才买到的，耽误了些时间。"和悦解释，嗓音因为许久未喝水有些干哑。

秋清安低眸看着，枇杷金灿灿，黄澄澄，饱满大颗，盒子上还有从冰柜拿出来乍然接触到空气而产生的细密水珠。他忽地弯起嘴角，凑近低语："阿悦，我就知道你最爱我了。"

和悦不知所措，秋清安端详她几眼，把自己杯子端过来："渴了吧，喝点水。"

"嗯。"和悦确实有些口干舌燥，她捧着杯子喝了大半。

"你试一下甜不甜？"她充满期待地看着他。

秋清安顿了顿，缓缓点头："好。"

从冰柜里拿出不久的枇杷，剥开一层薄薄的皮，露出里头的黄色果肉，还是凉的，入嘴清甜，口感极好。

秋清安吃了一颗就没再碰了，低头专心地剥好一颗递给和悦，她连忙摆摆手：“我不吃，你吃吧。”

“你们要吃吗？”秋清安问众人。

在场的谁不知道这是和悦跑了大半个肆城给他买来的，当然无人敢开口，纷纷拒绝，表示自己不吃。

秋清安没作声，只是把那盒枇杷放在了桌上，在一堆饮料中十分醒目，却始终都无人问津。

直到散场，桌上的枇杷依旧没被人动过。

和悦被秋清安牵着手往外走时，忍不住回头看了眼枇杷，它孤零零地放在那里，像是被人遗弃的垃圾，和悦突然有种莫名的心酸，停住脚步。

察觉到和悦的动作，秋清安回头看她，顺着她的目光看到了那盒枇杷。

耳边响起她的声音，情绪很低落：“放在那里好可惜，我们把它带回去吃吧。”

和悦的眼中是藏不住的落寞，还有些他看不懂的东西。连同着秋清安都瞬间难过起来，呼吸不畅。

有那么一刻，秋清安真想直接问她，她对自己这么好，到底是因为愧疚可怜他，还是因为喜欢他。

他想把这么多天来积压在心底的东西通通不管不顾地置于阳光下。

可是他不敢，所以一直假装不知道，只为维持住表象。

和悦仍然对他无限纵容，他依旧可以享受到属于她的温暖。

秋清安深吸了口气，仰头望了眼上方，把胸口情绪压下去，只是眼角却控制不住微红，他低着头含糊说了句：“嗯，我们把它带回家。”

和悦立即欣喜地走过去把那盒枇杷拿在手上，冲他笑：“走吧。”

两人回到家。

秋清安坐在床上，似乎在发呆。

“还不睡吗？”和悦爬上去掀开被子，凑到他面前小声问。

秋清安终于有了反应，目光看向她：“在等你。”

“哦。”她轻轻应了声，钻进了被子里，躺下。

秋清安动作很慢地睡在了她的旁边。

和悦立刻钻进了他怀里，伸出双手环住他的腰，将脸贴在他的锁骨处，闭着眼。

房间灯被关掉了，黑暗中，秋清安抱住和悦，脸上才露出疲惫的无力。

他把脸埋在了她的发间，闻到了那股熟悉的，淡淡的清香。

这几天来，今夜是他唯一安宁的时刻。

整个黑夜悄无声息，不知道睡到了何时，和悦突然被旁边的人惊醒。

秋清安像是在做噩梦，轻喘一声，猛地睁开了眼，从床上坐起。

她立刻开灯，看向他，担忧地问：“怎么了？是不是做噩梦了？”

和悦看到了秋清安额上那一层冷汗，她连忙抽出纸巾，刚触及他额头，就被秋清安一把搂入怀中，死死按住，力道大到她都能感觉到微痛。

“没事了没事了。”和悦拍着他的背，轻声安抚。

秋清安的心跳还有些剧烈，头埋进她的肩颈处，喘息，他轻不可闻地说，像是梦呓：“我刚刚做了个梦，梦里你走了，只剩下我一个人，我一个人在这里，房子空荡荡的，哪里也没有你。”

秋清安回忆着梦里的内容，恐惧再次抓住他的心脏，只是那短短的几个片段就叫他有种窒息的错觉，眼睛不受控制变得潮湿。

他紧紧搂着和悦，似乎这样就可以得到一点安心。

“梦都是反的。”和悦连声安慰他，“我不会走，不会离开你，只要你需要我，我一定会陪在你身边。别怕，别怕……”

这个拥抱持续了很久，久到和悦快要再次睡去。

秋清安终于缓缓地松开了她，似乎情绪平复了。

他轻轻“嗯”了声。

秋清安睡在和悦怀里，乌黑浓密的头发贴着她的脸颊，让她感觉硬硬的、痒痒的。

她抱着他，轻拍着他的肩膀。

少年很安静，呼吸逐渐平缓，灯光昏黄，房间静谧。

和悦手里的动作不知不觉放慢，终于在某一刻彻底停住，两人都再次睡着了。

和悦出门前撞见取了快递从外面进来的方姨，她从手中一堆东西里抽出一个信封袋递给和悦。是国际件，捏在手里薄薄的，上面寄件人写的是赵媛。

和悦穿过雕花铁门，一边往前走一边低头拆开。

站台附近有个垃圾桶，和悦把里头的东西抽出来，几张纸，是国外大学的入学申请表，里头还有赵媛写给她的一封信。

和悦坐在站台座椅上，把这封信读完了，里头熟悉的语气和内容，就像是赵媛站在她面前神态温和地说着话。

大意就是希望她再慎重考虑一下，其他的资料赵媛都可以帮她准备，只要和悦愿意，只要她肯迈出这一步。

午后金色阳光灿烂，把手中薄薄的一张纸照得透明。

和悦缓缓地把信折好，看向膝上的申请表，想了想，还是把它们一起塞进了背包。

车来了，她坐在窗边望着外面后退的风景，想起了赵媛寄过来的照片里的绿色草坪和建筑，画面在眼前一幕幕闪过，最后定格在了秋清安朝她微笑的脸上。

和悦也不自觉地笑了出来。

和悦和秋清安约好一起去看电影，两人看完电影去散步时，路过一个篮球场。

四周有护网，红绿相间的塑胶地面，高高的篮筐，空间宽阔，只有两个男生在打着球。

秋清安突发奇想：“你想不想打篮球？”

“有球吗？”和悦也看到了，微微心动。

秋清安打量了一下四周，在不远处看到了一家体育用品店，他小跑过去，不一会儿，抱了个篮球走过来，笑得明亮：“走。”

和悦不由得被感染，重重点头：“好！”

和悦从来没有打过篮球，在学校看到秋清安他们轻轻松松就能投进篮筐时，觉得也不是什么很难的事情，结果轮到自己，跳起来用力一投，连篮板都碰不上。

她尴尬地看了眼秋清安，后者轻笑。

“我教你。”他抱着球走过来，站在和悦身后，调整着她的手臂姿势。

声音回荡在耳边，她侧过脸，就能碰到他的下巴。

“会了吗？”秋清安低头看她，两人距离再次被拉近，和悦呼吸一顿，望着他漆黑的眸子。

和悦的脸微热，佯装镇定地扭回头，手拿着球调整动作，嘴里问：“是不是这样？”

“这样。”秋清安握着她的手调了下角度，脸贴在她耳边。

两人打了会儿篮球，和悦从一开始碰到篮筐都成问题，到后面竟然也能投中几个球，不过也多亏了秋清安的放水，不然估计她连篮下都冲不过去。

秋清安防守时，和悦一个劲儿耍赖，完全犯规地推着他的胳膊、肩膀、胸膛，时不时还直接抱起球跑，防守几乎为零。

而轮到秋清安进攻时，和悦拿他就没了办法，因为她不管怎么努力，都不可能从秋清安手里抢到球，反而总是一转眼就被他绕过去，手里的球直接投进了篮筐。

“你就不能让我一次吗？”和悦累得浑身无力，从后面偷袭，一下蹦到了他背上，把全身重量都压给了底下的人。

秋清安踉跄两下，伸手环住了她腿，防止她摔下去：“饿了吗？”

“有点。”和悦想了想说。

“拿着。”秋清安把手里的球递给她。

和悦接住，接着两条腿都被他抱住，往上送了送，她整个人往上腾了腾：“走，去吃饭。”

“好。”和悦高高兴兴地圈住了他脖子。

秋清安就这样背着她，迎着夕阳，穿过街道行人。

汽车鸣笛，晚风温柔，他们慢悠悠地往家里走去。

两人打球都出了一身汗，和悦一回来就直接去了浴室，洗到一半的时候，玻璃门被敲响了。

“阿悦，你手机在响。”是秋清安的声音。

和悦正在擦头发，闻言不假思索说：“你帮我看一下是谁打过来的。”

秋清安脚步声远去了，和悦穿好衣服，动作忽然停住，脑中突然闪过一个点，像是有什么事情串联在了一起，碰撞过后，激出激烈的火花，把所有东西都照亮。

和悦立刻如梦初醒，飞快拉开门出去。

客厅，秋清安听见动静抬头，手里拿着那几张纸，面无表情地看着她。

“你要出国？”秋清安站在那里问，脸上透着一种隐忍的平静，那个凉凉的眼神让人惊恐不安。

“不是，我……”和悦心头一慌，话到嘴边，突然无从说起。她扶额冷静下来，准备从头和他解释。

“和悦，如果我没发现，你打算骗我多久？”秋清安倏忽笑了下，垂在两侧的手收紧，整洁的纸面皱成了一团。

“我没有骗你——”和悦满眼无奈，刚想继续解释，已经被他打断。

“没有骗我吗？”他嘴角拉出讥讽的弧度，轻嘲，“那我再问你一遍，你当初为什么对我这么好？”

和悦愣住，盯着他盛满嘲讽的黑眸，她呼吸不自觉一顿，怔怔看着他，嘴唇紧闭，不敢发出一点声音。

这副模样，在秋清安眼里无疑是默认，他唇边弧度一点点消失，脸上一片漠然。

“是因为你爸爸吧，撞了人，你心里愧疚，所以对我好，让自己舒服一点。怎么，现在爱心献完了？准备轻轻松松毫无负担地出国了？”

这句话，彻底把和悦打入谷底，她遍体生寒，冷意从背脊爬上，本能地不停摇头：“我没有，不是，不是这样的……我没有要出国……”

和悦已经泪流满面，好像不管她怎么辩白都像是为自己找借口，只会令人更加难堪。

原本一开始接近他就是动机不纯，后来的事情早就超出了她的预料，现在变成这样也是咎由自取。

和悦的唇张了又合，颤抖几番，最后彻底沉默了下来，如同接受审判。

秋清安没有等到她的答案，那句“没有要出国”也变得不那么重要，和悦已经给了他结果。

那个让他如鲠在喉，痛苦不堪，最后决定自我蒙蔽不再去追究的问题，在此刻，以一种毅然决然的方式在两人之间血淋淋地撕开。

秋清安盯着面前沉默的人，把手里的那几张纸扔到了地上，质问道：“和悦，你把我当什么？”他伸出手指着她，咬牙切齿地重复道，“你把我当什么？”

和悦浑身僵硬地立在原地，耳朵嗡嗡的，恍惚中，听见了秋清安充满恨意的声音。

他说：“和悦，你这辈子都别想心安。我恨你。”

和悦不知道自己是怎么离开秋清安家的，外面的站台刚好停靠了一辆公交车，她上去，坐在窗边哭得泣不成声。

后头有人拍了拍和悦的肩膀，递来一张纸巾，她上气不接下气地道谢，悲伤像是开了闸的洪水，汹涌难止。

不知道哭了多久，脑子发昏，眼睛肿得什么都看不见，车子停了下来。

司机师傅无奈地朝她开口："姑娘，到终点站了。"

和悦如梦初醒，跌跌撞撞下车，环顾周围一圈，不知道到了什么地方，周遭一片荒凉。

她坐在简陋破旧的站台上，大脑空白发着呆，好像同外界切断了联系，茫然恍惚，失去了思考能力。

包里的手机铃声把她从这种状态中唤醒。和悦反应许久，才知道是自己的手机在响，她动作缓慢地拿出来，看见上面显示的是赵媛的名字。

熟悉的声音在耳边响起，和悦终于支撑不住，刚叫出了一声妈，泪水又涌出来，大颗大颗从红肿的眼眶中往下掉："妈妈，我不想待在这里了。"

她缩起身子，捂着嘴，对着手机号啕大哭。

和悦回家后把自己一直关在房间，方姨上来好几次，同和启对视一眼，最后他还是摇摇头，摆手转身。

最后是秦非言过来敲门，和悦终于从床上起来，神色憔悴走出卧室，坐到了客厅里。

"分开了？"秦非言打量了她一会儿，面色平静，"这样也好，再拖下去你只会越陷越深。"

和悦的目光猛地落在他脸上，眼周还残留着红肿，看起来可怜又狼狈。

她面无表情，清晰咬字，嗓音轻微沙哑："是你告诉他的？"

"我只不过把他叫到了那天的餐厅。"秦非言丝毫没有被拆穿的慌乱，镇定解释，"你和赵书一起过来的那天。"

和悦陷入沉思，虽然她已经猜得差不多，得到肯定的答案时还是出神了几秒。

秋清安的异常就是从那天晚上开始的，之后的行为让和悦心中隐隐有种不安的预感，但又被强行掩盖下去，总觉得，如果他真的知道了一切，应该会愤怒地质问自己才对，而后归于平静的生活彻底让和悦放下疑虑。

她想起了决裂之前，两人去看电影打篮球那时，她不敢想象，秋清安已经知道了事情真相。

她想笑，却又露出一个比哭还要难看的表情，眼睛再次湿润模糊。

真傻，即便这样，依旧还是舍不得放弃她。

如果不是被他发现了申请表，这件事情会不会永远埋在他心底，不见天日，和悦还毫无知觉地待在他编织出来的假象中。

“阿悦，即便你恨我，再重来一次，我还是会这么做。”秦非言站在一旁开口，“如果他知道了真相，依旧选择和你在一起，我会衷心祝福你们。但如果你一直隐瞒着这件事情，总有一天会爆发出来，而到那时，你的痛楚可能会翻倍。”

“这是我的事情。”和悦望着他，一字一顿，“是我们之间的事情，不管最终结果如何，都是我跟他的事。”

和悦意识到自己语气过激，深吸一口气，态度缓和几分：“非言哥，我能理解你对我的关心，但以后，请你不要再干涉我的生活了。”

说完，和悦没有再看秦非言僵硬的脸色，起身，往自己房间走去。

出国的事情进展得很顺利，赵媛帮她备齐了资料，亲自过来接她。

其实赵媛早早地就在背地里准备了，甚至已经托人联系过学校，只不过在等和悦点头。

八月底，和悦收拾行囊飞往了太平洋彼岸，临出发前，她给那个许久未曾联系过的号码发了一条信息：“我走了，对不起。”

飞机尾翼掠过云层，画出一道长痕，在蓝天下清晰可见。

秋清安仰起头，盯着那一处，白色轨迹像是长箭指向远方，最后消散在云里。不知道哪一架飞机载着她，去了他够不到的地方。

手机屏幕还发着光亮，上面还显示着和悦发来的那句话，他低语：“我不会原谅你的。”

第八章 重逢

又是新一年入学季。

新生们像是一只只刚从窝里出来的小鸡仔，拖着行李箱左顾右盼，眼中充满着对新世界的好奇和向往，身上都是稚气未脱的青春。

开学第一天，学校分外热闹，四处都是人来人往的身影，热情的学长学姐在引领着新生，一派热闹景象。

周蜜坐在栏杆上晃着腿，手里捧着杯奶茶，艳丽漂亮的脸上都是满不在乎："这些天真的孩子很快就会发现，高中时老师口口声声说的读了大学就解放了，完全是骗人的。"

"思想觉悟很高啊。"和悦扭头含笑打趣。

"那是，我们这个破学校变态得很，天天满课，不知道的还以为在高三呢！"周蜜说。

和悦笑而不语，倒是周蜜好奇追问起她来："悦悦，你在国外上学怎么样，有没有像我们学校这样变态？”

“挺好的，但是忙起来也很忙，老师讲课刚开始会经常听不懂，后来就好很多了。”

“那你和你妈妈一起生活开心吗？”

“嗯，开心，她放假的时候都会待在家里，不像我爸整天不见人影。”和悦不可避免地想起了往事，她点点头，目光望向远处，又重复道，“真的挺好的。”

“那就好。”周蜜收回视线，轻声感慨，“我们也挺好的，那个……秋清安也挺好的。”

和悦身体一震，须臾，轻轻地开口问道：“蜜蜜，我想去他的学校看看可以吗？”

和悦出国后，和其他人的联系都切断了，唯有和周蜜还保持着联系。

周蜜知道了两人分手的事情，当时周蜜整整花了三天才消化掉这个匪夷所思的故事。

后遗症就是她一见到秋清安就会联想其他，然后控制不住泛起同情，次数多了害怕被人察觉，周蜜都很少和江浩杰出去，一般有秋清安在的地方就赶紧避而远之。但是关于他的消息依旧可以打听到，每隔一段时间周蜜都会同和悦聊天，把他的近况告诉她。

和悦只是静静地听着，不过周蜜有时候说着说着，自己总有些不忍心。

因为和悦的神情介于出神和恍惚之间，太揪心了。

周蜜和江浩杰报的是同一所学校，离京大并不远，公交直达，路程不过半小时。

不同于他们学校，京大拥有百年历史，校门都是红漆金边，梁上雕花，两旁还各有一尊石狮子，浓厚的古典气息涌来。

“高级。”周蜜摇头夸赞，挽着她的手往里走，“名校就是不一样，我每次过来都会自惭形秽，恨不得住在里头不回去了。”

和悦目光贪婪地从四周景物上一点点移过，像是要把这些东西刻进脑海。这就是他每天生活的地方，和悦不自觉露出了一个笑容。

周蜜正说着话，见和悦许久没搭理，转头瞥过去，恰好看见和悦此刻的神情。

她在心里暗叹一口气，牵着和悦往某个方向走去："悦悦，听说他们的图书馆很不错，我们去看看吧。"

京大图书馆久负盛名，周蜜明显来过几次，对这边很熟，拉着她穿过一条小路，视野骤然开阔，到了一个湖边，周遭植物茂盛，草地翠绿。

远处有三两个学生在散步，周蜜正准备说话，就看见和悦的目光定格在一处。

那是一对年轻的男女，看起来莫名般配，两人手里都抱着书。

男孩子的容貌十分出色，就是神情冷漠，穿着白T恤和牛仔裤，像是电影里的校园男神。

女孩后退着往前走，长相甜美可爱，一双杏核眼使得她的眸光清澈干净，嘴里正在叽叽喳喳地不停和他说着话。

"秋清安，你是不是要去图书馆，好巧哦？我也要去！暑假我给你发消息你都不理我，不过没关系我不生气，因为一见到你，我就开心了。"女孩笑眼弯弯，漆黑的眸子里仿佛盛满了阳光，明媚动人，"我说了好多话都口渴了，你能不能理我一下呀，不行你'嗯'一声，我就告诉你一件很重要的事情。"

"嗯。"话音落地，男生似不耐烦地应了声。

女孩顿时笑开了花，调皮地晃了晃脑袋："我今天又比昨天多喜欢了你一点，是不是一件很重要的事？"

两人走远了，声音越来越小，听不见男生的回答，周围安静了下来。

周蜜连呼吸都放缓，忍不住转头，看到了和悦怔怔地盯着那一处，泪水毫无知觉地顺着脸颊滑落。她飞快低下头，揉了揉眼睛。

“进沙子了……”和悦嘟囔着，眼泪却怎么也擦不干净，最后她终于停下手，放弃徒劳的挣扎。

“悦悦。”周蜜欲言又止，眼中充满不忍。

和悦低着头，小声开口，像是在自言自语：“其实这样也挺好的。那个女孩子看起来很可爱，又单纯，肯定很适合他。他会拥有新生活的，会越来越好的。”

和悦是今晚的飞机，她只有暑假抽空回来看望和启，在肆城不敢多待，买了开学前的机票回去，临时在京市转机。说是来看一下周蜜的学校，其实意图已经昭然若揭，不过是想看看他生活的地方。只是没想到这么巧，偌大的学校，竟然就让他们碰上了。

天黑下来的京市，车水马龙，周遭的灯光像是一个个小格子，藏在高耸林立的大厦里，高高的天桥下，车辆呼啸而过，带起一阵轰隆声。

和悦趴在上边，看着城市夜景，她眺望着远处感慨：“真美。”

周蜜站在和悦身旁，看着和悦被夜风扬起的发尾，她犹豫着问，眼里藏着担忧：“悦悦，你还好吧？”

下午目睹了那一幕后，两人也没再继续逛下去。

和悦去洗手间整理，周蜜发信息把江浩杰狠狠骂了一通。让他提供秋清安的位置信息，但是没要买一送一啊！多出来的一个人是什么意思！

江浩杰满头雾水，直接打电话过来，被周蜜挂了。周蜜气呼呼地带着和悦去吃大餐，试图用美食来慰藉她受伤的心灵。

只是看着全程表现都正常无比的和悦，她又忍不住担心了。

“我很好啊。”和悦伸手理了把头发，指间吹乱的刘海被抚到头顶，她冲周蜜笑了笑。

“其实，他这一年都挺忙的，听江浩杰说他们课业很重，而且还要兼职，根本没有时间去交女朋友，下午那个一看就是缠着他的女生，你看秋清安都不搭理她的……”周蜜也不知道自己在说什么乱七八糟的东西，嘴里胡乱地安慰一通。

和悦轻柔地打断：“我知道她不是他的女朋友，只是突然觉得那一幕挺好的。秋清安性子冷，不爱说话，又害怕一个人，那个女孩子很活泼，也很热情，一点都不怕他，话多却不惹人嫌，反而很可爱，他们两个正好互补。”和悦话音顿了一下，又解释，“我并不是觉得他们两个有什么，而是突然明白，这个世界上有很多美好的女孩子，他值得更好的。”

“悦悦，在我眼中你就是最好的女孩子！”周蜜听完忍不住气愤，差点急红了眼。当初和悦对秋清安的好大家都有目共睹，她觉得这个世界上不会再有第二个和悦这么纵容秋清安了，她就是最好的。

“真的。”周蜜强调，“你比我见过的所有人都要温柔、善良、可爱、漂亮，下午那个女生连你一根手指头都比不上。”

“可是我们没办法再在一起了。”和悦的笑容有些悲伤。

“你为什么不和他解释呢？”周蜜着急道，“明明你就不是因为愧疚才和他——”

“我是。”和悦打断周蜜，凝视着她，“我是因为愧疚才对他好，就连我自己都分不清里面的喜欢占了多少。”

“可是后来……”和悦神色低落下来，身子无力般往后一靠，垂着眼，声音很轻，“他说喜欢我，什么都变了，我就这样被他拉着拽着，慢慢陷下去，可我回头一想，大概在见到他第一眼的时候，一切就是不一样的。”

“不然我怎么会记住他这么久，会这么不管不顾地去靠近他，一开始就是不一样的。”她低着头喃喃自语。

周蜜心疼得不行，说：“那你去和他解释清楚啊，把话说清楚，就像刚才一样。”

“不可能了……”和悦摇头，目光无意识落在了远处，“他妈妈是我爸无意撞死的，我接触他的初心就是错的。如果我说一开始是因为愧疚，后面其实真正喜欢上了他，这只会让我们两个人都很难堪。而和我在一起的每分每秒他都会痛苦，就像刚得知了真相那几天一样，他时时刻刻都处在煎熬之中，就算最初可以凭着那份爱意把这一切都掩盖，但总有一天会爆发的。从这件事情被挑破开始，我们就不可能在一起了。”

周蜜怔怔地看着和悦冷静到极致的脸，第一次意识到面前的人真的不再是小时候被人欺负让她护在身后的小女孩了。

她比谁都理智，比谁都透彻。

周蜜彻底失了言语。

和悦再一次踏上了飞机，同之前不一样的是，这次她很平静，那种屈于命运无波无澜的平静。

回去之后，和悦很忙，身边的人都很优秀，她必须要全力以赴才能让自己不被落下，每天大部分时间都用来泡图书馆，周末会抽时间在家陪陪赵媛，课余经常和周围同学去参加一些活动。

她无暇去想其他，渐渐也减少了和周蜜的联系，只在有空时才会偶尔和她聊聊。和悦不再关注秋清安的消息，在某次周蜜提起后，径直打断了她：“下次不要再和我说他的事情了。”

周蜜一愣：“为什么？”

“我挺害怕的，他过得不好我毫无办法，什么也做不了，他过得好就很好，我也不必知道，更重要的是……”她停顿了一下，“我很怕某天突然听到他有女朋友的消息，这对我目前来说还有点难以接受。”

纵然心里很明白，可这是被她护了那么久的少年。和悦第一次这样去对一个人好，她可能此生都无法忘记他，既然无法再拥有，不如一别两宽，各生欢喜。

自此之后，和悦对秋清安绝口不提，暑假也没有回来，就像是同过往彻底斩断了联系。原本她在肆城就没有太多羁绊，这样一来，就像是这个人彻底消失了，仿佛先前种种都只是一场梦。

周末，加州阳光灿烂。

赵媛最近报了个插花培训班，每日要在客厅摆弄她那几个小花瓶，还特别爱叫上和悦一起，名曰培养她的情操。刚好放假在家，上午也没有约会，和悦便同她一起拿着剪刀修剪着花枝，把粉色玫瑰和满天星还有些她叫不出名字的小花按照心情依次插到花瓶里。

和悦嘴角噙着淡淡微笑，专心摆弄。

“阿悦，你现在的状态比你刚来时好很多了。”赵媛先弄完，整理着花瓣端详着，随口同她聊天。

赵媛还记得三年前接到和悦那个电话，赵媛放下手里的事情立即买了张回国的机票。见到和悦时，和悦整个人看起来都很憔悴，到加州之后，每天沉浸在学业中，早出晚归地忙碌。

关于那通电话，和悦只是抱着她的腰，趴在她怀里，声音低低地说：“妈妈，我做错了一件事情，伤害了他。”

那是赵媛能从她口中得知的唯一一点真相，而和启竟然对这件事半分不知情。

秦非言倒是像知道什么，只是情绪也不太正常，很明确告诉她，这是和悦的私事，他无权议论与干涉。那大半年，赵媛都对她放心不下，时时刻刻注意着她。

第一年暑假时，和悦回国过一次，回来后消沉了很长一段时间，赵媛很是担心，但庆幸的是，她的状态慢慢地调整了过来，好像渐渐地恢复了最初的样子。

“对了，你对接下来有什么打算？”赵媛问她。

和悦闻言随口答：“我们教授想让我继续读研。”

“那你怎么想的呢？”

“我挺喜欢待在学校的。如果有这个机会，我应该更想留在学校里面。”和悦缓缓地说。

赵媛点头：“妈妈支持你。”

“可这样我会不会一直都长不大？”和悦想了想，撒娇地抱住她。

赵媛拍拍她手臂：“你永远是妈妈长不大的小宝贝。”

听着她温柔的话语，和悦差点感动得哭出来。

临近毕业，在校学生们都开始各奔前程。

和悦班里有不少华人同学都选择回国发展，现在国内的经济形势很好，但留下的也不在少数，毕竟，如果能进世界一流的企业，再回国就是镀了层金边，里头还镶了玉的那种。

像和悦这种准备继续在校读研的不多，晚上她和周蜜视频时，两人也聊起了这个话题。周蜜已经实习半年了，准备毕业就留在那家公司继续发展，询问了和悦的打算，她有些难过失落。

“悦悦，你不会再也不回来了吧。”

和悦神色愣住，过了会儿，眨了下眼，有几分茫然：“我也不知道。”

她以前从未思考过这个问题，现在想想，好像留下来才是最好的安排。

研究生毕业之后，在这边找一份合适的工作，同赵媛一直生活在一起，如果条件允许，可以养一条狗，或者一只猫，外面刚好有个大草坪。

有空时回国探望一下和启，或者等他年纪大了直接把他接过来。

和悦对管理公司没有兴趣，想来和启也没有把责任寄托在她身上的打算，这几年之间的联系也是围绕着生活小事。明明都是最恰当的安排，但不知为何，和悦胸口还是一痛，像是条件反射般，心本能地揪紧。

“悦悦，你别吓我啊！你真的不回来我会难过死的——”周蜜已经在那头嚷嚷开了，像小孩子一般哭丧着脸。

她没想到和悦竟然会这样打算，在她心中，和悦只是暂时出去读书了而已，早晚有一天是要回来的。不仅是她，其他人也都是这么认为。

和悦连忙安抚：“别啊，我就说说而已，未来的事情谁能说得准呢。”

是，未来的事情谁也说不准。

周蜜在心里暗暗道，所以不回来也是很正常的事情。她顿时蔫了，无精打采望着屏幕：“我今天受到的惊吓太大了，无心再和以前的老同学寒暄，就这样吧，挂了挂了。”她摆摆手，切断了通话。

顿时从最好的朋友降级为以前的老同学，和悦满脸无奈，想着过两天逛街的时候顺便把她上次挂在嘴边的香水买回来寄给她，挽救一下两人摇摇欲坠的闺密情谊。

周蜜确实消沉了好久，连吃自己最喜欢的炸鸡时都有点提不起劲。

江浩杰满脸稀奇：“今天太阳打西边出来了？你连炸鸡都没兴趣了？”

周蜜不想理他，托腮望着落地窗外，像林妹妹似的幽怨地叹了口气。

这下顿时引起了江浩杰的重视，他坐直身子，正色地望着她：“出什么事了？”

“没事。”周蜜沉默了一下，摇摇头。

“真没事？”他不放心地追问，周蜜幽幽看了他一眼，摇头。

江浩杰狐疑地坐回去，周蜜却一直食欲不振，直到临走前桌上的炸鸡都像是没动过。本着不能浪费的精神，江浩杰叫店员打包了，回去的路上，他越想越不对劲，手里提着打包袋突然拦在了周蜜面前，一脸严肃质问道：“周小蜜，你有事瞒我。”

周蜜平日里粗枝大叶，直来直往，不爱动脑又性子单纯，大大小小的娄子不知道捅了多少，每次都是江浩杰给她收拾烂摊子。

这就导致了江浩杰越来越敏锐，但凡发现一点点不对，立刻把苗头掐死在摇篮里。

“真的没有！”周蜜头大，绕过他继续往前走。

江浩杰不依不饶：“你看看你这副模样说没事谁信，我还不了解你，你又搞出什么事了，不要瞒着，我们一起商量解决方法。”

他在周蜜耳边喋喋不休地念叨，周蜜甩开他的手却又被他紧紧拉住，不由得反省自己这大学四年做人有多失败，才会落得如此下场。

她被江浩杰吵得头疼，懒得顾及他们的心情，干脆口无遮拦地直接说了出来："我没事，就是前两天和悦悦视频了。她决定继续读研，可能以后都不会回来了！"

"什么？"江浩杰愣愣地追问。

"她说她不回来了。"周蜜吸了吸鼻子，还是难过，"我一直以为她只是去外面读书而已，没想到她就不回来了。我还想着她毕业来京市和我们一起，像以前一样经常出来吃饭见面，现在看来，以后都不知道能见几面了。"

周蜜说着说着，悲从中来，抱着江浩杰趴在他肩膀上悲声号啕："江浩杰我好难过啊，我心好痛……"

人来人往的大街上，江浩杰满脸呆愣，双目放空喃喃道："只怕有人会比你更难过。"

四年的时间可以改变很多东西，比如人。

大一时秋清安还只是个清贫的穷学生，因为长相出众而被人议论。大二下学期，不知从哪儿突然冒出来了一个爹，名为赵方然，在京市是有头有脸的人物，还时不时就上一次商业杂志。

如果不是江浩杰亲眼见到了那张亲子鉴定书，他都要怀疑这是有钱人的阴谋了。秋清安认祖归宗没多久，江浩杰倒是看到过秋清安那个爹一次，彻底打消了他心底仅存的那丝疑虑。原因无他，两人长得实在太像了，可以看出他爹年轻时也有招桃花的一张脸。

豪门之间的秘辛真是不少，估计电视剧编剧都不敢这样写。

妈妈年轻时和秋清安的生父也是轰轰烈烈地爱过，只可惜门不当户不对，被守旧的老人给拆散了。毕竟一个是高高在上的大少爷，家里资产数不清，一个是边读书边打工的女学生，家里一贫如洗。

只是没想到她怀了秋清安。

之后母子俩生活过得艰辛而困苦，一个女人独自带着一个孩子，再加上还长了张招人的脸，因此秋清安五岁就会打架，拳头又狠又快，咬紧牙瞪人的模样就像头小狼。长大之后倒是收敛了很多，然而骨子里的东西始终改不了。

因此有人忌惮他。

秋清安平顺长大，赵方然则是迅速被家里人要求相亲，不久后便结婚了，对方是家世差不多的大小姐，这本是令所有人都满意的一桩婚事，谁料婚后两人一直无所出。到医院一检查，身体出了点毛病，心灰意冷之时，赵家突然查到还有一个流落在外的孙子。

这件事情还是赵老查到的。

当时赵老虽有些疑虑，但本着多一事不如少一事的心态，确定她不会再回来便放心，没有再追究这件事情。现在突然想起，动了心思，找人拿了秋清安的血液样本一查，发现竟然是自己的亲孙子。

赵老大喜，立刻通知自己儿子去找回秋清安，让他认祖归宗，赵方然满头雾水，得知了来龙去脉之后，那天在学校外面等了秋清安一下午，见到他第一面就红了眼眶。

几十岁的大男人如此模样，看着挺触目惊心，旁人不忍扭头，只看到了秋清安漠然的脸。

自此之后，秋清安的生活就变了，课外兼职换成了应酬，跟随着赵家人出入上流社会的酒会，进行各类交际。赵家俨然是把他当作继承人培养，介绍给了圈子里所有人。他大三时就搬出宿舍，在校外买了房子，开始接触赵家生意，昔日少年一步步变得成熟冷硬起来。

江浩杰是眼睁睁地看着秋清安变化的。开始他只是偶尔出去，然后就会有些莫名其妙的人出现在他周围，想与他结交，听说都是通过家里认识的，穿着都不菲。后来秋清安就越来越忙，忙到和江浩杰见面的次数都少了很多，每次隔上一段时间碰面，他总会发现秋清安身上有些不一样。

江浩杰总觉得是他身上那些看不出品牌的高级定制衣服作祟，毕竟有次他见秋清安穿的一件T恤好看，问他牌子想给自己也买一件，结果上网一查，比普通人一年工资还要高。

他当然气不过，连骂他沾染上了资本主义的坏习性。

结果人家回了一句："哦，这个衣服是助理直接买了给我送过来的，我不知道。"

江浩杰顿时无话可说了。

可周蜜不服，总和他争辩，说秋清安是整个人都和以前不一样了，和衣服有什么关系。

自从和悦走后，或者说是秋清安上了大学之后，他就慢慢地变了。原本身上还能找到的一点柔顺随着和悦的离去似乎也消失殆尽，气质越来越冷，脸上几乎难以看到笑意，对什么事情都仿佛不感兴趣。

秋清安回归赵家，那股子的冷也随着接触的东西越多而变得锐利起来，尤其是开始接手赵家生意后，迫于生意场上的交往学会了待人接物，遇见重要场合，脸上总挂着漫不经心的笑，三分真诚，七分疏冷。

没有人敢看轻他分毫，不外乎是手段厉害，比起他那个以和为贵的父亲，简直像是个冷血无情浸淫商场多年的硬角色。

外人都评价，赵家真是捡了个极好的便宜儿子。名校出身不说，还有能力有手腕，心智极高，好像天生就适合这生意场。

双星大厦顶楼，路转人间。

头顶水晶灯流光溢彩，光洁照人的地板，整面的落地窗，可以俯瞰大半京市。

江浩杰喝着杯子里价格不菲的洋酒，淡淡棕红色的液体，入嘴酒味极浓。他尝了一口便受不了，看向对面沙发上的秋清安。这么些年，他确实蜕变了，多了几分深不可测的气质。很多时候连江浩杰都不知道他在想什么。

“最近忙吗？”江浩杰例行寒暄。

“还行。”秋清安被酒滋润过的嗓子也就如这杯中物一样，微凉低沉。

江浩杰点点头，因为装着心事一时无话，反倒是秋清安主动开口：“你毕业要不要来我的公司？”

江浩杰动作一顿。

赵家集团产业多得数不清，分散在各处，唯有京市设立总部，待遇前景极好，精英云集，无数人趋之若鹜，非名校背景基本无望，更何况还是他这么一个应届毕业生。

江浩杰说话都有些慌乱：“我进去能做什么？”

“过来帮我的忙，我会安排人带你。”秋清安言简意赅，话里话外的意思已经再清楚不过，江浩杰沉思几秒，咬咬牙，答应了。

“好！”反正他现在什么也没有，就算失败了也是回到原点，更何况，他相信秋清安，从学生时代起就有种盲目信服。

秋清安嘴角带了点笑意，举起杯子朝他一碰，江浩杰喝了口，紧皱的眉头松开，看到对面神色未变的秋清安。

“你也少喝点，这酒好烈。”秋清安说着，整个人往后仰，靠在沙发上望着天花板双目放空。

“我感觉已经上头了，希望今天周小蜜别找我，不然又得挨骂。”

说完，他瞥了一眼秋清安，只看到他低垂着的脸，在不甚明亮的光线中显得神色晦暗。这几年他极难做人，在周蜜面前不敢提秋清安，在秋清安面前不敢提周蜜，只因他们都与同一个人有着牵扯纠葛。

仅仅是提到和她相关的人，江浩杰就觉得秋清安有些不太对劲了。

虽然秋清安总掩饰得很好，但江浩杰见过秋清安仅有的几次失态全部都与她有关。想到这里，他不由得犹豫，心中天人交战许久，还是忍不住开口。

“对了，你知不知道她打算在国外继续读研，可能以后……”话音在唇边打转后消失，江浩杰说不下去了。

对面的人握着杯子的手却越收越紧，到最后颓然放下。

秋清安如同失去力气般往后一靠，仰面闭眼，手背搭在脸上，沉默在室内无声蔓延。这种令人窒息的气氛，比言语更为锥心。

这晚，江浩杰不敢离开，看着秋清安一杯接着一杯地灌酒，看他醉倒在地，看他微红了眼，嘴里喃喃道：“她是不是不回来了？”

“不回来了。”

“安哥，别喝了。”江浩杰取走他手里的酒杯，把他从地上扶起来。

秋清安一把推开了他，坐在原地单手捂住脸，肩膀抖动。

他没有发出丁点声音，藏在安静底下的悲伤却是剧烈的，即使是旁观者也能感受到那股绝望，渗在空气里，无形攥住人的心脏。

江浩杰如同之前的无数次一样，在一旁等着他平静下来。

不知过了多久，秋清安终于松开了手，神色麻木。

“她真的说再也不回来了？”他轻声问。

江浩杰莫名心神一紧：“不是，我前两天听周小蜜说的，说是打算继续在那边读书，好像是没有回国发展的打算。”

江浩杰字字斟酌，提心吊胆地说完，听到秋清安突兀地笑了声。

“很好。”这两个字在秋清安齿间辗转，“她真是一如既往地坚定啊。”浅浅的叹息声消失在空气中，夹杂着一丝无奈。

江浩杰却感觉有什么东西似乎在悄然中转变了。

又是一年的光景，诚如周蜜所说，和悦果然没有回来。

周蜜已经在那家实习公司站稳了脚跟，每个月收入也十分可观，但还是入不敷出，到了月底全靠江浩杰接济。周蜜大手大脚惯了，吃穿用度无一不讲究，兴致来了转一圈商场，半个月工资就没有了。刚毕业那会儿还全靠家里给她补贴。值得一提的是，江浩杰现在混得很不错，去年年终奖就够她一年的工资了，公司还分配了公寓，车是自己贷款买的，每天西装革履，人模人样的。

两人很早就搬到了一起。去过他公寓一次后，周蜜就果断退租了自己的房子，又省下一笔不小的开销，小日子过得有滋有味。唯一美中不足的就是江浩杰经常出差，陪着秋清安满世界地飞。最近老是跑肆城，这半个月他更是住在了那边，周蜜还在考虑自己要不要休个年假，顺便回家看看爸妈。

“你们每天在忙什么啊？”晚上，两人视频，周蜜在敷面膜，忍不住出声问，话里带着埋怨。

“忙工作上的事啊。”江浩杰含糊说。

“秋清安他家公司不是开在京市吗？去肆城干什么？”

“有个项目谈合作。”江浩杰答完，又立即安抚她，柔声哄，“不过要收尾了，我很快就回来陪你。”

“真的？”周蜜吃了片水果，两条腿在空中蹬着，雪白诱人。

“真的真的。”江浩杰暗自叹气，恋恋不舍地望着她，只希望事情可以早点结束。

十月，本是秋高气爽舒适的季节，和一集团内却是一片气氛沉重，笼罩着阴云。员工人人自危，高层自顾不暇，作为董事长的和启今天刚被所有股东发难，谴责他决策失误。

去年和一集团在海市竞拍下一块地，本欲作为度假村打造，集休闲、娱乐、养生、旅游于一体，当时不少人出来质疑，因为耗资巨大，集团恐怕负荷不了。和启是计划找合适的企业合作，共同完成这个项目，他已经接洽了几家有实力的公司，多面考察商议之后，定下相熟多年的秦家的公司，已经到了快要签订合同的阶段。和启力排众议，项目正式通过股东大会，正要着手准备之时，秦家突然出了点问题，资金吃紧，最后合作只能不了了之。

前期准备工作都已经在进行，如今就差资金注入，和启正焦头烂额，京市来的那个赵家突然向他们伸出了橄榄枝。

几个月前，赵家突然进军肆城，不仅拿下了本土的几个项目，还投入了大量资金，虽然不知道他们此举的用意，但明眼人都能看出他们是打算在肆城着手发展。赵家产业涉及面广，在京市乃至国外都有分部，旗下知名品牌无数，相对于和一集团来说，简直是只能仰望的存在，和一整个集团还没有人家一个分部实力雄厚。

对于他们主动要求合作，和启自然是大喜过望，同他们负责人见面谈好各项细节之后，很快就签下了合同。

年初项目动工，原本一切都顺利进行，各种建筑设施已经初具雏形。和一集团的资金也全部投入进去，谁料枝节横生，赵家突然以度假村规划与合同不符为理由，宣布要撤资，原本计划好的第三笔注入资金中断，公司运转顿时吃紧，就连这个月员工的工资都是勉强发出，更何况还有那么多的供应商等着月尾收款。雪上加霜的是，这件事情不知怎么被泄露了出来，不仅整个公司都人心惶惶，各合作方害怕到时候拿不到钱，纷纷提前到公司来要求付款，各部门领导每天在办公桌上总能看到几封辞职信。

职位空缺，就像原本运转好的机器少了零件，不少漏洞造成的麻烦让人应接不暇。一时间公司上下都手忙脚乱，和启更是为了后续的资金发愁，一夜白了不少头发。

和悦接到赵书的电话时，先是难以置信，随后听完，心里都沉重了起来，立即回家同赵媛商量。

前几天她才跟和启通过视频，他毫无异样，只是神色憔悴，这次一接通，和悦就看到了他两旁鬓角冒出的白色发茬，明明那边已经是深夜，看背景他依旧在公司，身上的衬衫皱巴巴，也像是好多天没换了。

和悦鼻头一酸，她率先问："爸，你没事吧？"

和启依旧是那副温厚的笑脸，摆摆手，宽慰她："没事没事。"

"还没事，我们都听说了。"赵媛在一旁板着脸道，揭穿他。

和启垂眸，摸了摸鼻子："是赵书和你们说的吧，唉！这不是让你们跟着白担心嘛，我自己可以解决的。”

“爸，我回国来看看你——”和悦话还没说完，就被打断。

“不用不用，你来也帮不上什么忙，我还得分心照顾你。”

“我不需要你照顾，我已经是个成年人了。”和悦顿了一下，又说，“赵书说你最近身体一直不好，病又有复发的趋势，我不回来看看不放心。”

和启早年心脏有问题动过手术，这些年一直好生调养着，最近为了公司的事情昼夜难眠，三餐不规律，好几次有些不适的情况被赵书察觉了。

他望着对面的人无奈摇头：“行吧。”

和悦订了最近一班飞机的机票回肆城，下飞机时看到赵书在外头接她。赵书接过和悦手上的行李，两人并肩走出去。

“路上还好吗？”赵书问。

和悦点头：“还行，我爸呢？”

“和总在公司，暂时走不开。”

和悦上了车，坐在副驾驶座，系好安全带之后，外头景色渐渐后退。

她看着窗外，发现一切好像也没有太多变化，马路、楼宇，还有蔚蓝色的天空，肆城的气息依旧是那么的熟悉。

“对了，”和悦想起这次回来最关键的事情，“你上次在电话里说赵家的负责人和我以前认识？”

“我也不太清楚。”赵书开着车，眉头紧皱，“就那次过去找他们的时候，最后听对接的那个人提了一句。”

那个男人还极为年轻，寸头，虽然穿着整齐的衬衫西装，浑身透着一种随意的痞气。他把赵书送到电梯口，一番交涉之后，把问题全部原封不动推了回来，赵书这次主动登门拜访没有得到一丝成效。

最后电梯上来了，临进去前，那人像是随口一提，说了句：“哦，对了，你们和总的女儿好像和我们老板是老同学，如果让她来，可能成效会更加显著一点。”

虽然他的语气很随意，但多年在商场养成的本能让赵书察觉到有些异样，这些人一般不会说废话，背后都有深意。回去之后，他汇报完事情，旁敲侧击地问了下和启，他果然一无所知。几番思索之后，赵书还是联系了和悦。

车里，赵书再次描述了一遍当时的场景，和悦神色凝重，正在脑中搜索着相关信息，然后听到他说："今晚九坊有个商业宴会，赵家那位负责人也会去，我这里有张邀请卡，你要不要去看一看？"

礼服，配饰，妆容，一一经过精心打理。

和悦看着镜子里那个人，淡金色长裙，细链星月吊坠，黑发在脑后绾成一个蓬松的发髻，面容精致。

傍晚时分，和悦从机场抵达家中，把行李放下之后便马不停蹄同和启见面，两人吃完饭，他让和悦回去好好休息，和悦答应了，随后便来到了这里换衣装扮。

经过一个多小时的折腾，造型师终于放开了手，赵书在门口等她，和悦弯腰上车，前往九坊。

夜幕已经降临，远处华丽的建筑灯火通明，隔着铁门和草坪，隐隐都能听到里头传来的音乐声。

和悦提着裙摆，对着门口白衬衫黑领结的侍者出示邀请卡，赵书陪着她一同进去。一路有专人指引，走上台阶，宴厅大门缓缓打开，眼前慢慢出现璀璨吊灯，衣香鬓影。拿着酒杯的男男女女，缓缓流淌的小提琴声，偶尔夹杂着低声细语。

和悦看到了那些落在她身上打量她的目光，又很快地移开，不外乎都是对漂亮女人的欣赏和留恋。

"和小姐，真是好久不见啊，你也来了。"一人端着酒上前，笑吟吟地冲两人打招呼，像是才看到旁边的人，眉头一挑，"哟，赵秘书也在呢。"

来人有些眼熟，和悦依稀记得在某个社交场合见过，当时对方热情地上来同和启攀谈，言语里都是奉承。此刻，和悦清晰地看到了他眼中的嘲弄。

无关紧要的人员，和悦不想浪费自己的时间，礼貌微笑一颔首，便要绕过他走开，谁知，对方脚步一挪，挡在了她跟前："怎么，和小姐心情不好，连话都不想说？"

"有点。"和悦闻声停住了动作，抬眸望向他，展颜一笑，"最近家里出了点事情，想来大家也应该都清楚。"

没料到和悦这么直接，那人愣了一下后大笑，心满意足时，笑意才稍敛："也是，最近和总应该是忙得焦头烂额，连和小姐都出来抛头露面了。"

"周总，我们还有点事，先不奉陪了。"

他的语调越发轻浮，赵书在旁边开口，护着和悦越过他往前走。被叫周总的人不甘心，还欲纠缠，伸手朝和悦抓了过来。

"周总，你这是在干什么呢？"一道声音插了进来，几人望过去，流光溢彩的水晶灯下站着一群人，无外乎都是西装革履器宇轩昂，而中间被簇拥着的那个男人出乎意料的年轻，面容白皙隽秀，眉眼绮丽，薄唇稍稍抿紧，在过于明亮的灯光中，有种令人头晕目眩的感觉。

和悦怔怔地盯着他，胸腔处各种情绪上涌，视线有片刻的模糊，又很快强迫自己冷静。她唇间无意识地轻动，最终还是归于平静，在心头默念出一个名字：秋清安。

还是那位周总打破了沉默，他一改方才的刻薄嘲讽，立即殷勤地凑上去打招呼："秋总，你好，我是正兴实业的周奇，这是我的名片，很高兴认识你。"他朝秋清安伸出手，躬身讨好，油腻的脸上露出过分灿烂的笑容。

等待了许久无人回应，气氛有些尴尬，他脸上的笑快要维持不住时，秋清安终于动了，目光从他的脸上一扫而过，最后定格在面前的那只手上，没两秒，轻飘飘地移开。秋清安径直越过他，往前走去。

身后人愣了愣，纷纷跟上前，走远的背影中，还能隐约听到说话声传来：“秋总，刚才那位是和一集团老总的女儿。”

压低的解释声随着他们远去，更轻不可闻的一句传来：“最近南海湾那个项目，不知道赵家意向如何？”

和悦僵硬过后，回过神，转头看到了一旁赵书铁青的脸，他拿出手机：“小姐，我先去打个电话。”

那位周总被落了面子，也不多待，在秋清安走后飞快甩袖离去。

人来人往的大厅，只剩下和悦站在那里，她低垂着头，耳边还回荡着方才的那几句话。

南海湾，赵家，秋总。

如果她没记错，最近令和启焦头烂额的那个项目就是南海湾项目。

赵书很快回来了，他的脸色比先前更为难看，入秋的天，额上甚至有细密的汗，整个人神情凝重，声音低沉。

“查清楚了，赵家前几年找回了一位私生子，就是姓秋。”他沉思着，出了神，到后来变成喃喃自语，“这几年赵家的事情基本都是他在负责，突然来肆城发展，还主动找我们合作，公司的这个项目是他故意设的局！”

赵书最后推测出结果，尾音提高，表情彻底垮了下来，无比吓人。

他握紧手机，咬咬牙，望着秋清安那个方向，就要过去找他理论。

和悦一把抓住了他，摇摇头，低声道：“我去。”

和悦制止了他，独身一人往那边走去，赵书挣扎几番停留在原地，突然反应过来有丝不对劲。他推论出来的结果，是因为当年见过这个少年，而和悦不曾有一丝疑惑。

老同学？赵书眼中露出了深思。

厅内一角，有几处供人休息的沙发，秋清安身边围着的人很多，商场就是这样，阿谀奉承，以利字为先。

和悦走过去后，周遭交谈声都停住，她定定地站在秋清安面前注视着他，周围人的目光在两人身上打转。探究、看好戏、八卦，甚至还有轻浮。

秋清安摇晃着手里的酒杯，眼神专注地盯着里头淡金色的酒液，像是根本没有看见她这么个人，神色淡漠。

和悦吸了口气，出声叫他："好久不见。"她顿了顿，"秋清安。"

面前的人终于有了反应，抬起头，黑沉沉的眸子定在她身上，像是笼罩下来一片寒意。安静几秒，他勾起嘴角，眼神嘲弄："好久不见，和悦。"

"你们认识啊？"

话音落地，立刻有人出声问，意味深长地打量着他们。

和悦没有回答，就这样盯着他。过了片刻，秋清安神色未变，只是摆了摆手："麻烦大家帮忙腾个地方，我跟和小姐有点事情要谈。"

无关紧要的人退去，这一方角落只剩下她和他。自今晚见到秋清安以来，和悦强撑着的勇气悉数泄掉，一瞬间像是失去了大半力气。

"你想做什么？"她身形不复先前的笔挺，望着他轻声问。

话一出，秋清安似听到了什么有趣的事，仰头凝视着她，嘴角轻轻勾起，挂着一抹若有似无的笑："我想做什么？"他齿间呢喃着这几个字，把玩着酒杯，须臾，侧目轻睨，"你说我想做什么，和悦？"

多年未见，秋清安骨子里的东西依旧未变，稍有不对，便立即竖起身上的硬刺，尖锐锋利，叫人难以招架。

和悦极力保持语气平稳："南海湾那个项目，你是不是故意的？"

"你在说什么，我听不懂。"秋清安带着几分玩味开口，只是那笑不达眼底。

"这么多年你还是没消气。我承认我伤害了你，真的对不起，但能不能……"她声音哽住，眼眶里晃动着水光，映着头顶的水晶灯，像是盛着璀璨碎星，"能不能放过我爸爸？"

秋清安看着她那双眼睛莫名烦躁，撇开视线，想起她刚才的言语，神色又变得不屑了起来："和小姐，商场上的事情怎么能说放过不放过，一切都是遵循着合同办事。"他说完，恍然大悟地点点头，似乎才反应过来，"南海湾那个项目我好像听底下的人说过两次，合作方是和一集团对吧，真不巧，其间出了点岔子，没能继续合作下去。”

和悦眼中光彩尽褪，看着他一个人自导自演，在她这样的目光注视下，秋清安脸上故作的轻松不在，渐渐变得阴沉。

两人无声对视着，时间仿佛凝固。

秋清安坐在沙发上，和悦站在他面前，从这个角度，像是她高高在上地俯视着他。他心中躁意更甚，一伸手，把和悦拉到了身旁，重力之下，她失去平衡，跌倒在沙发一侧，秋清安俯身压了过去。

他的手指轻抚过她的侧脸，冰凉的指腹在肌肤上流连，最后往下，捏住了她的下巴：“和悦。”秋清安面容逼近，堪堪停在她的唇角，炙热的呼吸烫得她脑中缺氧,下一秒，温度尽失，“你求我，我就帮你。”

和悦僵住，不知过去了多久，下巴上传来的痛楚让她回神，她正对上秋清安近在咫尺且阴晦的双眼。她抿了抿干涩的唇，喉咙艰难发声：“求你。”第二句就变得流畅很多，和悦甚至还对他挤出了一个笑容，“秋清安，求你帮帮我。”

像是见到了什么不堪入目的画面，秋清安立刻甩开了手，从西服口袋抽出一条手帕，把刚才碰过她的手指一根根擦拭干净。

“帮你可以。”他垂着眼，一字一句，“你要答应我的任何要求。”

秋清安朝她微倾过身子，眸光专注，缓慢出声：“没有拒绝的权利。”

他等待着和悦的答复，然而和悦不假思索地点头：“好，我答应你。”

秋清安怔了下，若有所思。

想象中的那种满足感并未出现，反而心情更加糟糕了。他当即站起身，一只手插在西裤口袋里，一只手从后边招来一位助理模样的男人：“赵申，陪和小姐回趟家，把她东西搬到景山别苑，让钱姨把客房收拾出来。”他吩咐完，侧眸看了一眼，不知是对谁说，“我希望在我今晚回去前，这些都能够处理好。”

“好的，先生。”名为赵申的那个男人恭敬应道。

和悦已经从最初的惊讶慢慢平静下来，她面露迟疑，挣扎几番过后，还是忍不住说：“我今天刚回国，能不能让我晚上和家人见一面再过去？”

“怎么？”秋清安转身，望着她冷笑，眼里藏着淡淡讥讽，“才第一件事情就不满了吗？原来你刚才答应得这么干脆只是嘴上说说而已，真是和以前一样呢。”

和悦心中一痛，没有再争辩，只看向一直静静站在原处的赵申，拿起落在沙发上的手包，朝他淡声道：“走吧。”

两人身影消失在门口，许久，伫立在那里的秋清安终于有了反应，他刚动，就有时时刻刻关注着动向的人围了过来。

秋清安本来面无表情的脸上顷刻间挂上漫不经心的笑，藏着几分疏离，距离感拿捏得刚刚好。他举起酒杯，和人轻轻一碰，随即仰头一饮而尽。

路上，和悦在电话里简单地和赵书解释了一下来龙去脉，几句话概括了当年的事情和如今的情况，一段时间的沉默过后，和悦嘱咐几句便挂了电话。

她下午从机场回来，行李刚放到家还没打开过，此时搬动也方便，直接拎起箱子就可以走了。

赵申帮她把行李箱放到后备厢，又为她打开车门，说：“请。”

言简意赅，两人全程没有其他交流。

景山别苑是最近几年开发出来的高档别墅区，那边离市中心甚远，依山傍水，远离喧嚣，整个别墅区里头栽种着各类名贵花草，走在路上，还能随意看到兔子、小鹿等动物，被圈养得格外亲人，有时候还会主动上来蹭你的脚。

湖水旁边，诸多叫不出名字的动物穿梭在茂盛林木间。

赵申开车在一栋别墅前停下，灰白相间的外观，三层结构，他提着和悦的行李箱径直在门口面板上输入密码。

门把被轻轻一拧，推开，里头景象映入眼中，和悦轻轻地拧起眉。

除了空旷和冰冷两个词，她想不出其他词形容，根本都不像是有人住的样子。

她没有多问，只是跟在赵申后面，看着他把自己的行李放到一间房内，然后恭声道："和小姐，您先休息，有什么需要再给我打电话。"

他走后，整个别墅安静得不像话。

和悦环顾着面前的房间，干净整齐，家具都是灰白两色，亚麻窗帘轻轻飘动，床上铺着浅灰的四件套，客房的标准搭配。

她叹了口气，关上门，身体往后轻轻一靠，背倚着门板慢慢往下滑落。和悦蹲在地上，脸埋在双臂之间，久久未动。

和悦把行李都收拾好，坐在椅子上等了秋清安许久。

长途飞行，从落地到现在都未曾松懈片刻，和悦抱着膝盖，打着瞌睡，迷迷糊糊，不知过了多久，她猛地惊醒。和悦睁开眼，惶惶打量四周，陌生空寂的房间，意识清醒，背后出了薄薄一层冷汗。

她揉眉心，看了眼腕表，才过去一个小时。

从衣柜拿出前不久才放进去的睡衣，浴室很大，一应俱全，连沐浴露、洗面奶都整齐码在架子上，和悦找了条干净毛巾，简单冲了个澡。

她原本以为这样会把睡意消掉，结果坐到床上时却越发困倦，和悦掀开被子躺了进去，几乎是一闭眼就睡着了。

秋清安想过无数种两人待会儿见面的场景，唯独没想过，一推开门，看到她熟睡的侧颜。这幅画面，他有好几年没有见过了。

曾经在那个高考完的夏天，他在一旁静静看着她的睡颜，可以不知疲倦地盯上许久，只觉得即使她这样安静地睡在自己旁边，也无比满足。想起以往种种，他皱起眉，眼中戾气四散。

和悦是被压醒的，在梦里像是有一座山压下来，让她胸口喘不过气，连呼吸都不畅，细碎的疼痛伴随着热气，仿佛岩浆在石头上冒着泡泡。她徒劳挣扎，始终无果。

秋清安的动作带着发泄的意味，呼吸中满是酒精的味道，和悦望着天花板的目光渐渐迷茫涣散，整个人被带入了那场仲夏幻梦中。

正中大床上，和悦蜷缩着身子背对着秋清安，房间安静得怪异。过了会儿，她缓过些神，伸出手把掉在地上的被子扯起来，艰难地盖住自己，指尖还泛着淡淡粉色，一如她露在外面的肌肤。

秋清安注视着她的动作，嗤笑了声："做都做了，还怕我看？"

许久，和悦仍旧没睁开眼，只是轻轻回了句："我冷。"

身后没了动静，片刻后又传来窸窣响动，秋清安钻进和悦的被子里，从后头把和悦抱住，宽大手掌包裹住了她的两只手。

他没说话，下巴抵在和悦头顶，这样的姿势像是在给她取暖。

和悦眼睛再次泛酸，有许多话堵在心头，却抵不过席卷而来的疲惫，她闭着眼，很快睡去。

一觉醒来，床边空荡荡，整个房子依旧如同昨日般安静。

和悦抓起手机，上面有几个赵书的未接来电，她给他回过去，和他说一切安好，顺便问了下和启。和悦之前同和启说去一个朋友家住几天，权宜之计，大概也瞒不了多久。

挂完电话，和悦咬咬唇，给昨天新存到手机里的那个号码发送了一条短信："你现在有空吗？"消息一发出去，如同石沉大海。和悦等待着那头回复，干脆起床在房子里转了一圈。

整栋别墅很空，一楼是客厅和厨房，有一间卧室，二三楼都有房间，顶层是个大阳台，上头还有个露天的游泳池，蓝色水面在阳光下荡漾着波纹。

三楼无人居住，她隔壁的房间门锁着，应该就是秋清安的卧室，走廊尽头是一间书房，里头书架塞得满满当当。

和悦到厨房给自己简单做了个早餐，冰箱里食材很多，像是有人专门打理，她吃完，手机仍旧无人回复。

和悦垂眸看了几秒，正准备上楼换衣服的时候，秋清安的消息来了："在公司。"

她盯着半天，想了想，给他回复："那我能过去找你吗？"

对方回复："嗯。"

和悦松开手指，抬头轻轻地吐了口气，起身上楼。

肆城十月，不冷不热，和悦穿了件衬衫领的雪纺裙，她提起包出去。刚到门口，想要伸手拉开时，门被从外面推开，两人皆是一愣，和悦看着那位面容和善的中年妇女，接着听到她热情道："是和小姐吧，我是这里的家政阿姨，姓钱。"

"你好。"和悦礼貌颔首。

钱姨看了一眼，出声问："你这是要出门？"

"有点事。"和悦浅笑。

钱姨大力点点头："好的好的，那我先收拾。"

她走进来，和悦才看到她手里提了两个大袋子，估计冰箱里的东西都是由她补给。和悦侧身出去，又想起什么，朝她道谢："昨夜我睡得很好，谢谢钱阿姨。"后者露出受宠若惊的笑意。

这片别墅区很大，和悦走出去很远才打到车，临近中午，终于抵达秋清安公司楼下。赵氏集团大手笔，直接买下肆城中心区整栋楼，玻璃墙体挂着公司的牌子，在阳光下散发着刺目光芒。

从自动感应门进去，大厅里正对着门的便是前台，四周光亮照人，连地板都亮得像是艺术品，妆容得体的前台小姐站起来朝她微笑："你好。"

"你好，我找秋清安。"

“秋总？”前台小姐愣了下，立刻反应过来，对和悦礼貌点头，“好的，请问您贵姓，这边登记一下。”前台小姐推过来一张表格，上头印着姓名电话以及来访事由等一系列的项目。和悦猜到秋清安估计没有对旁人嘱咐过。

和悦一项项规整填好，还回去时那个前台小姐认真看了看，然后指引她在一旁沙发上坐下，还倒了杯水过来。

和悦没动，看着她用座机拨通了电话，接着说了几句，再次朝自己走来，笑容里多了几分热情和恭敬：“和小姐您好，这边请。”

前台小姐伸手指引着和悦上了电梯，并且刷卡按了楼层，然后出了电梯，目送和悦离开。到达后，门外早有人在等候，这一层似乎过于安静冷清，只看到一间大会议室和会客室，身前的女人带着和悦走到了最里那间办公室门前，抬手敲了敲：“秋总。”

“进来。”里头传出一道熟悉的声音。

女人微微弯下脖颈推开门，示意和悦进去。

接着，门在后头被关上，秋清安坐在正中那张办公桌后头，抬起脸，望向她。他的办公室装修很简洁，一张灰色沙发，茶几，角落立着两排书柜，右手旁是一整面落地窗，大大小小建筑尽收眼底，使得室内光线过于明亮。

和悦还未开口，便见秋清安浅浅一颔首，朝她示意：“坐。”

他桌前有张椅子，和悦拉开，刚坐下，面前就被推来一份文件——是一份南海湾的拨款合同。和悦听到他说：“你看一下，还有没有其他问题。”

纸上的条条框框众多，和悦翻开查看，一知半解，她小心翼翼抬眸询问：“我可以拍下来发给别人吗？”

“可以。”秋清安面无表情地点头，视线往下垂落，就看到了她的五根如葱般白皙的手指，骨节匀称，十分好看，只是指间空荡荡，毫无痕迹。

他脸色一沉：“你的戒指呢？”

和悦动作顿了一下，顺着他的目光看向自己的手指，手不自觉收一下，低声道：“放在家里了。”

她同样看到了对面的人，交叠着的修长手指上戴着的那枚简朴圆环，经历了时光的打磨，表面不复当初鲜亮。

秋清安脸色阴沉，眉间有着隐隐怒气，蓦地，伸手一把拿走她面前的合同，冷冷开口："先不要签了。"

和悦惊慌失措地望着他，嘴唇微张，僵直地坐在那里，微垂着头，手放在膝头渐渐攥紧，雪纺裙布料被抓皱，拧成一团。

秋清安的情绪终于到了临界点，猛地拉开椅子起身出去。

秋清安走到视野开阔的一扇落地窗前，从兜里摸出了一盒烟，开始缓和下来，他盯着外头的景色，大脑渐渐冷静。瞳孔映着底下的车水马龙，玻璃微微反光，倒映出他面无表情的脸，他眼前浮现的却是当年那一幕。

和悦走后，过了很长一段时间，秋清安才确认她真的不会再回来。

空空的房子不会再有人突然过来敲门，不会有人时刻给他发消息，厨房、地板、床上，哪里都失去了一道人影。

秋清安无数次在窗前从黑夜坐到天明，凝望着漆黑的天空透出第一缕曙光，一点点变得澄澈明亮。

清晨的风清新微凉，木地板带着他的体温，发间仿佛能感觉到露水的湿润。在不知等待了第几日的早上，秋清安盯着指间的戒指，伸手把它摘了下来，用力掷到了楼下。几乎在扔出去的那一刻他就后悔了，仿佛有什么东西彻底消失，再也回不来。

那种巨大的恐慌淹没了秋清安，他呼吸不畅，立即起身狂奔下楼，在满街杂乱中一处处查看。手指翻过盆栽、垃圾、马路缝隙，最后终于在一个下水道口看到了那枚熟悉的戒指，只差短短的一厘米，它就要掉落下去。

秋清安细细地擦去上头的灰尘，重新把它戴到手上的那一刻，胸口的空缺终于被掩上。他站在路中央，风一吹，满身冷汗。

他站在那里伫立许久，想起还在办公室里的和悦，正准备转身回去时，听到了身后的脚步声。

“我看你一直没回来，就想出来看看。”和悦解释，秋清安看了她一眼，不置可否。

他在原地不动，低眸睨着她。和悦手指动了动，最终还是抬起头说：“对不起，我以为我们分手了，你也不会再希望看到我戴着那枚戒指。”

“分手？”秋清安轻笑了下，几缕发丝掩盖住眉眼，点头，视线望过来，“也对，我们是分手了。”

他直起身离开，声音淡淡传来：“你先回去吧，我还有事。”

和悦慌忙地抓住秋清安，手指攥紧他的衣袖：“那合同的事……”

他脚步停住，回头瞥她，语气浅淡随意，却又重如千钧：“什么时候那枚戒指再出现在你手上，就什么时候签字。”

和悦立刻联系赵媛，那枚戒指被和悦收在梳妆台的一个盒子里，寄过来也要一周左右的时间。处理好这件事后，她把目前的情况都告诉了赵书，虽然很急迫，但也只能等待，电话里彼此沉默，最后传来一声叹息。

这晚秋清安没有回来，或者是和悦没有发现他回来。早上醒来一切如常，还是那个安静空荡的房子，就在这漫长的等待中，和悦接到了和启的电话。她赶回家里，赵书也在一旁，看他的神色就知道事情应该败露了，和启阴沉着脸，端坐在沙发上。

“爸。”和悦小心叫了声，在他对面坐下。

“你这两天去哪儿了？”他沉声问，和悦看了眼赵书，只听桌子被重重一拍，“我问你，你看赵书做什么！”

“爸，对不起。”和悦心头酸涩，低头咬紧唇，道歉的话脱口而出。

事情走到这一步，都是她当年一时的鬼迷心窍，而造成如今的局面。

不管是对秋清安，还是对自己的父亲，她都感到愧疚。

“你道什么歉！”和启训斥，忍不住起身，朝赵书示意，“联系一下那个秋总，我亲自找他谈。”

“爸——”和悦大惊失色，立即仰头叫道。

和启摆摆手，一副不欲多说的模样。

赵书速度很快，而秋清安那边也出乎意料地顺利，不多时，和启和赵书一同出门，外面响起了汽车发动声。

和悦坐在沙发上，抱住膝盖，面露茫然。她一个人在客厅从白天待到天色微暗，脑子乱糟糟的，过往和现在发生的所有事情都如同走马灯一样掠过，又好似什么都没有，一片空白。直到紧握在掌中的手机发出一道细微的振动声，她迟钝回神，缓缓抬起手，看到了屏幕上那一行简短的消息。

“回来。”是秋清安发的。

说不清什么滋味，眼睛却是一瞬间湿润，鼻腔内发酸，一颗心都像是找到了归落处。和悦忍着泪，低眸敲了一个“嗯”字，飞快起身，落地的那刻才发现双腿麻了。她刚走出那扇雕花铁门，就看到了前方开着车过来的赵书，他将车稳稳停在和悦面前，推开车门：“小姐，我送你过去。”

和悦愣怔，好一会儿才反应过来，上去系好安全带之后，试探地问：“我爸呢？”

“和总先回公司了。”

“他们事情谈得怎么样？”

“我没在场。”赵书神色如常地回答，又转头看她，“不过和总去公司了，临走前，他让我过来接你。”

“哦。”和悦轻轻应着，若有所思。

车子在景山别苑停下，看着和悦消失在大门内，赵书才驱车离开。

和一集团依旧是灯火通明，赵书径直上了顶楼，推开门，和启似是在发呆，盯着面前桌上的照片。赵书视线移过去，看到了上头笑容灿烂的小女孩，正被和启抱在怀里，在亲他的脸。

“和总？”赵书惊疑不定地抬头，出声叫他。

“照片是秋清安给的。”和启面无表情坐在那里，脑中依旧是先前发生的画面。

他们的见面地点在一处私人会所，和启把早已准备好的资料推到他面前。一份医院的检查报告，一份视频存档，秋清安垂眸，刚看清“肺癌晚期”四个字，耳边就响起了和启的声音：“你妈妈当年是自杀。这份报告是后来在离事发地不远的垃圾桶里捡到的，完整视频里放大可以看到她当时手里捏着什么东西，被丢掉之后，下定决心冲出了马路。”

“所以……”视线落在那份报告上许久，秋清安才抬起头，眼角微红，死死盯着他，“你刚好路过，就是那个契机。”

和启沉默了会儿，点头：“可以这么说。”

“好。”秋清安颔首，短短时间内，已经调整好自己的情绪，“你今天找我就是想说这个？”

“还有南海湾和悦悦的事。”和启沉声说，面色不豫地看他，“如果你是为了报复，我想我当年已经做得仁至义尽了，你不应该拿这么大的项目来发泄自己的私人感情，集团上下几百名员工都靠着这份工作来养家糊口——”

“南海湾的事情我可以拨款。”秋清安打断他，“项目会顺利进行下去。不过，她得归我。”

“我不会允许你伤害她。”和启隐忍着怒气回道。

“错了，伤害她的不是我，是你。”秋清安拿出一沓照片，推到他面前，压低声音，“如果阿悦看到这些照片，你说她会有多难过。”

和启面色一变，视线定格在那些照片上面，每一张都可以看到镜头里小女孩雪白可爱的脸，偶尔还有一位女人伴在身侧，一家三口其乐融融。

“这件事情我会亲自和她解释。”和启抬起头，咬牙道。

秋清安扬了扬下巴：“那和一集团上下这么多人，你拿什么解释呢？”

空气仿佛凝固，和启僵直地坐在那里，攥紧拳头，半晌不语。

秋清安身体往后一靠，拿起搁在旁边的手机低头发信息，话音随之传来：“对了，家里阿姨做了她喜欢吃的芙蓉蒸虾，我一会儿叫阿悦回来吃饭。”说完，他抬头一瞥，“和总这么忙，待会儿应该要赶去公司吧，我就不多留了。”

和悦推开门时，客厅里一片漆黑，正中沙发那里，坐着一道黑沉沉的影子。她脚步停下，试探着叫了声：“秋清安？”

“嗯。”许久，那边传来简短地回应，是熟悉的声音。

“你怎么了？”和悦略略放下点心，走近。

她话音刚落，就被人揽着腰抱过去，秋清安整张脸埋在她的颈窝，手紧紧圈住她的身体。和悦跌坐在他的腿上，回过神后，伸手小心地摸了摸他的头，安慰道：“没事了。”

不知道这句话又怎么突然惹到了秋清安，他当即松开了手，把和悦一把抱起。上了二楼，他撞开和悦房间隔壁的房门，大概是他的卧室。

远处灯光从半开的窗户透进来，微薄的昏黄映亮些许黑暗，和悦被他放到床上，湿热的呼吸压了下来。不知过了多久，床头灯被打开。

两人依旧紧紧靠在一起，秋清安的下巴贴在她的脸侧，她闭着眼。

“我饿了。”须臾，秋清安拍了拍她的后脑勺，嗓音沙哑道。

“嗯？”和悦无意识地回应。

“去给我做饭。”耳边声音再次传来，还藏着故作的恶意，“我要吃芙蓉蒸虾。”

和悦到厨房去给他做饭。冰箱里的食材一应俱全，虾看起来都很新鲜，她今晚也没吃东西，思忖了下，又从旁边拿出火腿和豆腐，还有把小青菜。

刚插上电，秋清安就过来了，从她手里把碗拿过去，熟练地搅拌着里头的蛋液，虾洗干净，处理虾线，去皮切半，然后放调料腌渍。和悦看着他一项项完成步骤，低头默默切着火腿。最后那盘芙蓉蒸虾是秋清安做好的，和悦把配菜弄得差不多后，被他请出了厨房，不一会儿，两菜一汤就端了上来。

青椒火腿、豆腐青菜汤，还有最后一道芙蓉蒸虾。

安静的夜里，两人对着餐桌吃这顿迟到的晚餐。

“你什么时候会做饭的？”和悦忍耐许久，还是忍不住问。

果不其然，方才还稍显温馨的气氛顿时荡然无存。

秋清安对她笑了下，脸上略带嘲讽：“你不在的这五年。”

和悦没有再说话，安静吃着东西，秋清安有些恼，又把气压下去，慢悠悠地问：“好吃吗？”

“好吃。”和悦点点头，诚实地回答。

“那你要怎么回报我？”他黑亮的眸子斜睨着她。

“你想要什么报答？”咽下嘴里的那口饭，和悦迟疑地问。

秋清安似乎认真思考了下，眼里带了玩味：“待会儿一起洗澡？”

和悦沉默，没拒绝也没答应，秋清安继续吃着饭，也没有追问。

只是在临睡前准备洗澡时，他倚在浴室门口盯着和悦，和悦慢吞吞地翻着睡衣，走到他跟前。两人对视了几秒，秋清安一手揽过她，推进了浴室，自己在她身后进去，反手关上门。

洗完澡出来，和悦彻底累得没有一丝力气，被秋清安抱到床上，刚挨着枕头就迷迷糊糊睡去，失去意识前最后一个念头是懊恼，她应该趁着他现在看起来心情不错，问一下今天他跟和启聊了什么。

只可惜，未等她醒过神来，整个人已经彻底堕入黑暗。不知道睡了多久，和悦猛地从梦中惊醒，一摸旁边，却是空荡荡的，床单上似乎还残留着一点余温。她打量着四周，有凉风从未关拢的阳台门吹了进来，安静的夜色下，那里坐着一道人影，白色烟雾萦绕在空中，面容被夜色笼罩，看不太真切。

和悦抱着被子坐起，注视了他一会儿，下床，脚步很轻地走到他跟前，低声问：“你是不是心情不好？”

“和你有什么关系？”他轻声反问。

和悦低着头，鼻头发酸。

“没关系，是我多管闲事了。”她转身，眼睛潮湿得快要看不清路，本能地抬起手擦了擦，还未迈步进卧室，手腕就被人拉住。

和悦跌坐在秋清安的身上，他紧紧揽着她，头压在她的脖颈间。

“我妈妈是自杀。”压抑的嗓音从底下传出来。阳台风一吹，和悦冷得打了个哆嗦。

“肺癌晚期，不想拖累我。”秋清安抬起脸，盯着她，眸子在黑夜中亮得像是某种攫取了猎物的野兽，“你现在是不是松了一口气，觉得不用再对我愧疚了？”

和悦嘴唇动了动，还未开口，就见秋清安笑了笑，伸手捏住她的下巴，凑近，气息喷在她脸上：“你做梦，这辈子都别想逃开我。”

黑夜是背景，清冷皎洁的月亮挂在天边，两人亲密无间地拥吻，缠绵许久，和悦推开了他，脸却依偎在他的肩头，发烫的嘴唇贴在他颈侧的肌肤。

秋清安慢慢冷静，拥着她，视线没有焦点般落在远处，黑眸中映着点点灯光，像是增添了几分暖意。

和悦摸了摸他的头发，突如其来地说：“她是爱你的。”

秋清安却瞬间懂了。手臂无声收紧，牢牢把她拢在怀里，他闭上眼，吸着她身上淡淡的幽香，鼓噪的神经舒缓下来，方才横冲直撞的乖戾和痛苦荡然无存。

和悦早上醒来时，感觉嗓子有些痒。两人半夜在阳台吹风，和悦后来打了个喷嚏，被秋清安抱上了床。

被窝都有些凉了，手脚也是凉的，暖了好一会儿才恢复过来，接着就一觉睡到了天明。

秋清安每天工作似乎很多，和悦永远不知道他什么时候起床的，晚上也是天黑才回来。如此忙忙碌碌的他，和悦似乎有些陌生。回想着这几次见面，只有两人在家独处时才能窥见几分往日的影子，他真的蜕变了很多。

但依然是她喜欢的那个少年。

中午，和启约她一起吃饭。

他特意订了一家餐厅，收到地址时，和悦还有些疑惑。

明明昨天还是怒气冲冲的样子，结果晚上却好像默认了她和秋清安在一起的事，而今天还安排了这么正式的见面。

和悦心中有些惴惴不安，推开餐厅门时，抓紧了手里的包。

“悦悦。”和启很严肃地开口，“今天爸爸要和你坦白一件事情。”

和悦没回应，坐在那里，静静等待他接下来的话。

“其实……”他顿了顿，还是鼓起勇气望着她，“你还有个妹妹，刚满五岁，一直没找到合适的机会告诉你，所以……”

和悦茫然张了张嘴，睁大眼发呆，说不清什么滋味，面前出现的却是无数次和启抱着自己，笑着说，她是他最疼爱的女儿，是他唯一的孩子。

“哦，那挺好的。”许久，和悦终于回过神来，对他笑了笑，“只是你不该瞒我这么久。”这句话一出，终究还是让她垮了下来。

和悦迅速低头，试图忍住眼睛里的酸意。

曾经她拥有的爱，另一个小女孩也会拥有。

他说过的那些话，带她做的事，或许也会对那个小女孩重复一遍。即便这样，她也不能有一丝的不满和不开心，因为那是她的妹妹。她的父亲，总有一天会组建新的家庭。

和悦注视着对面的人，和启愧疚而担忧地看着她，那张脸依旧同以前一样，亲切熟悉，让人依恋。可她知道一切都和以前不一样了，她最爱的父亲也是别人的了。

“她现在和她妈妈住在一起，当年有了她在我意料之外，所以也不知道怎么和你开口。”和启解释，又立即补充，“不过你放心，我不会再婚的。悦悦，你永远是我最爱的女儿。”

“我妈知道这件事吗？”沉默了会儿，和悦问。

和启稍等了一下，点头：“知道。”

“哦。”和悦低头喝了口水，原本想说“那有机会大家一起见个面”，可这句话怎么也说不出口。

“你和他怎么样？”安静片刻，和启迟疑地问。

和悦知道“他”指的是谁，放下杯子点点头，她对和启笑笑：“挺好的，我们高中毕业就在一起了，当时也不敢和你说，所以瞒着你，对不起啊，爸爸。”

和启摆摆手，似乎终于放下了一件大事：“没事没事，你好就行，如果他欺负你……”停了下，他还是抬头望着她，口吻坚定，“就和爸爸说，我接你回家。”

和悦用手揉着面团，系着围裙，一缕头发从耳畔散乱，似毫无察觉，未曾分神去打理，只专注着手中的动作，脑子里还是被乱七八糟的事情占据着。

照片里漂亮可爱的小女孩，赵媛视频里说的话，还有中午时同和启见面的事情。

想着想着，手里不自觉用力，强迫着把这些东西驱赶出脑海。她的注意力开始专注，连门口传来细微响动都没听见，直到被人从后头拥住。

秋清安的下巴抵在她肩头，呼吸湿热：“在做什么？”

“饺子。”和悦侧过脸看了他一眼，回答，“还有鸡翅和排骨。”

“做这么多吃得完吗？”

“吃不完可以冻起来，明天再吃。”和悦扭头继续做手上的事情。

秋清安偏头想了想，按住了她的手：“心情不好啊？”

和悦动作停住，须臾，低声道：“我爸爸还有个女儿，五岁了。我看过她的照片，挺可爱的，和我小时候也差不多。”和悦说着，安静下去，低垂着头沉默。

秋清安抱紧她，俯身靠近，亲昵地蹭了蹭她的脸颊，柔声安抚：“没关系，阿悦，你还有我。”

也只有我了。

这顿饭最后是两个人一起完成的。

秋清安今天出乎意料地好说话，他们在厨房做着菜，他炒鸡翅，和悦在旁边帮他递着配料，她炒排骨时他在一旁故意添乱，偶尔闹两下，和悦心情好了不少。

大概也顾及着她的心情，秋清安格外的体贴，动作间尽是温存，结束后，两人静静相拥在一起，小声说着话。

夜色渐渐加深，和悦不知不觉睡去，话音一点点消失。秋清安看着怀里熟睡的人，勾起嘴角，在她唇边印下一个吻。

没两天，和悦的戒指寄到了，她擦拭干净，慢慢套到手指上时，刚好推到根部。不大不小，一如当初。她拍了个照片发给秋清安，没一会儿，他让她去他的公司一趟。

这次不用在前台登记了，和悦直接被带到了他的办公室。秋清安握着她的手端详，指腹在上头摩挲片刻，举起她的手放到唇边，吻落在了无名指上。

秋清安夸赞："真乖。"

面前再次被推来两份合同，一份和上次一样，南海湾拨款合同，另一份是协议——关于和悦女士和秋清安先生关系的协议。上面白纸黑字，明确规定了两人在一起的义务，除非秋清安这边主动中止，不然和悦没有离开的权利。

违约金是她承受不起的数字。

和悦坐在那里，一瞬间像是从天堂掉到了地狱。

"一定要签吗？"和悦的身体有些僵硬，连同着发声都艰难，从看完那份协议到现在就没有挪动过，仿佛被定在了原地。

"要。"秋清安神情毫无变化地点头，嘴角挂着淡淡的笑意，就像他这两天柔声哄她时的模样，"阿悦，你总得向我保证，你不会又一言不合就跑去国外，再也不回来吧。"

“好。”和悦点点头，吸了下鼻子，拿起旁边的笔，“我签。”

纸上的那一处空白很快留下她的名字，秋清安拿起，满意地看过之后，想去牵她的手：“阿悦，待会儿中午一起吃饭。”

和悦条件反射，一把躲开，拒绝道：“不用了。”又缓和了口气解释，“我待会儿想去看看我爸爸。”

和悦说完，征求意见似的看着他，轻声恳求：“可以吗？”

秋清安打量着她，良久，才点了下头，神色看不出喜怒：“可以。”

她没有去找和启，也没有联系任何人。

人来人往的大街上，和悦茫然坐在喷泉边沿，仰头望着头顶的天空。

和悦感觉有一张无形的网罩了下来，把她牢牢束缚住，无法动弹，彻底失去自由。未经甲方允许，不许出境——光是这条，就足以让和悦绝望。

她是请假回来的，原本说好一周后回去上课，手机里还有那边的同学发的消息，如果回不去就只能暂时休学，可是，和悦觉得自己再也走不了了。

晚上秋清安回来，照例进了和悦的房间，和悦背对着他躺在床上，没开灯。他从身后拥住她，微凉的唇吻了吻她的脖颈：“阿悦，项目已经重新启动了，你爸爸的公司也已正常运营。”

“我知道了。”和悦闭着眼，轻声回，“谢谢你。”

“你晚饭吃了什么？我本来想约你，但太忙了。”

“随便吃了点。”和悦语气很淡，兴致不高的模样。

黑暗中，她又听到秋清安问：“今天做了什么，一个人会不会无聊？”

“随便走了走。”她答完在秋清安开口前，接着说，“我有点困了，想睡觉。”

安静几秒后，她的耳旁传来低低的一句：“晚安。”

第二天，和悦被楼下嘈杂的响动弄醒了，她起身拉开阳台窗帘，看见了底下来来往往的搬运工人，他们手里都捧着大小不一的盆栽。

和悦披了外套下去，钱姨在客厅里指挥，往日空荡荡的角落堆满了花草，大片的茉莉摆在其中，翠绿中点缀着白色小花苞，满室清香。

“钱姨，这是干什么？”她迟疑问。

钱姨发现她下来了，立即回身热情道：“是秋先生一大早吩咐人送了花过来，说是您喜欢呢！”

和悦打量着四周。秋清安以前的房子里曾经买过几盆茉莉，她每次过去总是会悉心地给它们浇水，凑过去嗅着清新的花香。

秋清安待在一旁做着自己的事情，见状抬眸看过来，神色温和，眼中带着淡淡笑意。记忆被萦绕在空气中的香味再次带回到了那个时候，和悦没有说话，只站了一会儿，再次转身回房。

下午，那些花都被打理好了，整整齐齐地堆在窗台和屋外花园里，和悦刚走过去，钱姨就递了个水壶过来，说今天的花还没有浇。

和悦垂眸看了几秒，没说什么，只是接过水壶。

钱姨悄悄松了口气，把她此刻浇花的模样拍了段小视频发给了这个房子的主人。送过来的不仅仅是盆栽，还有很多花苗和种子，等待着人把它们种植下去。外头有位园丁装扮的人，四十多岁，在用铁锹翻着泥土，和悦好奇地走过去，看到他把一株花苗种在了土里。

“这是什么花？”和悦好奇地问。

他没抬头，随口答：“扶桑。”

和悦蹲在那里看了半天，别墅前是一个小花园，空地很多，此刻杂草都被去除干净，只剩下带了点湿润的褐色土地。

那人有条不紊地把枝条绿杆栽种下去，每次他插下一棵，和悦都要好奇地问一下花名，有夜来香、栀子花、绣球、月季、木槿等，很多是她没有见过的种类。

对方问了句：“你要不要试试？”

“好啊。”和悦欣喜点头，从他手里接过工具，在他的指导下把剩下的花苗和种子都慢慢埋进土里。

不知不觉，日头西斜，和悦的裤脚沾了点泥土，她半跪在地上，种着一株颇高的树苗，两只手都在按压着土面，松散的长发掉下来几缕。

她穿着一条宽松的米色长款背带裤，裤脚很大，上衣是泡泡袖的款式，布料蓬松，此刻都被卷到了肩膀上，像是中世纪的贵族小姐，心血来潮打理着花园。

夕阳余晖穿过树苗幼小的芽，绿叶染上光晕，她的发丝在阳光下也变成了灿烂的棕色。整个人好像沐浴着光辉，散发着一种叫人无法忽视，为之沉迷的气质。眼前的画面都罩上一层淡淡的金色，红褐色的泥土，绿色的树叶，灰黑色的围墙，正中间美好得如天使的人。

秋清安停驻在门边，看了许久，才走过去，在她的身旁蹲下：“这是什么树？”

和悦未曾察觉他的到来，听到说话声，手上的动作立刻停住，侧头看了他一眼。

“桂花树。”她低声说。

“什么时候会开花？”

“明年吧。”和悦答完，把最后的土拍实，站起来，走到池边去洗手。

弯腰的时候袖子从胳膊上滑了下去，秋清安在一旁低头帮她拎起，他俯身站在身后，靠得很近，和悦快速地把手冲洗干净，对他说：“好了。”

秋清安从西服口袋抽出一张手帕，把她湿淋淋的手握了过来，用帕子一点点擦拭干净。

“我们今天去外面吃饭好吗？”他嗓音低沉，裹着一股浅浅的温柔，“我订了餐厅。”

“都可以。”和悦回答，秋清安推着她的肩膀转了个身，往屋内走去，

“那我们换个衣服就出门。”

晚上气温比较低，和悦穿了件过膝的吊带裙，外面是镂空的针织开衫，出去时秋清安看着她，微微皱眉，却也没说什么，只是拥着她上车。和悦跟秋清安并肩坐在后座，都没有开口说话，秋清安拉着她的手放在腿上，和悦望着窗外快速后退的风景。

时间一点一点流逝，秋清安分开五指穿插进她的指间，亲密相扣，缓缓摩挲。

秋清安低垂着眼把玩她的手指，两只手紧紧缠在一起，传递着彼此的温度，可近在咫尺的人却好似远在天边。

这家位于市中心最高大厦的顶楼餐厅，今晚被人全部包下来了。

彼时他们一下车，和悦被秋清安拥进去，两边就有服务生恭敬相迎。

刚落座，城市里大大小小的建筑尽收眼底，天边橙红色的一线，最后的一抹夕阳还挂在天边，秋清安手捧着一束红色的玫瑰送到她怀里。

这是和悦第一次收到他送的花。

放到以前，她大概会十分欣喜，妥善珍惜，可现在，她垂眸看着手里那束鲜艳的玫瑰几秒后，还是把它放到了桌旁。她颔首，轻声说：“谢谢。”

秋清安抿了下唇，没说什么，只是替她展开面前的白色餐巾。

优雅动听的小提琴声响起，侍者托着盘子把前菜端上来，弯腰替他们开了瓶红酒。酒有些年代，喝到嘴里味道浓厚，余韵绵长，和悦酒量一向不好，浅浅抿了口便不再去碰。

刀叉偶尔碰撞到瓷面，发出清脆的声响，牛排鲜嫩可口，和悦专注地吃着，秋清安偶尔说话时，便回应他两声，整个氛围很安静。

这顿饭吃完，整个城市已经彻底陷入黑暗，外头开始亮起灯光，一盏一盏，像是人间的星星。偌大的餐厅，只有他们这一处开着橘色的小吊灯，像是密闭的空间，连先前的侍者都不见了人影。

不知何时，秋清安手旁多了一个盒子，他推过来，轻声说：“阿悦，送你。”

很普通的浅色纸盒，和悦未多想，伸手打开，里头却放着一个又一个的礼盒，有大有小，堆积在一起。

和悦一个个打开。

黑色丝绒布上，镶着碎钻的手表、吊坠项链，之后还有手镯、耳环、黑珍珠、玉，打开其中某个盒子时，和悦还看到了颗未经切割的海蓝色宝石。

她心中五味杂陈，盯着手里的东西，半晌没移开眼。

见她目光停住，秋清安看过来，解释："这是南非分公司那边最新开采出来的蓝宝石，我见好看，就拿过来给你了。"

确实好看。眼前的这颗宝石晶莹剔透毫无瑕疵，浅浅的一汪蓝色，像是里头蕴藏着海水，无论是珍藏或者制成饰品，都足够惊艳。

她抿紧唇，盖上盒子放回去。

"我不用这些，你拿回去吧。"她轻声说道，把面前的纸盒推了推，送到秋清安面前。

"没有喜欢的吗？"他神色没变，只是目光定定注视着她，坐在那里身形未动。眼前这个平平无奇的纸盒里头装着无数人艳羡的珠宝首饰，更有些全球限量品，稀少珍贵，就被他这样一股脑地随便装起来，塞到她面前。

和悦摇摇头："没有，没有不喜欢，只是我用不上这些东西。"

"那就放着，就当观赏也行。"秋清安再次把盒子推了过来，和悦还想说什么，他眸色一沉，里头藏着深意。

和悦停住，没再开口，安静地坐在那里，像是默认。

秋清安若无其事地喝了口酒，看着在那儿不动的和悦，拉开椅子起身："走吧，我们回去了。"

"嗯。"和悦随之站起，刚要离开时，秋清安示意桌上的盒子，她停了停，把它抱起拿在手上。

他面露满意之色，拥着和悦出门。

两人到家，秋清安好像兴致极好，拉着她到二楼，把房间灯都打开，在明亮的衣帽间内，对着那块比人高的立式镜，把盒子里的东西都倒在地上。

他拉着和悦在地板上坐下，先翻出了那根项链，帮她戴好。

“好看。”他认真端详几秒后，满意点头。

和悦看了眼镜子，耀眼的钻石在灯下散发着光，衬得她整个人都光芒四射了起来。她垂下眼，没有伸手去摘。

秋清安把里头的东西都给她试戴了一遍，像是童年时小孩子装饰喜欢的洋娃娃，最后，和悦身上挂着项链，耳朵上吊着耳环，手上戴着几个镯子、手表，地毯上散落着各式各样的珍珠和宝石。

秋清安仰躺在地上，拉着她的手，喃喃自语：“阿悦，我要把最好的都给你，你喜欢吗？”

“你喝醉了。”和悦低着头，望着他已经迷蒙的眸子，平静开口。

“我没有。”秋清安并不承认，拽着她的手放到唇边，不停亲着，气息炙热似火，连同唇都烫得惊人。和悦按住秋清安的手臂，抽回手。他闭着眼，似乎是头顶灯光太过刺目，或者是酒意终于推掉了理智，失去清明。

秋清安睡得并不安稳，像是被人拖起来，迷迷糊糊，热水浇淋，接着似乎一柄牙刷塞到了嘴里，满腔的薄荷味，刺激得他睁开了眼，近在咫尺的是和悦的脸。他无意识地笑出声，伸手抚摸过去，抽掉嘴里的牙刷，在她脸上胡乱亲着。

“阿悦，阿悦，你又来了。只有喝醉才能看见你，真烦人。”他孩子气地嘟囔着，整个沉重的身体朝她压了过来。

和悦支撑不住，双手费力地抵着他的肩膀，往后躲：“秋清安，你清醒一点。”

好在没一会儿，他又糊里糊涂睡了过去，和悦松了口气，撑起他身体，勉强草草给他刷了下牙，擦干净脸，把他挪到了床上。

他不安地动了动，沉沉睡去，和悦抹了把自己的脸，全是牙膏。

衣帽间地毯上一团乱，和悦蹲在地上，把东西一件件捡起来收拾好，弄完这一切，美国时间刚好上午十点，和悦盯着手机，还是拨通了赵媛的电话。

教授那边得她亲自去说，休学手续由赵媛代办，社交软件里堆积的消息也要一个个回复处理。

和悦把手里待办的事情都一件件交接完成，看似生活了五年的地方和社交圈，却可以在一个晚上全部斩断。

和悦抱膝坐在窗台上，望着天边漆黑的云层，感觉有什么东西也仿佛在心中断裂了，空荡荡的。

这晚两人是分开睡的，早上她照例被吵醒，今天是敲门声，和悦一打开，就看到人冲进来帮她测量身体尺寸，测试肌肤，旁边还有人推着成排衣服、鞋子、包包进来，偌大的衣帽间顷刻间被填满，和悦被告知过段时间还会有大批高级定制的礼服和衣物送来。

人来得快也走得快。

和悦站在房内，望着那成堆的东西，不知该作何反应。

旁边钱姨一脸艳羡地开口："和小姐，你看先生对你多宠爱。"

宠爱？和悦想笑，却又笑不出来。

锦衣玉食，金钱堆砌出来的宠爱，她视如敝屣。

上午，和悦和赵书见了个面，秋清安没有骗她，项目正在顺利推进，而和一集团也有惊无险地渡过难关，此时公司已恢复了往日的正常运作。

南海湾正常是明年年初可以收尾，到时候正式投入运营，赵氏集团同和一集团的合作也就可以告一段落。

和悦坐在那里思考着，不知不觉忘了时间。

最近秋清安每天都会陪着和悦一块儿吃晚饭，两人面对面坐着，隔着一张餐桌。

"今天菜是钱姨做的吗？"他尝了两口，又说，"没有你做得好吃。"

和悦动作顿了顿，假装什么也没有听见。

碗筷碰撞，安静了会儿，又听到秋清安开口问：“今天送来的衣服还喜欢吗？”

“挺好的。”和悦把那句“还没试”咽下去，担心他会像昨晚一样，在那里看着自己一件件试完。

“那就好。”秋清安点点头，又想起什么，问道，“我昨晚喝醉了，没做什么吧？”

“没有。”和悦摇头，一如既往地言简意赅。

秋清安沉默，两人就这样吃完饭，上楼，洗澡。

临睡前，和悦的房门被推开，灯还没有关，分外明亮，他盯着她的眼睛，像是要透过那双瞳孔看到和悦心里。

深夜，万籁俱寂。

和悦软成一团陷在床上，秋清安紧紧贴着她，低沉的声音响在她耳边：“阿悦，你喜欢念书，我让你继续读好不好？”

和悦平缓起伏的心口突然一跳，睁开眼，还没来得及开口，又听到他说：“你可以报考国内的学校继续读研，京市的名校众多，比起外面也不差，到时候我们还能在一个城市，好不好？”

她重新闭上眼，将脸埋进床单，鼻腔里发出一个单调的音节：“嗯。”

这个反应一如她近来的态度，不冷不热，不主动也不拒绝，让秋清安觉得仿佛一拳打在了棉花上，胸口堵塞，无从发泄。

秋清安眉眼终于冷了下去，翻过和悦的身子，同她直直对视。

“阿悦，你告诉我，你到底想要什么？”未等和悦回答，他又自言自语，“是想回去吗？出国？继续你的学业，再次抛弃我，永远不回来了？”

“我难道不能边读书边和你在一起吗？”和悦压抑了几天的不满终于爆发，低声怒道，“只要两年，我就可以毕业了！”

秋清安讥笑了一声，冷眼睨她，说出来的话字字诛心：“和悦，我不想再等了，我已经等了你五年，我等到了什么？是你再也不回来的消息。在你眼里，我远比不上你的学业、家人，甚至连朋友都不如！当初说走就走的人是你，抛弃我们这段感情的是你，杳无音信的还是你。这五年，你哪怕主动联系我一次，只一次，我都可以不顾一切地去找你。”

秋清安冷静下来，眼角微红，无悲无喜地望着她，声音轻飘飘的，回荡在空中：“可惜，一次都没有。”

她满腔愤怒顷刻凝结，身体不由自主地颤抖，睁大眼。

他冷冷的话语继续传入她耳中：“所以，这一次我不会再放你走了。你要什么我都可以答应你，除了这个永远不可能，你趁早死了这条心吧。”

当晚两人闹得不欢而散。

秋清安说完那段话，和悦久久沉默不语，他抬手掀开被子，下床穿衣。

门被用力关上，“咣当”一声，和悦身体震了震，蜷缩起来，把脸埋了进去。她以为秋清安很长一段时间不会再搭理自己，然而早上他出门前却突然出现在她床头，面无表情地把她推醒，手下丝毫没有留情。

“我晚上想吃鱼。”他看着和悦迷迷糊糊地睁开眼，又沉着嗓子，着重强调补充了一句，“你做的。”

“听到了吗？”他又伸手推了一下，和悦被摇晃得脑袋发晕，裹紧被子，胡乱答应。

这人来得快去得也快，说完便自行离开，和悦迷糊地挨着枕头，想起他刚才一身整齐西装的模样，脸在底下蹭了蹭，又很快继续进入梦乡。

昨夜一番“身体力行”，原本和悦就疲惫不堪，再加上后头的争吵，她几乎到天色泛白才勉强睡去，这会儿正是熟睡时，一个回笼觉下来，已经临近中午。

和悦在厨房热着牛奶，脑中隐隐约约进来了这么一段记忆，她拧眉思索几秒，好像真的不是在做梦。

傍晚，和悦在厨房煎鱼时，钱姨进来了，连忙出声："和小姐，我来我来吧。"

"没事。"和悦头也不回地拒绝，"今晚我做饭，钱姨你先回去吧。"

"这……"她迟疑。

和悦转过脸看她，轻声解释："他想吃我做的菜。"

"啊，好的好的。"钱姨立刻了然，满脸笑意地连连点头，双手在围裙上擦了擦，"那我就先走了。"

"路上小心。"和悦说。

饭菜刚上桌，和悦就听到了外面的汽车声，不一会儿，秋清安走进来，一边换鞋一边扯掉脖子上的领带。

和悦刚好托着最后一锅汤走出厨房，两人猝不及防打了个照面。经历过昨夜的争吵，彼此都有些冷淡。

秋清安拉开椅子坐下，看了眼面前的菜，首先把筷子伸向了那盘鱼。

他尝了一口，没说什么，只是扒饭的幅度大了点。

和悦默不作声，两人安静地用着餐，到最后结束时，她起身收拾碗筷，秋清安才说了今晚的第一句话："放在那里，明天阿姨过来洗。"

"不用了，反正我也没什么事。"和悦头也不回地答，秋清安皱了皱眉头，没说什么。

和悦洗完澡后，着宽松的睡衣，往阳台走去，上头摆了张躺椅，周围被她移植了花藤上来，夜色下，风中满是花香。和悦松开毛巾，躺在上头，仰面盯着天花板，慢慢闭上了眼睛。半梦半醒，身体突然腾空，和悦本能惊醒，看见了秋清安。

"晚上风大，容易着凉。"

和悦被秋清安放到了床上，不一会儿，他拿来一个吹风机，坐在床边，低垂着头，手指一点点顺着她的长发，吹风机发出嘈杂声响，热风袭来。

一头长发被彻底吹干，和悦睁眼看着秋清安，他神色淡淡，眉眼安静地垂头同她对视,她突然说:“我去找过你。”

秋清安毫无波动的眼眸蓦地缩了下。

“大学第一年暑假的时候，我回来看爸爸，从京市转机，到你学校逛了逛。”和悦似在回忆，神色有些恍惚，“你和一个女孩子一起去图书馆，她挺可爱的，一直叽叽喳喳地同你说着话，我当时就觉得挺好，比起我，你似乎值得拥有更好的。当初走的时候，你说你恨我，我这辈子都不会心安。”

时隔这么多年，和悦发现他说的字字句句都如同烙印般刻在她的心上，被压在记忆里，无比清晰：“我想这就是对我的惩罚。我这辈子都不能和你在一起了。”

话音浅浅落在空气中，又很快消散，却犹如回放般一遍遍在秋清安耳边重复。

秋清安放在床边的手不自觉用力，紧紧攥在一起，手背青筋凸出，呼吸很轻：“所以，你就这么放弃了我们的感情吗？”

“与其说是放弃，”和悦顿了下，轻声回答，“不如说是逃走。我没有丝毫勇气再去面对你。”

秋清安倏忽起身，猛地站立，死死盯着她，自上而下，望着她此刻过于坦诚的面容：“那你知不知道我这五年是怎么过的？”他咬咬牙，艰难开口，“一开始我抱有希望，手机号码不敢换，地址不敢换，就连所有的信件快递都不敢错过。结果你走得真够干脆，一点音信都没有。我恨你，拉黑了你所有的联系方式，把你彻底从我的生活里赶了出去。”停顿了很久，秋清安自嘲轻笑，语速慢了点，笑容里尽是悲凉，“后来，我只想你能回来。只要你回来，我就什么都可以不计较。”

接连两次的失控，让那些原本已经被忘记的东西再次席卷而来。

秋清安仰头望了眼天花板,深呼吸调整好情绪,不再看她,转身往外走去。

秋清安握上门把时，低声道：“对了，你说的那个女孩，我连她名字都不清楚，只记得她很吵。”

门关上，整个房间归于平静，和悦迟钝地眨了下眼睛，出神地盯着某一处，瞳孔里空荡荡，什么也没有。许久，泪水从眼角蔓延开来。

秋清安习惯性从柜子里拎了瓶酒出来，一打开，浓烈的酒精味扑鼻。

他收藏的都是高浓度的酒，威士忌、白兰地、龙舌兰……还有一些叫不出名字的酒。每次喝下去，也不在意，反正只要能让人短暂地麻痹，忘记一切，就是他所希冀达到的效果。

窗帘紧闭的房间，他坐在地板上，背靠床沿，一口接着一口不停往下灌酒。阵阵昏眩，思绪开始发散，像在空中荡漾着，一点点把他带到了各个错乱的画面中。

比如那年刚跟和悦吵完架时，他一个人等在屋子里，在心里暗自期望她会突然来敲响房门，告诉自己，其实并不是骗他的，不是因为愧疚才和他在一起，才对他这么好的。结果日复一日，他等啊等，只等到了和悦出国的消息。那一刻用心如死灰来形容也不为过。

除了浑浑噩噩的等待，就是日夜颠倒，失眠、痛苦、压抑、混乱。

在大学里他像是变了个人，没兴趣和别人沟通，提不起精神去接受外界的事物，每日除了学习还是学习，似乎只有这样才可以忘掉那些烦恼，变得单一而纯粹。他对和悦的态度也从一开始的恨意到麻木，再到最后只剩下一个念头——只要她回来。

赵方然找到秋清安的时候，秋清安脑子里涌出的第一个念头不是别的，而是如果他足够强大了，和悦是不是就会回来了，他就有能力可以留住她。

于是他答应了，进入了那个从一开始造成他和他妈妈人生悲剧的源头，认识了一堆戴着面具的虚伪的人，游走在那个浮华污秽的世界。

接手公司的困难比他想象中要大，被集团里头的老人明里暗里地打压，使绊子、下陷阱，最艰难惊险的时候，他整整两天两夜没有合过眼，发烧到快四十摄氏度然后被送进医院，在病床上输液还要加班加点处理工作上的事情。

刚进入公司那会儿，第一个项目被人故意弄失败，那是秋清安奔波了好几个月，同无数张面孔打交道换来的，没日没夜加班的心血顷刻间付之东流。

他同他名义上的爷爷、父亲等以及赵家那些人大吵了一架，最后淋着雨离开。回到房子里之后，秋清安也像这样一个人靠在床边喝着酒，睡死过去。

醒来房间一片漆黑，浑身发烫，烧得昏昏沉沉，那是他最想她的时候，也是他唯一一次失控。

秋清安伸手过去，在地板上摸到旁边的手机，努力睁大眼，输入了那个烂熟于心的号码。他期待又忐忑地把手机贴在耳边，心想，只要能听听她的声音，哪怕不讲话……对面传来的冰冷的女声似乎在嘲讽他的愚蠢。无法形容那一刻的心情，大概用恨之入骨也不为过。

秋清安的心越来越不受控制，他内心深处还在隐隐期盼着她回国，然而他等来的是她再也不回来的消息。

她是真的从未在意过他，才会如此决然地把过往全部抛下，彻底投入到美好的新生活当中，他不会让她如愿的，这笔账，该要好好算一算了。

第九章 心结

昏暗的房间，秋清安又仰头喝了口酒。

算到现在，他已经分不清对和悦的感情是爱还是恨了，这世界上，没有深刻入骨的浓烈爱意，又哪来的凭空憎恨。

秋清安早上起来时，头痛欲裂，看了一上午的方案和文件，午睡了一小会儿，状态仍然不太好。下午只好提前下班，原本定在晚上的视频会议也只能挪到明天，回到家推开门，他看到在厨房忙碌的那道人影时，烦躁了一整天的内心顷刻安宁了下来。秋清安靠在沙发上，一把扯掉领带，胡乱解开衬衫扣子，闭着眼休息，眉头却不自觉轻蹙。

“不舒服吗？”耳旁突然传来一道柔声问候，他蓦地睁眼望过去，对上和悦关切的神情。

未经思考地，他轻“嗯”了声：“头疼。”

和悦试探着伸手在他额头上摸了摸，肌肤温热，体温在正常范围，她想了想，开口：“我帮你按按吧。”

秋清安深深打量她一眼，颔首：“好。”

和悦手指放在了他头两边，指腹在他太阳穴附近打转轻摁，不轻不重的力道让人很舒服，不知是心理作用还是什么，秋清安真的感觉自己比起之前舒服了很多。

他合着眼：“你在哪儿学来的？”

“我妈妈经常头疼，帮她按多了就会了。”

“哦。”秋清安想到了一些不开心的事，不再开口。

和悦给他按了会儿，感觉差不多了，才说：“饿了吗？去吃饭吧，待会儿菜要凉了。”

“嗯，好。”她收回了手，秋清安有些留恋方才的时刻，却还是起身往餐桌走去。

他们好像就是冷战不起来。只要待在一起，就没办法忍住不同对方接触，大部分时候是秋清安，可因为昨夜的那场自我剖析，和悦莫名其妙又感觉到了久违的愧疚，让她的态度不自觉变得柔软了一些。

晚上和悦在房间看书，秋清安忙完，揉着额角走进来，无比自然地上床，掀开被子躺在她旁边。

“我头还有些疼，你再给我按按。”他闭着眼睛说，口吻也很随意。

和悦看了看，放下手里的书，替他按了起来。

不一会儿，秋清安整个人就躺在了她的腿上，眉眼平和舒展，英俊的五官在灯下清晰真切。

他洗了头，额间的头发软软地耷拉着，俊眉在发丝中若隐若现，唇色带着浅浅的一层红。和他十八岁的样子相差无几，就连身上的白T恤都像当年的那件。

和悦指间动作变得越发温柔，耳边似乎听见了蝉鸣声，在盛夏的夜晚，少年枕着她的腿悄然睡去。她的手轻轻抚过他的头发，低垂着眼，久久未动。

和悦在第二天见到了一个意想不到的人。

秋清安通知她晚上在外面吃饭，她以为又会像上次那样，然而过去却看见江浩杰坐在那里冲她招手。

“嗨！和妹，好久不见啊！”那人依旧是寸头，明朗的脸上洋溢着热情的微笑，一如读书时每一次在学校见到她的模样，兴奋地招手，眼里偶尔藏着坏笑。

“江浩杰，你怎么在这里？”她欣喜地问。

江浩杰看了眼旁边的秋清安，眼含深意：“我现在可是在为某人打工，所以当然在这里。”

“啊？”和悦愣愣看了眼他，又看了一眼秋清安，反应过来，“你是说你和秋清安在一起工作？”

“对呀，想不到吧。”江浩杰夸张地挑眉，手不满地拍了下桌子，“读书时他是我老大，结果毕业了还是我老大！”

“挺好的。”和悦展颜轻笑，点头，“能一直在一起也挺好的。”

江浩杰就是受不了女孩子温柔地讲话，他不自然摸了下头，身上的黑色西装还没来得及换，配着这个动作，痞气十足。

“对了，蜜蜜还好吧？”和悦立即追问，这段时间发生太多事情，她都不敢去联系周蜜。

“她挺好的，每天吃吃喝喝睡睡，上班也没人敢给她找不痛快。”一提起周蜜，江浩杰眼神都软了下来，笑容里带了点其他东西。

和悦还欲继续追问，就被旁边的秋清安打断了：“你们看看要吃什么，点吧。”

菜单递过来，江浩杰摆手：“我就是一蹭饭的，客随主便。”

“我也是第一次来。”和悦看向秋清安，“你看着点吧。”

说着，她和江浩杰又聊了起来。

“她上次不是说办公室有个新同事老喜欢抢她的功吗？”

“哦，那个，被辞了。”

“怎么回事？”和悦感兴趣地追问，眼睛一亮。

“被她存了证据一状告到了上级主管那里，现在整个办公室没人敢惹她。”江浩杰说。

“这么厉害……”和悦惊讶感慨，满脸不可思议。

江浩杰附和：“那当然，她可是从来吃不得一点亏的。”

他们聊得投机，秋清安坐在一旁看着菜单，时不时抬起头打量两人一眼，结果谁也没有分神搭理他。

他闷头勾了几个菜，大部分都是和悦喜欢吃的。把菜单交给侍者，秋清安端起面前的杯子喝了口水，清清嗓子，然后看向江浩杰：“聊完了吗？”

“怎么了老大？”江浩杰话音戛然而止，扭头问他。

“今天你给我交的那个方案我有些地方不太清楚，你给我解释解释？”

“好啊！哪里不清楚？”

秋清安随口提了个问题，江浩杰立即坐直身子，精神十足地侃侃而谈，他听着，目光却看向了和悦。

“冷吗？”餐厅温度有些低，秋清安摸了摸她的手，关切地轻声问。

和悦摇摇头：“不冷。”

“我点了玫瑰三文鱼和奶油芦笋，想吃吗？”

“可以，我不太挑食。”

“这家食材比较新鲜，鱼的味道还行，你待会儿可以尝尝。”

“嗯，我试试。”

秋清安旁若无人地跟和悦说着话，江浩杰讲着讲着，声音就停住了。他看看秋清安，又看看和悦，终于明白了什么，悻悻闭上嘴，叉了块旁边盘里的水果塞进口中，狠狠嚼着。

行吧，看来他就是个电灯泡。

某人这几年醋意又加重不少，明明下班是他主动把自己叫来吃饭，想让和悦开心一下的，结果见他们聊得欢畅了又不乐意，真是这也不行那也不行，难伺候得上天了！

他不满地轻哼了一声，被秋清安察觉，眼神警告很快发过来。

江浩杰在嘴边做了个拉拉链的动作，很自觉地起身。

“失陪一下啊，我先去上个厕所，你们聊你们聊！”

周五那天，秋清安突然要带她出去玩。

和悦被秋清安告知收拾衣服的时候，他还没下班，她遵循他电话里的吩咐，去隔壁房间给他找出了两套换洗衣物，一同装进了行李箱。

日落时分，和悦手机响起，提着行李箱出去，看见了停在门外的车子。

秋清安坐在驾驶座上，下来替她打开车门。

“我们去哪里？”和悦系好安全带后好奇地问。

秋清安打着方向盘，随口回：“山里。”

“啊？”和悦面露诧异。

“庇荫山，还记得吗？”秋清安侧头看她一眼，又很快收回，“高三考试前我们到上面拜过佛，有人在那边修了个度假山庄，我看照片还不错，就想带你出去散散心。”

“哦。”和悦点点头，没再说什么。

一路平稳，和悦还是第一次坐秋清安开的车，她走的那年，他驾照还没拿下来。想到这里，和悦不自觉把目光投在他身上，少年已经出落成了内敛的男人，眉宇中清冷依旧在，只是藏了一抹坚毅。

他应该刚从公司下班回来，身上还穿着西裤和衬衫，此时袖口被卷到了手肘上，露出一截线条优美的手臂，手腕那里戴着块手表，右手无名指上有个银色戒指，令人不由自主遐想。

和悦收回视线望向窗外，看了会儿外头的景色，靠着座椅合上了眼。

她睡着之后，秋清安转过脸，眸光定格几秒，再次移向前方。

度假山庄坐落在半山腰，车子停在外头停车场，有一条小路通往山庄的房子，前两天刚下过雨，鹅卵石铺成的路湿漉漉的，上头还有泥巴。

和悦穿了双白鞋子，从中间踩过，沾了泥水，看起来很邋遢。

秋清安一手拉着行李箱，一手牵着她，微微拧起眉："我应该和他们老板说一下，这个设计不太合理。"

"你认识？"和悦好奇地问。

"生意上的朋友。"他这么一说，和悦就懂了，没再追问。

两人在前台登记，应该是有人早已打好招呼，对方在秋清安报出名字后立刻露出殷勤笑意，亲自带着他们上楼。

"我们方总为您预留了最好的房间，卧室落地窗正对着山林，没有遮挡物，这边提供叫餐服务，也可以提供自产的新鲜食材，房间里有小厨房。"员工一边介绍，一边替他们打开门。

一厅一卧的格局，纯木家具和装修，客厅阳台宽敞，卧室靠外的整面墙被打通做成了落地窗，外头是起伏的山峦和茂盛的林木，在清澈天空下，满目苍郁。

有一只白色的鸟从上头掠过，挥舞着翅膀又隐没在林间。

和悦站在那里出了神，秋清安和那人沟通完，关上门走了过来，问："在看什么？"

"没什么。"和悦摇摇头，走到行李箱旁边蹲下来整理。

她把两人的衣服都拿出来用衣架挂好。

望着她站在衣柜前打理的身影，秋清安眼中露出一抹温柔。

那位员工临走前，告诉他们这边有温泉、游泳池，提供多项活动体验，不定期还会开展一些有趣的互动项目，只可惜两人都兴致缺缺。

和悦刚收拾好，就被秋清安抱到了床上。那张床是正对着窗的，白天光线充足，外头景色无比清晰，这样的画面，说是露天席地也不为过。

和悦有些放不开，缩着身子，秋清安哄了半天，情况才好了点。

秋清安说：“玻璃是单面的，外面看不到里面。”更何况，外面根本没有任何的建筑物。

和悦缩在被子里，凝视着那片山林。这样子的景色，哪怕什么都不做躺在床上，都可以看上一天。太容易让心灵得到洗涤了。和悦想，秋清安这个地方选得确实很好。

她洗完澡出来累得不想动，浴室水声停住，秋清安擦着头发往外走，他换了身干净舒适的家居服，脚踩着拖鞋。

和悦没分神去注意他，隐约中，水声又一次响起，不知道他在里头鼓捣着什么。和悦再次听见开门声时，是秋清安拿着两人的贴身衣物出来，他从衣柜拎出几个衣架，走到阳台上晾好。

那道身影在夜色下笔挺，就连拧干水的动作都利落养眼。

她不由得想起以前，两人还在那个小阁楼里的时候，每次沐浴后，秋清安都会在里头把两人换下来的衣服洗干净，晾好后再出来。刚开始她还有些不好意思，后来习惯了，倒是心安理得享受起他的体贴。

晚上，秋清安还在工作，倚在床头对着笔记本电脑敲敲打打，和悦躺在他旁边，翻看着国外社交软件上朋友同学的动态。

这个时候，手机突然微微振动，她看到屏幕上Aaron给她发的视频邀请。

和悦连忙拒绝，结果手一抖，接通了。

男生爽朗的声音回荡在安静的房间里：“嗨！悦悦！”

和悦有英文名，但是Aaron某次听见了赵媛这样称呼她之后，也总是用生硬的中文叫着她的名字，后来国外的华人同学都这样子叫她了。

看着男生兴奋热情地在冲自己招手，和悦心更慌，本能地看向秋清安，果不其然，他手边的工作已经停了，转头望了过来。

Aaron无所察觉，仍旧一个劲儿追问她为什么突然不来上课。

旁边的那道目光灼灼逼人，和悦现在一点都不敢再刺激秋清安，她不希望再打破两人之间好不容易找到的微妙平衡。

和悦强装镇定地应付了Aaron几句，立即切断了视频通话。

房间再次归于平静，有细微的敲键盘声传来，与此同时，是一道仿若随意的询问声：“他是谁？”

“大学同学。”和悦尽量如常回答。

秋清安没有再开口，只是手里动作加快，处理完事情后合上了电脑，他揉了揉眉心，接着向她看来，低低的嗓音，敲击人心：“你们好像很熟？”

大概是触底反弹，和悦反而冷静了下来：“还行，就是普通同学。”

“普通同学……”秋清安重复念着这四个字，微垂着头，刘海在脸上投下一片淡淡阴影，突然，他又抬眸，“和悦，其实我很好奇，你选择留在那边的原因是什么？”

“因为某件事，某个念头，或者某个人？”

“没有什么特别理由，如果硬要说的话，我妈妈在那边，恰好教授叫我留下来继续读研，我就答应了。”

话音落地，许久，秋清安才缓慢地点了下头，语气有些惆怅地说：“原来如此……”

和悦低着头没有看他，忽然，手里无意识握紧的手机被抽掉，男人身影再次覆盖下来，满是熟悉的香。她承受着来自秋清安的情绪。

“阿悦……”他咬着她的唇，声音泄了出来，重复地叫着她的名字，仿佛千言万语，都化成了这两个字，用来替代所有未曾开口的话。

她搂紧他的脖子，回吻住他。

第二天的安排是上山去寺庙，从这边走上去大概只要一个小时，和悦起得晚，两人出门时已经临近中午。

她换好衣服，在门边准备换鞋时，突然发现昨天沾了泥渍的鞋面干干净净，就连鞋底都被人刷过，完全看不出昨日的痕迹。她抬头看着在一旁拉好背包的秋清安，没说什么，只默默把脚塞进去，穿好鞋子。

虽说只有一半的山路，但上面这部分恰好是最陡峭的地方，两人才爬了三分之一，和悦就忍不住要停下来休息，这几年她体力大不如前，比不上高中那时候。

秋清安从包里拿出一瓶水，拧开给她递了过来，和悦喝了两口，还在忍不住喘气。

“还好吧？”秋清安顺了顺她的背，皱眉，“你平时是不是不运动，身体比以前差很多了。”

这一点，他近来深有体会。

“比较少。”她不忙的时候，更喜欢待在家里，对其他社交娱乐活动根本毫无兴趣，比起出去玩，她甚至觉得在家陪着赵媛一起插花聊天还要更有趣一点。

赵媛时常说她已经比自己更加提前地步入老年生活了，一度忧心忡忡地害怕她会找不到男朋友而孤独终老。周围倒是有不少同学会健身，而和悦是忙碌加上不那么喜欢，从未有过这个想法。

“回去我帮你办一张健身卡，每天过去锻炼两小时。”秋清安非常不赞同地说。

和悦顿时头大，试图挣扎：“不用了吧。”

“走了。”秋清安一把提起她，接着往上爬，和悦心中戚戚，估摸着这健身房是去定了。

两人走走停停，终于爬上了山顶，昔日寺庙依旧，只是外墙斑驳许多，里头菩萨一如既往是一副悲悯、怜惜世人的模样。

和悦跪在蒲团上磕了好几个头，双手合掌，闭眼祈求，在心里默念完，起身，往功德箱里捐赠了香火钱。

她环顾四周，看到了旁边还未起来的秋清安。

他合着眼，复而睁开，认真虔诚地对着面前的菩萨用力磕了三个头。

“你在求什么，这么久？”跨出大殿，和悦忍不住问。

秋清安侧头望着她，午后金色阳光照映他大半张脸，眼中也沾染了秋日的明媚。

“我没有求什么。”他吐字很慢，却低沉有力，“我是来还愿的。”

下山途中，和悦依旧走得不快，秋清安牵着她，走到一处开阔地时，两人坐在石头上休息。和悦打量周围，无比眼熟，于是问道：“你还记得吗？我们以前来的时候也在这里休息过。”

“记得。”秋清安从背包里拿出个饭盒，透明盒盖，里头码着整整齐齐几个寿司，“吃点东西垫垫肚子。”

“你哪儿来的？”她惊异。和悦醒来的时候发现秋清安都收拾得差不多了，因此并没有看到他包里有什么东西。

“早上做的。”他见和悦没动，拿起一个寿司递到她唇边。和悦张开嘴，本能地嚼了嚼，味道还不错。她鼓着腮帮子用力点头。

秋清安没忍住，垂眸笑了。

两人把这几个寿司吃完，秋清安又从包里拿出了一盒切好的水果，哈密瓜、草莓、苹果，被切块整齐地码在上头，缝隙处还散落着小颗蓝莓。

和悦接过他递来的叉子，有些不真实感。

“这个也是你弄的吗？”吃了两块苹果，和悦还是忍不住小声问。

秋清安头也不抬地应了声，

她沉默片刻，没说话，只继续吃着面前的水果。

山里空气清新，林木茂盛，周遭都是树叶草丛，只有一条石板台阶路曲折而下。一边是树林，一边是山谷，耳边时不时传来鸟啼声，周遭游人稀少，安静的山中，只有他们两人携手而行。

不知不觉，已经快到半山腰，前方隐隐能听到喧闹人声，被落在身后的静谧好像渐渐随着他们前进的脚步而远去。拐过前面那个弯，就是马路了，和悦望着秋清安的背影，不自觉握了下他的手。

“你怎么想到准备这么多吃的？”很轻的询问，尾音几乎快要听不见。

秋清安身形一顿，没有回头，只语调平平说了一句：“这次，我想换我来照顾你。”

回去之后，没过两天，秋清安就给了她一张健身卡，并且说已经帮她找了一个女健身教练。一周约三节课，定点无误，和悦每次都迫于多方压力准时过去。

这个健身房离得挺远，秋清安最后选在这儿应该是因为这里的环境很好，并且教练专业又认真，也很负责。

这天过去，和悦正在跑步机上例行做着热身运动时，旁边机器上突然多了个人，她没注意，但总感觉有哪儿不太对，假装随意抬眸过去，竟然看见了秋清安的侧脸。

“你怎么在这里？”她惊讶道，眼里不自觉带了喜悦。

“我在这里有卡，每周都会过来锻炼。”他转头噙着笑说。

和悦眨眨眼，恍然大悟地说：“哦，所以你也才给我找了个这么远的健身房。”

“不是有司机每天送你？”他反问。

和悦不答，扭过头目视前方专心跑步了。

下午两人锻炼完一起回家，和悦的肌肉还有些酸痛，她揉了揉小腿。

“感觉怎么样？这几天。”秋清安开着车，余光看向后视镜，出声问。

“还行。”

“身体呢，有没有变好一点？”

和悦莫名其妙看他一眼。

见她不语，秋清安转头看过来，微微疑惑：“嗯？”

“我才过来练了三次。”和悦竖起三根手指头，一脸正色，“你问我身体有没有变好，就算是修仙也没这么快吧。”

秋清安闷笑了一声，睫毛微微垂着，嘴角上扬的弧度几乎克制不住：“知道了。”

前头红绿灯变化，车子重新启动，他脸上笑意未收，左手支起，抵在唇边心情大好的样子。如这刻的夕阳，从车窗玻璃透进来，橙红色，绚烂明亮。

和悦在肆城待了一个多月，突然被通知要离开，因为秋清安在这边的事情已经告一段落，京市那边早已催他回去。

虽然有心理准备，这一天到来时还是难免失落。

在肆城这段时间，和悦跟和启见面不多，那件事情或多或少影响到了她，和悦只偶尔回家一趟，但总归是有亲人在的地方，心是安宁的。

和悦只去过京市一次，自那次之后从未踏足，对她来说，这座城市无比陌生，下了飞机，看着一行人西装革履迎着秋清安上车时，那份不适又加剧了几分。

“我去公司一趟，先让司机送你回家。”

“嗯。”和悦垂眸应了一声。

可能是察觉到了她的情绪，秋清安握紧她的手，低声安抚了一句：“等有空我们可以再回去。”

和悦没再说什么，只点了点头。

秋清安在京市的住所比较简单，一处高档小区，大平层，里头家具电器一应俱全，装修很简洁，极简的黑白灰色调，挑不出毛病的样板房风格。

和悦大致打量了一眼，便拖着行李箱进房间，刚准备收拾时，手机响了。秋清安的声音从电话里传出来：“对了，忘记和你说，最左边那间是我的房间，你睡那里就好。”

房间内依旧一尘不染，摆设规整，除了没有主人的气息。

深灰色床单，亚麻窗帘，浅褐色的家具，黑色地毯。

和悦行李很简单，依旧是那几套衣服，秋清安送给她的东西里，除了那盒珍贵的饰品珠宝，她什么都没带。

卧室连着一个衣帽间，里头一排都是衬衫西装，颜色由深到浅，整齐排列。和悦在空的地方把自己的衣服放进去，她把东西都收拾完，坐在床边环顾着这里，一股陌生感和异样感席卷而来。

和悦忍不住给远在国外的赵媛发了个视频通话请求。

两人聊了许久的天，和悦心情轻松了不少，问起她之后的打算，她顿时沉默了下来。

过了好一会儿，和悦才慢慢道："我可能会试试报考国内的学校。"

"想好了？"

"嗯。"和悦迟疑地点了下头。

晚上，秋清安回来，看到她把行李都整理好了，也做好了饭菜，等候在家里。

一室温暖的灯光，她朝他走来，轻声问候："回来了？"

秋清安神色放缓，心头莫名悸动，控制不住地伸手，把她拉入了怀中，紧紧抱住。和悦下巴搭在他肩上仰着头，眨眨眼："怎么了？"

"没事。"他的脸往她颈间埋了埋，声音变得嗡嗡的，"就想抱抱你。"

和悦不动了，伸手回抱住他，迟疑地拍了拍他的背。

这几天秋清安都很忙，有时候半夜才到家，和悦睡得迷迷糊糊，感觉旁边床铺塌下去一块，他轻手轻脚把她搂到了怀里。

和悦来京市的第二天就和周蜜见上面了。

周蜜当时兴奋得直尖叫，反应过来，又把和悦狠狠地骂了一顿，瞒了她这么久，简直丧尽天良。

问到近况，和悦只说重新和秋清安在一起了，细节并未描述，周蜜只当两人重修旧好，满面欣慰地点头：“那就好，我就说你们注定要在一起的！”

她见过秋清安这几年的样子，即便没有刻意去深思，也能隐隐感知到。

他是非和悦不可了。

因为除了和悦，其他人对他来说好像也无所谓，在没有触及底线的情况下，牵动不了他任何情绪。当时还听说家里介绍了一个女生，追他特别猛，不过死缠烂打了将近半年，最后还是不了了之。

想到这里，周蜜有些困惑。

他们当初是怎么彻底闹僵的呢？她回忆半天，时间过去太久，她都不记得了。

“悦悦，你不会再出去了吧？我这段时间都难过死了！”还是眼前的这件事情比较重要，周蜜紧张追问。

和悦喝了口咖啡，抿唇笑：“嗯，不出去了。”

“太好了！”她开心地快要跳起来，双手握拳，往上一冲，欢呼，“接下来就让我们姐妹俩‘制霸’这大京市了！”

咖啡厅里的人纷纷被这动静吸引，望了过来。

和悦扶额，微低下头，不忍直视。

秋清安晚上有个聚会，是他这几年认识的朋友，生意上的合作伙伴。

和悦都不认识，也没有兴趣参加，只不过秋清安有些犹豫。

难得不加班，很久没有同她一起待过，秋清安不太舍得。

“要不你和我一起去吧？”他握住和悦的手，轻声问。

和悦收拾碗筷的动作一顿，叹了口气，她说道：“那我换身衣服。”

秋清安神色一松：“好，不急。”

聚会的地方是京市一处有名的私人会所，外头静悄悄，环境雅致，如果不是停着的那一长排豪车，丝毫窥探不出里面藏着什么。

两人大概是去晚了，一路上和悦见他挂掉了好几个电话，出电梯时他总算接起：“到了，老地方？好，马上。”他一边说着话，一边牵着和悦大步往前，走到某扇门前时停住脚步，收起手机，推开。

猝不及防，伴随着欢呼，头顶撒下来无数彩带花、纸片和泡沫，秋清安反应极快，立即回身扶着和悦的头把她按在胸前，整个人挡住那些外物。

接连响起的起哄声快要震翻天花板，待动静稍平息，秋清安才松开她，望着眼前的状况拧起眉："干什么呢？"

"欢迎赵大少回归京市，特意为您办的仪式啊！"有人说话，目光不停往他身后探，嘴里调侃，"怎么，藏了这么久今天终于舍得放出来见人了？"

"安分一点。"他警告，沉着脸扫过那一圈人。

和悦被秋清安从后头拖出来，他保护欲十足地搂着她的肩膀，出声介绍："和悦。"

"完了？"等了半天，也没听见下文，一群人难以置信。

秋清安拉着她坐下，点了点下巴："你们刚才在做什么，都继续，不用管我。"

"那怎么行，今天你才是主角！"

秋清安面前被人放下一只杯子，倒满酒，酒瓶欲往和悦那里走时，被秋清安用手封住杯口："她不喝。"说着，又叫来门外的侍者，"帮我上一壶柠檬水。"

安排好之后，房间气氛恢复先前，男人们懒散倚着沙发，望着秋清安出声："这几个月怎么样？"

"什么怎么样？"秋清安不接话头，专心给和悦剥起橘子来。

屋内大概有七八个人，有男有女，都坐在沙发上，桌上散落着酒瓶和杯子，旁边是个落地窗，映着满城灯火，整个房间很大，还设着K歌厅、桌球、棋牌室等，吃喝玩乐的设施一应俱全。

打头的几个男人模样都生得不错，身上带着股与生俱来的贵气。中间沙发上坐着的两人旁边都有女伴，男女之间看起来很是亲昵，女人妆容精致，浑身上下打理得无比得体，气质不俗。

这是一个充斥着成年人的理性、端庄、成熟，又带着些许社交意味的私下聚会。没那么简单纯粹，彼此都有着各自需要扮演的角色。

“别装，谁不知道赵家负责人突然跑去肆城待了两个月，只为做一个小项目？谁信啊，你们公司高层可是一见到我就抱怨，一大堆事情落到了他们头上，连个远程视频都得提前预约好时间。”

“你这次回来，估计那一帮子人都松了口气。”那男人倾身，一双丹凤眼微微上挑，压低声音，“坊间可都谣传，你是为了一个女人才如此大费周章的。”他说完，目光意味深长瞟向一旁的和悦。

秋清安用旁边的湿巾擦了擦手，好整以暇，侧头看他：“他们说是那就是吧。津要，你今天话有点多。”

“行行行，我不说了。”名为津要的那个男人举起双手放在两边，做投降状。

有人举起杯子，又是一轮碰杯声，他们说到了商场上的事情，门道众多，和悦听得一知半解，秋清安偶尔开口插上两句，神色是放松的，可以看出，他们彼此也是交情颇深的朋友。

男人都不知疲倦般，侃侃而谈，时不时夹杂着一两句玩笑话，和悦坐在那里有些困乏，不知不觉打了一个哈欠。

“累了？”秋清安立即望了过来，低头靠近轻声问。

和悦微抿着唇，摇摇头：“没有。”说完，又是一个哈欠从指间泄露。

秋清安伸手摸了摸她的脑袋，沉吟了一下，有人察觉，立即出声：“小嫂子无聊了吧，芳名，你过去陪她唱歌玩一下。”

另一人也朝自己的女伴开口：“阿舒，你也去吧。”

“不用了。”和悦的睡意顿时荡然无存，连忙坐直了身子摆手拒绝。

“我不困，谢谢。”她微微笑着，温柔的五官舒展开来，身后城市的夜景映在玻璃上，那一幕竟忽然有种岁月安宁之感。

在场的人一瞬间“福至心灵”，大概明白了秋清安为何如此执着于她的原因。

“我陪你去，光听我们讲话也挺无聊的。”秋清安拉着她的手起身，场地顿时转移，玩牌的架起桌子，点歌台亮起了灯，桌球场也开了球，说话吵闹，无比快活。

秋清安点了首歌，接着朝她走来，抵达的那一刻，前奏声响起了，是陈奕迅和王菲的《因为爱情》。

他低沉的声音从话筒里透出来，敲打着耳膜时，和悦感觉自己骨头酥了两秒，她怔怔凝视着秋清安的侧脸，有几秒恍惚。

在场的人可以说是第一次听见他唱歌，手里的动作都顿了一瞬，循着声音望过来，看到握着话筒的秋清安时，顷刻愣住，互相对视两眼，颇为新奇。

和悦看着屏幕底下的歌词，嗓音有些抖，唱完整首歌，她的心潮才渐渐平复。

秋清安倒是忍不住抱着她，倾身过来在她嘴角落下一吻。

他们很快又被人叫了过去，一同靠在桌边聊天，旁边的人给秋清安递了一支烟，秋清安没有拒绝，接过来低头点燃，懒散地咬在嘴里。

和悦收回视线，身旁坐下来一个人，手里端着酒杯，嘴角含笑。

“有点无聊吧，他们男人之间的这些聚会。”是方才那人的女伴，名字叫芳名。

“啊，还好。”和悦笑笑，礼貌回应。

芳名说：“不过有一点很好，每次他们都只是喝喝酒，不做什么其他的事情。”

和悦略为惊奇地眨了下眼，没开口。

“你是不是觉得我这样说很奇怪？”

“是的。”和悦老实点头。什么叫只是喝喝酒，难道还想做什么？

“你是没见过这个圈子的有些人，玩起来很乱的。”她凑近，朝和悦神秘地道。

和悦抿唇缄默不语。

“吓到你啦。”芳名拿起面前果盘里的橘子递给她，“我开玩笑的。”

和悦心中的不自在消散几分，接过她手里的橘子：“谢谢。”

“我给你唱首歌吧。”她说完走到点歌台，手指划过屏幕点了几首歌，拿起话筒。

刚才和悦唱的完全和芳名不能比，简直像是专业水准，比起电视里的明星和那些选秀节目的选手也毫不逊色。

和悦被惊艳得睁大双眼，一首歌结束，发自内心地鼓掌：“真好听。”

“那当然了。”她撩了撩头发，“我可是专业的。”

“啊？”和悦惊讶。

“你知道周亥怎么看上我的吗？”周亥就是她先前的男伴。

和悦摇头，芳名无所谓地说：“就是因为我大学学的声乐，唱歌好听，很多饭局应酬上可以发挥不少作用。”

和悦懂了，点了下头，没再说话。

芳名又唱了几首歌，里头也有男女对唱的歌曲，她把另一支话筒给和悦，自己唱男生版本，两人配合，倒也有几分悦耳。

这边打球的男人听到动静，恰逢和悦的声音响起来，秋清安的动作停了很久，直到歌声结束，才随意抬起球杆，俯身，他稍微一用力，球滚进球洞里去：“你的那个芳名倒是不错。”

周亥调笑：“送给你？”

秋清安给了他一个警告的眼神。

“知道了知道了，看来我回去是得好好奖励奖励她，竟然能得到我们秋公子的夸赞，真是难得。”

秋清安想到什么，若有所思片刻，低头笑了声。

旁边的人都像见到了鬼。

“干吗呢？”一人把嘴里的烟扔掉了，看不下去。

秋清安敛去唇边笑意，不作声。

动静平息之后，津要拿着球杆从桌对面绕到他身侧，弯腰击球，像是随意问了句：“真这么开心？”

“嗯。”秋清安垂着眼，不假思索应道。

津要直起身，定定看了他几秒，摇头：“你完了，无药可救。”

“我一直都是‘病入膏肓’。”秋清安注视着某一处，轻声自语，“好在解药回来了。”

和悦唱了几首歌，尝了尝芳名给她推荐的一道小吃，味道还不错，两人边吃边聊着。

“对了，你们是怎么认识的啊？”芳名突然问。

和悦没多想，直接答：“高中同学。”

“真的假的？”她惊讶得唇微张，“那就是你们高中时就在一起了？”

“没有，高考完才正式在一起的。”

她满怀深意地压低声音：“看今晚的情况，他先追的你吧，快说说，让我开开眼界。”

“没有什么。”和悦哭笑不得，“毕业聚会那天他就突然过来牵我，后面自然而然在一起了。”

她不想陈述两人之间太多细节，一语概之，可从这简单的话语里，芳名也能脑补出当时的那段感情青涩美好。确实挺难得的，估计也难以替代。

芳名喝了口酒，心中估量。

秋清安记挂着和悦，还是没有待太久，在夜生活气氛最高涨的时候带着她离开。他喝了酒，请的是代驾，车后座没开灯，光影幽暗，秋清安靠在和悦身上姿态懒散。

“今晚聊了什么？”

“啊？”和悦疑惑。

“一直在那边说话，挺开心？”他抬起头目光睨着她，眼眸黝黑，外头的光影时不时掠过，斑驳陆离。

“没有。”和悦答完开始沉默，比起听他们聊一些不感兴趣的事情，还不如同芳名随口闲谈。

“没有很开心。”和悦回答完又补充了一句，秋清安定定注视了她几秒，随后轻哼了一声，没再说话了。

和悦悄悄松了口气。

秋清安喝了酒一如既往地黏人，要和她一起洗澡，睡觉时紧搂着她不放，缠着她的四肢，要把两人毫无间隙地贴在一起才满足，就像是紧紧汲取着某种养分的藤蔓。

和悦晚上做了个噩梦，梦里被人束缚住四肢扔到了海里，喘不过气，海水一点点淹没了她，徒劳挣扎失去全身力气之后，她慢慢地往下沉，在接近海底深处时，在那里看到了一束光。

光亮中，有个少年朝她游来，奋不顾身，在两人的手即将碰到的那一刻，和悦醒了，睁开眼，发现自己动弹不得。

秋清安依旧维持着睡前的那个姿势，和悦轻轻地拉开距离，先把两条腿抽出来，然后是拿掉他的手，整个人往外挪，胸口的呼吸都一瞬间畅快许多。

和悦凝视着秋清安的睡颜，须臾，悄然起身。

和悦刷牙时，某人醒了，揉着眼睛走进来，从后头抱住她的腰，脸搭在她肩上蹭了蹭，迷迷糊糊闭着眼。和悦带着这个人形挂件洗漱完，转身准备去擦脸时，秋清安忽而睁眼，粉红的唇靠近，要凑过来亲她。

“你没刷牙。”和悦伸手捂住他的嘴，抗议。

秋清安不满地皱起眉，一把拉掉她的手，不由分说亲了上来。

他埋在她颈间低低喘息，紧搂着她，整个人的重量都放在她身上。

和悦被弄得脸红心跳，低着头匆忙出去。

秋清安望着镜子里的人，定格几秒，蓦地垂眼笑了。

一大早便令人心情愉悦，吃早餐时秋清安更加不像话。和悦做的是煎蛋和火腿，两份一模一样的盘子，外加几片吐司和蓝莓酱。

他一定要说自己的更加好吃一点，叉着煎蛋递到她面前。和悦开始还认真地品尝，郑重敷衍："嗯，是好吃一点。"

"是吗？那你多吃点。"他干脆把自己的那份切好喂给她。

和悦吃了几口，扭开头拒绝："你自己吃，我有手。"

"不行，我要喂你。"他说着，又把手里的叉子递了过来，左手撑着头，眼含笑意，张开嘴，像是逗小孩一样。

和悦沉默几秒，还是屈服了。

最后她把他的那份早餐吃完，自己的全然未动。和悦说饱了之后，他又把她面前的早餐挪了过来，自顾自吃着，神色闲适，姿态从容。

和悦忍不住发问："你今天不用工作？"

"给自己放一天假。"秋清安抬起脸冲她笑，露出一排整齐的白牙。

和悦也没有多问，就这样坐在对面看他吃东西。

"你今天有什么安排？"秋清安咽下一口吐司。

和悦想了想："周蜜给我介绍了一个考研培训班，我打算抽时间过去看一看。"

她大学课程是在国外念的，一时半会儿想补上来估计不容易，如果每天去上课的话应该会事半功倍。毕竟只有一个多月就要考试了。

秋清安动作骤然停住，有些不敢相信般，愣怔了许久才慢慢回神。

"你要在国内考研？"他缓缓地问。

和悦"嗯"了声，语气如常，秋清安也恢复冷静。

"那我陪你过去。"他极力抑制，却还是没忍住，笑从嘴角跑了出来。

周蜜推荐的这个考研培训班是她本科同学亲身实践过的，机构正规，课程专业，两人过去了解了一下，便交了费用。

美中不足的就是离住的地方不算近，开车大概也要半小时，和悦当然不可能让司机每天送她，刚好有空，秋清安把车子给和悦练手，一定要和悦在他眼皮子底下跑两圈才放心。好在和悦虽然开得慢，但整体很稳，她自己开车上课的事情就定下来了。

上课的事定下之后，和悦每天就是备战考研，上课、做饭、温习，偶尔和周蜜约了一起出门，但不过很少，因为秋清安周六周日也会休息，大部分时候他都霸占着和悦，杜绝别人的打扰。

因此某天，突然收到芳名的消息时，和悦有些许惊讶，距离那次见面已经过去半个月了。

芳名约她一起出去逛街。

和悦犹豫了下，还没回复，又看到她发过来的一段话："我在这边也没多少朋友，刚好最近降温，想买几件新衣服，就想起你了。你有空吗？"

"有的。"手指悬在键盘上片刻，最终和悦还是敲下了这两个字。

芳名定的地方是一家挺有名的商场，和悦开车过去的，找到她说的位置时，发现那里并不止芳名一个人。

还有另外一个面生的女孩子，杏眼、鹅蛋脸，气质婉约，皮肤尤为白皙，像是剥了壳的鸡蛋。

"悦悦，不好意思，临出发前小鱼才联系我，就顺便一起来了。"芳名迎上来握住她的手道歉。

和悦有些不习惯同人这么亲近，笑了一下，温和道："没事，人多也挺好的。"

"我给你们介绍一下。"听她这么说，芳名的神色似放松了几分，拉着她过去，同那个小鱼面对面站着，"这位是和悦，这是小鱼，你俩年纪好像差不多，应该比和我更有共同语言吧。"

芳名年长了和悦几岁，话里话外都有种以姐姐自居的感觉。

"你好。"小鱼轻声冲她打招呼，眼睛里的打量藏得很小心。

和悦礼貌地回应了一声。

三人逛着商场，芳名在中间挽着她们的手调节气氛，聊天时你一句我一句，气氛也还算和谐，没有冷场。

逛了一上午，芳名买了两件大衣，小鱼也买了包包和鞋子，唯有和悦手里什么都没有提，还是刚进来的那副样子。

“你怎么什么也没买啊？”芳名疑惑，微挑起眉，“逛街就是要买。”

她拉起和悦的手走到一家店内，指着橱窗里展示的各种包包，扬声道：“这么好看的包，你忍心让它冷冰冰地放在这里不带回家吗？”

和悦盯着展示柜上的那些包，有几个新品区的样式还特别眼熟，她犹豫了下，还是忍不住说：“主要是家里有很多，所以没必要买了。”

“女人的衣服和包怎么会多！永远都不会！”芳名不由分说抓起正中间那个最新推出来的小包放在她身上比画，嘴里还在念叨，“这个包挺适合你的，真挺好看的。”

芳名怂恿着和悦买下来，和悦还是微笑着推拒，芳名一时间像是察觉到了什么，立即改口道：“我觉得这个包好看，今天别和我争，姐一定要买下来送你。”

这个牌子挺贵的，一个包可以抵普通人一年的工资，芳名暗自懊恼，是她考虑不周了，原本以为和悦被秋清安带在身边怎么也不会太差，但明显是她想当然了。说着，她便要让导购给包起来，准备去结账。

和悦连忙拉住她：“芳名，这个包我家里已经有了，谢谢你的好意。”

“啊？”芳名怔住。

和悦蹙眉，踌躇过后，还是解释：“秋清安吩咐人每个月都会送新款的衣服和包包过来，已经很多了，大部分都没怎么用过。”

在场的人都神情复杂，一言难尽。尤其是小鱼，脸色顿时变得苍白，眸中光彩尽失，芳名立即担忧地望向她，又很快调整好状态。

“行行行，那看来是我太操心了，走吧，快中午了，我们找个地方吃东西。”芳名说。

她牵着两人出去，一边唠叨着待会儿要吃什么，一边巡视着两旁餐厅，问她们的意见。

方才的事情很快被抛诸脑后，和悦看了眼旁边的小鱼，她似打起了精神，不复先前的失落，察觉到和悦的视线，还对她勉强笑了下。

三人找好餐厅，在位置上坐下，芳名拿着菜单点菜，询问两人口味，和悦刚说完，就见小鱼从包里掏出手机放到桌上，一个红色小挂件系在上头掉了出来。那是个中式的平安符，样式很简单，红色挂绳上有个精巧的中国结。

明显佩戴了很多年，布料边缘已经磨损，红色也不复鲜艳，却仍然被她随身携带，估计是有什么特殊意义。

和悦的目光定在上面，小鱼察觉，慌乱了几秒，拿手机看了一眼时间又故作镇定地放回了包里。和悦仍然望着那边，淡淡地注视着她。

芳名看了过来，发现她们两人之间的气氛有些奇怪，她正欲开口，就见和悦笑了下，出声问："小鱼，刚才你那个手机吊坠在哪儿买的，好像有点眼熟，我以前也有个类似的。"

"这个是我朋友送的，很久了，我也不知道他在哪儿买的。"她显然更慌了，眼神飘忽，不自然地看向别处，低头避开和悦打量的目光，紧张地撩了一下落在耳边的碎发。

"哦，这样啊。"和悦点点头，没再追问。

小鱼偷偷松了口气，又想到什么，懊恼咬唇。

一顿饭就在三人的心不在焉中结束了。

和悦回家推开门，坐到沙发上那一刻才觉疲惫，心力交瘁，双腿发酸。

她抓过一旁的抱枕，无力地躺了下去，脑中闪过无数画面。

高考前，她求了一个平安符送给了秋清安。

前段时间重新去庇荫山，他又求了一个，和悦问他之前的去哪儿了，他神色如常地说不见了。如果她没看错，小鱼手里的那个平安符，同她之前送给秋清安的一模一样。

和悦望着天花板发呆，许久，才叹了口气，爬起来，随手扎好头发，往厨房走去。

自从两人搬到了京市，晚餐都是和悦亲手做的，只不过秋清安不一定都能回来吃，有时候会在公司加班。

饭桌上，秋清安照例问到了她今天做了什么。和悦说去逛了街，和芳名一起，还有个叫小鱼的女孩子。

她说完，目光紧盯着秋清安，秋清安愣怔几秒，似想到什么，皱了下眉，又很快嘱咐她："以后少和她们来往。"

"为什么？"和悦不动声色地问。

"芳名身份有点复杂。"他沉吟片刻，缓缓地说，"其他乱七八糟的人你最好别接触。"

"那什么样的人不叫乱七八糟？"和悦低头夹着碗里的饭粒，轻声问。

秋清安神情一凝，以为她在这边没有什么朋友，不适应。

他缓和了语气："在家无聊的话可以和周蜜多出去玩一下，等忙完这段时间我就有空了。"

"嗯。"和悦没抬头，随口应。

大概是出于什么补偿心理，之后几天秋清安下班格外早，还带她出去看了两场电影，原本还想带她去参加某些朋友聚会，和悦用复习的理由拒绝了。

认识一个芳名就牵扯出了这么多事情，和悦本能对他圈子里的那些人敬而远之。只可惜她不找麻烦，麻烦却要找上门。

和悦刚下课，抱着书走出来，面前就停下了一辆车子，宝蓝色敞篷跑车里头的人摘下墨镜，剑眉星目，气质张扬，倒是长了副好面孔。

"和小姐吗？能否抽空喝杯咖啡？"

咖啡厅，环境雅致，人不多，周边很安静，还飘着舒缓的音乐声。

隔着一张桌子，来人递过来一张名片，自报家门。

国内有名的医疗器材公司负责人，更主要的是总公司涉及行业众多，资产雄厚，是著名的上市集团公司，而他便是集团名正言顺的继承人——蒋然。

和悦心想，这样子的身份的人找上她，不出意外就是因为秋清安。

果不其然，对方开口道："听说和小姐跟秋清安关系不一般？"

"嗯，挺不一般的。"和悦点头，喝了口咖啡，有些怠倦地抬眸扫向窗外的景色。

她神色平静，又似心不在焉，蒋然有些恼，却还是维持着表面的风度。

"那两位是打算结婚？"他倾了倾身子问。

和悦有些诧异，抬头看过去，眨了下眼："请问你有什么事吗？"

像是掌握了主场，男人抿了口拿铁，才再次望向她正色道："赵家想和我们联姻，不出意外的话，我妹妹会和秋清安结婚。和小姐，我想你应该也不愿意做那个插足的人吧。现在可以说是谈恋爱，等以后就比较难听了。"

和悦坐在那里静静听他讲完，倏忽，垂眸笑了声："那蒋先生可真急，八字还没一撇，就先着急上来替自己妹妹宣示主权了。"

蒋然的脸色一沉，垂放在膝头的手收紧，却仍旧面无表情地听她继续说下去。

"只可惜你找错人了，我们两个之间，死缠烂打的并不是我，如果蒋先生能有办法让我离开，我倒是求之不得。"和悦说完，面前的人久久沉默，像是在思忖她的话的可信度。

蒋然沉吟过后，有几分相信地向她确认："真的？"

"当然是……"和悦笑了下，吐出两个字，"假的。"

"我待会儿还有事，就先失陪了。"她径直推开椅子，提起包离开，路过蒋然时，看着男人咬牙隐忍的脸，又补充了一句，"对了，你与其来找我，不如把重心放在秋清安身上，毕竟他才是主角。"

和悦倒是没想这么多。

秋清安回归到那样子的家庭中，有些地方身不由己也是正常，不过，她猜想事情一定很不顺利，不然对方不可能出此下策直接找上了她。

心里是这样认知的，手上动作却依旧露出了几分端倪，和悦打开和芳名的对话框，她踌躇过后，还是碰上了键盘。

“芳名姐，上次见面的小鱼，她全名叫什么？”

对方发过来一个问号，很快又发来一条消息：“怎么了，有人和你说了什么？”

“我就问一下，不方便吗？”和悦发送了个笑脸表情包过去，“也没什么的。”

那头一直显示正在输入的提示，过了会儿，对话界面出现了两个字：“蒋瑜。”

和悦愣愣地看着屏幕，须臾，回复：“我知道了，谢谢你。”

和悦没有去立刻质问秋清安，也没有和他吵，只是觉得有点累，回去便早早睡下。不知道什么时候，秋清安进来了，手在她的额上碰了碰，低声问：“怎么这么早睡觉，不舒服吗？”

“没有。”和悦含糊道，转过脸，把头埋进枕头里，避开了他的手。

身边动静消失了，和悦却睡得不怎么安稳，被人吵醒之后，神志一点点清明，大概是睡了太久，已经无法再继续睡了。

和悦睁开眼，房间灯开着，昏黄一盏，柔柔的光线照亮四周，她从白天睡到了黑夜。

浴室隐约传来水声，秋清安在洗澡，她摸到旁边的手机打开，看了会儿，揉着眼睛坐了起来。

门被推开，秋清安穿着长袖睡衣走进来。深蓝色格子衬得他十分温和，平日的冷然不再，凌乱的头发散落着，面容白皙，像是邻家的俊朗少年。他身上的这套睡衣是和悦挑的，她还有另一套粉色格子的。当时买回来时他没说什么，却每天晚上都穿着这套睡觉，有次和悦给他洗了没干，他还为此生了会儿闷气，后来她就干脆买了几套差不多款式的睡衣让他换着穿。

和悦坐在那儿，愣神似的盯着他，表情变得柔软了几分。

“怎么不睡了？”秋清安走过来，摸了摸她的脸，他的手掌还带着热气和湿意。

“睡太久了，睡不着了。”和悦说话带着点鼻音。

她耷拉着脑袋，有气无力的样子，粉色格子睡衣领翻开，露出里头白皙的锁骨，就连乱糟糟的头发都让他觉得很柔软。

秋清安没忍住，把她抱到了自己的膝上：“白天为什么睡觉？昨晚没睡好吗？”

“不是。”和悦抬头看他一眼，想了想，说，“我今天见了一个人。”

“嗯？”秋清安正色看着她。

和悦眼睛依旧望着他，慢吞吞地开口：“他和我说，你要跟上次那个小鱼姑娘结婚了。”

“没有的事。”秋清安满脸无奈，想到她今天遇见的事情，脸上隐隐出现怒意，盯着她双眸，一字一顿道，“我不会和别人结婚，和我结婚的那个人只能是你。”

“可是她的手机上挂着我送你的那个平安符。”和悦又出声，双眸注视着他。

秋清安想了半天，才反应过来那个她是指蒋瑜。

他露出困惑，而后察觉到一个可能性，神色彻底沉了下来。

“我是弄掉了，但不知道是被人捡了去还是偷了去。”

已经是一年前的事情了，秋清安不记得太多细节，唯一有可能出现意外的应该是他喝醉那晚，蒋瑜被蒋然指使着送他回家，第二天早上起来，那个平安符就没有看见过了。

“哦。”和悦听完，应了声，便没有其他反应。

秋清安盯着她的眸子打量着，好一会儿才靠近，小心问：“生气了？”

他又说，“我不是故意的，而且我和她什么都没有，除去必要的几次见面，私底下基本没联系过。”

“我知道了。”和悦打断他的话，认真地陈述，“我没生气。”

“真的？”他试探着问。

“嗯。”和悦应道。

突然间，秋清安就不高兴了，抿紧了嘴角：“你一点都不在意。”

“啊？”和悦诧异。

“听到别人说的这些，你就不会生气吃醋吗？如果你真正在意我的话，就应该在知道后马上质问我了，但是你什么都没说。如果今晚不是我问起，你是不是就——”

“秋清安。”和悦突然打断他，冷静地伸手指了指门外，“我现在生气了，你去睡客房吧。”

秋清安一时语塞，半晌不知说什么，茫然地望着她张了张唇，须臾，把头一低，砸在她的肩上：“我错了。”他闷声闷气，话里带着小孩似的苦闷。

和悦沉默着，没有推开他。

时间临近十二月，天气转凉，京市温度很低。

和悦这几天跟赵媛视频，看她那边也冷了不少。

赵媛正在嘱咐她增添衣服，多注意休息，随后低头掩唇一阵咳嗽起来，和悦原本只是担忧地出声询问，谁知她这咳嗽整整持续了好几分钟，撕心裂肺，单薄的身体不断颤抖，苍白的脸色浮现异样红润。

“妈，你这样多久了，有没有去医院检查过？”和悦蹙眉。

赵媛还在咳，只是这会儿稍缓和了些，冲她摆摆手：“我没事，过几天就去医院。”

结束通话，和悦还是不放心，想了想，给她现在的丈夫Tim发送了通讯请求，说明来意，他立刻保证这周就带赵媛去医院。

可能是为了怕她担心，在和悦问起近况时，Tim简单地含糊了两句，不知是赵媛授意还是两人故意瞒着她，和悦心中隐隐有种不好的预感。

周末那天，她再次给赵媛发了视频请求，但竟然没有接，过了很久，才回了过来。

“怎么样？检查结果出来了吗？”和悦径直问。

赵媛在那头神色如常，随意道：“出来了，没什么事。”

“那就好。”和悦似放松了几分，接着又立刻出声问，“你去检查了什么，哪几项？”

“就照个片子，医生说没有大问题。”赵媛一脸不在意，“就是小毛病，最近降温，吃点药就好了。”

“那你自己多注意。”和悦牵挂了几日的心终于缓和了下来，继续复习着，脑中却时不时闪过赵媛方才那张略显憔悴的脸。

回国有段时日了，好像好久没有见她了。和悦垂眼，轻轻叹了口气。

如此风平浪静过了半个月，和悦正在上课时，突然接到了和启的电话，其实和悦来京市之后，两人联系就少了很多，基本除了定期的问候，不会随意联系对方。

她盯了那个号码几秒，拿着手机轻手轻脚地走出了教室：“喂，爸。”

“悦悦啊，你和你妈妈最近有没有联系？”

“怎么了？”和悦一颗心微沉，眉眼轻敛。

“我上次联系她，她好像在医院，是肺有点问题，问她具体的也不愿意告诉我，所以就想来问问你。”

“爸，我知道了，你别担心。”过了许久，和悦开口，低头盯着面前的栏杆，上头布着一层薄薄的灰尘，她继续平稳地道，“那就先这样，到时候有事我再和你说。”

刚好一堂课结束，和悦回去收拾东西，旁边有认识的同学关心询问，和悦笑了笑，说家里有事先走了。

路上，她迫不及待地联系Tim，这次在她的逼问之下，他终于说出了实话。赵媛这两个月一直断断续续咳嗽，她简单吃了药没放在心里，直到最近加重才到医院检查，医生说是肺炎。

上周赵媛住院了，现在已经差不多恢复，因为怕和悦担心所以就没告诉她。听完，和悦又是松了口气又是担忧，回去后立即和赵媛视频，她还在医院，背后一片白色，穿着宽松病号服，脸色不太好。

和悦忍着怒气，目光似乎要穿透屏幕："这么大的事你还瞒着我！"

"没必要弄得尽人皆知。"赵媛露出无奈，丝毫没有觉得自己的行为有问题。和悦觉得如果再有下次，赵媛还是会这么做。

和悦深吸一口气，忍住胸口翻涌的情绪，沉声道："可我是你女儿。"

"你知不知道这样只会让我更加愧疚，一点都不是为我好，真正为我好的话，就不应该这样故意隐瞒，我是个成年人，会有自己的判断。"她板着脸，口吻严肃。

赵媛头大，抬起两只手放在脸侧，连声妥协："好好好，我知道了，下次一定会仔仔细细地告诉你。"

"还有下次！"和悦拧着眉纠正，"不会有下次了，你一定会身体健康长命百岁的。"

赵媛霎时间笑了出来，点头："行，那我就承你吉言了。"

两人就这样看着对方，忽然间安静了下来，沉默几秒，和悦低声道："等我这几天有空了回去看看你。"

"不用了，一点小事多麻烦。"赵媛连忙拒绝，她就怕这样。

"不麻烦，反正我现在也没重要的事情，买张机票就可以了。"和悦安抚她，没有露出一丝异样，若无其事地岔开话题。

晚上秋清安回来，通知她明天去试礼服，过两日是赵老爷子的八十大寿，秋清安要带她一起出席。

和悦答应了，但仍旧神色凝重，他察觉，出声问："怎么了？有什么问题吗？"

"今天和我妈妈视频，才得知她生病了。"和悦仰起脸看着他，明亮灯光打在她眼中，像是布着一层漂亮玻璃，她轻声问，"我能去看看她吗？"

秋清安的表情有一瞬间的呆滞，又很快反应过来，垂着眸静静地打量着和悦。

片刻，和悦才听到他回答："可以。"还未等和悦眼里绽出笑意，他又若无其事地补充了一句，"等我这两天忙完手上的事情，陪你一起过去，顺便拜访一下阿姨。"

他嗓音平和而坦然，但和悦的心慢慢凉了下去——不管她这段时间是如何的自欺欺人，依旧改变不了他们如今关系畸形的事实，她被限制了自由。

这些日子的亲密相处如今看起来更像是一个笑话，宛如一盆冷水兜头浇下，让她遍体生寒，顷刻清醒。

她就是那笼中鸟，金丝雀，主人可以给予她无上宠爱，却也剥夺了最可贵的翅膀。和悦没有再说什么，只是点点头，苍白着一张脸，慢慢后退。

秋清安心里莫名地涌起一阵恐慌，伸手去拉和悦，却被她躲开。

"我先去洗个澡。"她低着头说，匆匆地转身，急忙离开，背影有几分仓促无措。

这晚两人依旧是拥在一起入睡，只不过和悦背对着他。秋清安从后头把她揽在身前，胸膛毫无间隙地贴着她的背脊，隔着薄薄的布料清晰地感知到对方的体温，仿佛这样就可以造成亲密无间的假象。

第二天和悦被司机接了去试礼服，到地方之后她才发现秋清安也在那里，他穿着一身剪裁合体的深色西装，浅蓝色的衬衫，袖口笔挺，上头有一枚暗金色的袖扣，低调尊贵，气势十足。

店内人员都恭敬地站在两旁，正中间摆着一排排精致礼服，等候她的挑选。和悦被秋清安牵着手过去，目光掠过那些衣服，他脸上含了淡淡笑意：“喜欢哪件？”

和悦没有作声，只是手抚过那些布料，神色平静，眼底毫无波动，大致把眼前的礼服都看了一遍，才在最末拎出一件，示意：“就这件吧。”

她手里的是一条中规中矩的米色裙子，裹胸收腰，裙摆及膝，上头用细线绣了花纹，不仔细看难以发现。旁边有店员准备出声，却又在瞥见两人脸色时停住，最后默默站在那里，毫无反应。

秋清安眸光微沉，里头隐隐涌动着不明情绪，他盯着和悦许久，移开眼，嗓音平淡：“你喜欢就这件吧，带她去试一下。”

他朝旁边一位店员扬了扬下巴，店员连忙过来，从和悦手里接过裙子，弯腰伸手：“和小姐您好，这边请。”

裙子款式简单，一条拉链到底，后头还有一个绑带设计，店员的动作很快，几分钟就整理完成。

镜子里的人气质内敛，虽然裙子不是特别抢眼出色，却出乎意料地合身，把她衬得腰细腿长。

和悦出去，秋清安目光落在她身上，停留片刻，出声问：“喜欢吗？”

“你呢？”和悦不答，反而询问他的意见。

秋清安才缓和一点的神色又渐渐冷了下去，不动声色地回视她：“只要你喜欢的，我都喜欢。”

和悦轻笑了一声，再次抬头，淡淡地看向店员：“那就这件吧，帮我定下来。”

两人共乘一辆车，并排坐在后座，秋清安握着她的手放在膝上。

“悦悦，你是不是在生我的气。”陈述句，话里带着不经意的笃定。

和悦望着窗外，语气淡淡：“没有。”

一时无话，车里安静，须臾，他再次开口：“先送你回家，我待会儿还要去公司。”

夜里，秋清安回来得很晚，和悦在床上躺了许久，她闭着眼，仍然无法入睡。

听到脚步声，她没回头，浴室里传来响动，不知过了多久，旁边被子被掀开。

秋清安极其自然地伸手揽过和悦，她一如往常任由他抱着，一只手掌捧住她脸颊，和悦被迫仰起头，刚睁眼，他的唇就覆盖了下来。

这个吻深入而热切，她有些招架不住，双手徒劳地挡在他的身前，想要退缩。

秋清安察觉，手收得更紧，和悦没了力气，放弃抵抗。秋清安翻身将她压在底下，伸手一扬，拉过被子盖住两人头顶。

赵老爷子的寿宴在两天后，设在自己家中。京市的地寸土寸金，这栋有些年代的三层旧式别墅，主厅宽敞，里头装修得富丽堂皇。

今天来的人很多，赵家在政商两界多年来累积的人脉颇为雄厚，觥筹交错，头顶吊灯流光溢彩，有不少面孔都是电视新闻中出现过的。

言笑晏晏，你来我往，场面十分融洽。

赵老爷子被周围的人簇拥着，头发花白，精神矍铄，不知说起了什么，开怀大笑，眼角堆起几道深深的皱纹。

和悦挽着秋清安的手出席时，周遭安静了一瞬，各个方向的目光投过来，通通都落在她身上。

她视若无睹，跟在秋清安身旁，被他径直带到老人面前。

说话的人都停顿了下来，盯着两人，神情各异，眼中不乏打量。赵老爷子坐在那里，眸光锐利。

“爷爷，这是和悦。”秋清安出声介绍，眉眼冷静，语气淡然，“你未来的孙媳妇。”

通知的口吻，让在场所有人呼吸都停了。

赵家和蒋家要联姻的消息圈子里早有耳闻，原本两家就有很多合作，生意联系紧密，如果能再加上一层姻亲关系，那就更加牢固了，不管哪一边都可以更上一层楼。

本以为是板上钉钉的事，谁料突然冒出来这么一个女人，看秋清安那样也全然不像是开玩笑。

如今赵家被他一手把持，如果他说不，估计谁也改变不了这个决定。更何况秋清安和赵家关系也是众所周知的，毕竟他回来这些年，连姓氏都不愿意更改，如今更是无人敢反对他。

众人思绪纷杂，不约而同都把视线投向了赵老爷子，他紧抓着轮椅扶手，目光紧紧盯着两人，沉着脸，看不出喜怒。在气氛凝滞到极点的时候，他动了，手微微一松，看着的却是和悦："过来，帮我推一下轮椅。"

"哦，好的。"和悦愣了几秒，立即上前，旁边有位助理似的男人靠边，对她和善地笑了笑。

"您要去哪儿？"和悦推着轮椅，微微躬身问。

赵老爷子轻哼一声，颇为不满："去正中间那个台上，我要讲话。"

和悦刚准备推他过去，秋清安立在原地，看着赵老爷子："江州不是在你旁边，为什么要她推你？"

"江州是江州，她是她！"赵老爷子手里的拐杖重重敲地，冷哼，"怎么，我未来的孙媳妇推一下轮椅都不行？"

"行，当然行，我只是随便问问。"秋清安面不改色，侧身让开地方。

和悦推着轮椅从他面前走过，一老一少的身影颇为和谐，当然也吸引了全场人的注意。

赵老爷子在台上致辞，感谢今日所有人的莅临捧场。

和悦一直同秋清安一起静静地站立在他身旁，在刺目耀眼的灯光下，接受着底下人目光的洗礼。

从今天开始，她便名正言顺地站在众人眼前。

生日宴接近尾声时，赵老爷子身体支撑不住，累了先回去休息。

秋清安同各类人等周旋，和悦踩着高跟鞋，脚趾酸痛，找了个借口退场，在外头花园寻了块清静角落坐下。

她俯身解开鞋子系带，揉了揉小腿，刚看了几眼月色，旁边就多了个人，手里端着块小蛋糕。

“看你一整晚没怎么吃东西，随便垫垫肚子。”见她的目光落在蛋糕上，赵方然补充似的解释，“你们女孩子应该都喜欢吃甜食吧。”

和悦仰头看着他，秋清安的父亲是一个俊秀安静的男人，先前宴会上两人碰过面，一同陪在赵老爷子身边，但气氛实在不算好，不管是赵老爷子还是秋清安，都似乎有招待不完的人，唯有他站在一旁，存在感过于低了。

大概是因为他的长相和秋清安极像，和悦对他反感不起来，笑了下，礼貌接过递来的蛋糕，朝他颔首：“谢谢。”

“这样的场合是不是很累？”他顺势坐下，两人并肩坐在长椅上，周遭光线黯淡，耳边只有树叶被风吹动的簌簌声，身后不远处却是灯火通明。

和悦点了下头：“嗯，人好多，都不认识。”

“慢慢习惯就好了。”赵方然说，侧过头看她，嘴角有淡淡笑意，“清安当年刚回来的时候也是这样不适应，经常一个人躲起来。”

他说完，看了眼四周，想起什么：“对了，他就喜欢待在这个地方，一个人静静坐着。”

“这样啊。”和悦笑了笑，低下头没再说话。

“你们是很早就认识了吧？”赵方然又开口。

和悦“嗯”了声：“高三同班了半年。”

“难怪……”他若有所思，“他当初答应我愿意回来，唯一的一个条件就是不能干涉他的自由，尤其是婚姻。所以到现在，我和他爷爷都不敢反对他的决定。”话音落地，赵方然连忙补充，“当然，我们不是不喜欢你的意思，相反，我觉得有你在很好，那个孩子……”

他迟疑了下，眼中带了点失落：“他恨他爷爷，也讨厌我，身边没有亲人，交心的朋友也不多，能找到一个喜欢的、可以相伴终身的人，我很为他感到开心。我看得出来，他是真的在意你，同你在一起时，他比任何时候都要温柔，像个活生生真实的人。”

赵方然走了，只剩下和悦一个人，她看着手里那个玛瑙红的翡翠戒指，复古花纹，正中是一颗光滑水亮、鲜红欲滴的红玉石，四周一圈都镶着碎钻，带着那个年代特有的韵味。

赵方然说这是秋清安的祖母留下来的，原本是想给他妈妈，后来出了那件事情，赵方然也心灰意冷，把这枚戒指藏了几十年，现在交到了她的手上。

她思考着，身旁传来脚步声，秋清安久未见她，寻了过来，看她坐在那里发呆，微沉了声音：“在想什么？”

“刚才看见你父亲。”和悦把手里的戒指交给他，神色如常说，“这个是你奶奶的。”

秋清安没有任何动作，垂眸看了眼，又抬起：“既然给你了，那就是你的了。”

“那我暂时保管。”和悦收起。

秋清安盯着她，神情也没有不悦，须臾，他朝她伸出手：“走吧，宴会结束了。”

“好。”和悦径直站起来，忽略了面前的那只手。

秋清安眼底掠过一些阴霾，手掌往下，紧扣住，把她牵牢。

“司机在外面等我们，待会儿路过祥记，要不要再吃点其他东西？”

“不用了，刚才吃了块蛋糕。”

“嗯。”和悦应着。

沉浸在夜色下的小花园，两人的背影渐渐走远，直至消失不见。

赵老爷子的生日宴过后，秋清安出奇地忙碌，他好像遇到了什么棘手的事情，每天深夜才归，有时候和悦一觉醒来，旁边还是空荡荡的，不知道昨夜有没有人来过。

同周蜜见面时，和悦才知道最近江浩杰也是如此，回去的路上，她再三思考，还是在手机上旁侧敲击问了一下江浩杰，原来是最近赵氏集团和蒋家的几个合作项目出了纰漏，整个公司都在加班。

和悦正在思考着，手机就再次振动起来，这次是Tim发来的信息，赵媛的病情又复发了，再次住进了医院。

这晚她等到了将近十二点，秋清安才推门进来，和悦坐在沙发上打瞌睡，一听到声响，立刻惊醒了。

她仰起头看过去，秋清安没料到她还在，扯开领带的动作停了下，出声问："你怎么还没睡？"

"等你。"和悦起身，朝他走近，"我有事要和你说。"

"什么事？"秋清安从冰箱里拿出一瓶纯净水。

和悦平静地开口："我妈妈病情复发再次住院了，我要去看看她。"

秋清安动作停住，过了片刻，轻轻放下手，侧头看她，沉吟了一下，缓慢道："等我忙完这两天。"

"一周前你就是这么说的。"和悦截断话头，冷静道，"你到底在担心什么，我一去不回吗？难道这么久我们之间连最基本的信任都没有吗？"

"我还能信任你吗？"他轻声反问，眉头微拧。

和悦瞬间像是被人抽走全身力气，肩膀塌了下来："你不可能把我绑在你身边一辈子，哪儿里也不让我去，我是个人，不是宠物，我有最基本的人身自由权。"

"当初合同上不是说得很清楚吗？"秋清安眼里仿佛藏着困惑，明知故问。和悦的理智一点点消失，被愤怒取代，神色却更为冷静，接近漠然。

"那份合同怎么签的我们都明白。"

"所以呢？现在事情解决了要反悔了？像你当年一样，献完爱心就毫不留恋地走人？"

“秋清安！”和悦被他气得眼泪都掉出来，再也维持不住表象，手握拳，肩膀颤抖，咬紧牙，盯着他，“我只是想回去看看我妈妈，仅此而已！”

“不准。”

“你再说一遍。”

“我说，”他注视着她，漆黑的眸子幽暗得吓人，薄唇轻启，两个字几乎是从牙齿里蹦出来，“不准。”

“砰——”的一声巨响回荡在客厅，那扇门随之用力摇晃，撞到墙壁又反弹回来，虚掩在门边。

和悦穿着拖鞋冲了出去。

秋清安僵直站在原地，怔了几秒，面色微变，拔腿追过去。

外头已经空荡荡，没有一丁点人影，电梯显示停靠在一楼，秋清安立即疾步上前按着旁边的按键，等他追到楼下，寂静的夜色中，只剩空空的道路。

和悦不见了。

十二月的京市，室外冰冷刺骨，和悦疾步走出小区，在路边随意拦了辆出租车坐进去，暖气扑来的时刻，仿佛从地狱回到人间。

她提前给周蜜打了电话，周蜜抵达时，她穿着单薄的家居服低头在原地转着圈圈，和悦从她手里接过钱还有几套衣服，面对她担忧的询问，只笑着说了句“没事”。

出租车还是刚才那一辆，让司机在市内一家酒店门口停下，和悦拿着周蜜的身份证开了一间房。幸好她证件照是多年前的了，略带模糊的面容完全显示不出两人的差异。

半夜来回折腾了这么久，和悦身心俱疲，洗了个热水澡换上酒店浴衣，她钻进被子沉沉睡下，把那些烦心事都抛诸脑后。

另一边，周蜜早已接到秋清安的电话，她如实把自己给和悦拿钱和衣服的事情告诉他，唯独隐瞒了身份证。

和悦所有的东西都留在了家里，手机拒接，秋清安联系不到她，他在客厅内焦躁打转了大半夜之后，脑中突然闪过一道亮光。

这么晚了，深夜，她在这边没有其他朋友，唯一能待的地方就是酒店。

而除了周蜜，没人会帮她。

第十章 和好

冬日清晨，和悦听到有人在按门铃，似乎还伴随着酒店工作人员的声音，要核对她的身份信息。

和悦抓了把头发，换好衣服，走到了玄关处。

从门镜望出去，外面确实站着一位穿酒店制服的女性工作人员，和悦打开门，声音有点哑："有什么事吗？"

"悦悦。"她还未回答，旁边就走出来一个人，正是秋清安。他神情有些憔悴，眼底布着红血丝，像是一夜没睡的样子。

和悦没想到他的动作这么快，她淡淡地问："你来干什么？"

"跟我回去。"

"我可以拒绝吗？"和悦认真反问。

秋清安皱起眉头，黑眸紧盯着她："别闹。"

和悦点了下头，没再说什么，回身收拾房里为数不多的个人物品，然后再次站到他面前："走吧。"

她太过于平静，让秋清安始料未及，静默片刻，还是牵着她往外走，只是没两步，和悦就轻轻挣脱掉了他的手："回去的时候麻烦经过一下周蜜家，我把东西还给她。"

看着两人同时出现在自己家楼下，周蜜欲言又止，目光从他们之间扫过，最后把和悦拉到一旁："昨天我收拾东西的时候江浩杰发现了，所以秋清安打电话问我我只好说了。"

和悦沉默一会儿，说："没事，反正他迟早也会找到我。"

回到家，秋清安似乎有急事，匆匆忙忙换好衣服便去了公司，临走前，他注视着她，神色有些复杂，最后还是拉开门出去。

和悦同赵媛通了视频，她确实是病情复发了，但不算太严重，住了两天院又回来了。和悦仔细问着赵媛身体情况，被她打断："不要光说我了，说说你吧。"

"我怎么了？"和悦一顿，"我身体健康，一切如常。"

"我觉得你好像不太开心？"赵媛在那头打量着她说，神情认真。

和悦假装随意道："我不和以前一样吗？一直都是这样的。"

"我以为你回去会开心，是不是发生了什么事情？"赵媛问她，眼神温柔，和悦鼻头一酸，差点和盘托出。

"没有啊，我能有什么事。"她调整好情绪，朝赵媛笑了笑，"妈，你不用担心我，你还是多注意注意自己吧。"

两人聊着细碎家常，到最后，和悦才垂下眼睑，很轻地说了一句："最近我可能没办法来看你了，等过段时间有空了再来哦。"

"没事没事，我早说你不用特意过来。"她满不在乎地摆摆手，内心深处却浮出了一丝担忧。

秋清安很早就下班回来，似乎是害怕和悦会再次一言不合跑出去，其实他想多了，即使走得再远，只要线头攥在他手里，和悦就逃不掉。

和启是她的软肋，存在一天，和悦就永远没办法离开。

只是两人的关系降到了冰点，晚上和悦没有做饭，叫的是外卖，高档五星级酒店的餐食，色香味俱全，摆满了一桌。

秋清安坐在那里，望着面前的食物，脸色阴晴不定。

和悦面不改色地用筷子夹着菜，平静进食，丝毫不受影响。

不一会儿，她就放下了碗。

“我吃饱了。”和悦看了一眼秋清安未曾动过的筷子，起身临走前，又补充了一句，“你吃好了就放在那里，我待会儿来收。”

秋清安看着她若无其事地走进房间，肩膀绷直，瞳孔紧缩，呼吸一顿，须臾，又缓缓放松下来。他看着面前的饭菜，终是一口没吃，通通扔进了垃圾桶里。

晚上两人相拥而眠，和悦推不开秋清安，也不想大晚上和他吵架，任由秋清安从后头抱住她。只是身后很快传来均匀的呼吸声，她睁开眼，把他的手臂从腰间拿掉，与他拉开了距离。

秋清安半夜被饿醒了，他看到漆黑的房间，清冷微弱的月光从窗户外洒进来，怀里一片空荡荡，和悦睡在离他很远的地方，裹紧被子缩在床边上。

秋清安恍惚了片刻，渐渐回神，心里又带了点刚睡醒的起床气，他再次看了眼和悦，伸手，毫不留情地推了推她的肩膀。

“我饿了。”他叫了一声，没反应，手上加重力气，又推搡了两把，“我饿了。”

和悦从梦中被吵醒时，只听到耳边一声声叫唤，她挣扎着往被子里钻，却终是徒劳，睁开眼，看到一旁望着天花板的秋清安，他嘴里同时冒出一句：“我饿了。”

“关我什么事！”她生气地打开他的手，用力翻了个身。

身体继续被人摇晃了两下，和悦睡意彻底消失，一下从床上坐起，按亮灯，扭头盯着秋清安。光线刺眼，哪怕是柔缓的昏黄色，秋清安扔抬手横在眼前，适应了几秒，才回视着和悦的怒目。

他神色有几分无辜地说："我被饿醒了。"又解释道，"晚饭吃不下，现在好饿。"

"活该！"和悦纵使好性子也被气出了三分脾气。

秋清安依旧十分和气地看着她："能给我煮碗面吗？"

"自己不会煮吗？"

"我煮得不好吃。"

和悦深吸了一口气，不想再同他纠缠下去，把被子一掀便下了床。

她开火烧水，下面捞起，三下五除二便煮好了一碗白水面，凭着最后的一丝善心，又给他煎了个蛋。

"咣当"一声把碗丢在秋清安面前，和悦擦干净手回房继续去睡，在反锁门和不反锁之间，她犹豫了一秒，把跃跃欲试作死的那颗心从悬崖边上拉了回来，然后上床关灯，拉高被子用力一蒙，陷入自闭。

和悦不知道秋清安什么时候回来的，反正她醒来已经是第二天上午，出去上完课后又去看了两场电影，一直到夜幕降临时才慢吞吞地回家。

推开门，空气中却飘荡着熟悉的饭香，和悦换鞋的动作一顿，望向厨房，系着围裙的秋清安正好端着两盘菜出来。

"回来了？"他十分温和地说，"吃饭了。"

晚上八点，早已过了晚饭时间，和悦也已经在外面吃过东西。

桌上放着简单的两菜一汤，秋清安在对面把卷起的衬衫袖子放下来，眉宇中有些疲惫。

和悦动了动唇，还是说："你不用这样。"

秋清安手停住。

“下次我不做饭你可以直接叫外卖。”她看到秋清安一瞬间没了神采。

秋清安拿起碗筷盛饭，把其中一个碗在和悦面前放下，自己默默吃着。

“我手上的事情处理得差不多了，过两天再去出一趟差，回来就可以陪你一起去看望阿姨。”他抬头望着和悦，嘴角带了点笑，“你这段时间有空可以看看机票。”

“不用了。”和悦忍住心底波动，残忍道，“我不想去了。”

“给我一个理由。”他拿筷子的手停在半空，缓慢地落下，静静地注视着她。

“我妈妈已经出院了，身体也调养得差不多了。”和悦声音缓缓响起，她直视着他，再次强调，“况且，我觉得这样挺没意思的，真的。”

“啪嗒”一声，秋清安手里的筷子被放到了桌上，他偏头揉了揉额角，深吸一口气：“那你觉得怎么样才有意思？”他抬起头，目光锋利如箭，“让你飞去国外？想来就来，想走就走，这样就有意思了对吗？”

“你爱怎么想就怎么想吧。”和悦一脸漠然。

“我不想和你吵。”秋清安咬牙，忍耐似乎已经到了极限，又忍着脾气哄她，“你想要什么我都可以满足你，除了这个，你再换个其他的想想。”

“我只要这个。”她同他对视，“我只要我的自由。”

秋清安眼中的烦躁达到顶峰，推开椅子，双手放在腰间，低着头。

须臾，他再次看了眼坐在椅子上的和悦，拎起一旁的外套，打开门：“我去公司，你早点休息。”

秋清安走后，和悦坐在那里许久，直到面前冒着热气的饭菜变得没有一丝温度。

外面不知何时起了风，撞着窗户，发出响声，和悦如梦初醒般，起身把桌上的菜一样样倒掉，在厨房清洗碗筷。

她垂着眼，看着水流冲刷掉泡沫，白色瓷面慢慢露出原本的洁净，和悦把盘子碗筷都用抹布擦干，才一样样放进柜中，转身回房。

秋清安一整晚都没有回来，又或许回来了，但她没有发觉。

和悦如往常一样上课吃饭，甚至还约周蜜一起逛街看电影。

这晚，秋清安回了趟家，明天要出差，他是来收拾东西的。

两人隔了几天没有见过面，乍一碰上，相对无言。

和悦没有打招呼，径直越过秋清安往里走，他忍耐许久，胡乱从衣柜拎出几件衬衫和外套放在行李箱里。

最后找袜子时，怎么也找不到，于是秋清安望着被他翻乱的那堆乱糟糟衣物，自己生了会儿闷气，又看了眼在卧室走动的和悦，扯着嗓子叫了声："我袜子在哪里？"

"最下面抽屉左边第二格。"和悦远远瞟过来，未做思考答。

秋清安闻言找到地方拉开，果不其然，里头整整齐齐码着几排袜子。

他心中的郁气莫名其妙就消散了。

夜里两人并排躺着，房间灯关了，很黑，秋清安突然说："我去三天，回来就一起去看你妈妈。"

"我说了不用了。"和悦闭着眼回。

"我想去。"他固执道，"就当一起去旅游了。"

"对不起，我一点也不想旅游。"和悦忍不住翻了个身，拉着被子离他更远，如果可以，她甚至想要搬到隔壁房间。

耳边没了声音，和悦不知道秋清安是何表情，她也不想知道。

她用力闭紧眼睛，强迫自己入睡，迷迷糊糊，睡意终于涌进脑中。

和悦刚放松，熟悉的气息朝她袭来。

和悦推了一把，没推开，秋清安已经咬着她的唇攻陷进来，和悦奋力挣扎，在几欲沦陷的前一秒，伸手挥了出去。

一声脆响。

秋清安停住了动作，连同空气都仿佛凝滞。和悦喘着气，掌心刺痛，床头灯被打开，近在咫尺的人，白皙的脸颊上有一片醒目的红色。

昏黄灯光笼罩着房间，秋清安漆黑的眸子阴沉，紧抿着唇。和悦毫不畏惧与他对视，须臾，周遭微动，他压着她的后脑勺，再次来势汹汹地对着她的唇亲了上去，也仅仅只是亲她而已。

时间过去许久，两人终于分开，秋清安抵着她的额头，眼角泛红，呼吸急促，和悦的胸膛亦在剧烈起伏。

秋清安抬起和悦下颚，迫使她仰起脸来，面容逼近，死死地盯着她，声音似从牙缝里挤出来："和悦，你别惹我。"

自那晚之后，和悦就没和秋清安说过话。

他次日一大早飞去出差，中间两人没有联系，直到第三天，和悦手机上收到一条航空公司发的机票预订短信，出发日期是明天上午十点。

她的理智和怒火顷刻被点燃，以现在两人的状态，和悦一点也不想让赵媛见到他，而且，她根本不可能把秋清安带到赵媛面前。

和悦立即拨打了秋清安的号码，想找他理论，听筒里传来的忙音最后化为一道冰冷女音。

他不接她电话。

和悦难得情绪失控，把手机重重地扔到茶几上，呼吸急促，胸膛剧烈起伏。她简直气得要原地爆炸，脑中乱成一团，快冒烟了，又掺着说不出来的委屈，几股情绪拧在一起，在胸口横冲直撞，找不到出口。

她逼退眼底泪意，咬咬牙，把掉到地上的手机捡回来，吸着鼻子重新调整好状态，联系江浩杰。

深夜十一点，出租车上，和悦没有再试图给秋清安打电话，她静静地坐在那望着窗外黑色的夜空。

十分钟前，芳名在朋友圈发了几张照片和定位，正是和悦上次去过的那家私人会所，而照片一角，恰好捕捉到了秋清安的半张侧脸。

江浩杰说他们晚上十点多就落地了，他已经到家，而秋清安同他分开后不知道去了哪儿。

车子停下，和悦凭借着记忆找到了上次那间房，在顶楼，包间号很特别，和悦猜那是他们的固定聚会地点。

门的隔音效果很好，走廊听不到一点声响，她拧上门把，径直推开，看见屋内的画面。

同她预想中的差不多，男男女女，谈笑风生，房间回荡着轻柔的音乐声，液晶屏幕上播放着歌手的MV，有人抽烟，空气显得不那么清新，桌上散落着各种酒瓶，构成一幅奢靡又热闹的场景。

和悦的目光定格在秋清安身上，与此同时，他也正看着她，对她的闯入并不惊讶。反而是坐在他身旁的女人脸上露出一些慌乱，不算明亮的光线中，和悦仍旧认出了那张熟面孔——蒋瑜。

两人并肩坐在沙发上，和悦推门的前一刻，他们貌似还在聊着天，蒋瑜手里端着酒杯，朝着他的方向，脸上露出羞涩笑意，眼睛里满是爱慕。

周围的人正在起着哄，趣味盎然。

原本房间里热闹的气氛在和悦进来的那一瞬冷掉，所有人的目光都放在她身上，像是看着一个突兀闯入的外来者，每一道眼神都化为针尖，让她如芒在背。

和悦挺直身子，垂放在两侧的手收紧，眉眼冷静地走到秋清安跟前，微抬下颚，说："你不接我电话，我只好亲自来和你说，机票信息我看到了，但是我明天有事，去不了，所以你有空请把票给退了。"

秋清安身形未动，仰着头，眸光沉沉地盯着她，嘴角抿紧，快要绷成一条直线。

和悦不想再在这里多待一分钟，等了两秒没有听见回答，随即转身离开，关门的那一刻，身后传来玻璃落地破裂的声音。

伴随着两声女人的尖叫，之后有人从房内慌乱地走出来，经过她时打量一眼，随即神色匆匆地去叫服务生。

和悦加快脚步离开这里。

秋清安一夜未归，和悦也整晚无法入眠，一直辗转反侧到天色发白，才做了决定，打开手机软件订票，收拾东西。

“我觉得我们都需要冷静一下，我去肆城住一段时间。”消息一发出，如同石沉大海，和悦松了口气，提着行李箱出门。

最近一班的飞机也在十一点，和悦随便吃了东西坐了许久，终于等到登机信息，刚准备朝安检口过去时，大厅就走来一行人，正在四处搜索着什么。

她心中涌起一阵不祥的预感，刚准备安慰自己，就看到人群中的秋清安脸色煞白，神色阴寒。

和悦僵直在原地，他的目光不经意扫过来，正与和悦对上，眼眸骤然缩紧，朝她大步走来：“没经过我允许，你哪儿都别想去。”

手里机票被撕得粉碎，行李也被人抢了过去，秋清安紧紧拽着和悦的手臂，那群保镖也瞬间围了上来，不动声色把她和人群隔开。

“你是不是有病？”和悦挣扎，用力去掰他抓住自己的手，视线模糊了，怒火直烧大脑，“我不是给你发消息了？”

秋清安停住脚步，转过脸来，黑眸紧盯着她：“我早上没看见，我不同意。”他重复着说，“我不同意，和悦。”

时隔几个小时，和悦再次回到了这栋房子里。秋清安昨夜看来真的是过得不太好，一回来便陷在沙发中，垂眼揉着眉心。

和悦坐在一旁，冷若冰霜，视线放在别处，连看他一眼都不愿意。

“陪我睡一会儿。”他哑声说，“昨天晚上被你气得一整晚没合眼。”

和悦紧闭着唇没开口。

秋清安见状，伸手想去拉和悦，刚到她跟前，她条件反射地躲开，冷冷呵斥：“别碰我。”

秋清安原本就苍白的脸色更难看了，嘴唇微微颤抖，许久才回神：“随你的便。”

他艰难地挤出一句，起身离开，躺在散发着和悦气息的床上时，身体里铺天盖地的倦意却一瞬间消散，只剩下彻骨的寒心和痛楚。

秋清安睫毛颤了颤，闭上眼，身体不自觉蜷缩，手放在了胸口上。

只留和悦一人坐在客厅，时间仿佛静止，墙上钟表发出“嘀嗒嘀嗒”的响声，外头冷风卷起落叶。

手机进来新消息，和悦如梦初醒，迟钝地眨了下眼，想起什么，立即起身去打开门。果不其然，外面站立着的两人立即转头，面无表情地看着她，一身黑衣，如同扑克。

秋清安把保镖留在了这里，他是想软禁她?

和悦扯开嘴角嘲讽地笑了起来，用力甩上门，眼泪不断地流出，沾湿了脚下的地板。

秋清安睡了两个小时，他看着和悦，皱了下眉，还未出声，就见她动了动，望向自己，开口道：“你是想软禁我吗？”

过去的那段时间，和悦试图出去却都被阻挡了回来，对方只有一句话：“没有先生吩咐，谁也不能离开。”

她从愤怒到不甘到无奈，最后归于平静，内心是声嘶力竭之后的绝望和疲惫。

“他们可以保护你的安全。”秋清安站在那里，无比平静地回答。

和悦眼底掠过嘲讽，转过头，不再多看他一眼。

他仍旧站立在原地，目光落在她身上，过了好一会儿才移开，在门外似乎同那两人交谈了几句，再次回来。

“我不会软禁你，他们两个只负责保护你的安全，你可以出门。”说完，见和悦没有任何反应，秋清安顿了顿，轻声补充了一句，便转身离开，“有什么需要可以给我打电话。”

他的身影消失了，周遭的气压都仿佛小了起来，和悦僵硬的身体缓缓松弛，须臾，站起身。

那两人果然没有再阻拦，只是寸步不离地跟在她身后的和悦想要打车时，其中一人拦住了她，打了个电话，接着一辆车子在她面前停下。

和悦去上课，他们就等在教室外面，引得周围一圈异样的眼光，旁边的同学偷偷问她需不需要报警，和悦笑了笑，谢绝了别人的好意。

下课已经是傍晚，和悦去了经常去的那家餐厅吃饭，刚要进去，面前又横出一只手，毫无起伏的音调：“和小姐，先生让您回去吃饭。”

“如果我一定要在这里吃呢？”和悦反问。

对方像是机器一样，没有情绪地重复：“先生让您回去吃饭。”

和悦气笑了，径直转头，似乎是预料到了她的反应，马路边，早上那辆车飞快停了过来，恰好停在和悦跟前。

保镖一人坐在副驾驶座，一人在她身侧，两边车门紧锁，仿佛押送着犯人一般把她送回了家。

餐桌上，已经摆好了整整齐齐的三菜一汤，满是熟悉的香味。

秋清安给和悦盛着饭，那句“回来了”刚说出口，她就一阵风似的越过他，回了房间，重重一声响，严实的门板把一切隔绝。

秋清安的话戛然而止，唇张了张，最后无力合上，客厅安静，他望着那个方向，手慢慢垂落下来。须臾，他独自一人在餐桌旁坐下。

天色渐黑，和悦坐在飘窗上，面无表情地望着外面，发着呆。

秋清安敲了敲门，端着饭菜走了进来，他把手里的东西放在一旁的矮桌上，语气如常地出声问：“在看什么？”

和悦没理他，仍怔怔看着外头。

“吃点东西，今天做了你喜欢吃的排骨，我刚刚试了，味道很好。”秋清安低声劝着，端起碗筷，夹了块排骨送到她的嘴边，“你尝尝。”

他低三下四哄着和悦，可她视若无睹，看都没有看他一眼，连情绪波动都没有。直到秋清安的手腕都酸了才颓然放下，片刻，转身出去：“我放在这里，你记得吃。”

迟缓的脚步声，他没有回头，手握着门把，轻声说：“就算生气，也不要糟蹋自己的身体。”

那两盘饭菜放在那里，一直无人问津，秋清安忙完工作再次进来时，和悦已经上床，大半张脸蒙在被子里，看不清面容。

他站在床边，突然涌上一股深深的无力感，房间静谧得失去了所有声音，就像是他们之间有什么东西在悄然泯灭。

周蜜突然约和悦出去，她怔了下，答应了。

两人像往常一样逛着街，只是身后一直有两个冷面男人跟着。周蜜不习惯，挽着她的手靠近，悄声道：“悦悦，你就让他这样？”周蜜担忧地望着她，有些难以接受，“我觉得秋清安这次太过分了，你应该朝他发一次火，你就是对他太好了！”

周蜜握紧拳头义愤填膺，和悦垂着眼，满脸漠然：“我不想和他吵。”

甚至连一句话都不想说。

两人随意逛着，和悦兴致不高，周蜜的情绪也变得低迷，最后她们什么都没买，进了一家餐厅。

“吃点东西吧，我有点饿了。”周蜜眨巴着眼睛说。

和悦笑了下，没拆穿她：“好。”

她似乎松了口气，连忙叫服务员过来点菜。她看着菜单报出一堆菜名，随口问和悦：“悦悦，你想吃什么？”

“我不吃，你随便点吧。”

周蜜放下手里的东西，神色愕然：“可是你已经一天没吃东西了。”她焦急地脱口而出，说完便自知失言，垂头丧气地坦白，“好吧，其实是秋清安找我的，对不起悦悦，你现在这样我却一点都帮不上你，但是你不能和自己身体过不去啊！”

“我就是不想吃。”和悦盯着桌面，轻声道，“你不用再劝我了，我吃不下。”

“悦悦……”她欲言又止。

“你快点菜，吃完我们回去。”和悦抬头望着她淡笑。

周蜜咽下嘴边的话，用行动表示着自己的决心，一整顿饭都在试图引诱和悦。

可惜和悦的胃已经没感觉了，早已饿过了头，彻底失去食欲。

她淡定地注视着周蜜，就像欣赏一场与她无关的表演，最后，周蜜沮丧地放下筷子：“走吧，我们回家。”

“不吃了？”

“饱了。”

估计秋清安很快就收到了消息，时刻关注着她的动向。

和悦到家不久，门就被重重推开，他怒气冲冲，又极力隐忍：“和悦，你到底想干什么？绝食威胁我，还是报复抗议？”他步步逼近，“你今天吃也得吃，不吃也得给我吃。”

和悦坐在床上，无动于衷。

秋清安气急败坏，打电话对着那头吩咐，语气急促：“白粥，对，软一点，不要加其他东西。”

三言两语，挂断电话，秋清安把目光又放到和悦身上，一点点靠近，蹲在和悦身前，仰着头，神情温柔：“你到底想要什么，告诉我。”

和悦仍旧不答，抿着唇沉默地看着他。从昨天起，她就没有再和他说过一个字。

“阿悦，你告诉我，你到底想要什么，我把保镖撤掉让他们不跟着你了好不好？你想去哪儿就去哪儿，想去肆城，我陪你回去，我不打扰你，分开住好不好？你说话啊，阿悦，求求你，和我说句话，嗯？”

秋清安双手放在她的膝上，几乎跪在她面前，一声声地哀求，眼睛都红了，可和悦依旧无动于衷，视线像落在他脸上，又像是飘到了不知名的地方，明明她整个人就在他眼前，却怎么抓都抓不住。

秋清安快要崩溃了。

门铃响起，房间压抑的气氛骤然被打破，秋清安渐渐平静，整理好情绪起身。

手里的白粥温度适宜，可秋清安还是吹了又吹，感受了温度之后才送到和悦唇边，和悦依然一动不动，毫无反应。

秋清安继续耐心地哄她：“阿悦，你吃一口，任何要求我都答应你，就吃一口？”

她的无视终于消磨掉了秋清安仅存的理智，他骤然变了脸色，红着眼，咬牙切齿：“行，你不吃是吧？”

和悦的脸颊被人捏住，嘴唇被迫张开。一勺温热的粥被送了进来，软腻香浓，刚一入嘴，和悦胃里就是一阵翻涌，她捂着唇立刻推开秋清安，往洗手间奔去，阵阵呕吐声从里头传出来。

秋清安盯着和悦的背影，面露绝望，恍然才发现，她这段时间已经瘦了很多，原本便纤细的身形如今更是瘦小，令人触目惊心。

秋清安就缓慢起身走了进去，他伸手去扶和悦，却被她一把打开。和悦撑着墙壁艰难站起，双腿都在抖。

“我扶你。”他不忍，声音沙哑。

刚伸出手便被和悦再次挣开，这次动作更为剧烈。

和悦用力推开他之后，秋清安还没来得及抓住她的手，就见她双目一闭，身体不受控制往下跌，面色惨白地晕了过去。

“阿悦——”秋清安惊恐地睁大眼，失声叫道，立即把她打横抱起，疾步冲出了门外，保镖还站在外头，见状立即去按电梯。

车子飞快行驶在夜色下。

秋清安看着怀里悄无声息的人，连呼吸都在泛着疼。他视线几近模糊，耳边嗡鸣，脑中只有一个念头在嗡嗡作响——只要她好好的，其他的什么都不重要了。

和悦醒来，已经在医院，四周都是雪白的墙壁，她的右手上打着点滴，秋清安伏在床边，趴在一旁睡去，紧紧握着她的手。

和悦现在格外虚弱，连维持大脑的清明都耗费了不少精力，她试着动了动手指头，软绵绵的，好像这具身体快要不属于自己。

她没有惊动秋清安，侧头静静看着窗外，快下雪了，外头树木都是一片萧瑟，灰蒙蒙的天，恰如那一年的肆城。那个穿着T恤站在便利店内明净温和的男孩子，一点点变成了如今陌生的样子。

这里头，她功不可没。

和悦眼里不自觉盈满了泪水，薄薄的一层，晶莹剔透，仿佛睫毛一颤就会落下来。

“阿悦……”秋清安慢慢坐起，神色怔怔望着和悦，伸出手，想去触碰她的眼睛，被和悦一扭头，轻轻躲开。

秋清安的手停在半空，眼里闪过一丝失落，又很快释然，松开她，站了起来。

“你醒了，有没有哪里不舒服？”他问完，才想起和悦现在什么都不肯和他说，于是又自顾自说上一句，“我去叫医生，你别乱跑。”

医生很快便来看过，只是许久不进食造成的晕厥而已，本来和悦就有点低血糖，加上那么一折腾，身体便承受不住。

她的胃这两天饿坏了，现在只能先输着葡萄糖，慢慢吃些流食，医生说一定要好好调养，不然往后情况肯定没那么乐观。

临走前，那个中年男医生看了眼两人，叹气，语重心长：“再怎么闹也不能拿自己身体开玩笑，有什么问题可以好好沟通嘛。唉，现在的小情侣……”他摇摇头，走了。

病房内依旧一片安静，和悦沉默地望向窗外。

秋清安坐在那里，微垂着头，轻声道：“我觉得医生说得很对，有什么问题我们可以好好沟通。阿悦，你对我有什么不满可以说出来，我都改，不要像现在这样不声不响地伤害自己。”

“我难道没有说吗？”和悦蓦地出声，转头看他，对他说了这几天来的第一句话。她嗓音还是干涩沙哑的，甚至有些不流畅，却字字都像箭一样扎在他心里，“我的所有要求都被你驳回了，我就像是一只被你关在笼子里的小鸟，每一分每一秒都让我感到窒息。”

秋清安当即僵在那里，手足无措，目光哀哀地望着她。和悦不忍再看，转回脸，望向了别处。

许久，他声音低低地响起：“那我现在给你自由，从今往后，你做什么我都可以不干涉，这样行吗？”秋清安抬起头注视着她，眼里藏着哀求、痛楚，还有许多说不清道不明的东西。

和悦握紧手，同他对视，耳边仿佛没有一丝声音，万籁俱寂，周遭一切都化为空白。

她缓缓开口，满是决然：“那我想回去继续读书，行吗？”

话音落地，秋清安的脸迅速苍白了下去，他后槽牙咬紧，放在病床上的手不自觉握成拳，又松开。

空气凝固，眼角红了又红，最终还是抱着最后一点希望艰难询问：“阿悦，你一定要去吗？能不能换个其他的？我一定都答应你。”

“我只有这一个要求。”和悦说。

“我考虑一下。”片刻，他从椅子上起身，离开了。

和悦安静地望着他的身影，沉默着，不知在想些什么。

和悦的身体本就虚弱，又经过这样一番交谈，她体力不支，在秋清安走后，闭着眼，再次昏昏沉沉地睡去。她不知道，那个原本走掉的人又悄无声息地回到她的床边，长久地坐在那里，静静地凝视着她。

和悦这次醒来，已经临近傍晚，一睁开眼，看到的仍然是守在一旁的秋清安，他不知道多久没休息过了，脸色憔悴不已，头发凌乱，嘴唇干燥起皮。

见她睁眼，秋清安立即揉了揉脸，扶她起来：“要不要吃点东西？医生说你要进食了。”

“嗯。”和悦过了很久，回答。

秋清安替她端来洗漱用品，和悦皱了下眉：“我想下床。”

“你现在……”他话说到一半，咽了回去，小心翼翼把和悦从床上扶起，穿鞋，她站直的一瞬间，头晕目眩。

“慢点。”秋清安立即环紧和悦的肩膀，待她稍稍缓解之后，半抱着她往前走。

和悦简单地洗漱完，瞬时清醒了许多。秋清安不知道从哪里给她准备了一小碗粥，还有水蒸蛋，嫩的像是水，入口即化。

吃完，她感受到了久违的暖意。

她看着在一旁收拾着碗勺的秋清安，神色淡淡的，出声问：“你考虑好了吗？”

他整个人怔住了，须臾，手里继续收拾着，没回头：“好了。”

餐具被放进了袋子里，收紧，被秋清安拎到门外扔掉。

他重新在病床旁坐下，人已经恢复平静：“你想什么时候走？”

和悦注视着他，那双平静的黑眸下，似乎暗流涌动，他的面容冷静得有点异常。

她不假思索地说："越快越好。"

时间过去很久，秋清安的目光长久停留在她身上，像是要割裂分离些什么。微弱的空气中，终于传来一声艰难且低哑地回答："好。"

和悦恢复得很快，第三天就出院了。经过这一次，她瘦了很多。

她回去便立即收拾行李，小小的一个箱子，带过来，又带回去，其他的她分毫未动。

秋清安立在门边，看着她忙碌。从房间走到衣柜前，拎出衣服，叠好放到行李箱里面，又走到柜子边，把个人用品捧在身前，半蹲在地上，一件件放到箱内。

和悦脸上的神色是如此的平静，像是历经磨难终于脱离苦海。

秋清安有那么一瞬间戾气上涌，想不管不顾把她绑在身边，可眼前浮现的却是她倒在自己怀里，躺在病床上，那张苍白面孔。

阳光下漂亮盛开的花被拔出来，装在容器里，哪怕每日换水，用最珍贵的养分呵护，它也会失去生命，日渐枯萎，终有一天彻底死亡。

秋清安绷直的身体渐渐松缓下来，他终于认命，看清这个残忍冰冷的现实——他留不住她。

机票是次日下午的。

昨晚两人吃了最近这段时间以来最平和的一顿饭，秋清安嘱咐她不要忘记带东西，在那边注意身体，和悦一一答应，顺便让他不要太忙于工作，劳逸结合，剩下的便是沉默。

两人之间仿佛藏着一根线，谁也不能去触碰，谁也不敢去跨越，于是只能说一些无关紧要的小事维系着表面的和谐。

秋清安亲自送她去的机场，大抵是怕他临时反悔，和悦换好登机牌，很快便进去安检。队伍排着不少人，秋清安站在她身旁，安静地看着面前的队伍一点点缩短。

终于轮到了和悦，她的行李已经托运，朝工作人员出示了证件之后，走到了安检口。

秋清安也止步于此。

她脚步停下，还是转头望向他，神情是许久未见的温柔。

“再见。”和悦朝他轻声说，转身离开那一刻，突然被人抓住了手腕。

秋清安黑沉的眸子注视着她，嘴唇微动，面露恳求：“不分手行吗？”

轻不可闻，毫无底线的一句话，秋清安放下了他全部的自尊，在最后的时候还是忍不住把心底深处的渴望宣之于口。

他紧紧盯着她的脸，一动不动。

和悦垂下眼，挣脱掉他的手，轻声说：“回去吧。”

飞机再一次从头顶呼啸而过，把她从他身旁带离。

秋清安回到家中，又恢复了当初的安静，他坐在床边看着和悦生活过的痕迹。日光渐渐西斜，房间暗了下来，又涌入清冷的月光。

他变成一道沉默的影子，在黑暗中岿然不动，仿佛失去了所有生气。

平安夜，所有的地方都在张灯结彩，大肆布置。

和悦从教学楼出来，怀里捧了一堆包装精美的平安果，其中还掺杂着几份圣诞礼物。

她这次回来便从家里搬到了留学生宿舍，研究生的宿舍环境比起本科要好很多，两人一间，里头设施一应俱全。

和悦去年就已经动了心思，毕竟省了路上奔波的时间，重点是打扰了Tim和赵媛的二人世界这么久，总有些过意不去。

更何况，她最近的状态实在不算好，不想再让赵媛生出担忧。

和悦一路走到宿舍，距离有些远，天黑下来了，冷空气扑面，和悦拉了拉脖子上的围巾，遮住口鼻。

这是一条笔直的道路，两旁种着高大的树木，在路灯下投出大片阴影。正值下课时分，来往学生很多。

和悦加快了脚步，不知为何，她总感觉最近两天周围有些怪异，仿佛有人跟在身后，回头一看，一切又很正常。她这种直觉在回到宿舍看到门口那个苹果时达到了巅峰。

和悦飞快折返到楼下，只看到来来往往的人影，路的尽头仿佛有一道熟悉的背影，又很快消失在她的视线中。

和悦盯着手机上的那个号码，指腹摩挲着屏幕，许久，还是收起，一言不发地拿着那个苹果上楼。

她落下的课程很多，尽管回来已经努力在追赶，期末成绩依然有些惨不忍睹。

导师布置了几个课题，当作是他们的假期作业，和悦不敢松懈，每日依旧勤勤恳恳泡在学校里，一直到春节当天才回去。

这边没有过春节的习俗，但是赵媛每年还是会做一桌子的菜，同和悦一起包饺子，看看国内的春节联欢晚会。

和悦到家时，Tim正在厨房擀着面皮，脸上还沾了面粉，赵媛在一旁捏着饺子，不一会儿，掌心就出来一个白白胖胖的饺子。

和悦脱掉大衣，挽起毛衣袖子走过去。

她加入之后，效率就快了起来，正赶在春晚播出时三人上了桌，一边吃着热气腾腾的饺子，一边看着电视。

窗外一如既往安静，但夜色渐深后，时不时也会响起几道烟花爆竹声，在这异国他乡，也有与他们同根同源的异乡人，共同庆祝着这个特别的节日。

接近零点，和悦回复了几条祝福短信，她刚准备洗澡上床时，手机再次振动，进来的是一个电话，屏幕上的名字令她顷刻屏住呼吸，心跳不自觉漏了两拍。

“喂？”手指缓慢地划开屏幕，和悦放轻声音，害怕一用力就把什么东西戳破。

“新年快乐。”熟悉的声音从听筒中传了出来。

和悦眼睛微微湿润，低下头，轻声说：“新年快乐。”

这边的寒假是一月份结束，没两天，和悦就回学校继续上课。

照例是一个傍晚，夜幕降临，路上行人不多，入夜之后格外的冷，温度低了不少。

大家都躲在屋子里，屋外有道身影。

他站在一块站牌底下，穿着黑色的大衣，长长的围巾遮住了脸，戴着鸭舌帽，像是一道融入黑夜的影子。

两人隔得很远，和悦依稀只能看到那道模糊的身影，可不知为何，她就能感觉到他落在自己身上的视线。

和悦径直朝着那个方向一步步走了过去。

“出来吧。”和悦淡淡地说，停在离他一米远的地方不动了，目光落在站牌上，一副看穿一切的模样。

秋清安迟疑了两秒，走到她面前，沉默地瞅着她。

这个时间，国内应该还沉浸在欢度春节的气氛中，正是亲友团聚的时候，秋清安却出现在了这里。

“你怎么在这里？”和悦问。

秋清安低头，声音闷闷的：“刚好过来出差，就顺便走走。”

大过年出差？顺便就走到他们学校来了？

和悦不想去戳破他的谎言，双手插在外套口袋，沉默许久，出声：“好，那你慢慢逛。”

和悦转身离开，秋清安怔了几秒，跟在她身后，远远看着她的背影。

两人一前一后地走着，像是电影里无声的画面，昏黄的路灯在无边的黑夜中散发着柔和的光晕，小小一团，拉长了地上的影子。

天空不知何时飘起了小雪，男人的身影高而瘦，长长的影子，孤独地缀在她的后头。

和悦上了楼，房间窗户正好对着底下，她拉开窗帘，看到路边那个人影伫立在原地，正仰着头，盯着这个方向。

和悦打开了房间的灯。原本漆黑的楼在某处亮起一盏发亮的小格子，秋清安低下头，手插在口袋里踱步，绕了几圈之后，慢慢地离开。

雪花掉在他发间、肩头，化成水，融进了黑夜里。秋清安抽出双手合在唇边呵了口气，沿着道路的尽头，渐渐地走远了。

和悦第二天去上课，打开门发现了满满的一个大袋子，里面都是她平时最喜欢吃的东西，只有国内才能买得到。

她蹲在地上，从袋子外面扯下来一张黄色小字条，熟悉的字迹写着“你瘦了，多吃点”。自这次之后，和悦好长一段时间没有见过秋清安，这个人好像从她的生活里彻底消失了。

冬去春来，天气开始转暖，和悦某天和周蜜视频时，听到周蜜在抱怨江浩杰加班太多，每天睡眠不足，四处奔波，担心他的身体会吃不消。

“你不知道，那次我们吃着饭，我就去端个水的工夫，他竟然靠在椅子上直接睡着了！公司也太没人性了，我真担心他哪天会猝死。”

“那秋清安呢？”和悦沉默了下，突然出声问。

“啊？”周蜜愣怔，在那头茫然地睁大眼睛。

“秋清安最近怎么样？”她又耐心地重复了一遍。

周蜜咽口水，反应过来。这么久了还是第一次听和悦提起秋清安，她以为这辈子都不会再从和悦嘴里听到这个名字了。

“他也就那样，每天忙工作，不过江浩杰都成这样了，他应该更忙吧。”周蜜若有所悟，又想起什么，偷偷看了她一眼。

“怎么了？”和悦问。

“没事没事。”周蜜连忙摇头，一副欲盖弥彰的模样。

和悦皱了下眉，平静道：“有什么事情你直接说，不要瞒我。”

“悦悦，你还喜欢他吗？”

“怎么了？”她不动声色地问。

周蜜踌躇了下，眼里露出迟疑，吞吞吐吐：“之前有个女的追了他好久，死缠烂打，我以为都放弃了，没想到你一走，她又冒出来了。”话一说开，就像开了闸的洪水，周蜜不停地吐槽，“你不知道，她之前多可怕，老是抱着饭盒去公司给秋清安送饭送水果，整天嘘寒问暖，无微不至，就连江浩杰都被她问烦了……”周蜜的话戛然而止，怎么感觉像是在夸那女孩一样。

“那现在呢？”和悦像什么也没听出来，只是继续追问。

“现在不就是那样，”周蜜干笑两声，“不过比以前收敛很多，毕竟秋清安你也知道，不是谁都能接近的。”

“哦。”和悦垂着眼，忽然开口，“她是不是叫蒋瑜？”

“你怎么知道？”周蜜脱口而出，发现自己说漏嘴了，连忙补救，“不过你放心啦，秋清安肯定不会多看她一眼的，毕竟以前她还跑到秋清安家里要给他做饭，结果被秋清安赶了出来，你知道他说了什么吗？”

“什么？”

“秋清安说，你不是她。”

周末，和悦在宿舍待了两天，一直到周日的下午，冰箱空了，她翻出旧伞准备出去采购。

外面正在下雨，她没有雨鞋，只好穿着一双稍微防水一点的鞋子，但愿能安全地回来。

她提了一大袋东西，路过甜品店时顺便买了块草莓蛋糕，希望靠甜品来驱散一下近来的阴霾。

她的舍友今天回家了，晚上可能不会回来，所以她得独自解决晚餐，和悦思索着要不要煮个意面时，就在宿舍楼下看到一个人。

他打着伞，穿着一件深色的风衣，身形挺拔清瘦，仰头望着她宿舍的窗户，神情专注。

和悦一直走到他跟前都没有被发现，她才看到，他一只手臂和一面肩膀都湿了。

“你在这里干什么？”她蓦地出声，秋清安被吓一跳，肩膀颤了颤，回过头来。

“你，出门了？”他的目光从她手里掠过，最后定格在她脸上。

和悦对上他的视线，点点头：“嗯。”

秋清安抿了抿唇，两人沉默，雨水敲击着伞面，一辆车子从旁边呼啸而过，溅起一片水花。

须臾，他抬眸，静静注视着和悦，开口道：“我最近不怎么忙，所以过来看看你。”

男人浑身像是沾了湿冷的水汽，萦绕着挥之不散的薄雾。

和悦呼吸放缓，极力克制住自己的冲动，指尖屈起。

“你吃饭了吗？”秋清安继续问，眉宇间有些迟疑，“要不要一起？”

见她久久不语，似是怕她拒绝，秋清安又补充了一句：“我们也好久不见了，作为朋友，能一起吃顿饭吗？”

和悦提着塑料袋的手指终于动了动，过了良久，出声道：“外面下雨不太方便，你不介意的话，我们在宿舍里随便吃点。”

和悦住在四楼，没有电梯。

宿舍这些年一直没有翻新过，外墙都已经斑驳，夹缝里长了青苔，楼道也狭窄，好在设施都齐全，灯坏了总会有人及时维修。

黄色的小灯泡散发着柔和的光线，整个楼梯间安静不已，只能听见彼此的脚步声。

和悦打开门，秋清安曾无数次在楼下静静望着这一处，却是第一次踏进这个房间。

装修简单的两室一厅，大概是住着女孩子的缘故，里头小物件很多，显得生活气很足。

秋清安在正中那张小沙发上坐下，对面是一张小桌子，阳台的玻璃窗关紧，还能听到雨水敲打的声音。

和悦走进房里，又拿着一个吹风机出来，递到他面前，示意他的衣服："吹一下。"

秋清安愣了两秒，立即接过："好，谢谢。"

和悦点了下头，提着桌上的袋子蹲在冰箱前，把东西一样样归置好。

不一会儿，她起身，手里握着一盒牛肉和几个红色小番茄走进了厨房："吃面可以吗？"

"哦，可以。"秋清安望过去，清了下喉咙，连忙答。

秋清安吹干衣服，规矩地坐在那里，时不时转头看一眼忙碌的和悦，鼻间开始闻到了浓浓香味，牛肉混合着番茄，意面加上酱汁。

和悦端着盘子走了出来。

餐桌就在不远处，贴着墙面，有些老旧，上头铺着白底碎花的桌布。

两人面对面坐下，和悦搅动着手里的叉子，尝了一口浸满了酱汁的黄色意面。她吃得很满足，秋清安也不自觉地低头，面的味道有几分熟悉。

曾经在京市，她也给他做过。

秋清安鼻头有一刻的酸涩，又很快调整回来，手里动作飞快，一大盘面不一会儿就快要见底。

和悦微微一怔："你多久没吃东西了？"

"好久了。"他鼓着腮帮子，嚼着嘴里的东西，眼中露出几分委屈，"很久没有好好吃饭了。"

“那个小鱼姑娘呢？不是每天给你送饭。”和悦低头若无其事地挑着面条，眉眼平静地吃着。

秋清安慢慢停了下来，摸不清她的态度。

“我一次都没有吃。”他看着她郑重地保证，就差竖起手指发誓，“我只吃你做的饭，真的。”

秋清安小心翼翼地瞅着她。

和悦想起什么，笑了下：“那你不得饿死？”

“花了钱的不算。”他悻悻地摸了摸鼻子，眼睫毛轻颤，覆了下来。

和悦的笑意慢慢收起，看了眼他面前的盘子，问道：“吃饱了吗，要不要再加点？”

“可以吗？”秋清安又立即抬起脸问。

和悦摇头：“不可以。不过我买了个草莓蛋糕，可以分你一点。”

这个晚上，是秋清安这半年来唯一一次感觉到舒适和美好的夜晚。他拿着勺子，小口地吃着蛋糕，草莓是酸甜的，奶油甜到发腻，面前低眉垂眼的人，是两者中和起来的味道。

甜度刚好，偶尔又会让人尝到一点酸。

是独一无二，无可替代。

秋清安之后来得过于频繁。

和悦总是在下课后，回宿舍的路上，不经意就看到了他的身影。

她带他逛着学校，参观了教学楼和食堂，甚至还在人少的时候，带他溜进了课堂里。

偶尔有空时，秋清安会陪她一起在图书馆静静看书。他喜欢到她的宿舍蹭饭，有一次撞到她的室友，一个白人女孩，见到他第一眼就惊呼出声，直直看着他。

和悦连忙拉他出去，回来之后被室友喋喋不休地追问：“悦，他是你男朋友吗？是中国明星吗？长得太漂亮了！下次可以经常叫他来玩！我会心情很好的！”

和悦头疼扶额，逃似的进了房间里。

换季时冷热交替，国外还好，国内温差大。

秋清安这次过来时，似乎有点小感冒，两人见面没说几句话，他就咳嗽了起来。和悦去药店给他买药，让他快点回去休息。

“我不要紧。”秋清安站在原地不动，看了眼她身后的学校，那意思不言而喻。

和悦妥协，只好先带他回宿舍，让他把药给吃了。幸好她这个舍友的家人就在这边，每周都会回去，秋清安隔半个月就飞过来，挑的都是周末。

和悦烧好热水，拿着杯子出去时，秋清安已经歪在沙发上睡着了，脸上带着不正常的红晕，和悦伸手过去一摸，额头有些烫。

她连忙翻出体温计，从他衬衫领口放进去，他迷迷糊糊的，费力地睁着眼看她。

“你是不是发烧了？”和悦问。

秋清安没动，目光停留在她脸上。

“先吃点感冒药吧，看看有没有作用。”

和悦把秋清安扶起来，秋清安整个人都靠在她身上，头一动，鼻息打在她颈间，滚烫。

吃了药，他又咳嗽了两声，却清醒很多，撑着身子坐了起来。

“等几分钟，看看有没有发烧。”和悦示意秋清安夹着的体温计，他“嗯”了声，神色倦倦的。

和悦掐着时间，一到点就把体温计抽了出来，对着光仔细看，好在只有一点发热：“你睡一觉吧，是不是最近休息太少了？”

秋清安的衬衫有些皱，头发乱乱的，许久没剪了，刘海蓬松而细碎，有一种弱不禁风的美感，又藏着几分阴翳。

秋清安生病时，眼眸里头带着点躁郁，薄唇紧抿。

和悦伸手把盖住他眼睛的几根头发拨到一边，秋清安一眨不眨地盯着她，柔软的指腹抚过眼皮，轻轻一触便离开。

秋清安本能地抓住了她的手。

两人怔怔对视。他单手撑在沙发上，身子微微仰起，衬衫领口敞开，顺着一旁歪斜，露出白皙清瘦的锁骨，另一只手牢牢地抓住了她的胳膊。

外头是个阴天，室内光线不甚明亮，紧闭的窗户，透进来微弱的光，周遭过于昏暗。谁也没有开口说话，彼此的瞳孔里都藏着另一个人的身影，仿佛受了蛊惑，她一动不动，脑子瞬间空白。

秋清安直起身，渐渐朝她靠近，突然把头砸在了她的肩上，轻轻一偏，埋进了她颈间，传出来的话闷声闷气的："我感冒了。"

和悦浑身陡然放松，轻出了一口气，半晌没动。

沙发很窄，最初只考虑她们两个女生用，秋清安睡在上面，有些勉强。

和悦看着他缩在上面的样子，面露不忍："你去我房间睡吧，我现在不用睡觉。"

"好。"秋清安很顺从地点头，站起来，往里走。

他先前来过两次，对于和悦的房间只是大致地参观了一下，那张床中等大小，铺着小碎花的床上用品，枕头旁还有一个绿油油的西蓝花抱枕。

秋清安好奇地拿起，仔细放在眼前端详。

和悦一窘，立即从他手上夺回来："睡不睡？"

"你哪儿来的？"秋清安丝毫没有被她威慑到，慢吞吞地掀开被子，脱鞋，躺了上去，把自己整个人盖住只露出一张脸，半埋在枕头里。

"出去逛街的时候看到顺便买的。"和悦把西蓝花抱枕放到了柜子旁他够不到的地方，随手收拾着房间里散落的衣物。

"你为什么买它？"秋清安仍然拉着她讲话，视线紧随着她。

和悦不想理，埋头忙着半天没回答。秋清安若有所思，又自言自语：

“是因为觉得它长得很可爱吗？绿油油的，原来你喜欢这种——”

“不是。”和悦忍不住打断他，偏过脸带了几分恼意，“只是觉得形状很特别而已，就顺手买了，凑单！”

一阵笑声从他喉咙里滚出来，低低的，清朗干净。秋清安笑着笑着又控制不住咳了起来，身子颤抖，脸上却有掩盖不住的舒畅，他意味深长道：“哦，我知道了，凑单，只是凑单而已。”

和悦面无表情地走上前，伸手帮他拍了拍背，语气凉凉道：“有那么好笑吗？”

“没有很好笑。”秋清安仰头看她，眼睛里残留着水汽，亮得像是星星，“因为是你就变得特别有趣，哪怕只是一件很小的事情。”

“睡吧。”和悦垂眸注视了他许久，最终只轻拍着他的背，低声道。

秋清安的手从被子里探了出来，在底下摸索着，抓住了她的手，紧紧握住，才闭上眼。和悦没有挣脱，就这样慢慢地拍着他。

躺在那里的人呼吸渐渐平稳了，和悦的目光落在不远处那个绿油油的西蓝花抱枕上，摇摇头，觉得有点丢人。她这么大的人了还喜欢奇奇怪怪的小枕头，还被他嘲笑了。

秋清安这一觉直接睡到了下午，和悦中途给他量了一次体温，退烧了，只是出了一身的汗。

醒来让他洗了个澡，又吃了一顿药，衣服和药都是和悦出去新买的，最简单的白T恤和大短裤，这边气候温暖，隐约已入夏。

晚饭比较清淡，一份蔬菜和汤，还有煎培根，中西结合的口味。

吃完饭后，和悦准备送他回酒店。

“那你和我一起回去吗？”秋清安的黑眸湿润地望着她。

“嗯？”和悦应着。

“万一我晚上又发烧了怎么办？”

“应该不会了吧。”和悦明白过来，婉转无奈道。

“我在这边也没有一个认识的人，如果半夜生病了都不知该找谁，要不然你让我在你宿舍沙发上待一晚吧。”秋清安用那张大病初愈的脸，简单真诚，又带着一丝恳求地同她说。

和悦向来没有办法拒绝他，唯一的一次反抗也是被逼到了绝路。

如今他就这样坐在她面前，用这种柔软可怜的语气请求她，几乎是一瞬间，她就心软了。

“行吧。”她迟疑地点点头，答应了。

和悦晚上还有课题作业，用电脑查着资料，秋清安靠在那里看手机，回复里头的邮件。

两人相安无事，安静地做着自己的事情，不知过了多久，他似乎忙得差不多了，手掌一握收起手机，倾身朝她靠过来，鼻息喷在她脸侧，问道：“在干什么？”

和悦吓了一跳，回过头，看他一眼，两张脸隔得极近。

“做作业。”

她稍微拉开点距离，把电脑屏幕展示给秋清安看，他视线停留几秒，若有所思。和悦正以为秋清安会说什么时，他却又坐了回去，出声问：“你还要多久忙完啊？”

“还要一会儿，你累就先去睡吧。”她继续转头看着屏幕。

秋清安没再开口，只是起身去翻了会儿冰箱，然后切了盘水果过来。

和悦今天买了蓝莓和苹果，秋清安拿着叉子叉了块苹果递到她唇边，和悦专心致志，直接就着他的手吃了下去。

秋清安脸上露出点笑，又给她喂了口蓝莓。

夜渐渐深了，天气有些凉，风从阳台灌进来。

秋清安鼻头发痒，突然打了个喷嚏。

和悦说：“你快回房休息，对了，今天还有一顿药。”

“可我感觉我已经好了。”

“那也要吃！”

“哦。”秋清安悻悻地摸了摸鼻子，乖乖起身。

感冒药有安眠的作用，可大概是今天白天睡了太多的原因，秋清安辗转反侧，在床上还是难以入眠。

秋清安百无聊赖，看到了不远处那个西蓝花抱枕，又想起和悦窘迫的样子。他长手一伸，把绿油油的西蓝花抱枕拿了过来。手感倒是极好，软绵绵的，抱在怀里大小刚好，只是总有种抱着棵蔬菜入睡的错觉，不过一想到和悦每晚也是抱着它，就变得顺眼了很多，秋清安弯起唇，闭上眼。

和悦进来时，就看到秋清安躺在被子里，怀里抱着那个西蓝花抱枕，一副视若珍宝的模样。

她伸手把抱枕拎了出来。

秋清安立刻醒了，原本他也没睡着，只是闭目养神而已。

“你干吗？”他盯着和悦手里的抱枕。

和悦打开衣柜，把西蓝花塞到角落里，神色平静地转身：“不准抱。”

“为什么？”

“你白天还说它丑。”

“我哪有？”秋清安十分委屈。

“你嘲笑我了。”和悦有理有据，“就是变相说它丑。”

“行吧。”他说完，看到和悦开始从衣柜里抱出备用的毯子和枕头，秋清安这次皱起眉，“你要去哪儿睡？”

“我去睡沙发。”和悦头也不回地答，刚踮起脚从衣柜顶层把毯子拿下来，就被人从后头打横抱起，她惊呼一声，手里的毯子掉到了地上。

“我去外面睡。”他把和悦放在床上，转身捡起毯子，准备往外走。

和悦立即下来拦住他：“不行，你刚生完病。”

她站在秋清安面前，张开双手，要从他手里把毯子抢过来，只是对方一点反抗都没有。秋清安任由她拿走毯子，垂眸睨着她，眼窝投下一小片阴影，他淡淡道："那就一起睡。"

再僵持下去也就显得太过于矫情，两人同床共枕的次数都数不清，不过是将就一晚，心中坦荡则无惧。

和悦抱着这样的想法同意了他的提议。

只是灯一关，房间黑下来，两个人一起躺在床上时，和悦就后悔了。

旁边的人太不容易忽视，他的气息、温度、存在感，无时无刻都在挑战着她的神经。脑中一直隐隐紧绷着的那条线在秋清安转身把她抱进怀里的那一刻断了。

和悦的声音艰难地传出来："你干什么？"

"抱一下。"他埋在她肩窝，瓮声瓮气地说。

这令和悦想起了很多久远的事情，他总喜欢像这样，把脸埋在她身上，什么也不做，静静地抱着她，每一个动作都充满了依恋。

不过瞬间的迟疑，面前的人就抓住了机会，抬起头，嘴唇擦过她的脸颊，轻而易举地碰到她的嘴角，最终，柔软相抵。

他探了进去，和悦被他手掌把持住头，不仅躲不开，反而整个人往前相迎，唇齿依偎。

秋清安声音含糊不清："你想我了吗？"和悦轻喘，无暇回答，他自顾自继续道，"我好想你。"

像是禁锢了许久的人，终于挣脱了桎梏。

黑暗中喘息声交织，和悦被他紧紧压在怀中，意识逐渐迷失失控。

最后关头，她挡住了他的手，睁开双眼："不行，你还在生病。"

"我早好了。"他捉住了她的手。

事实证明，做人不能高估了自己的自控力，而秋清安也用"身体力行"证明了，他病真的好了。

第二天，和悦迷迷糊糊蒙在被子里，突然听到外头一声尖叫，她顷刻从梦中惊醒，刚坐起，就见房门被打开，秋清安头发微湿，走了进来。

“怎么了？”和悦揉了揉眼睛，想起刚才那道女高音，反应过来，“朱莉回来了？”

“嗯，是你舍友。”秋清安一边擦着头发一边淡定地说。

和悦微张着唇，愣了几秒，目光定在他身上：“你洗澡出来时穿好衣服了没有？”

“穿好了。”他面露无奈，“整整齐齐。”

和悦抓了把头发，立即掀开被子下床，翻遍了整张床，最后在角落找到了她“备受冷落”的睡衣。

她穿衣服的时候秋清安还停下了动作，正看得津津有味，面前突然飞过来一件衣服，严严实实盖住他整个头。秋清安伸手一扯，发现是他自己的衬衫，和悦手脚迅速地穿上衣服，他有些失望。

“你不要得寸进尺。”和悦有些生气，讲了他一句。

刚才在换衣服时她抽空看了眼时间，已经快中午，而这一切都要归根于某个人晨光熹微时又贪恋地折腾她。和悦半梦半醒，任人把持揉捏，立即体力不支沉沉睡去，一觉醒来便到了这个时候。

她穿戴整齐，试探着拉开房门，朱莉正站在餐桌前，听到声响立即朝她望过来，脸上带着八卦的笑：“悦，你终于起床了？”

和悦又郁闷地抓头发，走过去，耷拉着脑袋向她道歉。

“抱歉朱莉，我男朋友他昨天生病了，所以暂时在这边住了一晚，我马上就叫他离开。”

“没关系没关系。”她喝了口手里的果汁，嘴角笑意未收，意味深长，“是我回来太早了。”

和悦哭笑不得，一时无话，朱莉瞧了她一眼，倒是神秘兮兮地凑了过来：“悦，你男朋友生病了也很厉害。”

“啊？”和悦疑惑。

她伸手指了指，和悦反应过来，捂住脖子，一张脸顷刻间染上了红云。

真的很丢人。

秋清安连早餐都没吃，就被和悦赶了出来。

秋清安的航班在下午，两人吃完饭后，去酒店取了行李，就直接打车去机场。

候机大厅，两人坐在椅子上，秋清安拉着和悦的手，和悦忍不住叮嘱："你不要再生病了，也不要老是过来，长途飞行很累而且影响你工作。"和悦见他漫不经心，像是在听又不像认真听的样子，一咬牙，干脆说，"我这几周周末都要回家，不在学校，你千万不要一声不吭跑过来。"

这句话一出，秋清安立刻抬起头看她。和悦望着他黑沉沉的眸子，隐约有点后悔，又极力忍住。

"你为什么回家？"他终于开口，语气听不出喜怒。

和悦镇定地回答："我妈最近身体不太好，叫我周末回去多陪陪她。"

"哦。"他低下头，紧了紧她的手指，不说话了。

机场广播在播报着航班信息，周围拉着行李箱的身影来来往往，电子屏幕上滚动着班次信息，秋清安的那一趟航班信息压在倒数第三行。

"我还有一年就毕业了。"和悦突然说，迎着秋清安的视线，她抿紧了嘴唇，没有再开口。

两人定定对视几秒，机场上空响起了催促安检的声音，秋清安眼中乍然荡出笑意："我要去安检了。"

"嗯？"和悦应着。

"亲一个？"

回程的出租车上，和悦唇上似乎还残留着温热的触感，她眼前出现秋清安消失在安检口的身影，心里空荡荡的，怅然若失。

和悦打开旁边的窗户，天空依旧是阴沉沉的，风吹了进来，这座城市又显得如此陌生。

秋清安真的如约，大半个月都没有过来。

赵媛经历过那次住院之后身体确实差了很多，一变天就咳嗽，和悦陪她去医院拿了两次药，病情总是反复。

忙忙碌碌，五月走向尾声。

和悦暑假也排了课程，顺便跟着导师一起学习，帮他做些事情打打下手。她想快点修完学分，这样就能提前毕业。

再次见到秋清安是六一儿童节，他抱着一个胡萝卜形状的抱枕，还有一束糖果做成的花朵出现在她宿舍楼底下。

可能是手里礼物太过特别，或是他的长相引人注目，路过的人都忍不住打量他。和悦下楼时，还有个金发碧眼的小孩被妈妈牵着，伸手想要去抓粉色包装纸里头的棒棒糖。

秋清安发现了，苦恼地思索了几秒，然后对小孩摇了摇脑袋。

小朋友撇着嘴，快哭了。

和悦连忙走过去，从他那束糖果花里抽出了一支递给小孩，小孩立即绽开笑脸，妈妈不停对他们道谢，母子俩手牵手走远了。

“那是我送给你的。”秋清安有些不乐意，眉头皱了起来。

“对呀，送给我了就是我的，我可以分给其他需要的人不是吗？”

秋清安没话说，抿着唇，把手里的那个胡萝卜也塞到了她怀里：“这个和你的西蓝花抱枕刚好配一对。”

和悦扯了扯嘴角，盯着这个橙黄色的胡萝卜，勉强收下了。

为了应景，两个人很幼稚地跑去游乐园玩了，秋清安带着她玩过山车、海盗船、鬼屋，最后在旋转木马上和小朋友一起喷着泡泡机。

空中飘起一片五颜六色的泡泡，从她的面前晃到了他的身旁，又被风吹到了远方。

日落时分，两人各自拿着甜筒去找餐厅吃了晚饭。晚上还有烟火节目，天黑下来，有许多游客脑袋上戴着发光的头饰，和悦多看了一眼，秋清安立刻给她也买了一个。他挑的是个超可爱的兔耳朵，因为她今天也穿了粉色的小裙子，笑起来，像是十八岁时的那个姑娘。

五彩斑斓的烟花在城堡上方炸开，绚烂夺目，高高的阳台上，秋清安从后头把和悦拥到了怀里，偏过头，轻声说了一句话：“阿悦，我爱你。”

“砰——”又是一阵烟火盛放，响声不绝于耳。

和悦茫然侧脸，看着他：“啊？”

光映亮他的脸庞，近在咫尺的那双眼中目光温柔，瑰丽的色彩倒映在他漆黑的眸子里，他带着淡淡的笑意，拥紧和悦，俯身贴着她的脸，温声道：“看烟花。”

两人夜里住在了园区的酒店里，外面的阳台能欣赏到城市夜景和烟花盛景，烟花整整放了快两个小时。

巨大的落地窗外，倒映着烟火。

大床上，动静刚刚平息，空气中余热未散。

和悦趴在秋清安的怀里，脸颊薄红，她仰头看着合眼休息的秋清安，不自觉弯起嘴角，凑近，唇贴上了他耳畔，轻声说：“我也爱你。”

秋清安猛地惊醒，一动不动地盯着她，时间仿佛停止了流动，暂停在这一刻。须臾，他的脸上漾开了浅浅笑意。

他伸出一只手，捧住了和悦的脸颊，大拇指的指腹在她肌肤上轻轻摩挲了两下。

“你听到了。”

“听到了。”

“那你还问我？”

“我想听你再说一遍。”

他眼里藏了笑，倾身朝和悦靠近，快要碰到她时，停下动作，微偏过脸，唇动了动：“我爱你。”

黑眸专注，近在咫尺，和悦怔怔地同他对视。两人之间几厘米的距离彻底被拉近，秋清安在她的唇上碰了碰，声音清朗：“我爱你，和悦。”

过于直白的示爱很多时候并不讨人喜欢，她明白，这三个字不过是用以宣泄心头已经满载不下的爱意，身体承受不了了，胸口也装不下，嘴巴自然而然就想要同对方吐露。

我爱你，已经到了非要告诉你的地步了。

七月份，秋清安抽不开身过来，随着与和悦关系缓和，他也逐渐故态复萌，而和悦根本无法拒绝。

时间一天天过去，在某次的视频中他不小心说漏嘴，说要给她准备一个惊喜。和悦一翻日历，七夕近在眼前，她假装什么也没有发现。

于是每一天都变得漫长了起来，忙碌的间隙总是情不自禁地去看日历，和悦习惯性把自己掩饰得很好，久而久之，也以为自己真的不会想念，直到现在被彻底戳破，也没关系，这件事情只有她自己知道。

和悦盯着日历上被圈红的那天，不自觉露出了一个笑容。

七夕那天和悦早早起床，打开衣柜，在里头挑选了半天，才选了一件白色的棉布连衣裙，头发随意用一根发带松松地绑上。她看着书，却心神不宁，总是时不时瞅一眼手机。

和悦在厨房心不在焉地煮着面，却在切菜时不小心切到了手。

伤口立即流出血来，滴到地板上，和悦慌忙地在客厅找出药水棉签消毒，手指上传来一阵阵刺痛。

她想起有一次，自己也是切菜切到了手，秋清安听到声响，立刻从客厅走了进来，拿着棉签仔细地给她处理伤口。

两人离得极近，他垂着头，眉心微蹙，脸庞的轮廓格外精致，睫毛浓密而卷翘，神情凝重，动作却轻柔得不可思议。直到贴好创可贴，和悦都没有感觉到太大痛楚，不像现在，痛得眼泪都冒出来了。

和悦不想再等，干脆拿出手机给秋清安发消息，谁知却迟迟没人回复，她等了会儿，把面重新煮好，吃完，都没有收到只言片语。

难道是在飞机上吗？

午后的阳光渐渐后移，从阳台倾斜地打了进来。

和悦咬咬唇，拨了他的手机号码。通了，但是无人接听。

和悦不相信，继续重复打过去，响了有将近五六分钟，终于听到那头传来其他声音。她一喜，还没来得及说话，就听到对方报出了医院名字，接着草草说了一句：“病人刚才出了车祸，现在还在急诊，有什么事待会儿再说。”

电话被挂断了，和悦的心一下掉到了谷底。

她预估得没错。

江浩杰说秋清安半个月前就开始安排手上的工作，就为了腾出这两天的时间过来，车祸发生时，他正在去机场的路上，对方超速，不小心撞上了。

江浩杰一接到消息就赶去医院了，这会儿秋清安还没出来，听说不是特别严重，江浩杰安慰和悦不要太着急，而她一挂掉电话就已经开始查询回国的机票了。

最近的一班也是两天后，结果余票还被别人抢掉了，和悦正急得冒火，搁在桌上的手机就开始嗡嗡作响。

是秋清安打来的。

和悦心头一慌，立即拿起电话接通，疾声说：“喂？你怎么样了，严重吗？伤口都处理好了吗？”

“阿悦，我没事。”他沉稳熟悉的声音一传出来，和悦眼睛就湿了，强忍着泪，听到他继续开口，“很小的车祸，脚受了点伤，可能这段时间行动不太方便，不能来看你了。”

“你是不是在骗我？我不信，你让江浩杰给你拍个视频发给我。不然我就亲自过来了！”

“没有。”秋清安连忙改口，话里藏着笑意，“其实非常严重，真的，你必须要亲自过来看看才行。”

他还有心情开玩笑，看来是真的伤得不严重，和悦微松了口气，细细询问他具体情况，直到那边传来医生的声音两人才结束通话，没几秒，和悦手机上就收到了一个视频。

秋清安坐在轮椅上，右脚脚踝缠了纱布，脸上也有几处蹭伤，其他都没有大碍，完完整整的。视频最后他的脸离屏幕很近，和悦却莫名感受到了温柔。

“对不起，不能陪你一起过节了，阿悦，情人节快乐。”最后一个字说完，他静静注视了屏幕几秒才结束，和悦仿佛从他眼中听到了无声的一句“我爱你”。

伤筋动骨一百天，之后两人都没有见面，和悦嘱咐他好好养伤，并且每日要视频看看他的恢复情况。

秋清安请了一个阿姨在家里照顾饮食起居，每天还是照旧坐车去公司，只是回来洗澡做事颇为不方便。

度过了刚开始那段时间，之后情况就好很多，纱布拆了。

除了走路有点不顺畅，一个人也可以搞定。

天气开始慢慢转凉，树叶的尖尖也慢慢由翠绿变成了浅红，和悦再见到秋清安，他仍旧挺拔清俊，站在她面前。

这周末和悦原本是要回家的，但因为他要来而改变了计划。

秋清安今天开了车，和悦猜想是他脚不方便的缘故，一见到他就忍不住蹲下，按了按他受伤的脚踝：“怎么样？”和悦一边按压一边紧张地问。

秋清安眼神无奈，望着蹲在身前的人：“没怎么样。”

“啊？”和悦疑惑。

“你力气太轻了，没感觉。”

和悦上了车，秋清安才把手机给和悦让她输入地址，和悦困惑了一下，以为是让她决定今天去哪儿玩。

“你家地址，来了这么多次也没去拜访一下阿姨，于情于理都不合适，刚好今天有空。”秋清安轻描淡写地解释，和悦还是一副惊疑不定状，他微挑眉，睨着她缓缓发问，“还是说你不愿意？”

“没有没有。”和悦莫名感觉后背一凉，连忙摇头，接过他的手机飞快在导航里输入地址。

秋清安瞟了眼，缓缓发动车子。

和悦安静两秒，立刻掏出手机火速给赵媛发消息：“妈！你在家吗？”

“怎么了？”

“我男朋友说要来拜访一下你们。”

“你什么时候有男朋友了？”

和悦咽了咽口水，偷看一眼秋清安，慢慢回复：“就以前那个。”

两人抵达家中时，赵媛穿着舒适得体的针织衫、阔腿裤迎了出来，接过秋清安手里提着的大包小包，不热情也不冷淡。

“坐，喝咖啡还是茶？”她脸上带笑地询问，手里拿着玻璃杯。

秋清安连忙颔首：“水就可以了，谢谢阿姨。”

三人坐在沙发上，面前放着水果零食，客厅窗明几净，白色纱帘在风中飘荡，屋外草坪修剪得干净整齐。

和悦看了看光洁照人的地板，思忖着赵媛是不是紧急找了个钟点工把家里卫生整理了一遍。

两人还在那里寒暄聊天。

“清安是哪里人？和我家悦悦在一起多久了？”她喝了口咖啡，神态从容地问道。

秋清安连忙放下手里的杯子，回答："肆城人，我们在一起……"他看了眼和悦，才继续道，"中间发生了一点事，但总的来算，我和阿悦应该是认识六年了。"

"啊，这么久了。"赵媛微张唇似有些惊讶。

秋清安含蓄地笑了笑，两人你来我往，表面上气氛十分和谐。

和悦陪坐在一旁，内心无力吐槽，只能时刻注意着，希望事情不要失去控制，好在就这样寒暄到了晚饭时间。

Tim也回来了，晚餐是和悦同赵媛一起准备的，终于找到单独相处的时间，赵媛关上厨房门，立刻冲她开口："怎么回事？"

"就是你刚才了解的那回事。"和悦洗着菜，平静道。

方才在客厅，秋清安已经把他们这几年的感情史彻底地交代了一遍，不过有些地方经过了特别处理。

"我要听你说。"赵媛也不是这么好糊弄的，和悦回国的那段时间状态明显不对，哪是三言两语能说清的。

"我现在很好。"和悦抱了下她，"妈妈，我从小到大只喜欢过这么一个人，而他比我爱他还要更爱我，你不要担心了，我们都希望能得到你的同意和祝福。"

之后这顿饭吃得比起先前要融洽很多，或许是岳母看女婿总是越看越顺眼，到最后结束，赵媛甚至还要留秋清安在家住宿，谁劝都不听。

和悦力排众议，拉着秋清安出去，把他推上了车："妈，我们下次再来看你。"她说完立刻催促秋清安出发，他不急不慌，甚至还同赵媛打了个招呼才离开。

"我觉得在你家住一晚挺好的。"秋清安慢悠悠地说。

和悦严肃纠正他："这不是我家，是我妈和她现任老公的家。"

秋清安打方向盘的手顿了顿，偏过头，很认真地同她说："我给你在这边买个房子。"

“不用了。”

“这样我过来的时候也方便，你也不用挤在宿舍里。”秋清安竟然很慎重地思考起这个问题来。

和悦立即打破他的美好幻想：“我在宿舍住得很开心，你不要瞎折腾。”

“好吧。”

“那你为什么不让我住你妈妈家里？”秋清安执着追问。

“你和她相处得越久，显露的东西也就会越多。”和悦慢吞吞地看他一眼，“你想想你今天下午话里的破绽有多少。”

“是我考虑不周了。”

接下来两人一路沉默，车子原本是要开向酒店的，秋清安在半路转了个弯，驶向河边，他解释：“时间还早，我们随便去走走。”

夕阳漫天，天气尤好，染红了大片的云，河边宁静惬意，水面波光粼粼，两旁绿草如茵，行人三三两两悠闲地散着步，一排白鹅慢悠悠地凫水，穿过拱桥下的桥洞。

秋清安停好车子，牵着和悦在河边慢慢散步，两人十指不自觉交错在一起。秋清安另一只手插在兜里，突然开口：“阿悦，对不起。”

和悦诧异地看秋清安，他微微侧头，对上她的视线，神情平和。

“你刚回国那段时间我状态不太好，做了很多让你不开心的事情。”他想到了什么，低眸扯了扯嘴角，轻声道，“是我的错。”

和悦曾经也有过怨恨，最恨的时候甚至想过和他从此一刀两断，可她明白，做人不能这么自私。她不能把秋清安拉出来又推回去，五年前和五年后，他的状况并没有得到任何缓解，甚至更加严重了。

他第一次出现在和悦的学校时，和悦就心软了，只要他愿意重新踏出第一步，她就可以义无反顾地再次朝他走过去。而现在，他站在和悦面前同她道歉，和悦心里并没有丝毫的轻松和欣慰，更多的是自责。

“是我一开始没有和你说清楚。”和悦攥紧了他的手，两人走到了河边长椅旁，他们并肩坐下，夕阳余晖洒满彼此肩头，金色光芒映亮了面容，“我第一次见到你是在医院，你在手术室门口，红着眼睛咬牙流泪，我那晚回去彻夜难眠。再次见到你是在街角便利店，我常常偷跑过去，又不敢接近，每天在外头徘徊，只为了看你一眼。

“我发现你在巷子里受伤，我给你递了张纸巾，跟了你一路，你对着玻璃窗一个人坐在台阶上擦着伤口，当时我就想，我一定要对你好，因为我太难受了。”

和悦说到这里，已经控制不住红了眼睛，她凝视着秋清安，还是微笑：“后来和你变成了同班同学，我就有机会和借口名正言顺地接近你，每一个举动都是出自本能，可是渐渐的，行为思想却失去了控制。

“我想我不是一个这样爱心泛滥的人，如果仅仅是出于愧疚我也不会让你再进一步，你可能不会相信，我是真的想和你一起念大学、毕业、工作，直到你彻底不需要我的那一天，或许你仍然想要和我在一起，不管哪种结果，我都可以接受。”

和悦逐渐冷静下来，眼圈只残留着余红，神色温柔。

晚风吹起她的头发，几缕碎发贴在脸颊上，她柔柔地笑：“我们那次吵架，你怪我接近你是因为愧疚，是，我得承认，如果没有那件事情，我当初一定不会那么勇敢地走向你。

“这么多年，我唯一一次做错的地方就是不该轻易地放弃了我们之间的感情，当初哪怕你恨我、怨我、讨厌我，我也应该死缠烂打拽着你不放，拼命地和你解释，直到你心软原谅我为止。”

说完，和悦先忍不住笑了出来，捂住嘴巴，只露出一双眼睛看着秋清安，仿佛会说话一样，里头闪烁着难以开口的东西，只是他们都懂。

秋清安拉开她的手，吻上了她的嘴唇，轻柔辗转，无比温情。

有风从他们身上拂过，安静亲吻着的两人却像定格了，在橙红色的余晖中，无声而缱绻。

又是一年平安夜，和悦照例从学校走出来，怀里抱着一堆苹果。

今天下了小雨，天阴沉沉，但她脸上在看到前面某个人的时候，却绽放出了过于明灿的笑容，连此刻天空的阴霾都像是被驱散了几分。

和悦小跑上去，朝他仰头，开口问道："不是说好晚上，你怎么这么早过来了？"

"机票改签了。"秋清安瞥了眼她怀里，语调平淡。

和悦若有所思："对了，我去年这天好像在学校看到你了。"

"你看错了。"秋清安拉开车门推着她上车，冷静道。

"你是不是穿了深灰色的外套和长裤，戴了条黑色围巾。"和悦坐稳，睁圆眼睛看他。

"忘记了。"秋清安若无其事地答，关好自己的车门，从后座提出来一个礼品袋，放到她身上，"礼物。"

"什么？"和悦顿时被转移了注意力，想动手去拆，又分不开动作，秋清安把她怀里那堆碍眼的东西扔到了后头。

和悦打开袋子，从里头拿出一个天蓝色的丝绒小盒子，她有些忐忑，忘不了当年被那颗蓝宝石支配的恐惧。

"你先看看。"和悦对上秋清安的目光后，他似乎了然地出声。

和悦小心翼翼且谨慎地伸手打开了盒子，出乎意料的，里头是颗晶莹剔透的小苹果，似乎是水晶的材质，通透的红，上头还有一串银色链圈，可以作为挂件。她放在眼前细细打量，有点爱不释手。

"这个苹果永远不会坏，送给你。"秋清安顿了下，轻声说，"祝你一直平安。"

和悦很感动，握着那颗苹果充满感激地望着他，顺便不忘关切地问一句："这个贵吗？"

秋清安："还行，不是很贵。"

和悦已经打开手机，搜索到了详细信息，是某大牌珠宝推出的"平安夜特辑"，主打的宣传语便是"祝你爱的人一生平安"。

虽然有点土，却莫名戳中人心。

和悦翻到材质那一栏，微微松了口气，却又在看到价格时将心重新提了上来，真是黑心商家，坐地起价。

她把那颗苹果挂在钥匙扣上，左看右看，又爱又恨。

弄完，和悦继续在袋子里掏了掏，底下还有颗真苹果，用纸盒子包装着，很精致。

和悦想起刚才没有说完的话题："你去年平安夜真的没有过来吗？"

"嗯。"秋清安开着车，镇定地应了声。

"你考虑清楚再回答哦，我刚刚有了点愧疚，很想补偿你。"

"什么补偿？"秋清安的动作一顿。

"你想要的我都满足你。"和悦说。

"我去年来过，你看到的人就是我。"几乎是话音刚落，秋清安就立即改口，十分笃定。

"可你怎么证明？"

"你那天穿了米色的外套，墨绿色长裙，小皮鞋，怀里抱着和今天差不多的苹果，还有几份礼物。"秋清安不假思索地回答，像是刻在记忆里一样，一口气说完，才发现车里过于安静。他扭头，看到了笑吟吟的和悦，一脸计谋得逞的样子。

秋清安的耳根微微红了，他轻咳一声："你要说到做到。"

"好啊。"和悦晃着脑袋，眼含笑意落在他身上，"你想要什么？"

"晚上告诉你。"秋清安深深地看了她一眼。

今天外面格外热闹，两人去吃了饭，和悦想要多逛一会儿，秋清安没有意见，一直到深夜，两人才回到酒店。

年底正是忙碌的时候，秋清安是勉强抽空过来的，第二天的飞机回国。

临近出发前两个小时，和悦浑身散架地从被子里爬出来，她昏昏沉沉地望向旁边精神十足系着衬衫扣子的人，终于明白那个“晚上告诉你”是什么意思了。

果然，商人重利，她哀怨地用力揪了揪被角。

冬天的时候，和悦得了一次来势汹汹的感冒。

先是咳嗽，然后呼吸不畅，断断续续几天后，整个人开始头昏脑涨，终于在傍晚时分病倒了。

她请假回了宿舍，秋清安打电话来时，她还不太清醒，迷迷糊糊不知道说了些什么，说到一半还睡过去了，醒来出了满身汗，浑身无力，通话记录停留在昨晚，时长五分钟。

她爬起来吃了顿药，没敢再去给秋清安回电话，翻了下手机，也没有收到任何的消息，她分不清是失落还是什么，倒了杯热水，继续写她的论文。

修修改改了两个小时，和悦就头痛的支撑不住重新躺到了床上。她被手机铃声吵醒时，整个宿舍都黑了，安静得不像话，仿佛外头的响动全部消失。她抓起手机，看到了秋清安的名字。

“开门。”伴随着耳边声音响起的，是门口传来的敲门声，和悦心怦怦直跳，立即下床奔过去。

秋清安举着手机站在外面，面容略显疲惫，身影被笼在夜色中，平添几分不真切。他就像是一个披星戴月的旅人，风尘仆仆地出现在她眼前。

“你怎么来了？”和悦愕然，怔怔看着他。

秋清安上前一步走进来，伸手捂住了她的额头：“还在烧吗？”

“好多了。”她讷讷地说。

“去医院了吗？”他收回手，蹙眉问。

和悦眼神躲避："我吃了药已经好很多了，就是一场小感冒而已。"

"嗯，这就是你这几天不太愿意和我讲电话的原因。"秋清安淡淡道，推着她的肩膀，把人带到了屋内，关上门，隔绝了冷空气。

"不是，我就是有点忙。"和悦试图解释。

秋清安径直跳到了下一个话题："晚上吃了什么？"

和悦彻底不敢作声了，耷着脑袋沉默。秋清安瞥了她一眼便了然，把她转了个身，搂到了怀里："你再不照顾好自己，我就把你带回去了，绑在我身边，好好养着。"

明明是威胁的语气，口吻里却都是温柔，秋清安揉着她的头发，偏过脸，唇珍重而眷恋地落在她的额角："不要再生病了。"

"嗯。"和悦抱紧他，脸压在他颈窝，眼眶发热，声音低低地传出来。

秋清安卷起袖子在厨房煮了两碗面，上面铺着煎蛋和火腿，还有几根青菜。汤汁浓郁，面条绵软，和悦吃完感觉浑身都舒畅了，秋清安去洗碗，她被勒令休息。

"你什么时候回去？"和悦坐在那里，不安分地扒拉着沙发间。

"明天一大早。"

"这么快吗？"她直起身子，惊讶地望过去。

秋清安解释："还有几个重要的会议不能推掉。"

和悦跪坐在原地，方才还欢喜的心情一瞬间掉落了下来。

晚上秋清安睡在她这边，洗完澡，和悦又有点发热的趋势，吃了药之后昏昏沉沉，靠在他怀里，秋清安轻拍着她的肩背，像是哄小孩睡觉一样。和悦紧紧抱着他，感受着面前的身躯散发出来的温热，熟悉的气息充盈鼻间。

外面下起雨来，噼里啪啦，敲打着窗户，和悦窝在他怀里，突然希望这一刻可以无限定格。她第一次如此急迫地想要回到他身边。

早上和悦醒来时发现秋清安已经走了，旁边的桌上有张小字条，叮嘱她电饭煲里煮了粥，让她记得吃，顺便吃药。和悦摸了摸自己的额头，凉凉的，脑袋清明，身体的疲惫感也没了，她轻松些许，掀开被子下床。

今天是个好天气，云层清朗，柔亮的光线从落地窗透进来，满室生辉。

和悦目光突然一怔。

阳台上挂着一排排衣物，在微风中微微摇曳，似乎还能闻到皂角的清香。那是她昨天在浴室里换下来的衣服，都被秋清安洗干净了。

强忍着的情绪在打开电饭煲那一瞬间控制不住，热气扑面，夹杂着粥的香气，一点点熏红了她的眼睛。

和悦吸了吸鼻子，已经开始想念他了。

立春过后，天气转暖，秋清安好像突然忙了起来，每次电话总是匆匆说不了几句就挂断，消息发过去，很长一段时间才回复过来，有时候说到一半就突然消失了。

异地恋就是这样，见不到人，只能靠通信来维持联系，而有一天通信减弱和消失时，就仿佛对方也变得无迹可寻，像空气一样蒸发掉，抓也抓不住，消失在生活里。

某个深夜，和悦终于打通了秋清安的手机，他那边传来的声音分外疲惫："阿悦。"

"你最近出什么事了吗？"和悦径直问。

秋清安顿了顿，话语才再次传来："没有。"他似乎吸了口气，接着问她，"你最近还好吗？上次看到了你上台表演的照片，很好看。"

是学校的一次活动，和悦上去弹了首钢琴曲，被朱莉拍照传到了网上，不少同学都看到评论点赞。

她微微地垂下眼，回答道："我挺好的，就是感觉你最近很忙，我有点担心你。"

"不用担心我，等过了这段时间我就有空了，过来看你。"

"嗯。"和悦应着。

“你多注意自己身体，不要再生病了。”

“你也是，忙也要记得休息。”

听筒里就这样安静了下来，彼此的呼吸声浅浅交错，和悦心头仿佛有什么预感，下一秒，听到秋清安开口：“那你早点睡，我工作了。”

“好。”和悦刚应完，耳边就传来了“嘟”声，她缓缓把手机拿下来。没两天，和悦收到一个包裹，里头全是国内特产，她平时喜欢吃的。

和悦蹲在宿舍客厅，望着拆开的箱子，咬咬唇，拿起手机翻出了江浩杰的号码。

和悦没有再给秋清安打电话，只是固定给他发消息说着自己的近况，提醒他那边的天气，记得添衣带伞。

秋清安看到会回复她，有时隔了很久，有时又很快就收到了他的答复，虽然偶尔有延迟，但每一条都会很认真地回她。

与此同时，和悦加快了手上事情的进度。她论文上个月已经完成，导师那边也得到了同意，如果不出意外应该可以提前毕业。

时间一天天过去，忽然一天早上，和悦手机振动起来，冥冥之中，她心念一动，打过来的果然是秋清安。

她立即停住脚步，站立在林荫道上，伸手接通：“喂？”

那边许久没有声音，只有若有似无的呼吸，仿佛萦绕在她耳边。

“怎么了？”和悦继续问，看了眼时间，她蹙了下眉，轻声追问，“出什么事了吗？”

一阵细微的摩擦，像是布料从墙上擦过的声响，和悦等了会儿，终于等到了秋清安的回答：“赵方然刚才走了。”

和悦顿时止住呼吸，愣在原地。脑中浮现起那天晚上在安静的小花园，坐在她身旁带着浅浅笑意，同她说着秋清安的温和男人。

和悦鼻头一酸，忍着悲恸安慰他：“没事的，人都会经历生老病死，都会过去的。”

“我讨厌他，从来没与他亲近过，他对我一直都很好，像个真正的父亲。”秋清安说。

深夜悄无人声的医院，灯光冷白，照得两旁的墙壁泛青。

秋清安坐在地上，背倚着墙，腿随意曲起，手无力搭在上头。他仰头，看了眼天花板，逼退眼里的泪意。

在校门口见到第一面时，男人讨好又激动地笑，畏缩地看着他不敢上前，却又控制不住眼底的亲近欢喜。

秋清安进入公司，男人手把手地教他，把自己的所有如同传承般毫无保留交到他手里。

在家中遇见，秋清安总是冷冰冰的，他不喜欢这里的一切，包括人。可那个男人仍然温厚宽和，给他夹菜，叮嘱他多吃点，天冷给他拿来外套，让他注意加衣，语气随意地同他聊着公司近况。

亦师亦友，又像是敌人。

秋清安忘不掉曾经和母亲相依为命的日子，那些受过的苦难，以及母亲最后绝望地结束生命，都是他造成的。

所以在他心中，那个男人只会是仇人，一辈子的仇人，但没想到他竟然死了。

“我不知道他瞒了我多久，发现时他已经住院。癌症恶化得很快，最后这段时间里，我基本每天都待在医院，看着他一天天地衰弱下去。”秋清安眼神空洞，很轻地吐出一句，“现在都结束了。”

所有的爱恨、亲情、血缘、恩怨，都在这一天画上了句号。

可他却无比难过，胸口自医生宣布死亡起便一直疼痛，到此刻快要喘不上气。

秋清安握着手机贴在耳侧，听着和悦在那边的安慰声，仰着头，眼角发烫。大抵是因为在发现自己有父亲的那一刻，心中也是欣喜的，可此刻，他什么也没有了。

“没关系啊。”耳边传来了和悦的哽咽，似乎在极力抑制着些什么，伴随着抽泣声的，是她坚定而郑重的话语，像是在立下誓言，“还有我，我会一直陪着你。”

秋清安的眼泪不知何时滑落了下来。

“别难过了，好好去睡一觉，所有的事情慢慢处理好不好？”她轻声哄他，在这安静的夜里，像是唯一的温暖，融化了他胸前寒意。

秋清安垂眼弯了下嘴角，轻轻点头：“好，我去睡觉。”

四月份，和悦结束了这边所有的事情，彻底收拾好行装回国。

彼时，赵方然的葬礼已经办完，一切都慢慢回到正轨。秋清安那晚的失控如同拨乱的一根指针，又悄然归位。

飞机落地那一天，秋清安过来接她，人来人往的候机大厅，他就是在这里把和悦送走，如今他又回到了这个地方接她回来。

模样清俊的男人倚在护栏边，低头看着手机，脸上带着一抹浅淡的笑。

他穿着一件白色衬衫，黑色西裤，身姿挺拔，随意挽起的袖口下露出一截线条优美的手臂，腕上戴着块定制手表。

和悦拉着行李箱飞快地朝秋清安走过去，似有所感，秋清安抬起了头，一瞬间，两人的目光在空中撞到了一起。

有什么东西呼之欲出，在心口怦怦直跳，和悦再也按捺不住，手一松，行李就在原地滞留，她朝秋清安奔去。

他面带微笑地看着她，张开了双手。

两人紧紧抱在了一起，和悦几乎跳到了秋清安身上，搂着他的脖子，眼睛湿热。

头顶依旧是机场广播，一阵一阵，身旁来往旅客匆匆。

秋清安托紧她，刚站稳，含着笑想说些什么，颈间就被人轻轻蹭了蹭。耳边的声音柔和，有些眷恋，又满是温情：“秋清安，我们结婚吧。”

周遭都安静了几秒，唯有她浅浅的呼吸喷在肌肤上，外面嘈杂细碎的响动慢慢地闯入脑中，各感官归位，像是从梦境回到了现实。

秋清安眼里的愣怔渐渐被笑意取代，一点点扩散，直至再也控制不住。

他低头，脸颊依赖地挨了挨她的额角：“好，我们结婚。”

番外一 往后余生

和悦和秋清安的婚礼在六月，不冷不热的季节，正好穿婚纱。

双方家长都出席了，一部分是同学朋友，大半是商业上的合作伙伴。

那天晴空万里，淡金色的阳光落在翠绿的草坪上，微风吹起蕾丝纱带，四周满是粉白色的玫瑰。

牧师在上头说着誓词，秋清安站在和悦面前，一身笔挺西装，头发整齐梳到后面，露出清晰的眉眼。

和悦穿着洁白的婚纱，头顶戴着珍珠头饰，白纱垂落下来，被风扬起在腰间。

“我愿意。”他们对视着，笑着，坚定又肯定地答复。

在众人的注目见证下，秋清安缓缓将钻石戒指推到和悦无名指的指根，两人不自觉地看向对方，弯起嘴角，秋清安轻柔地在她的唇上落下一吻。

底下掌声响了起来，热闹至极。

新房是重新购买布置的，离秋清安的公司很近，一栋复式的别墅带一个大草坪，还有个独立小花园。这一块是空出来的，和悦去买了花苗和种子，每天打理一点，也慢慢有了规整的样子。

和悦在一所大学做了助教，虽然工资不算太高，但胜在时间自由，而且喜欢。她喜欢学校的氛围和环境，哪怕身份从学生转变成了老师，能继续待在学校，依然很开心。

傍晚，正是下课时分，和悦抱着书从教学楼里走出来，刚下台阶，就看见了停在前面路边的那辆车。

秋清安站在一旁，不知道等待了多久。

“不是说了不用来接我下班。”和悦走过去。

秋清安接过她手里的书，打开车门，手护在头顶让她进去。

“今天下班早。”他解释。

和悦无情戳破：“你每天都下班早。”

秋清安低眸笑了起来，手一打方向盘，启动车子：“走了，回家。”

黑色的迈巴赫消失在道路尽头，身后一群刚好目睹的学生纷纷忍不住停下脚步，望着那一处感慨。

“和助教真是我见过的最幸福的女人了。”

“对对对，老公这么有钱也就算了，而且还对她这么好，每天亲自来接她下班！”

“你发现没有，和助教穿的衣服每一件都是高级定制，我上次看见她随手提的一个包，价格比我一年生活费还多。”那女生痛心疾首，引得周围一阵惊呼声，她继续道，“这算什么，人家随便的一双鞋，一个饰品，都是我们买不起的，她钥匙扣上挂的那个红苹果看见了吗？”

“我知道我知道，特别好看，因为这个我还多看了几眼。T家前两年的‘平安夜特辑’，六位数。”

“天啊！贫穷限制了我的想象力！”有人作势要摔书。

其他人立即阻拦，连忙道：“别别别，你也就只能靠读书来脱贫了！孩子，清醒点！”

“我恨有钱人！”

“可重点根本不是钱，和助教自己家也挺有钱的。”

“那是什么？”

“难道不是一个帅破天际又宠她的老公吗？”

“哈哈！是，是我们这辈子无法拥有的幸福人生了。”

“人生赢家。”

“流下了嫉恨的泪水。”

“上辈子拯救了全宇宙吧！”

身后的这些议论和悦通通都不曾知晓，她正坐在车里，听秋清安问她：“今晚吃什么？”

“我早上叫阿姨买了鱼，再煮个汤吧。”

“最近天气有点热。”等红绿灯的间隙，秋清安伸手扯了扯领带，随口抱怨。

和悦想了想：“那煮苦瓜排骨好了，清火气。”

“你什么意思？”秋清安动作一顿，意味深长睨了她一眼。

“我没什么意思啊。”和悦无辜地睁大眼，耸了耸肩膀，“天气太热所以清清火气。”

秋清安轻哼了声：“你嫌我火气太重了。”

“你指哪方面？”和悦认真问他。

秋清安来了点兴致：“你说说有哪几个方面？”

“白天方面还行，挺正常，晚上就有点火气太旺了，我觉得需要降降。”她神情无比正经，不紧不慢娓娓道来。

秋清安气笑了，脚下一踩油门："再等等吧，毕竟是节制了两年的男人。"说完，他还故意睨向和悦，把话题抛给她，"你觉得呢？"

和悦差点一口气没提上来。

都大半年了，还要等！她暗自咬唇，心中怒骂。

秋清安似察觉到了她的所思所想，慢悠悠问道："是不是在心里偷偷骂我呢？"

"你知道就好！"

他又哼笑，伸出一只手过来捏了捏她的脸颊，敷衍安慰："好了好了，我错了。"

"那你晚上煮排骨。"

"你煎鱼。"

"成交。"

两人一对视，不约而同笑了起来。

回到家，等和悦换好舒适的家居服出来，秋清安已经把排骨煮上锅了。鱼是处理干净的，和悦只需要准备些配菜便可以开火。

明亮整洁的厨房，橙红色夕阳在地板上透下一片光影。

安谧的时光里，秋清安站在中间，袖口卷起，握着一柄木勺搅拌着汤。

和悦驻足，在原地静静注视了好几秒才走过去，笑着挽住他的手臂。

"你都弄好啦。"她探出头，脸蹭在秋清安的衬衫上，隔着薄薄的衣袖能感觉到那抹柔软。

秋清安的心也软和得不可思议，不自觉带上笑，偏头蹭了蹭她："嗯，就等你了。"

"哦……"和悦仰着脸，拉长了音调应道。

秋清安没忍住，倾身在她微张开的唇上轻碰了下。

晚上两人各自做着自己的事情，一个在书房里处理工作，一个在卧室里备课。

和悦刚开始进去应聘的是助教，后面会慢慢转成讲师，因此教授也在刻意锻炼她，让她独立教学。

时间就在忙碌中悄然流逝，不知不觉已然夜深。

和悦打了个哈欠，不自觉看向屏幕右下角的时间，关上电脑，下床去厨房倒了杯温水。

书房的门紧闭，一丝昏黄光线从底下透出来，和悦端着杯子走过去敲了敲门。

“进来。”秋清安声音传出。

她推开门，探个头进去，略带小心地询问：“你还不睡？”

“马上。”秋清安也看到了时间，立即朝和悦回复，她点点头，退出来重新替他关上门。

卧室大灯关掉了，和悦窝在被子里看手机，秋清安穿着睡衣走进来，动作很轻，到床边掀开被子一角，躺到了她身旁。

和悦还没收起手机，秋清安便转身靠近，把她拢入怀中，下巴压在她的肩头。

“在看什么？”他瞟向和悦的手机屏幕。

她在被子底下轻轻踢了他一脚：“你懂不懂得尊重别人的隐私。”

话虽这样说，和悦动作却未变，任由他看着里头的内容，不过是社交软件上同学朋友的动态。

和悦慢慢浏览，手指滑动，突然底下出现一张年轻男人的腹肌照，金发碧眼，身材十分优秀，六块健壮的腹肌被安排得明明白白。和悦的手指一顿，飞快往下滑，把那张照片迅速翻过。

只可惜，某人已经看见了，她的耳边幽幽地传来一句夸赞：“身材挺不错啊……”

“什么？哦，我刚才没注意看。”和悦装得淡定。

“你们学校里面帅哥还挺多的。”秋清安轻飘飘地开口，听不出情绪。

和悦面不改色，轻车熟路地夸赞他：“没有，哪里帅，比不上你一根手指头。”

身后没了动静，不知道是被她安抚顺毛了还是一时被堵得没话，她收起手机，转过身：“睡了，好晚了。”

她面容温和地注视着秋清安，后者定定看了她几秒，笑了下。

“行，你现在可能耐了。”秋清安说完抬手关了灯。

黑暗中，和悦无辜的声音传来：“我怎么了？”

“你把刚才的话再说一遍。”

“我怎么了？”

“上上句。”

“哪里帅，比不上你一根手指头？”

“嗯，我也觉得。”

第一缕阳光刺破天际，云层透出醒目的金色，安静的卧室，闹钟是同时响起的，一只手从被子里伸出，摸索着，找到声源关掉。

房间又恢复安静，和悦闷头在秋清安怀里睡了会儿，终于清醒，在底下踢他：“起床了。”

“再睡会儿。”他翻了个身，把她压在身前，没睁开眼，嗓音里带着浓浓睡意。

“会迟到。”和悦嘟囔，脚在被子里继续踢。

秋清安终于睡不下去了，一下坐起，揉了揉脸，翻身下床。

等他洗漱完出来，和悦也慢悠悠地抓着头发起床。

两人整装完毕，司机已经在楼下等候，座位上放着两份早餐，是和悦常吃的那家店的汤包和豆浆。

秋清安公司离得近，他下车时照例按着她的头吻了一下，司机全程像是空气人，把和悦送到学校，便尽职尽责地报告给雇主，然后驱车离开。

周末，和悦在家里打理小花园，把当季的花种子播种下去。她蹲在地上，手里拿着小锹一边铲土，一边扒拉着旁边新长出来的杂草。

清晨阳光柔和，打在她身上有细微的热度。

和悦戴着一顶宽草帽，穿着背带裤，卷起宽大的裤脚，白衬衫干干净净，几缕碎发飘在颊边。

秋清安昨晚有个越洋会议，工作得太晚，这会儿刚起来，端着杯咖啡站在门口看她忙碌。

“微波炉里有早餐。”和悦听见脚步声响动，转头朝他说了句。

秋清安懒懒地答应，端着杯子回身，果然在厨房的微波炉里扒拉出一份煎蛋和三明治。他一个人倚在料理台前吃着，又觉无聊，端着盘子去找和悦。

“你这种的什么？”秋清安在和悦身旁蹲下，吃着煎蛋，打量她手里像洋葱一样的东西。

“风信子。”和悦回答。

秋清安在脑中搜寻了一下，把这个名字和图片结合了起来，一簇簇紫白色的花，没想到未长成前竟然是洋葱的样子。

他颇为惊奇：“原来它种子这么丑。”

和悦：“水仙、百合的种子也都长这样，这种叫球根类植物，开出来的花都很好看。”

秋清安在一旁乖乖听着，盘子里的煎蛋被他一口一口吃完了。

和悦忙了会儿，秋清安放回盘子，又依旧像个小尾巴一样跟在她身后，时不时问两个幼稚的问题，和悦也不嫌弃他，一一给他解答。

阳光变得热烈，和悦的额上冒出了浅浅一层汗水，刚准备伸手抹掉，秋清安就扯起袖子帮她擦干净：“还要忙多久？”

“马上。”和悦手里的动作加快，把最后的花种种下去，拍好土壤，站起身。

她打量着面前这片规整的花园，突然生出一种壮志豪情。

和悦一伸手，对秋清安扬声道："看，这都是朕给你打下的江山！"

秋清安眼神复杂地注视了她一会儿，伸出手摸了摸她额头，担忧地开口："这不是累傻了吧。"

"你老了。"和悦幽幽地说。

"嗯哼？"

"不懂我们年轻人了。"

秋清安沉默，片刻，望着她纠结地试探道："谢主隆恩？"

和悦大笑，这件事后来成为和悦一整天的快乐源泉。

金秋十月，江浩杰和周蜜结婚了。

和悦跟秋清安去参加他们的婚礼，举办地点在一所大庄园里。

婚礼正式开始前，宾客云集，周围人来来往往握手寒暄，场面布置得极其盛大奢华。

音乐声开始响起，一对新人入场。

和悦跟秋清安并肩坐在底下，风里带着玫瑰香气。台上的人互相对视说着誓词，整个仪式庄重又熟悉。

新人亲吻完鼓掌时，和悦忍不住微微倾身，对一旁的秋清安说："原来当时我们在台上是这种感觉。"

"哪种？"他明知故问。

和悦依旧注视着上面的他们，沉吟道："神圣、美好、令人感动。"

"那今晚我们回去看看自己的婚礼视频？"

"好啊。"两人看着彼此轻笑。

傍晚时分，婚礼结束，一对新人送完了全部宾客，终于得空，同他们一起说着话。

四方宽阔的水池，旁边是草地，粉白色气球在风中飘摇，四人站在那里，望着热闹过后的现场，周围很安静。

“感觉这一天就像做梦一样。”周蜜喝着水，眯眼感慨。

“我被灌得头晕。”江浩杰想扯领结，又忍住了。

“几杯葡萄酒而已，你还是一如既往的菜。”周蜜习惯性挤对他。

江浩杰伸手一指：“周小蜜，怎么和你老公说话呢？”

“你滚啊！”周蜜顿时气笑，一脚踹向他，却忘记自己今日穿着高跟鞋，差点重心不稳，又被江浩杰眼疾手快地扶住：“怎么都已婚妇女了还是这样莽莽撞撞的。”

“我八十岁了都是这样！”

“行行行。”

两人照例吵吵闹闹，却因为身上的婚纱和西装而显得格外生动幸福。

和悦摇摇头，看向秋清安，他视线却顺着一只摇摇晃晃飞向天的气球而飘远了。

“你在看什么？”

“没什么。”他摇摇头，收回了目光。

“对了，你们待会儿怎么回去，秋清安喝酒了吧？”周蜜凑过来问。

和悦不假思索：“我啊，我没喝。”

“你行吗？”江浩杰怀疑，他可从来没见和悦开过车。

“下次我们可以比比。”和悦说。

江浩杰翻白眼，周蜜拖住她的手臂，充满期待：“悦悦，你觉得我们今天的婚礼怎么样？”

“超级好，你们俩站在上面就是郎才女貌天生一对。”和悦满脸诚恳地夸赞，两人还没来得及说话，旁边秋清安先笑了声。

“你笑什么？笑什么！”江浩杰立即上前圈住秋清安的脖子，往下压，恶声质问。秋清安踉跄两下，拿掉了他的手。

“没有，我是在附和阿悦的观点，她说得很对。”秋清安无比真诚地望向江浩杰。

江浩杰面色稍霁，轻哼了声：“算你识相。”

不远处，有个小孩被妈妈牵着离场，他们似乎走得最晚。小孩手里牵着一把气球，气球用粉色丝带绑着，簇拥成一团，随着步伐，飘飘荡荡在空中，像是一朵粉色的、柔软的云。

秋清安看着那一处，突然开口：“阿悦，我也想要。”

“啊？”和悦愣了两秒，细细辨别他脸上的神情，“你是认真的吗？”

“嗯。”他看着她回答，眸光认真而专注，“想要。”

和悦想了想，看了眼现场还剩下的许多飘舞在风中的气球，对他说：“那你等一会儿。”她朝那些留下来的花架、柱子、桌椅处走去。

婚礼现场每隔一小段距离，柱子上就绑着一个粉色的气球。

和悦身影在里头忙碌，伸手费力地把一个个气球摘下来，时而弯腰，时而蹲下，最后收集得差不多了，找了根丝带贴心地绑紧，牵着这朵粉色柔软的“云”朝秋清安走来。

周蜜看着她把手里的气球递给了秋清安，脸上丝毫没有被他折腾的不悦，眼底温柔：“拿着。”

秋清安接过，心满意足地笑了。

周蜜忍住吐槽的冲动，把和悦拉到一边：“都这么多年了，你怎么还是这样？”

“哪样？”和悦疑惑。

“无论他提什么要求你都要满足他啊！”

和悦想了下：“也没有，有些是会拒绝啊。”比如限制她自由之类的。

“反正我是没看到。”周蜜抱手站在那里，面露不满，“你就是对他太好了。”

“不可以吗？”和悦困惑地反问她。

“我很想对他好，如果他开心，我也会开心。”所以大部分无关原则的事情，她都会满足他。更何况，只是帮他寻一把气球而已。

“行行行，当我没说。”周蜜举手投降。

左右一个愿打一个愿挨罢了，感情的事情，旁人插手不得。

回程和悦开车，她注意着路况，手里握着方向盘，余光一边看向副驾驶座的秋清安。他正靠在那里，玩着怀里的那堆气球，唇边挂着浅浅的笑。

“这么开心吗？”和悦略带好奇地问，觉得他这个举动有些反常。

不会是喝醉了吧？和悦回想了一下，席间也才喝了两杯葡萄酒而已。

“嗯，很开心。”秋清安闻言抬起脸，笑意未散，“我小时候特别想要这样的一把气球，在路上看到别的小孩拿着，就移不开目光，好几次差点撞到了人。那时候家里情况不太好，我妈妈每天工作得很累很辛苦，所以我什么也不敢要。后来慢慢长大了，到了自己能买得起的年纪时却觉得幼稚，以为自己不喜欢了。”

“但是刚才看到，突然很羡慕那个小孩子。”他看着和悦，夕阳余晖从车窗透进来投入他眼中，黑色的眸子染上了点点金色的碎光，“我也想要。”

和悦心软了一下，此刻的他也像个孩子，静静坐在那里，得到了心爱的玩具，浑身都散发着简单的快乐，可又因为这份礼物来得太晚，又笼罩上了缺憾和失落。

她没有说话，只是在底下抓住了他的手，用力握紧。

秋清安扣着她的手放到唇边，一个吻轻轻地落在她的手背上：“阿悦，谢谢你。”

感谢有你，给予生命温暖，点亮漫漫余生路。

秋小天五岁生日的时候，爸爸妈妈答应给他办一个属于他自己的生日派对，所以他邀请了幼儿园班里关系最好的同学来家里参加他的生日宴会。

左手边是他的同桌小美，胖嘟嘟的脸颊，露在外面的手臂像是两节白嫩嫩的莲藕。

别问他为什么会知道这个比喻，因为今年夏天爸爸妈妈带他去了乡下度假，叔叔伯伯刚从泥里挖出来洗干净的莲藕就和这个一模一样。

右手边是方方，没有他帅的男同学，但是很讲义气。

有次秋小天差点被人欺负了，就是方方“见义勇为”站出来，和他一起把人揍了一顿，虽然最后被叫了家长，但是秋小天不后悔！

因为爸爸回来并没有骂他，反而说他做得很对，受欺负了就要反抗，只是爸爸话还没说完，就被妈妈打断了，最后是他们两个人坐在沙发上耷拉着脑袋一起听妈妈的教训，晚餐还没有喜欢吃的鱼。

秋小天抱着碗里的白饭加青菜默默流泪，而他抬起头，发现对面的爸爸也和他一样。

是的，他们家虽然表面上是爸爸当家做主，但其实什么事情都是听妈妈的，秋小天不敢反抗，秋清安也不敢。

“小天小天，你们家好大呀，像电视里面的一样。”说话的这个小萌妹叫倩倩，是秋小天的同学。

“房子是爸爸买的，妈妈说他工作很辛苦。”

见倩倩和自己说话，秋小天立刻奶声奶气回答，只不过在回答前多了个心眼，学着大人的语气，意图展示自己的懂事、聪明、成熟。

果不其然，倩倩一听眼里就露出了崇拜，双手握拳抵在下巴处：“哇，你爸爸好厉害。”

“还好还好。”秋小天羞涩地摸了摸脑袋，隐约却觉得有哪里不太对。

几个小朋友在草坪上玩着，白色圆桌和雕花椅子构成一道漂亮的风景线，天空很蓝，阳光明亮，两只小狗在不远处嬉戏奔跑。

小朋友们乖乖地坐在椅子上，桌上摆着很多小甜点，样子小巧可爱，让人只想咽口水。每人面前还有杯奶茶，女孩子是玫瑰味的，男孩子是香草味的，这些都是和悦亲手做的。

“这是小天最喜欢吃的焦糖小饼干，你们尝尝。”和悦端着盘子从屋内走出来，把满满的一盘饼干放在他们面前。

一群小孩立刻仰起头，奶声奶气朝她道谢：“谢谢阿姨。”

“不用谢，你们好好玩哦，待会儿叫小天带你们四处转转。”和悦摸了摸他们的头，满脸温柔。她一走，几个小孩的目光也跟着她走了。

房子是落地窗结构，厨房那一块几乎透明，白色窗格镶嵌着玻璃，能从外头看见里面的场景。

和悦回厨房和秋清安一起给他们准备着食物，两人的身影和谐又温馨，小孩虽然不太明白这种奇怪的感觉，却也忍不住多看几眼。

下午派对正式开始，房子的客厅被布置得极其有氛围，墙上贴着生日快乐的字母，天花板上都是气球，窗户、家具，包括门上都做了装饰。

秋小天兴奋得四处跑，身影欢快，像头精力旺盛的小牛犊。

和悦布置完一部分，把材料给他们，一群小孩在家里玩，手里拿着气泡贴纸，研究着怎么装扮秋小天的生日派对现场。

这可太令他们开心了，满客厅都是叽叽喳喳的声音，时不时伴随着两声尖叫，秋清安被吵得头昏脑涨。

“阿悦，我得先避避，上楼休息一下。”他揉着太阳穴，直摆手。

“那你去吧。”和悦把秋清安轻轻地推出厨房，他脚步又停住，回身。

“你不和我一起啊？”

两人自从结婚后，基本吃饭睡觉都是一起的，包括午睡，秋清安也一定要和悦陪着他，和悦面露无奈。

“不行，我怕阿姨一个人看不住他们，我要在下面盯着。”和悦指了指客厅那群玩疯了的孩子解释。

秋清安纠结几秒，还是做下决定："好吧，那我也不去了。"

和悦看他苦恼皱眉，嘴角微抿的模样，哭笑不得："你一个人去睡嘛，又不是小孩子了。"她抓着他手臂往外推。

秋清安不乐意，反而制住了她的手："我不。"

这两年秋清安变得越发孩子气，可能是年纪大了，更加依赖她，几乎到了寸步不离的地步。

和悦无奈，打量一圈，指了指窗外那张躺椅："那这样，你在那里睡好不好，我陪你过去。"

秋清安顺着她的目光看过去，瞥见屋檐下那张恰好可以看到客厅情况的躺椅，眉开眼笑："好。"

他心满意足，两人走出去，孩子们的吵闹顿时离远了，周围只剩下细微的风声。

躺椅刚好可以容纳两人，秋清安把头轻轻靠在和悦的肩上，闭着眼，手牵着她不放。和悦的手放在他背上，有一下没一下地拍着。

不远处客厅里，秋小天头顶被戴上了一顶寿星帽，酷似秋清安的一张小脸精致漂亮。

两个小朋友正在往秋小天的脸上贴着贴纸，他眯着眼睛笑，弯成了两道月牙。

这点倒是和秋清安不一样，他笑起来的时候，眼睛又像极了和悦，这样的一个人，综合了他们身上的特点，让和悦跟秋清安都想把最好的都给予他。

孩子们的笑闹声隐隐可闻，而身前人的呼吸却慢慢均匀，在她怀里睡得极其安稳。

和悦合眼小憩了会儿，觉得闷，垂眸一看，秋清安额上都冒出了细密薄汗。她环顾周围，把桌上那本杂志拿了过来，握紧，手举高，轻轻给他扇着风。凉意袭来，怀里人的眉头渐渐舒展。

和悦脸上忍不住浮起很浅的一层笑意。

小孩们玩过之后，一个个无力地陷在沙发里，捧着杯子咬吸管喝饮料。

这时，不知是谁眼尖瞥见了外头的两人，立即轻呼道："咦，小天，你看你爸爸妈妈。"

闻声，几个小脑袋顿时看过去，隔着层落地窗的玻璃，屋檐下的两人躺在椅子上，从他们这个角度只能看见秋清安面朝着和悦，而他面前的人正低垂着头，微微举起的右手，一下下给他扇着风，不知疲倦，神情无比温柔。

有人目不转睛地"哇"了声，感慨道："小天，你爸爸妈妈的感情真的好好。"

"他们一直都这样。"秋小天见怪不怪地移开眼，这样的事情他见得实在太多了，已经没有感觉了。

"你妈妈对你爸爸好好哦。"倩倩双手托腮，盯着那一处，小脸上写满了与年纪不符的艳羡。

秋小天因为她的话而特意深思了几秒，从他有记忆开始，他们家里就是这样的，虽然大大小小的事情都是听妈妈的，可大部分时候，妈妈总是对爸爸很好，有时候都超过对他了。

哼，难道他不是家里的小宝贝吗！

因为这个突如其来的发现让秋小天失落了一下，但也只是一下，他又很快把这件事抛诸脑后了，因为倩倩在和他说话呢！

"我妈妈本来就对我爸爸好。"他照例用那种深沉成熟的语气说。

只可惜嗓音的稚气出卖了他，显得格外有趣。

倩倩小美女这次没买账，反而皱了下小眉头，又问他："那她为什么要对你爸爸这么好呢？你爸爸对你妈妈好吗？"

这两句话像是绕口令一样，都快把秋小天绕晕了，他想了半天才想明白，慢吞吞地回答："他们结婚了，关系好不是应该的吗？我爸爸对我妈妈也很好。"

"真的吗？"小姑娘对着那一处歪了下头，嘴唇微嘟，面露困惑。她的爸爸妈妈根本不是这样的。

“当然是真的！”秋小天说完，就拉着她去看自己最喜欢的动画片了，两个小朋友讨论里头的人物，很快沉浸在一个新的话题中。

傍晚时分，一群小孩热热闹闹地吃完饭，和悦从冰箱里拿出来一个大蛋糕，是蓝色的哆啦A梦，他们兴奋得拍手欢呼，小寿星秋小天被簇拥在中间吹蜡烛，可爱的脸蛋上堆满了笑容。

烛光映红他的脸，和悦看着，心里柔软得无以复加，像是被一只手不轻不重地来回捏着，里面填充的都是幸福。

她的目光落在里头那个小人身上，又仿佛有感知般，侧过头，和秋清安的视线对上，两人相视一笑，那份无声的幸福像是顷刻间找到了人一同分享。

秋小天闭着眼许完愿，鼓起腮帮子，用力一口气吹灭了蜡烛。

他的小手捏着塑料刀切开蛋糕，第一块捧在掌心，左看右看，扭头给了旁边的小姑娘：“倩倩，给你吃。”

“谢谢小天。”

两人你来我往，十分融洽，和悦望着自家这个还傻乎乎笑着的儿子，彻底没话说了。

生日派对结束后，秋清安亲自开车把他们一个个送回家，秋小天也坐在车上，同他们挥手告别。

倩倩家最远，秋清安把她从后座抱下来，小姑娘搂着他的脖子，突然盯着他说了一句：“叔叔，你长得真好看。”

“嗯？”秋清安诧异地瞥向她，还未开口，小姑娘就凑过来，在他脸上亲了一口，“叔叔你和阿姨真配，像是天生一对。”

这些词还是她最近在电视里新学的，没想到这么快就用上了。倩倩一说完，两人就已经走到了倩倩的爸妈面前，秋清安把她放下来，小姑娘跑了过去：“叔叔再见。”

她朝秋清安挥着手，笑容甜美可爱，秋清安对她笑了笑，说了句“倩倩再见”，然后冲两位家长微微颔首，转身拉开门上车。

秋清安刚启动车，就发现旁边一个气鼓鼓不说话的人。

“怎么了？”秋清安在开车的间隙问秋小天。

秋小天紧闭着嘴，两只手抱胸，直直盯着前方。

“刚刚倩倩亲你了！”他没看秋清安一眼，大声说，板着脸，好像气得不轻。

秋清安笑了下，若无其事：“嗯，她说很喜欢我和你妈妈。”

“真的？”小屁孩怀疑地盯着他。

秋清安面不改色，认真点头：“真的。”说完，他先发制人，伸手过去拍了下秋小天的头，连声教训，“怎么回事秋小天？你现在脑子里整天想什么？第一块蛋糕竟然不是给你妈妈，你知道那个蛋糕是她亲手做的吗？你才五岁就已经胳膊肘往外拐了，不疼你妈妈了？”

一席话说得秋小天哑口无言，生无可恋地坐在那里，又懊恼又自责，秋清安下了结论：“我算是看清你了秋小天。”

“哇——”小孩受不了这良心上的谴责，哭了出来。

回到家，和悦就看到自家儿子迈着小短腿飞快地朝她扑过来。

和悦连忙伸手接住他，被怀里软软的小身子死死搂住了脖子：“妈妈，我错了，我不该把第一块蛋糕给别人呜呜……”

和悦望着儿子哭红的脸和抽泣轻颤的小身子，了然地瞪了眼后头跟来的秋清安，立即安抚他：“小天，你没有做错，倩倩是你最好的朋友不是吗？把蛋糕分给最好的朋友是正确的，你爸爸都是在骗你，他是大坏蛋。”

和悦一边说一边给他擦着泪水，听她讲完，小孩想通了，反而哭得更大声了：“爸爸坏蛋！”他大叫，握紧了小拳头，“妈妈你不准再对他好了！”

最后这件事情，以秋清安向他赔礼道歉结束。

但小屁孩记仇得很，很长一段时间都拉着和悦孤立自己的老父亲。每当秋清安黏着和悦要什么时，他就会立刻冲出来，从鼻子里哼出一句：“妈妈，不准对爸爸好，他是坏蛋！”

和悦只能认命地退到一旁，看秋清安把小孩从地上提溜起来，父子俩去外面“谈心”了。

这便是她的婚姻生活，酸甜苦辣，鸡飞狗跳，岁月静好，今生无憾。

他们便是归处，是往后余生。

番外二 一家三口

秋小天读小学那年，和悦生了场大病。

开始只是普通的感冒咳嗽，吃药治疗没有得到任何改善之后，渐渐演变成间断的低烧，和悦的身体愈加虚弱，只能卧床休息。

秋清安带她看遍了肆城几大医院，不见成效，最后辗转找到了一位有名的中医，看诊过后，给出病因。

大概是当年生产受了寒，年轻的时候不显，年岁一长，各种毛病就出来了，医生的建议是暂时换个环境，好好调养。

初春季节，乍暖还寒。

肆城近日阴雨连绵，空气质量差可能还加上过敏，她的病便迟迟未好，导致越来越严重。

秋清安安排好公司所有事宜，收拾行李，带她去到南方休养。

奇异的是，过去没多久，晒了几天太阳，和悦逐渐就好起来，咳嗽减少，每天也有精神出去散步。

大概是这边阳光太过充沛，微风和暖，靠近海边，极其适合居住。

两人在这边待了半个月，和悦身体差不多恢复便和秋清安商量着回去。

他正在远程办公，对着电脑查看资料。

这两天，和悦听到他在讲电话，好像打算买下两人住的这栋小别墅。

“不行。”一听她打算要回去，秋清安想也没想便拒绝，“你还没好全，再住一段时间，万一回去又复发了怎么办？”

“我没事了，最近肆城天气也好起来了，小天一个人在家我不放心。”

“有什么不放心的，家里保姆司机都在，他不是天天和你视频吗？”

自从两人过来之后，秋小天就被独自放在了家里，刚开始两天他还会偷偷给她打视频哭，说房子太大，晚上太黑，一个人害怕等诸如此类的话语，后来时间一长，也不哭惨了，只是天天追问他们什么时候回来。

秋清安铁石心肠，自从知道了和悦的病因，就对秋小天鼻子不是鼻子，眼睛不是眼睛的，迁怒得没有任何道理。

和悦则和他截然相反，已经迫不及待要回去看看秋小天了。

在她坚持之下，秋清安还是妥协。

两人回家后，最开心的莫过于秋小天，他刚放学就看到和悦，立马拿掉书包冲了过来。

七八岁的小孩，力气已经很大了。

和悦被他热情地重重一扑，刚大病初愈的身体不由得后退两步，还是费劲伸手搂住他。

“妈妈，我好想你啊。”小男孩埋在她身前呜呜咽咽，双手紧紧抱住她，只是还没两秒，就被后头的人拎着领口提开。

“秋小天，你力气这么大干什么？没看到妈妈已经被你撞到了。”秋清安像个面无表情的大反派，打断了两人的母子情深。

秋小天连忙从她怀里站起来，仰起小脸看她，焦急担忧："妈妈，你没事吧，对不起，我力气太大了。"

"没事，饿了吗？我让阿姨给你煮了莲子银耳汤，想不想喝？"和悦摸摸他脑门，神情温柔。

秋小天眨巴了下眼睛，又伸手轻轻抱住她："妈妈，我想你了。"

和悦心都酸软了，坐在那儿专注看着他把那碗汤喝完。

和妈妈分离了半个月的秋小天分外黏人，寸步不离跟着和悦，两人腻到很晚，一直到十一点。

秋清安忍无可忍，把沙发上靠在一起看电视的两个人分开，从和悦怀里把秋小天拎出来教训："几点了？秋小天你还睡不睡觉了？"

"睡……"他弱弱地得寸进尺，"我今晚可以和妈妈一起睡吗？"

"你想得美。"

秋小天反身就回去抱住和悦，小小身躯可怜巴巴地依偎着她。

和悦的心立即软了，正要开口。

"别跟我装可怜，秋小天，你今年八岁了，还要和妈妈一起睡，羞不羞？"秋清安冷酷地说。

"我不羞，我要做妈妈的小棉袄。"

"行，那你今晚就和爸爸妈妈一起睡好不好？"

还没等秋清安说话，和悦就已经答应，小孩立刻跳起来欢呼雀跃："今晚可以和妈妈一起睡了！"

旁边的老父亲被毫不留情忽略，秋清安和悦默默对视几秒，还是妥协。

这晚，秋清安洗完澡出来，床上已经有两个人。

秋小天明目张胆躺在和悦臂弯里，宣示主权般紧紧搂住她，对于这种幼稚的把戏，秋清安根本不屑一顾。

他走过去关掉大灯，留下两个字："睡觉。"

小孩生物钟固定，秋小天早就困了，没多久，呼吸声就均匀响起。

一直在旁边看书的人终于合起手上的书，秋清安坐了起来，掀被直接把秋小天从她怀里抱走。

“干吗？”和悦小声问。

“送他回自己房间。”秋清安无情地答，声音却也放轻了，“不然真让他在这里睡一晚？”

也不是不行，但是和悦没这样说。

她只是掩不住担忧：“明早他一觉醒来不会哭吧？”

“这么大个人了还哭，出去别说是我儿子。”

几句话语间，秋清安已经抱着秋小天走到门外，不一会儿，关门声轻响，他折返回来。

和悦刚要说话，秋清安却说：“没醒，还在咂巴嘴说梦话。”

她忍俊不禁，看着秋清安重新回到床上，转过身子问：“那你给他被子盖好了吗？晚上要注意——”

“行了，他已经打扰我们一整晚了。”秋清安手捧着她的脸，头压下来，打断她的问话。唇齿缠绵间，声音变得模糊不清，“阿悦，我们很久没有好好在一起过了。”

和悦很快懂了，只是她仍旧不放心地推了推他：“你还没回答我。”

“盖好了。”秋清安不耐烦地答，拉高被子牢牢盖住两人，边亲边说，“我们今晚也盖被子。”

和悦差点被闷死。

结束后，和悦整个人汗津津的，像是从水里刚捞出来。

秋清安抱着她去浴室重新洗漱，嗓音慵懒愉悦：“阿悦，你要继续加强锻炼了。”

搬回肆城之后，和悦没有再像之前那样生病，只是后来又不小心感冒了一次，因此，秋清安觉得这个地方和她不合。

他在离肆城不远的一处私人景区买下了个小房子，这里风景秀丽，平时清静无人打扰。

房子建在山中，空气很好，食材大部分是自种，后面有茶园、竹林，还有溪水河流，可以驾车去远一点的地方，那边有热闹的公共景点。

和悦在这边住了几天就喜欢上了。

秋清安太了解她的喜好了，这里的一切似乎都是为她量身打造的。

白天他陪着她在家煮茶看书，晚上到院子里用餐赏月。

周末放假，秋小天背着书包来看和悦的时候，她刚和几个女邻居从山上采茶回来。

茶园都在半山腰，要用脚力爬上去，和悦提着竹篮下来时，脸色红润，额头还有汗。

她这几年几乎没有运动过，虽然看上去身体疲惫，但精神状态很好。

秋小天正站在屋子外面等她回来，小男生低着头，双手扯着书包带子，看起来可怜巴巴的。

一听到脚步声，他就立马抬起头来，望着她惊喜叫道："妈妈！"

"小天？"和悦不知道他来了，上扬的嗓音带着诧异。

"妈妈！"小男生已经冲过来抱住她，"呜呜呜，爸爸太过分了，偷偷把你藏在这里不准我来见你，我都多久没看见你了，我想死你了。"

他委屈哭诉着，大声嚷嚷，童言无忌。

几位邻居不知该露出什么样的表情，只能尴尬笑笑，纷纷同她告别。

和悦和他们告别完，低头看着身前紧搂住自己的人，揉揉他脑袋，哭笑不得："小天，你怎么过来的？一个人怎么找到的地方？"

"我让司机叔叔送我来的。"秋小天抬起头答，眼睛湿漉漉的，又黑又长的睫毛轻轻眨了下。

这是他最像秋清安的地方，其他五官遗传了和悦，极其聪明漂亮的一个孩子，从幼儿园开始就经常会收到女同学的礼物。

但随着年龄增长，他越来越黏妈妈，大概是秋清安的家长教育太过不近人情。

“我给司机叔叔送了我最喜欢吃的小面包，然后才说动他带我来你住的地方，爸爸不让其他人告诉我，他太坏了。”秋小天握紧了小拳头。

“爸爸不是不告诉你，他是怕你自己过来太远会遇到危险，再说了，妈妈过两天就回去了呀。”和悦牵着他推开门往里走，轻声哄他。

“我可以搭司机叔叔的车，不会有危险。”

秋小天今年即将要读小学四年级了，不会轻易被大人哄骗。

“可是过来要花半天时间，你的一个周末就过去了，爸爸妈妈担心影响你学习。”

“我不，我就要跟你在一起。”秋小天不依不饶抱住她说。

晚上，和悦轻手轻脚给秋小天盖好被子，坐回床上，看向一旁拿着手机阅读资讯的秋清安。

“我觉得你对小天太苛刻了。”和悦忧心道，作为母亲，她有些心疼。

秋清安没抬头，语气平淡：“他太黏你了。”

“孩子喜欢妈妈不是很正常吗？”

“别家的正常，我们家不行。”

“为什么？”和悦皱眉问。

秋清安放下手机，抬脸，看着她：“因为我要和你待在一起，他应该黏着自己以后的老婆，而不是老黏着别人的老婆。”